Carl von Ossietzky

Rechenschaft

Publizistik aus den Jahren 1913-1933

Verone

Carl von Ossietzky

Rechenschaft
Publizistik aus den Jahren 1913-1933

1st Edition | ISBN: 978-9-92500-183-5

Place of Publication: Nikosia, Cyprus

Erscheinungsjahr: 2016

TP Verone Publishing House Ltd.

Reproduktion des Originals in Großdruckschrift.

Rechenschaft

Das Erfurter Urteil

Fedja: Und Sie, der Sie an jedem Ersten mit einigen Groschen für Ihre Gemeinheit bezahlt werden, Sie ziehen sich Ihren Uniformrock an und tun sich nun groß über jene Leute, deren kleiner Finger mehr wert ist als Sie im Ganzen und die Sie nicht einmal ins Vorzimmer hineinlassen würden. Sie haben sich hinaufgeschustert und freuen sich nun. Der Richter: Ich lasse Sie abführen.

Tolstoi, »Der lebende Leichnam«

Drei Landwehrleute sollen auf fünf Jahre ins Zuchthaus wandern; ein paar andere erhalten bittere Gefängnisstrafen. So entschied das Kriegsgericht zu Erfurt. Grund: Alkoholausschreitungen. Schaden hat es außer der Aufregung nicht gegeben. Was kann man bei einem bürgerlichen Gericht nicht alles für fünf Jahre Zuchthaus haben! Hunderttausende stehlen, seine Zeit abreißen, und nachher als Rentner leben; im Affekt einen Mord begehen, den milde Richter als Totschlag auslegen. Milde Richter! Die militärische Justitia hat nicht nur verbundene Augen, sondern auch verstopfte Ohren und ein gepanzertes Herz. Alkoholausschreitungen sind hässlich. Aber solange der Saufteufel noch eine Großmacht ist, wird nur eine geschwollene Moral einen Stein auf ein

1

paar arme Kerle werfen, die sich in ihrer Weise einen vergnügten Tag gemacht haben.

Seit alten Zeiten zeichnen sich die militärischen Strafen durch besondere Grausamkeit aus. An der wilden Soldateska des Dreißigjährigen Krieges sühnte die beleidigte Gerechtigkeit die zahllosen Untaten mit Spießrutenlaufen, Rad und Galgen. Was wurde damals gehängt! Wie viele Knochen wurden von den Strafwerkzeugen gebrochen! Die Kriegsjustiz sandte mehr Krüppel ins Land als alle Schlachten. Man erzählt von einem alten Haudegen, der als Vorsitzender eines Kriegsgerichts die Sitzung abbrach, indem er das Buch zuklappte und dem Profossen zurief: »Es ist das Beste, wir beginnen mit der Exekution!«

Heute kennt die Justiz weder Wippe noch Rad. Nur noch Paragrafen. Aber die eben angeführten Worte des Marschalls von Monluc, die in ihrer rauen Aufrichtigkeit so bezeichnend sind, müssten heute über der Pforte jedes Kriegsgerichtes stehen. Sie sind symbolisch. Und das Bild des alten Kriegsmannes müsste in jedem Sitzungszimmer hängen; denn er hat es erkannt und in wahrhaft klassische Form gebracht, dass es bei der militärischen Justiz nicht auf den Paragrafenplunder, sondern einfach auf die Strafe ankommt. Diese Justiz will nicht prüfen und wägen, wie die bürgerliche – es soll. Sie will auch nicht vergelten. Sie überzahlt. Sie hat die Aufgabe, den »Untertanen« an das Prinzip der Autorität, der unbedingten Disziplin zu erinnern. Sie hat ihm die Grenzen seiner Freiheit zu zeigen. Das bürgerliche Leben bringt eine höchst gefährliche Gleichmacherei mit sich. Also muss daran erinnert werden, dass es noch Klassen gibt.

Das ist die Aufgabe der Kriegsgerichte. Der Vorgesetzte wird gestreichelt, der Untergebene gepeitscht. Das unverfälschte Prinzip der Reaktion, nackter Klassenegoismus! Wir entrüsten uns, dass es in Russland noch Kirchenstrafen gibt, Verbannungen ins Kloster usw. Sind wir besser daran? Wehe dem Bürger, der vergisst, dass er an einem Tage im Jahre unter die Zuständigkeit der militärischen Gerichtsbarkeit fällt! Wehe dem, der in die Fußangeln ihres Strafsystems gerät!

Ein seltsamer Zufall wollte es, dass das Erfurter Urteil in die Zeit fiel, da der Reichstag die größte je an ein Parlament gestellte Militärforderung endgültig zu bewilligen hatte. Nicht der schwärzeste Reaktionär wagte, das Urteil zu verteidigen. Nicht einmal der Kriegsminister. Sogar die Liberalen wurden energisch und verlangten ein Notgesetz. Gut gemeint! Aber von vornherein hätte man Kautelen erzwingen müssen; die völlige Neuschaffung des militärischen Rechts wäre mit die wichtigste gewesen. Die Regierung würde sich gesträubt haben – viel mehr noch als in der Frage des Gardeprivilegs. Nun, so hätte man ihre Vorlage ruhig in Scherben gehen lassen müssen.

Aber es wäre töricht, soviel Tatkraft von unseren »bürgerlichen« Politikern zu verlangen. Es hätte sich ja nur um die Gerechtigkeit gehandelt. Wer regt sich deswegen auf? Die Sozialisten und die paar verbohrten Demokraten. Die Herren, die bei jeder Gelegenheit »unser Geistesleben retten«, mögen es sich gesagt sein lassen, dass wir das Erfurter Urteil für einen viel schlimmeren Schlag gegen die Kultur halten als das Verbot von zehn Festspielen.

Der Kriegsminister versicherte, dass die Richter nur ihre Pflicht täten. Das muss man ihnen eben zum Vorwurf machen. Das Gesetz ist grausam. Und nicht einen Fingerbreit weichen sie von seinen harten Paragrafen ab. Nicht einer schenkt der milderen Regung des Herzens Gehör. Nicht einer schreit auf: Das kann ich nicht! Mag es tausendmal Gesetz sein, dagegen bäumt sich mein Gewissen auf. Ich bekenne!

Die Worte, die eingangs dieser Zeilen aus Tolstois Drama zitiert sind, schreit ein zu Tode Gehetzter seinem Richter entgegen. Wir haben genug Opfer wimmern gehört. Ein Richter müsste, von seinen Gefühlen überwältigt, reden. Das wäre in unserer tatenarmen Zeit wie eine Erlösung. Wir sind davor sicher! Die Beamten arbeiten mit derselben Gewissenhaftigkeit, mit der sie an jedem Ersten ihr Gehalt einstreichen. Und nach einem besonders harten Urteil gehen sie ruhig nach Hause, nicht ohne Mitgefühl für den armen Teufel, der das Unglück hatte, in die Klasse hineingeboren zu werden, die nun einmal die Objekte der Gesetzgebung liefern muss.

(Das freie Volk, 5. Juli 1913)

Ein Phantom

Aus der Nordmark kommt eine vergnügliche Kunde: Zwei junge dänische Sängerinnen, die bei einer befreundeten Familie zu Gast waren, hatten zugesagt, bei einer kleinen Privatfestlichkeit ein paar Proben ihrer Kunst zu geben. Leider sollte ihr Vortrag ein jähes Ende finden. In den lieblichen Sopran des Fräuleins Dinesen mischte sich der seriöse Bass des Gendarmen. Beide Damen wurden sofort dem Amtsvorsteher vorgeführt, der ihnen bedeutete, dass sie ausgewiesen wären und Deutschland sofort zu verlassen hätten. Sie durften sich nicht einmal umziehen; in ihren dekolletierten Gesellschaftskleidern mussten sie die Reise antreten. Die Damen haben das mit guter Laune ertragen; sie waren in dieser Affäre ja nicht die Blamierten.

Es ist erfreulich, dass die preußische Bürokratie in dieser ernsten Zeit auch dem Humor zu seinem Rechte verhilft. Das Verbot gegen Amundsen war schon ernster; das roch nach Kulturschande. Dagegen ist dieser Fall ein Idyll, ein in der Nordmark nicht seltenes Idyll. Die zivilisierte Welt wird allerdings lachen; aber man kann alles Mögliche beseitigen, nur nicht den Willen zur Blamage. Darin verblüfft die echt preußische Bürokratie durch eine eherne Charakterstärke. Jenseits der Grenze, in Dänemark, wird man natürlich nicht so unbedingt vergnügt sein; in das Gelächter werden sich wohl ein paar derbe Flüche mischen. Irgendwelche völkerrechtlichen Folgen wird diese Nordmarkhumoreske freilich nicht haben. Dänemarks kluge demokratische Regierung wird eine etwaige Erregung beschwichtigen, wie sie es noch vor Kurzem in der Frage des Landungsverbots getan hat. Ob aber nicht ein neuer Rest Verärgerung und Bitterkeit gegen den großen Nachbarn übrig bleiben wird? Hier liegt der ernste Teil des Spaßes: Wir können die Freundschaft oder auch nur die Neutralität des kleinen Landes vielleicht einmal bitter nötig haben.

Wenn etwas gegen unsere Machthaber spricht, so ist es ihre Unfähigkeit, Provinzen mit gemischter Bevölkerung vernünftig zu regieren. In vierzig Jahren hat man es fertiggebracht, aus den Grenzländern offene Wunden am deutschen Reichskörper zu machen. Elsass-Lothringen wird schikaniert, die Ostmarken werden misshandelt. Dabei wäre es überaus wichtig, die Polen dem Deutschen Reiche freundlicher zu stimmen; denn wenn wir den alldeutschen Schlauköpfen glauben dürfen, so werden wir noch einmal mit dem Slawentum oder vielmehr mit seiner Vormacht Russland eine Auseinandersetzung auf Tod und Leben haben. Zwischen Russen und Polen aber klafft ein tiefer Riss. Bei etwas geschickterer Behandlung des polnischen Volkes hätten wir seine Hilfe und Sympathie bei einem Zusammenstoß mit dem Zarismus. Unsere Alldeutschen betonen ferner, dass wir den Zusammenhang mit dem germanischen Norden nicht verlieren dürfen. Wie sieht es in der Praxis aus? Das kleine, rührige, kulturell hochstehende Dänemark, das so recht geeignet wäre, zwischen Deutschland und den beiden nordischen Reichen den Mittler zu spielen, wird systematisch vor den Kopf gestoßen. Die Dänen auf deutschem Boden werden mit antiquierten Polizeimaßregeln drangsaliert. Die Alldeutschen aber, die so gern mit dem stolzen Worte »Pangermanismus« hausieren gehen, klatschen dazu Beifall, während die nordischen Reiche spöttisch und verärgert beiseite stehen.

Warum dieses unerquickliche Schauspiel? Es ist bezeichnend, dass unsere Reaktionäre nach immer schärferen Polizeimaßregeln für die Grenzländer schreien und alle bisherigen Maßnahmen, mögen sie durch Anwendung und Wirkung auch noch so grotesk erscheinen, mit verzweifelter Zähigkeit verteidigen. Den Deutschen, die sich in ihrer Mehrheit ja nicht als Staatsbürger, sondern als Untertanen fühlen, soll eingeredet werden, dass ihr

Land von einer Welt giftiger Feinde umringt sei, die selbst mitten im Frieden an unseren Grenzen in einer ständigen Hetz- und Minierarbeit begriffen sind. Fällt dieses Phantom einmal, so hat die Reaktion ausgespielt. Nur ein Volk, das in den Niederungen des Nationalismus watet, kann von einer Clique von Junkern und Großkapitalisten gegängelt werden.

Die Konservativen und Alldeutschen jammern über die fortschreitende Polonisierung der Ostmark. Aber dieselben Herrschaften schleppen polnische Arbeiter zu Tausenden als Lohndrücker in urdeutsche Landesteile. Zur rechten Zeit bringt die »Welt am Montag« einen Artikel über die Durchsetzung der mecklenburgischen Landbevölkerung mit slawischen Elementen. Von den eingeführten Polen verdrängt, wandern die eingesessenen Landarbeiter in Massen in die Städte. Überall auf dem Lande hört man polnisch sprechen. Auf manchen Gütern ist außer dem Inspektor kein einziger Deutscher. Die Geschäfte führen auf ihren Schildern den Vermerk, dass hier polnisch gesprochen wird. Die Regierung empfand das Gefährliche der Situation; sie erließ eine Verfügung, nach der ausländische Arbeiter mindestens alle zwei Jahre in die Heimat zurückzukehren hätten. Aber dagegen erhob sich die mecklenburgische Ritterschaft wie ein Mann. – Da haben wir das wahre Gesicht des konservativen »Deutschtums«; überall grinst uns die Lüge an; überall lesen wir die Einschränkung: »... wenn es nicht gegen unseren Profit geht!«

Der gute deutsche Bürger aber lässt sich weiter irreführen, und wenn er einmal zum Selbstdenken erwacht, flugs wird ins nationalistische Horn geblasen, und Michel ist wieder eingeschüchtert. Die Aufklärungsarbeit ist schwer. Es gilt, Berge von Misstrauen und Verhetzung abzutragen, die die Reaktion in Jahrzehnten zusammengeschleppt hat, um dem betrogenen Volke den freien Ausblick zu rauben. Die Liberalen haben überall versagt.

Demokraten an die Front!

(Das freie Volk, 4. April 1914)

Das werdende Deutschland

Ein Wort an alle Schwachmütigen

Der große Krieg ist nicht die einzige Katastrophe, die im vergangenen Jahrtausend die mitteleuropäische Gesittung in ihren Grundbedingungen erschüttert hat. Wir denken an zwei Ereignisse, die an sich durchaus verschiedenartig, doch mit gleicher eruptiver Kraft auftraten und riesenhafte kulturelle Trümmerfelder hinterließen. Das waren der Schwarze Tod, die große Pest von 1348 und der Dreißigjährige Krieg.

Als das große Sterben längst vorüber war, da schrieb, rückblickend auf die grause Zeit, ein guter Chronikenschreiber: Da die Not vorüber gewesen, habe die Welt wieder angefangen, fröhlich zu sein.

Nach dem Dreißigjährigen Krieg aber seufzte ein Künstler: Es sei gar traurig bestellt um das arme Deutschland; Gewerbe und Künste lägen danieder, und wer etwas könne, ziehe nach Flandern oder Welschland, denn in der Heimat müsse er verhungern.

Auf den Schwarzen Tod folgte das große Blühen der Renaissance, ein langer, heller Tag.

Auf den Krieg der dreißig Jahre aber Verfall, Zerrüttung, unendliche Nacht. Unheimlich zeitgemäß sind für uns die Worte des guten Chronisten und des armen Künstlers. Denn auch wir stehen am Ende einer Entwicklung. In unsern Händen liegt das neue Werden.

Was für ein Urteil wird dereinst der Geschichtsschreiber unserer Zeit über unsere Entscheidung fällen?

Das arme Deutschland! Das ärmste Land unter der Sonne. Jeder äußeren Macht beraubt, Armee und Wirtschaft in Auflösung, der Westen besetzt von übermütigen Siegern, der Osten Tummelplatz kleiner Nachbarn. Das ärmste Land. Und doch das reichste Land. Das reichste an Hoffnungen und günstigen Möglichkeiten. Erbarmungslos ist mit allem Antiquierten aufgeräumt. Geheime Energien sind plötzlich ans Licht getreten und nutzbar gemacht. Freie Bahn für alles Tüchtige, ein Wort, das in den Schranken der alten Gesellschaft nicht mehr war als ein ganz nettes Ornament, ist nun mehr als ein Wort, ist zum tieferen Sinne der Zeit überhaupt geworden.

So paradox es klingen mag, fast möchte man die Sieger bemitleiden. Sie werden wenig Freude erleben an ihrem Triumph. Ihre Wirtschaft ist kapitalistisch und imperialistisch, und doch strebt die Weltwirtschaft nach neuen Formen. Überall straffen sich Ideen zur Handlung. Wir haben noch nicht den Sozialismus, aber wir treten in ein Zeitalter des Nachkapitalismus ein. Krisen werden sich einstellen. Die Psyche der Völker wird von scheinbar verborgenen Mächten beeinflusst und beunruhigt werden. Enttäuschung und Depression, das werden die einzigen Früchte der siegreichen Völker sein.

Der frühere deutsche Vizekanzler sprach einmal das Wort aus von den Bleigewichten, die unsere besiegten Gegner noch jahrzehntelang mit sich schleppen würden. Das ist zwar ein Ausdruck jener Leichtfertigkeit, die unsere gestürzten Machthaber kennzeichnet, wird sich aber doch bewahrheiten. Wenn auch in einem ganz andern Sinne. Noch lange werden wir das Rasseln der Ketten hören, die den Siegern die Gelenke blutig drücken.

Aber augenscheinlich scheint in Deutschland nur das Chaos zu sein. Der deutsche Mensch, seit Anbeginn seiner Geschichte ein Unsteter, ein wenig Faust, ein wenig Ahasver, auch ein wenig ungläubiger Thomas, ist nun zum Berserker geworden – er pocht nicht mehr an die Pforten, er sprengt die Riegel. Der Geist des römischen Sklavenführers scheint über Nacht in ihn gefahren zu sein.

Deutschland hat bis zum Jahre 1848 nur eine einzige, alle Volksschichten erfassende Revolution gehabt: den Großen Bauernkrieg. Und diese Bewegung wird in einem gründlich theologischen Zeitalter so stark von messianischen Hoffnungen durchsetzt, dass für den rückschauenden Betrachter das Religiöse das Soziale verschleiert. Keinen Bastillensturm kennt die deutsche Geschichte; kein Cromwell, kein Mirabeau steht im deutschen Pantheon. Nur so ist es denkbar, dass man in ratloser Verblüffung die neuen Typen bestaunt, die in den letzten Monaten zur Erscheinung gekommen sind.

Handlung ist das Wesen der Revolution. Spontane Handlung, die unmittelbar zum Ziele führt, im Guten wie im Verhängnisvollen; aber immer herausgewachsen aus der Situation. Es ist kein Wunder, dass der Deutsche, gewöhnt an die zähe Materie des Obrigkeitsstaates mit seinem Mangel an Öffentlichkeit, die wilde Bewegung, die scheinbar ganz unversehens die Massen ergriffen hat, etwa mit ähnlichen Gefühlen betrachtet wie der biedere Prior von Parma die Malereien des Correggio, die er in ihrem krausen Durcheinander von Köpfen, Gliedern und Leibern sehr geistvoll mit einem Froschragout verglich. Und doch sind für den, dessen Denkorgane wirklich von dieser lebenden Zeit gespeist werden, die neuen Typen nichts so durchaus Erstaunliches: – er hat sie werden und wachsen sehen! Denn das revolutionäre Deutschland war da, schon lange vor dem Kriege, der nur den Impetus für den gewaltsamen Umsturz hergeben musste. Alles, was seit Jahren gearbeitet wurde für eine bessere Fundamentierung der Gesellschaft – einerlei, ob es von politischen Parteien ausging oder von Vereinigungen mit rein kulturellen Zielen –, alles, was geschah, musste sich gegen die Grundidee dieser Gesellschaft richten und musste von ihr und von ihren Sachwaltern mit feindlichen Blicken betrachtet werden. Aber diese Arbeit, der doch im Einzelnen so unterschiedliche Motive zugrunde lagen, hat eine ganz veränderte Atmosphäre geschaffen, in der Menschen sich bildeten, den andern im Äußerlichen gleich, aber in ihrer Geistesverfassung so grundverschieden wie das Werdende und das Absterbende, wie alte Zeit und neue Zeit.

Und dann kam der Augenblick, wo alle Ideen und Energien zusammenströmen und Aktion werden mussten. Ist es ein Wunder, dass sich da kein einheitliches Bild ergeben wollte, dass zunächst Chaos eintreten musste? Wir erleben eine weltgeschichtliche Wende – matte Hirne, schwache Herzen mögen es verwünschen, Genossen dieser Epoche sein zu müssen –, aber wer nur ein wenig Gefühl und Augenmaß hat für das gewaltige heroische Schauspiel, das die sich immer wieder verjüngende und erneuernde Kraft der Menschheit darbietet, der wird nicht murrend und maulend abseits stehen können. Der wird sich auf den Boden des Tatsächlichen stellen, und das ist: dass eine Welt zusammengebrochen ist und neu errichtet werden muss. Zusammengebrochen ist nicht nur ein Staat, der sich unbesiegbar wähnte, zusammengebrochen ist nicht nur eine Wirtschaftsordnung, die von ihren Nutznießern für bombensicher gehalten wurde, zusammengebrochen ist vor allem der bürgerlich-kapitalistische Geist, der seit hundert Jahren die Köpfe beherrschte und auch große Teile der sozialistischen Arbeiterschaft weit mehr im Banne hatte, als sie es gern wahrhaben möchte. Nun aber gilt es, den neuen Geist zu schaffen, den Geist, der vielleicht für lange, lange Zeit der herrschende sein wird. Solch eine Verantwortung ruht auf uns Lebenden. Und doch gibt es genug Menschen, die nichts Besseres zu tun haben, als sinkende Konjunkturen zu bejammern oder zu beklagen, dass sich die Revolution nicht abwickle wie eine Parade. Das »sanftlebende Fleisch zu Wittenberg« – das böse Hohnwort, das Thomas Münzer dem eifrigst bremsenden Luther an den schwarzen Talar heftete – ist wieder auferstanden und zum Symbol vieler, sehr vieler geworden. Es muss ausgesprochen werden gegenüber den allzu Besorgten, den Behutsamen, den wohlmeinend Gemütvollen, dass uns nichts mehr an die Tradition bindet, dass es zwecklos ist, Halbheiten durchzumogeln, dass endlich jene geistige Erneuerung durchgeführt werden muss, die der deutsche Michel jahrhundertelang versäumt hat. In der Gegenwart leben und ihren Problemen fest in die Augen sehen, das ist die einzige Tugend, die einzige revolutionäre Tugend, die wir brauchen können. Kein Kompromisseln; wir sehen ja mit Schaudern, wohin uns die Realpolitiker, die immer nur das kleine »Mögliche« im Auge hatten und die große Gesinnungslumperei im hohlen Schädel, mit ihrer ach so wunderbar praktischen Politik geführt haben. Nein, lieber dem irrenden Faust auf dem Blocksberge gleich, umbraust vom höllischen Chaos des Hexensabbats, taumelnd zwischen Reue und Verlangen; lieber dem irrenden Ritter gleich, zwischen Tod und Teufel allein in grauser Wildnis, als paktieren mit jener netten spießerlichen Adrettheit der Gedanken und Gefühle, jener pomadigen Korrektheit, jener platten und matten Zielbewusstheit, die immer nur das nächste sieht, aber niemals das Wesen erfasst.

So sei der Mensch dieser Zeit, der Mensch, der das Haus baut, in dem die nächsten Generationen wohnen sollen.

Nun hat dieser Mensch bereits eine Überspannung erfahren; dem Revolutionär folgt als Affe der Revolutionshysteriker auf dem Fuße. Wir kennen ihn. Immer verrannt in leere Formeln, niemals Tiefe, immer Oberfläche, immer berauscht an Worten. Sein Revier ist die Straße; er braucht Öffentlichkeit, Publikum; er schwimmt in Sensationen; er muss sich in Szene setzen. Er harangiert vom Laternenpfahl aus ein paar Passanten, die eilig vorüberstreben, denn sie haben ein anderes zu denken, und er ist sich doch bewusst, in diesem Augenblick Weltgeschichte gemacht zu haben – denn er rechnet nur mit Ewigkeitsmaßen. Dabei ist er oft genug ein ehrlicher Kerl, den es entsetzen würde, könnte er sehen, was für Instinkte er erweckt.

Wir brauchen Diener am Geiste, nicht am Worte. Wir brauchen Menschen, die sich autonom fühlen und sich doch bewusst sind, Glieder einer großen Kette zu sein. Der Revolutionär ringt mit seinem Popanz.

Und neben diesem großen Kessel, in dem es brodelt und nach Form ringt, da wandelt noch immer einer, den man nicht übersehen darf, so nichtig er ist – – Herr Durchschnittsmensch. Er geht mit süßsaurem Lächeln einher und wundert sich im Grunde seines Herzens, dass er noch nicht umgebracht ist; aber er lässt es sich nicht merken. Das Ganze ist für ihn ein bedauerliches Intermezzo, das hoffentlich bald zu Ende sein wird, denn stille Ahnung sagt ihm, dass er der wahre Sieger ist. Denn sein Typ ist in der Tat unsterblich. Er hat alle Erschütterung der Weltgeschichte überlebt, ist immer Gaffender gewesen, niemals Erlebender, immer Zeuge, niemals Blutzeuge. Er hat während des Bastillensturms im Keller gehockt und kam erst hervor, als er sah, dass es ihm nicht an den Kragen ging. Er hat nacheinander König, Königin, Girondisten und Jakobiner zum Guillotinenplatz begleitet, öffentlich die Carmagnole gesungen und heimlich Getreide geschoben. Er hat sich bei Marats Tode im stillen Kämmerlein ins Fäustchen gelacht und hat Bonapartes Staatsstreich auf offenem Markte zugejubelt. Mit guter Gesundheit und gefüllten Taschen ist er übers Directoire ins Empire gekommen. Ob er noch lebt? Geht nur ins Wirtshaus, ihr werdet ihn die grause Zeit verfluchen und das ewig Gestrige preisen hören. Oder seht ihn in der Trambahn, wie er mit der Miene des Mannes, der die Welt nicht mehr versteht, die Zeitung in die Tasche schiebt. Ob er auch diesmal der Lachende bleibt? Das hängt davon ab, wer die Oberhand behält: der Revolutionär oder der Revolutionshysteriker. Der Typus, der am schärfsten den Sinn der Revolution erfasst und neue Ordnung gestaltet oder derjenige, der die Bewegung durch Fantastereien diskreditiert und schließlich in der Gosse enden lässt. Heute ist Herr Durchschnittsmensch dem Revolutionshysteriker bitter gram; er sieht in ihm den bösen Feind. Wäre er nicht gar zu dumm – – er würde in ihm den besten Helfer begrüßen.

O traure, traure, Deutschland,
Unglücklich Land! zu lange brach gelegen!
Deine Nachbarinnen blühen um dich her voll
Früchte,
Wie goldbeladne Hügel um einen Morast,
Wie junge kinderreiche Weiber
Um ihre älteste Schwester,
Die alte Jungfer blieb.

Lenz

Das arme Deutschland! Diesmal ist es nicht wie in versunkenen Jahrhunderten an seiner Bescheidenheit verkümmert, es ist zugrunde gegangen wie ein Parvenü, der zu hoch spekuliert und über Nacht Bettler wird. Es ist zugrunde gegangen an der Überspannung des Machtgedankens, an dem blinden Vertrauen, dass Gewalt und blankes Eisen allein maßgeblich seien und Recht und Wahrheit läppische Phrasen, bestenfalls gut genug, Dumme damit einzuseifen. Wir müssen den plumpen Glauben an die Macht niederringen. Wir müssen der Macht vertrauen lernen, die im Geiste wurzelt, der die Tochter der Gerechtigkeit ist. Was zusammengebrochen ist, war schlecht fundiert, war nicht Wahrheit, sondern Kulisse.

Wir hatten eine wunderbar entwickelte Technik, eine aller irdischen Gebundenheit spottende Wissenschaft.

Wissenschaft und Technik aber – es ist das nicht allein unsere Schuld, wir folgen einer schlimmen internationalen Tendenz – waren nicht in erster Linie da, zu helfen. Sie schufen Werkzeuge der Vernichtung, Werkzeuge grässlichsten Mordes.

Wir müssen die Wissenschaft wieder menschlich machen. Wir Monisten auch, die wir die wissenschaftliche Weltanschauung auf unser Banner geschrieben haben, müssen dabei helfen. Auch wir haben in manchem gesündigt; haben allzu sehr das kalte Fachwissen des Naturwissenschaftlers verwechselt mit dem großen Wissen vom Leben, haben oft vergessen, dass neben den Instrumenten des Forschers auch die suchende Seele ihr ewiges Recht hat. Wir könnten sehr viel Wärme in die Welt bringen.

Heute ist Deutschland so sehr gedemütigt, dass ein anderer, besserer Zustand beinahe wie eine Utopie erscheint. Deutschland, du darfst nicht mit Trauern in jüngste Vergangenheit blicken und einem Zustande schmerzlich nachwinken, der nichts war als gleißende und geschminkte Lüge. Stehst du auch heute im Reigen der Völker einsam und von allen verhöhnt, fast wie die Gattin Armins im Triumphzuge des römischen Siegers, glaube, dass du dich selbst erlösen kannst. Blicke nicht zurück. Die Gegenwart ist dein Kampffeld. Du brauchst nicht mit jämmerlich bußfertiger Miene einherzulaufen; nicht beten lehre dich die Not, sondern Denken und Handeln. Nicht trübe Gäste auf der dunklen Erde dürfen wir sein, sondern Goethes »Stirb und werde« wollen wir als freudiges Losungswort aufnehmen.

Die große Not schafft große Abwehr. Die leidende, die misshandelte und geknebelte Germania ist noch immer die Mutter der besten Generation gewesen!

(Dezember 1918)

Ausverkauf

Nun gleiten wir alle sacht in den Winter unseres Missvergnügens. Keinen fand diese Herbstsonnenwende zufrieden. Keiner sprach: »Die Wolken all, die unser Haus bedräut, sind in des Weltmeers tiefem Schoß begraben.« Bleiern lastet es auf Siegern wie Besiegten. Bei den einen übertönt Festesjubel nur mühsam die Stimmen banger Sorge, und manche tönende Fanfare findet zages, hohles Echo. Und die andern, die das Spiel verloren? Richtungslos irren sie. Sie wissen ausgehungerte Völker hinter sich, ausgehungert an Leib und Seele. Stumpf und müde geworden. Stumpf und müde ist selbst die Raserei. Da ist keiner, der es fühlt: ... die Helle vor mir, Finsternis im Rücken. Die Ratlosigkeit ist das Zeichen dieser Nachkriegszeit. Kein Aufschwung, sondern Verdrossenheit.

Gestehen wir es uns ein: Auch auf uns Pazifisten lastet diese Verdrossenheit. Wie heiß haben wir in vergangenen Jahren nicht die Stunde ersehnt, die den Kriegsgott stürzen sollte. Wie hat sich unsere Sehnsucht nicht diese große Wende vorgestellt! Die Krieger zerbrechen ihre Schwerter, zertrümmern die Kanonen, und nach Unzeiten trennenden Hasses verlieren die Grenzen der Länder ihre unheimliche Kraft; die Menschheit als heiligen und unerschütterlichen Begriff in sich tragend, so ziehen die Scharen der Soldaten in die Heimat zurück. Verhehlen wir es uns nicht, dieser Augenblick, die »weiße Sekunde«, wie ihn Leonhard Frank so wunderbar nennt, ist nicht gekommen. Das Ende des Krieges bedeutete nicht Verbrüderung, sondern hart und eindeutig: Sieg der einen Koalition über die andere! Sieg mit allen Konsequenzen für Sieger wie Unterlegene! Die Völker, nach Entwaffnung, nach Ruhe verlangend, bleiben weiterhin angespannt, aufgeputscht, von Neuem wird ihr natürliches Gefühl, das Vereinigung will und nicht Trennung, von nationalistischem Geschrei übertönt und irregeführt. Das Resultat ist ein jämmerliches. Die Chauvins aller Länder gehaben sich noch, als läge die Zukunft in ihrer Hand.

Aber ist dieses Bild nicht doch trügerisch? Ist da nicht viel, was nur Wort ist und Gebärde, nur Aufputz und nicht festes Material? Würde das, was Politiker von der sicheren Warte der Partei in die Welt hinauskrähen, wirklich der Stimmung der Völker entsprechen, dann könnte man die Arbeit für die Gesellschaft der Nationen einstellen und auf hundert Jahre vertagen.

Wir gebrauchen so gern das Wort von der »neuen Zeit«. Für wenige ist es Überzeugung, Herzenssache, hat es echten revolutionären Inhalt. Für die meisten ist es Ornament. In Wahrheit aber haben wir die Schwelle der neuen Zeit noch längst nicht überschritten. Der 9. November bedeutete nicht den Grenzstein, sondern nur eine Etappe auf dem Wege dahin. Uns umweht noch nicht die Gottesluft der neuen Freiheit, wir leben noch inmitten von Zusammenbrüchen und Katastrophen.

Was sich rings um uns begibt, das ist der Ausverkauf des alten Zustandes der zwischenstaatlichen Anarchie. Man räumt auf, man verschleißt. Und immer wieder setzt es in Staunen, zu sehen, was für Gerümpel dabei zutage kommt und wie wichtig die Herren Verkäufer ihren Krimskrams nehmen. Erst jetzt wird die europäische Fäulnis aus der Zeit vor 1914 wirklich offenbar. Jetzt muss auch der Blödeste die Schwären und Gebresten des europäischen Leibes sehen. Jene Schwären und Gebresten, die man so nett »Territorialprobleme« nennt und die ein jeder Staat so ängstlich zu verbergen trachtete, obgleich der Geruch verriet, dass nun die Hüllen heruntergerissen sind. Das wäre an und für sich gewiss kein Schade. Gefährlich ist nur, dass man alle Konflikte noch immer mit den Mitteln der alten, durch die Ereignisse überholten und widerlegten Diplomatie zu lösen sucht. Dass noch immer die Einstellung eine durch und durch imperialistische ist. Dass noch immer der stolze Trödel der »nationalen Ehre« mit seinen Fahnen und Wappentieren den Ausschlag gibt, während die wahren Bedürfnisse der Menschheit Überbrückung der Grenzen und gegenseitige Hilfe verlangen, wenn wir nicht einer Weltkatastrophe zutreiben wollen. Aber die Lenker unserer Geschicke schwelgen auf Trümmern, verschleudern mit großer Geste Länder und bestimmen kaltlächelnd Grenzen in Gebieten, die ihnen in gleichem Maße vertraut sind wie etwa einem durchschnittlichen Europäer das Indianer-Territorium.

Darf es als Entschuldigung gelten, dass es bei den Besiegten nicht besser aussieht, dass man, anstatt mutig vorwärts zu schauen, nach verstaubter Tradition schielt und der nationalen Reinigung die nationalistische Klopffechterei vorzieht? Noch taumeln wir alle im Labyrinth des Krieges. Ein Jahr nach Abschluss des Waffenstillstandes noch darf der alte Clemenceau, ein Mann von untadeliger demokratischer Vergangenheit, sich über alle Gebote der Demokratie hinwegsetzen und versuchen, seine persönliche Denkungsart, eine seltsame Mischung von nationalistischer Überreiztheit und verschrobener Bismärckerei, einem großen, freiheitsliebenden Volke als nationale Gesinnung aufzupfropfen. Ein Jahr noch nach Abschluss des Waffenstillstandes treiben in Deutschland weite Volksschichten einen albernen Kultus mit dem wattierten Preisringer Ludendorff. Neue Zeit? Nein, noch taumelt alles im Labyrinth des Krieges. Damit ist aber unsere pazifistische Arbeit notwendiger denn jemals.

Es wird mit Recht viel davon gesprochen, dass die Rehabilitierung Deutschlands zurzeit die Hauptsache sei.

Nur über den Weg sind die Meinungen verschieden. Die einen heben hervor, dass nur ein unbedingtes Schuldbekenntnis uns die Sympathie der Welt wiedergewinnen könne, während die andern sich mit Eichenlaub bekränzen, teutonisch die Brust mit den diversen »Orangeorden« recken und nur das eine zu sagen haben: Nur nichts zugeben! Zähne zusammenbeißen und Haltung! Das imponiert. – Die dritte Kategorie setzt sich aus jenen zusammen, die alles gemütlich in einem Topf zusammenrühren und dann freundlich lächelnd verkünden, es hätten alle die gleiche Schuld und wir Deutschen hätten Zeit zu warten, bis die andern zur gleichen Erkenntnis gekommen wären. So gutherzig eine solche Auffassung ist, so wenig verspricht sie Erfolg. Zu sehr ist die Stimmung gegen uns und zu wenig unsere Lage dazu geeignet, es auf neue Geduldsproben ankommen zu lassen. Es ist vielmehr unsere höchste Pflicht, uns mit aller Kraft für die Durchdringung Deutschlands mit pazifistischem und demokratischem Geist einzusetzen. Wir müssen den Mut zu absolut neuen Methoden finden. Stärker noch als formale Schuldbekenntnisse, die von Skeptikern sehr leicht als Lippenbekenntnisse gewertet werden können, müsste eine solche Tat wahrhaft vorbildlich wirken und am allerersten geeignet sein, die Barrieren des Hasses und Misstrauens um uns niederzulegen. Das ist der Weg zum Völkerbunde der Zukunft, der nicht aus dem Kalkül der Staatsmänner erwächst, sondern dem Rechtsempfinden der Völker. Dann erst wird die Stunde der Versöhnung anbrechen und der letzte Krieger sein Schwert unter Rosen begraben.

(Völker-Friede, November 1919)

Des Bürgers Wiederkehr

Allen guten Menschen, die als Dernier cri den stieren Verzweiflungsblick ob der Zeiten Verderbnis auserkoren haben, sei, soweit sie belehrbar sind, dringend das Studium jener Zeiten empfohlen, die großen Krisen folgten. Man kann es leider gar nicht oft genug wiederholen, dass eine Menschheit, die Jahre abgründigsten Schreckens hinter sich hat, nicht in freundlicher Unbefangenheit an ihre alte Arbeit zurückkehrt, wenn diese auch nur im Rentenverzehren bestand. Der eine ist müde geworden, das sogenannte »bessere Ich« ist schlafen gegangen, und was man da unter Menschen wandeln sieht, das ist nicht mehr als ein Bündel künstlich aufgepeitschter Nerven. Der andere, dumpfer Triebmensch, erhebt sich zum ersten Mal aus dem Unbewussten, und sein neues Wachsen ist eine einzige Begierde. Treiben wir keine Spiegelfechterei: Wir alle sind heute entweder solche Eingeschlafene oder Erwachte. Man hat uns durch die Hölle gepeitscht und wundert sich nun, dass die letzten kümmerlichen Reste des Religionsunterrichtes dabei vollkommen untern Wagen geraten sind. Daneben gibt es noch spaßhaft veranlagte Zeitgenossen, die krampfhaft bemüht sind, all die Exzesse dieser Epoche der armen deutschen Revolution in die allzu engen Schuhe zu schieben. Ach, du bedauernswerte Göttin, du hast mehr gesündigt, als es sich selbst für die unpolitische deutsche Dame, die du bist, trotz gelegentlichen russischen Akzents, gebührt. Aber das hast du nicht verdient! Du sollst schuld sein an militärischem Zusammenbruch, an Putschen, Arbeitsscheu, Sittenverwilderung, Schiebertum, Kirchenaustritten und Schönheitsabenden? Immerhin, vor einem Jahr, da tratst du noch etwas imponierender auf, aber schon damals war leider nicht zu verkennen, dass deine Kleider nicht lang genug waren, um die Kothurne zu verdecken, und deine Stimme war mehr schrill als tönend. Aber die Schuldige bist du nicht. Nein. Es besteht gar kein Zweifel: Die deutsche Revolution ist ein schmächtiges Persönchen, und ihre Umrisse fordern zum Spott heraus. Sie hat nichts gemein mit der himmlischen Hetäre von 1830, wie sie Delacroix gemalt hat. Aber um sie Verführerin zu schelten, dazu gehört die ganze deutsche Temperamentlosigkeit und die Undankbarkeit. Wir wollen nicht aufzählen, was sie an Unterlassungssünden auf sich geladen hat, wir wollen hier erinnern an ihre einzige Tat – – sie hat den Krieg beendet.

Für jeden halbwegs Vernünftigen sollte es außer Zweifel stehen, dass der militärische Zusammenbruch auch gekommen wäre ohne meuternde Matrosen und ohne Emil Barths russische Knallpistolen. Schlimmer noch: Der Krieg wäre auf deutschem Boden zu Ende geführt worden, die Rheinlande hätten Nordfrankreichs Schicksal geteilt, und der Friede wäre schlimmer geworden als der Versailler. Das Gezeter wider die Revolution könnte wirklich humoristisch aufgefasst werden, würde sich dahinter nicht eine neue Denkweise verbergen. Neu in ihrer zeitlichen Form, uralt in ihrem Inhalt: die Sehnsucht nach dem spießerlichen Idyll, nach der aufregungslosen Mittelmäßigkeit. Die alte Bürgerlichkeit, um eine neue Note vermehrt, ist wieder da. Ist die geheime Herrscherin der Stunde. Bürgerlichkeit nicht als sozialer Begriff, aber als seelischer Zustand. Da findet sich alles:

Abneigung gegen das Ungewöhnliche, Scheu vor dem Erlebnis, Autoritätsdusel, Servilität, Verlangen nach geruhiger Verdauung. Das ist nicht der Citoyen der großen Revolution, nicht der wortreiche, aber echt begeisterte Mann der Paulskirche, das ist jenes Lebewesen, das die

22 zahlungsfähige Moral erfunden hat, das nur schwelen kann und niemals glühen, das die Ehrfurcht vor der Leistung nicht kennt, sondern nur das Ducken, wenn eine kräftige Faust droht. Niemals schlägt das Herz höher vor geistiger Tat, aber vor möglichst massiver Entfaltung äußerer Macht, da biegt sich der Rücken. So sieht unser neuer Beherrscher aus, verehrte Freunde, der Tonangebende nach einem Jahr Republik. Er ist es wirklich, mögen auch andere noch das große Wort führen. Er duldet es; liebt es sogar, dass er es nicht selbst zu tun braucht. Denn er betritt die Öffentlichkeit nur herdenweise, nie als Individuum, es ist so, als ahne er irgendwie seine traurige Figur. Er sorgt dafür, dass die Religion hübsch in der Schule bleibt. Nicht aus Religiosität, sondern weil der Mensch etwas glauben muss. Er sorgt dafür, dass wir nicht die Einheitsschule erhalten, damit die Bildung das Privileg seiner Söhne bleibt, die den Typ an Wissen bereichern und – deshalb gefährlicher! – fortsetzen. Er jammert über die Sittenlosigkeit und ist von der Notwendigkeit der Prostitution durchdrungen. Er stöhnt über den Verfall der Wirtschaft und macht Geschäfte, die die Valuta verhunzen. Er bleibt gleichgültig, wenn er an die Kriegsjahre zurückdenkt, und vergießt Tränen bei dem Gedanken, dass Hindenburg in Zivil wandeln und sich von einem Frankfurter Juden ausfragen lassen muss. Die Presse fügt sich seinem Geschmack – er gibt

der Republik, die er verwünscht, sichtbarlich das Gepräge. Mit wenig Hirn und viel Ellenbogen ist er dabei, auch die letzten Hindernisse aus dem Weg zu räumen. Ob es so bleiben muss? Das hängt ganz davon ab, ob endlich erkannt wird, dass dieser Bürger nicht der Repräsentant einer bestimmten Klasse, sondern einer bestimmten Denkart ist. Dass er nicht mit irgendeiner Wirtschaftsweise, wohl aber mit einer ganz bestimmten Erziehungsweise zusammenhängt. Das gibt ihm seine Macht. Deshalb ist er bodenständig und die einzige wirkliche Gefahr, die die deutsche Republik kennt. Wir müssen eilen, schon wächst er von Tag zu Tag. Schwächer wird die Flamme, die jäh aufloderte, und bald wird sie erloschen sein.

(Monistische Monatshefte, 1. Januar 1920)

Der Aufmarsch der Reaktion

Während die Linksparteien mit deutscher Gründlichkeit ihre Zwiste austragen, macht die Rechte klar zum Gefecht. Während in den großen Städten die republikanischen Parteien einen mehr oder weniger geistigen Kampf gegeneinander führen, sichern die Monarchisten sich das flache Land und die Provinz, und bald dürfte es ihnen gelungen sein, Städte und Industrireviere gründlich einzukesseln. Wenn in Berlin geschossen wird, dann tanzt die pommersche Vendée vor Freude. Die Republik ist schlecht, das ist heute das politische Credo unzähliger Deutscher. Die Maßlosigkeit der linksradikalen Opposition ist die beste Helferin der von rechts anrückenden Reaktion.

Das haben wir uns im November 1918 nicht träumen lassen, als wir, fern der Heimat, unsere verwitterten Feldmützen in die Luft warfen und die Republik leben ließen, dass so bald an ihr gerüttelt würde, dass so mancher, der sich damals vor Begeisterung die Kehle wund schrie, so bald zum unfreiwilligen Helfer derjenigen werden würde, die sie heute meucheln wollen. Was uns damals das Blut schneller durch die Adern jagte, das waren nicht Parteiprogramme und nicht spitzfindig ausgeklügelte soziale Glaubenssätze – kein Mensch fragte danach, was Radek von Kautsky trennte. Millionen aber einte das Gefühl: Das Morden ist zu Ende, der Militarismus ist an sich selbst verreckt, wir sind von Stunde an freie Menschen im freien Vaterland! Die deutsche Revolution war nicht parteidogmatisch beschwert, sie war der elementare Notwehrakt eines entsetzlich leidenden Volkes.

Wir wissen, wie schnell dieses Gefühl der inneren Zusammengehörigkeit dahinschwand. Gewiss, Begeisterung kann nicht auf Eis gelegt werden. Aber wo sie stark und echt ist, bringt sie auch eine Parole hervor, die noch lange nachher zündende Kraft beweist und Auseinanderstrebende von Neuem bindet. Dass die neue Ordnung eine solche Parole nicht gefunden hat, empfinden ihre Feinde leider stärker als ihre Freunde. Man kann den Gegnern der Republik die Anerkennung nicht versagen, dass sie gründlich und vielseitig sind. Die ehemaligen Stützen von Thron und Altar verstehen sich trefflich auf Maulwurfsarbeit. Die Tippelskirche verstehen es, wirksam gegen Korruption zu deklamieren. Es gibt nichts, was die deutschnationale Opposition nicht auszunützen verstände. Es ist da keine Frage zwischen Himmel und Erde, die nicht mit einem innerlich durchdrungenen »Die Republik ist schuld« beantwortet wird. Die militärische Niederlage, der schlimme Frieden, Teuerung, Sittenlosigkeit, Schiebertum ... die Republik ist schuld! Es ist kein bedenklicher Instinkt in der Volksseele, der nicht ins Maßlose gesteigert wird. Der dumme Dünkel ehemals bevorrechteter Kasten wird ebenso in Rechnung gestellt wie die primitive Sehnsucht bornierter Spießer nach militärischem und dynastischem Schaugepränge. Und diese Kleinarbeit ist konsequent. Die Sozialisten von einst, die sich auf die Massenpsychose verstanden, sind harmlose Stümper daneben. Es gibt keine öffentliche Institution, in die nicht die wüste monarchistisch-nationalistische Hetze hineingetragen wird. Schule, Kirche, sogar Theater sind die Tummelplätze der deutschen Mafia.

Es ist ziemlich hoffnungslos, solch randalierender Agitation entgegenzuhalten, dass ein Jahr neues System nicht alle Blütenträume zur Reife bringen konnte. Wir kennen die Schwierigkeiten von Übergangszeiten. Auch in Frankreich hat die Dritte Republik drei Jahrzehnte gebraucht, um sich endgültig durchzusetzen. Auch das französische Offizierskorps beherrschten royalistische Cliquen; die ehrlichen Republikaner waren in oft verzweifelter Minderzahl. Aber Klugheit und Festigkeit können den Übergang abkürzen und der neuen Staatsform ein sicheres Fundament schaffen. Keine törichte Gewalt, kein plumper Versuch, Argumente durch Zwang zu ersetzen. Aber erst recht keine faulen Kompromisse in der Hoffnung, sich das Wohlwollen der Abgesägten zu erschleichen.

Die Republik muss sauber sein. Ihre Unantastbarkeit muss ihre Gegner entwaffnen. Von den Führern eines arm gewordenen Volkes muss die härteste Selbstzucht verlangt werden. Sonst ist jeder politischen Unmoral Tür und Tor geöffnet.

Die Republik muss weise sein. Von dem scharfen Instrument des Ausnahmezustandes mache sie niemals ohne letzte Not Gebrauch. Jede Maßnahme, die irgendwie an die Methoden des alten Systems erinnert, lässt weite Kreise des Volkes an der Demokratie zweifeln, schafft Erbitterung und Gleichgültigkeit. Nichts Schlimmeres könnte der Republik widerfahren als eine Verdrossenheit gerade der Volksschichten, die sie zu ihrer Verteidigung braucht und die nach ihrer ganzen Denkungsart zu ihr gehören.

Kein größerer Gefallen kann der Reaktion erwiesen werden als die gegenwärtig betriebene Innenpolitik. Diese Politik der »starken Hand« entspricht ganz den Intentionen des Edlen von Oldenburg. Kein Mensch von gesunden Sinnen wird sich dagegen sträuben, dass Parlament und Verfassung gegen Eingriffe von außen geschützt werden müssen; aber die Verhaftung angeblicher »intellektueller Urheber« solcher traurigen Geschehnisse erinnert an die übelsten Gepflogenheiten von anno Puttkammer. Wir stehen als Demokraten den Däumig und Goldschmidt scharf gegenüber, aber wir achten sie als ehrliche Gegner und wissen sie von dunklen Putschbrüdern ebenso weit entfernt wie den Herrn Reichswehrminister von staatsmännischer Einsicht.

Was hier ausgesprochen wird, sind Binsenwahrheiten. Nichtsdestoweniger scheint die stärkste Partei der Koalition, die sozialdemokratische, den Sinn dafür verloren zu haben. Jene Partei, die einst so stolz darauf war, auch von jedem Ansatz einer Kamarilla frei zu sein, lässt sich heute in seltsamen »Funktionärversammlungen« von Krügern und Heilmännern gängeln.

Schlecht beraten sind die Führer der Republik. »Caveant consules ...!« So rief man einst in gefährlichen Stunden. Heute muss es heißen: »Möge die Republik zusehen, dass die Konsuln keinen Schaden nehmen!«

(Berliner Volks-Zeitung, 31. Januar 1920)

Die nationalistische Internationale

So geht es nicht weiter!

Vorausgesetzt, dass das Kabinett Fehrenbach die ersten Stürme und Anstürme übersteht, werden in der ersten Hälfte des kommenden Monats in Spa Mitglieder der deutschen Regierung mit den »großen Männern« der Entente an einem Tisch sitzen. Schon heute wissen wir, dass aus dieser Konferenz nichts besonders Erfreuliches herauskommen wird, und dabei haben wir deutschen Demokraten und Pazifisten seit Langem eine solche Aussprache sehnlichst herbeigewünscht. Der Zeitpunkt ist der denkbar ungünstigste. In Deutschland ein Wahlresultat, das das Misstrauen des Auslandes bergehoch anwachsen ließ; skrupellos auf Augenblickswirkung gestellte Agitation entwirft Bilder kommenden Vergeltungskrieges. Die Soldateska spottet der schwachen bürokratischen Fesseln und lässt sich nicht einmal herbei, der herzlich zahmen demokratischen Kontrolle wenigstens rein äußerlich die Reverenz zu erweisen. Allzu leicht macht es Deutschland den starken Männern drüben, die Opposition der Vernünftigen beiseitezuschieben. Die deutschen Dokumente sprechen! Eine einzige Ausgabe der »Täglichen Rundschau« gibt der Pariser und der Londoner Hetzpresse die willkommene Gelegenheit, hohnlachend einen John Maynard Keynes abzutun, den leidenschaftlichen Vorkämpfer einer wahrhaften europäischen Wiederherstellung. Jenen Keynes, dessen empörtes Gerechtigkeitsgefühl die Umrisse des Versailler Altmännerkollegiums mit dem Griffel eines Tacitus für ewige Zeiten festgehalten hat.

Es ist eine alte Geschichte: wer freimütig darauf hinweist, dass es im Lande Dinge gibt, die wenig geeignet sind, das Vertrauen der Nachbarn zu erwecken, der muss die Verdächtigung einstecken, er rechtfertige oder verherrliche sogar die dem Lande ungünstige Politik der andern. Muss es denn immer wiederholt werden, dass der Versailler Vertrag in der Sache ein Ausdruck des Gewaltglaubens, eine Enttäuschung nach Wilsons hochgemuten Verheißungen bedeutet, technisch aber ein flüchtiges und schlechtes Stück Arbeit ist?! Daran lässt sich nicht rütteln. Aber ebenso wenig an der Tatsache, dass gewisse Strömungen bei uns geeignet sind, die Vernichtungstendenzen bei den Siegern, namentlich den Franzosen, aufs Äußerste zu fördern und ihnen einen Schein von Berechtigung zu verleihen.

Wir erheben gegen die Entente den Vorwurf, dass sie uns gegenüber eine Politik plumper Drohungen und Erpressungen betreibt. Aber wir erheben auch gegen viele unserer Volksgenossen den Vorwurf, dass sie es der Entente allzu leicht machen, bei dieser bequemen Politik zu verharren. Die Entente soll und muss lernen, dass man das deutsche Problem nicht löst, indem man ein paar Regimenter Kolonialtruppen über die Demarkationslinien schickt, und dass eine weitsichtige Außenpolitik höhere Ziele haben muss als jenes, den Jubel der Jingopresse auszulösen. In Spa wird auch Marschall Foch anwesend sein. Und wird natürlich aus militärischen Gründen auf die Verewigung der Besetzung des Rheinlands dringen. Und wird ein Exposé mitbringen, in dem ausgeführt ist, wie unrecht es sei, durch wirtschaftliche Konzessionen Deutschland in die Lage zu versetzen, sich so weit emporzumästen, dass es bald wieder in einen Krieg eintreten könne.

Nochmals: Warum wird Herrn Foch und seinen Myrmidonen ihr Handwerk so sehr erleichtert? Warum kann Herr Barthou die Politik Millerands, die wir doch wirklich als eine solche der harten Hand empfinden, unter dem frenetischen Beifall der Boulevardblätter als »schlapp« bezeichnen? Die angelsächsischen und italienischen Staatsmänner haben ein besseres Organ für die Notwendigkeiten der Situation und wissen, dass es zurzeit ärgere Sorgen gibt als militärische. Warum müssen sie aus dem Felde geschlagen werden, ausgerechnet mit Haufen bedruckten deutschen Zeitungspapiers? Das wäre ein Triumph deutscher Politik, wenn zu einer solchen Konferenz, die doch Wege in die Zukunft weisen soll, nicht mehr Herr Foch gebeten würde, weil man seiner nicht mehr zu bedürfen glaubt. - –

In der sozialistischen Welt wetteifern zurzeit etliche Internationalen. Eine jede ein Stück Ohnmacht. Die »Deutsche Tageszeitung«, hierin der verwandten Intelligenz des »Hammers« folgend, weiß hin und wieder Spannendes von einer »Judeninternationale« zu berichten. Doch gibt es gegenwärtig nur eine Internationale von Bedeutung, wenn sie auch nicht auf dem Papier steht: Das ist die Internationale der Nationalisten! Mit gefletschten Zähnen, geifernd vor Wut, so stehen sich die Genossen wider Willen gegenüber; aber der gleiche geistige und sittliche Tiefstand eint sie und die Überzeugung, dass der brutalsten Macht diese Welt gehört. Setzt Herrn Ernst Reventlow an einen Tisch mit Herrn Léon Daudet von der »Action Française« und Herrn Bottomley vom »John Bull«, und die Entente cordiale ist fertig. Wie das einander in die Hände arbeitet! Beginnt der eine zu poltern, ist der andere glücklich, ihn nun seinerseits überpoltern zu können. Die Völker aber sehen zu und bewundern die losgelassenen Indianerinstinkte ihrer Überpatrioten. Und doch stehen immer die Völker am Marterpfahl, wenn ihre Führer mit dem Tomahawk Politik machen.

Früher war Außenpolitik in Deutschland eine Geheimwissenschaft und wurde von den wenigen Auserlesenen in Seidenschuhen betrieben. Heute führt ein jeglicher seine Weisheit in Holzpantinen spazieren. Die alldeutschen Tobsuchtsausbrüche, in der Ära Kiderlen noch sporadisch, sind längst permanent geworden. Delirium als Prinzip – ein kostbares Rezept für auswärtige Politik!

Zugegeben, das alte Regime bedeutete keine Erziehung zur Verantwortlichkeit und hat auch dem Deutschen nicht gerade den Blick fürs Ganze auf den Weg gegeben. Aber wie sich jetzt unsere nationalistische Presse immer tiefer in Verhetzung und Verwilderung hineinarbeitet, das überbietet alle früheren Leistungen und wäre Gegenstand nicht politischer, sondern psychiatrischer Untersuchung, wenn dazu Zeit wäre, wenn nicht Deutschlands Lage so furchtbar wäre. In engstem Zusammenhang damit steht auch eine große innerpolitische Gefahr.

Wenn, was schon jetzt als ziemlich feststehend betrachtet werden kann, die Konferenz von Spa Deutschland keine Erleichterung bringen wird, sondern nur die alten Forderungen in neuer Umrahmung, dann werden unsere reaktionären Parteien eine neue chauvinistische Glutwelle übers Land gehen lassen. Das deutsche Elend, das in erster Linie sie verschuldet haben, wird ihnen gut genug sein als Anlass zu neuen agitatorischen Gesten. Die Parteien der Kriegsverlängerer und Kriegsgewinnler, die Einpeitscher des Revanchegedankens und Begönnerer des Kapp-Putsches werden die Republik, werden die demokratischen und sozialistischen Parteien verantwortlich machen für die Schläge auf den Magen, die das deutsche Volk von der Entente erhält. Sie haben der Demokratie die Verantwortung für den von ihnen verlorenen Krieg aufgebürdet, sie werden auch vor dieser neuen Verleumdung nicht zurückschrecken. Die Entfesselung des Nationalismus ist bisher noch immer das probateste Mittel geistbankerotter Elemente gewesen, sich die Herrschaft zu sichern. Und die »Sieger« vom 6. Juni brauchen neuen Wein in die alten Lügenschläuche!

Es ist ihnen in den vergangenen drei Wochen nicht gelungen, auch nur eine leidlich mittelmäßige Idee zu produzieren. Anstelle der großen Wirtschaftsretter und erstklassigen Fachmänner erscheinen alltägliche Bürokraten preußischer Schulung. Sie hätten schon Fachmänner; leider sind diese bei der gereizten Stimmung der Arbeiterschaft nicht ministrabel. Eher würden die Arbeiter alle Räder stillstehen lassen, als die Verwaltung der Wirtschaft in Händen dieser offenbaren Vertrauensleute des rabiatesten Industrieherrentums zu dulden. Die Reaktionäre haben also sehr viel zu vertuschen. Wie man sie kennt, werden sie nicht zögern, in Deklamationen wider die »schlechte« Republik und die »korrupte« Demokratie wahre Orgien zu feiern und die Mittel- und Linksparteien zu Sündenböcken zu machen.

Ein weiteres Umsichgreifen des Chauvinismus aber bedeutet einfach die Katastrophe der Demokratie. Diese Gefahr muss erkannt werden. In England gibt es gute Liberale; die zugleich sehr solide Jingos sind. Deutschland kennt solche Art nicht. Hier ist der Chauvinismus die Eigenart und die leider auch sehr wetterfeste Maske der Reaktion. Als Herr Traub sich patriotardisch zu echauffieren begann, siedelte er zu Westarp über.

Es geht um die Existenz der Demokratie. Keinen Augenblick darf sie sich von einer an sich vielleicht verständlichen Massenstimmung hinreißen lassen. Mitten in der allgemeinen Entrüstung über die Ententepolitik muss sie mit unerbittlicher Schärfe auf jene hinweisen, die sie als wahre Urheber des Unglücks erkannt hat.

Völkerpolitik wird nicht mit Temperamentsausbrüchen gemacht. Eine nationale Pflicht nur hat der Deutsche heute: jede pomphafte Gebärde zu vermeiden und still zu arbeiten! Nationale Würde, das ist nicht vaterlandsparteiliche Schmierenpathetik, sondern Besinnung und Abrechnen mit sich selbst. Patriotismus, das sei Handlung und nicht Wort. Die Franzosen fürchten deutsche Revanche. Wären sie klug, würden sie das beseitigen, was Revanchegedanken nähren kann. So hell leuchtet es noch nicht in Frankreichs Politik, aber die Ahnung ist da. Die von Nitti begonnene und von Lloyd George diplomatisch unterstützte Politik der Verständigung wird sich durchsetzen. Wir Deutsche sollten den Klärungsprozess nicht mit Tiraden aufhalten. Wir, die von Misstrauen Zernierten, können viel zum Abbau der Kriegsstimmung und damit zur Entwaffnung der Welt beitragen, wenn wir offen zum Ausdruck bringen, dass nach den blutigen Erfahrungen von vier Kriegsjahren eine Rückkehr zu politischen Grundsätzen unmöglich ist, die nicht wenig mitschuldig waren an der Entfesselung des Krieges.

Viele Feinde hat das deutsche Volk in der Welt. Aber die Schlimmsten trägt es in sich. Übermütig wie einst möchten sie auf dem Reichsgebäude die Junkerfahne aufpflanzen. Der Wind pfeift von rechts und peitscht die Flut. Wir wollen der Mache die Gesinnung entgegensetzen und uns zur Verantwortung erziehen vor Volk und Menschheit. Das ist der Damm, an dem die Woge des Völkerhasses zerschellen wird.

(Berliner Volks-Zeitung, 27. Juni 1920)

Das besiegte Deutschland

Spätere Geschlechter werden die Periode des Weltkrieges kein Heldenzeitalter Europas nennen, sondern eine Zeit tiefster Erniedrigung. Die Aufpeitschung des Nationalismus, die Entfesselung und Nutzbarmachung aller Instinkte, die man sonst als edel zu bezeichnen pflegt, haben seelische Epidemien hervorgerufen, die auf lange Zeit noch alle internationale Politik zu einem ebenso schwierigen wie gefährlichen Problem machen werden. Insofern ist auch der Versailler Frieden nichts künstlich Konstruiertes, sondern durchaus aus einer Zeit gewachsen, die Hass und Rache heiligte und alle Niedrigkeit für den Dienst des Vaterlandes mobilisierte. Und deshalb kann das traurige Friedensdokument nicht durch ein paar Federzüge beseitigt werden, ehe nicht ein wirksames Serum gegen die Krankheitserreger gefunden ist. Von unseren früheren Gegnern ist Frankreich am hartnäckigsten und sträubt sich am heftigsten gegen die von England und Italien befürwortete Politik der Vernunft. Ohne eine Besserung unseres Verhältnisses zu Frankreich aber ist keine Restitution europäischer Gesinnung und Gesittung denkbar. Dass unsere bisherige Politik Frankreich gegenüber versagt hat, einerlei, nach welcher Methode man arbeitete, ob Gongschlag oder Flötentöne, scheint uns der Beweis zu sein, dass mit rein politischen Mitteln hier nichts ausgerichtet werden kann. Es muss bei uns ein sittlicher Wille sich regen, der der Welt beweist, dass das Regime wirklich ein Regime ist und nicht eine Ohnmacht oder gar eine Draperie.

Heute aber ist es leider so, dass wir in diplomatischen Noten unser Elend ausstöhnen und unsere Presse laut tönend an das Gewissen der Welt rührt, Deutschland vor dem Hungertod zu bewahren, und dass in grellem Kontrast zu den amtlichen und halbamtlichen Leichenbittermienen dieses Deutschland, wie es da in wildem Tempo dahinlebt, ein Antlitz trägt, das wenig geeignet ist, Sympathien zu erwecken. Mit einem Wort: Ehe wir unser öffentliches und privates Leben nicht sehr gründlich säubern, werden wir keine Aussicht haben, Anschluss zu finden an eine Welt, ohne die wir nicht leben können und die jetzt unser Treiben weit befremdeter betrachtet, als wir es in unseren kritischsten Stunden tun.

Denn uns fehlt der kritische Blick für uns selbst. Wenn einer Nation eine bitterlich harte Aufgabe zufällt, so ist es die, eine Niederlage mit Anstand zu tragen. Gelingt das, so sind schon die allerschlimmsten Folgen paralysiert, und die Bürgschaft neuen Aufstiegs ist gegeben. Wo aber ist bei uns Haltung zu finden? Beträchtliche Teile des deutschen Volkes wollen noch nicht einmal die Tatsache der Niederlage gelten lassen. Bestreiten den militärischen Zusammenbruch. Behaupten, es wäre ganz gut möglich gewesen, den Krieg weiterzuführen. Mit Erfolg weiterzuführen. Es ist aber weder ehrlich noch dem Vaterlande dienlich, eine unabweisbare Tatsache mit Phrasen wegoperieren zu wollen und diejenigen mit allen Mitteln zu bekämpfen, die unter der Macht dieser Tatsache die Konsequenzen gezogen haben. Gewiss ist es wenig erquicklich, immer wieder auf die Dolchstoßlegende zurückkommen zu müssen. Aber unsere Reaktion, der ärgste Hemmschuh einer vernünftigen Neugestaltung, lebt von zwei höchst anfechtbaren, dennoch auf primitive Gemüter höchst eindrucksvollen Behauptungen: 1. die deutschen Machthaber von 1914 seien am Ausbruche des Krieges absolut unschuldig, 2. der Krieg sei im Oktober 1918 nicht verloren gewesen, die Auflösung der Armee sei auf verhängnisvolle Einflüsse vonseiten der Heimat zurückzuführen. Es ist bedauerlich, dass diese beiden Behauptungen bisher von den Linksparteien noch nicht in ihrer vollen Gefährlichkeit erfasst wurden, dass es bei den Demokraten wie bei den Sozialisten eigentlich nur einzelne Persönlichkeiten sind, die mit ihrer ganzen Energie diese Spiegelfechtereien bekämpfen. Und doch braucht über die Bedeutung solcher Legenden kein Wort verloren zu werden: Sie sollen das alte System rechtfertigen, sie sollen die Monarchie und ihre Ratgeber reinwaschen, für schuldlos erklären, am Krieg wie am Zusammenbruch. Damit aber wird der neuen Staatsform, die doch gerade eine Folge dieses Zusammenbruchs war, der Boden unter den Füßen fortgezogen.

Wir sagten zu Eingang, dass alle kriegführenden Staaten noch unter den bösen Geistern zu leiden haben, denen sie selber den Weg freigegeben haben. In Deutschland hat, das wissen wir heute alle, die vielberühmte deutsche Organisation miserabel funktioniert, nur eins hat glänzend geklappt: die Kriegspropaganda! Und die war so intensiv, dass ihre Wirkungen noch heute schauderhaft lebendig sind und gar nicht wenige unserer Landsleute in einer geistigen Verfassung leben, die aufs Haar der von 1915 entspricht. Es will den Leuten nicht in den Kopf, dass etliches seitdem sich geändert hat, dass das Ludendorffsche Ingenium an Reservearmeen flügellahm wurde, die nur auf den für das geduldige deutsche Publikum bestimmten Papieren der OHL eskamotiert werden konnten. Dass wir heute kaum mehr einen Torso der alten Armee unser eigen nennen dürfen. Dass von Sühne und Wiedergutmachung die Rede ist für Dinge, die ein allzu gefälliger Pressedienst zweimal täglich ignoriert oder als windige Bagatellen dargestellt hat. Das alles erscheint wie etwas Unwirkliches und die Versailler Quittung auf vier Jahre Torheit wie ein übler Traum nach schlecht verdauter Mahlzeit. So hat die Parforcepropaganda nicht nur während des Krieges das politische Urteilsvermögen getrübt und einen glimpflichen Abschluss verhindert – wir alle, auch die wir zur Opposition gehörten, seien wir ehrlich, liefen mit dem Wahnbild der »Kriegskarte« im Kopfe herum –, nein, in ihren letzten Ausstrahlungen stellt sie auch noch die junge Republik infrage. Wenn aber ein besiegtes Volk leben will, dann muss es der Wirklichkeit ins Auge blicken, muss es prüfen, warum es unterlag. Was aber soll man von den vielen Deutschen sagen, die heute noch steif leugnen, dass Deutschland überhaupt die Bataille verloren habe?

Es darf keine Entschuldigung sein, dass auch die Politik der Alliierten nicht mit Weisheit befrachtet ist. Frankreich, das am meisten gelitten hat und dessen Gefühle deshalb auch am ehesten verständlich sind, verhärtet sich in einer Unzugänglichkeit, die sachte karikaturistische Linien annimmt. Amerika hat an Europa den Spaß verloren, Italien ärgert sich über Frankreich, und England spielt der stolzen Nation der Jeanne d'Arc gegenüber immer mehr die Rolle des fürsorglichen Kranken-wärters, der sorgfältig aufpasst, dass der Patient nicht in unbewachtem Augenblick aus dem Fenster springt. Fazit: Die Entente ist rissig und brüchig geworden. Wie reagiert man in Deutschland darauf? Zur einen Hälfte mit Sentimentalitäten, zur anderen Drohungen mit Verheißungen künftiger Rache. Das erste ist töricht und unfruchtbar, das zweite verbrecherisch. Denn ein besseres Mittel zur neuerlichen Zusammenschweißung der Entente als die Drohung mit einer Renaissance des alten deutschen Militarismus gibt es überhaupt nicht. Solange der Revanchefimmel sich hemmungslos in Presse und Versammlungslokal auslassen darf, wird die Isolierung Deutschlands fortbestehen. Es liegt uns fern, an das »gute Herz« der Ententepolitiker zu appellieren oder unsere Ungefährlichkeit schmalzig zu betonen oder dergleichen Harmlosigkeiten mehr zu verüben, über die drüben mit leichtem Lächeln quittiert wird, sintemalen auch außerhalb der deutschen Grenzpfähle das Wort »Orgesch« nicht zu den unbekannten gehört, nein, wir müssen eine andere Sprache reden, wenn wir überzeugen wollen – wir müssen überzeugen durch den Willen zur Sauberkeit! Die deutsche Demokratie hat arm begonnen und wird es auch für lange Zeit noch sein, aber sie soll ihre Armut mit Anstand tragen. Dann wird sich auch die Achtung, die uns heute in der Welt noch fehlt, wieder einstellen.

Es fehlt uns an Achtung. Eine Staatsform, die wirklich aus dem Willen des Volkes geboren wurde und sich trotzdem tagtäglich von verbissenen und verbohrten Minoritäten besudeln lässt, ohne im Ernst den Mut zur

Abwehr zu finden, kann unmöglich ästimiert werden. Man macht nicht gern Geschäfte mit einer Republik, von der man glaubt, sie könnte über Nacht aufhören, es zu sein. Und wenn führende Royalisten ausgerechnet die wenig ruhmvolle Affäre der Firma Grußer, Zollernsohn u. Co. zur Gelegenheit nehmen, um ein glühendes Bekenntnis zu dem vor zwei Jahren fortgestammten Herrscherhause abzulegen, so muss das im Ausland wirklich den Eindruck erwecken, man sei in Deutschland rettungslos der Idiotie verfallen, dass man selbst im Parlament mit derartig kläglichen Argumenten kommen kann. Das sind Dinge, die einfach verheerend wirken. Und man wird auch nicht aufgeregt durch die Hilferufe eines Volkes, das immer wieder versichert, eine Beute des Hungers werden zu müssen, wenn es tatenlos duldet, dass ein schändliches Parasitentum sich mästen darf, auf Kosten aller. Wir rufen es in die Welt hinaus: »Lasst unsere Kinder nicht verhungern!«, aber wir sind nicht in der Lage, wohlwollenden Ausländern eine deutsche Großstadt zu zeigen, ohne erröten zu müssen. Geschäft ist alles! Auf diesem Trümmerhaufen sucht jeder sich noch schnell die Taschen vollzustopfen, und das Elend der Gesamtheit wird zur günstigen Konjunktur für den Einzelnen.

Wir Deutschen haben, wie jedes andere Volk, ein Recht auf nationales Eigenleben und nationale Freiheit. Wir wollen nicht von hingeworfenen Brosamen unser Dasein fristen und nicht die Stipendiaten Neutraliens sein. Aber aus dem jetzigen Elend kommen wir nur heraus, wenn wir den Weg zur Sauberkeit finden, wenn wir im großen und kleinen wieder beginnen, ehrlich zu werden. Dann werden wir mit Recht wieder fordern dürfen, dass man uns hört. Aber wir können nicht an das Gewissen der Welt appellieren, wenn unser eigenes Gewissen schläft.

(Berliner Volks-Zeitung, 1. Dezember 1920)

Die Sünde der Republik

Dass auf eine Revolution eine Gegenbewegung folgt, ist, wie die Geschichte lehrt, nicht absonderlich, sondern normal. Aber dass der Revolution gleichsam von ihrem ersten Tage an die Gegenrevolution auf den Fersen ist, das ist ein Vorgang von typischer Deutschheit und deshalb einzig dastehend. Die große Englische Revolution wurde von dem neu erstehenden Königtum verschlungen, die Französische Revolution verröchelte unter den Stiefeln von Bonapartes Garden. Aber zerschlagen wurden in beiden Fällen nur revolutionäre Formen. Von dem Geist, der diese großen Volksbewegungen erfüllte, ist bis auf den heutigen Tag in beiden Ländern manches übrig geblieben, und jeder Fremde wird es fühlen, dass diese Völker einmal ihrem König den Kopf vor die Füße gelegt haben. In Deutschland hat heute der Gedanke fast etwas Mystisches, dass vor etwa zwei Jahren dieses Land von Nord bis Süd in Aufruhr stand. Gerettet ist zwar die neue Staatsform: die Republik – sie lebt, kein Zweifel, aber wie?

Das Kaiserreich ist an dem Militarismus zugrunde gegangen, den es selbst gezüchtet. Das Kaiserreich ist zugrunde gegangen an der militärischen Ideologie, die es so fleißig ausgestreut. Die erste Tat der Republik hätte es sein müssen: ein unzweideutiges Abrücken von dem Bannkreis jener Gedanken. Das ist nicht geschehen.

Schlimm genug war es, dass man alte Formationen mit ihren reaktionären Führern geschlossen übernahm – schlimmer war es, dass man sich nicht freimachen konnte von der Vorstellung, ein moderner Staat brauche, um die Achtung der Welt zu genießen, eine starke Wehrmacht. Deshalb hat man, bis zu dem traurigen Erwachen von Spa, die wirtschaftliche Seite des Friedensvertrages und seine Konsequenzen vernachlässigt und mit einem Feuereifer, der bizarr erscheinen könnte, wenn er nicht gar so traurig wäre, um jeden Kanonenlauf gekämpft, und deshalb wirft man heute für den Bau eines kleinen Kreuzers, der das Gespött der Welt sein wird, hundertfünfundzwanzig Millionen ins Wasser und ruft in die Welt hinaus, dass unsere Kinder hungern.

Die Republik hätte sich zu einem neuen Geist bekennen müssen. Sie hat es versäumt, als es Zeit war. Sie hätte einen Strich machen müssen unters Vergangene – und sie zog einen dicken, weithin sichtbaren Bindestrich. Ist es ein Wunder, dass Herr Escherich trotzt? Äußerlich wird sein Tun von den Staatsmännern missbilligt, innerlich aber freuen sich viele daran, dass wir einen so tüchtigen Kerl haben. Der imponiert der Entente doch, Kreuzdonnerwetter! Imponieren wollen, ganz wie zu den Tagen, da Wilhelm glorreich mit dem Flederwisch fuchtelte, das steckt in den Führern, das steckt in Dreiviertel des Volkes.

Das ist die Quelle unseres Unglücks. Dass man nicht dem neuen Geist vertraute, der damals im November mit unseren Truppen ins Land kam, dass man den Blick nicht abwenden konnte von den Trümmern des Imperiums: Das ist die Schwäche des neuen Systems, und davon lebt die monarchistische Reaktion. Deshalb wandelt heute die Republik schwankend auf schmalem Grat, und deshalb stehen ihr noch zwanzig bittere Jahre bevor.

(Nie wieder Krieg, März 1921)

Der gepfändete Kopf

Ein junger Künstler hat unter schwersten persönlichen Opfern im Berliner Osten eine Arbeiter-Kunst-Ausstellung zusammengebracht. Was da ausgestellt ist, sind zum Teil wesentliche Talentproben; der gewöhnliche kritische Maßstab ist allerdings nicht anzulegen, da die meisten dieser Arbeiten nicht von Berufskünstlern geschaffen und zudem nach schwerem Tageswerk entstanden sind. Jedenfalls ein Unternehmen, das Beachtung und Förderung verdient. Da entdeckte die hochlöbliche Polizei dazwischen einige Bilder und Zeichnungen linksradikaler Tendenz, und sofort wurde die Ausstellung unter Kreuzfeuer genommen, d. h., man verbot sie nicht, aber belegte den Veranstalter ausgiebig mit Geldstrafen, weil er zu unerlaubter Zeit Besuchern Eintritt gewährte u. dgl. mehr, und als auch das noch nichts fruchtete, meldete sich die – – Lustbarkeitssteuer. Und da der arme Mann wirklich nicht in der Lage war, diese Rechnungen zu begleichen, so pfändete man ihm den letzten Stuhl weg, und da auch das noch nicht der beleidigten Gerechtigkeit genügte, so pfändete man aus der Ausstellung einen Bronzekopf Karl Liebknechts; vermutlich, weil es das schwerste Stück war. Irgendein Kunstfreund unter den Herren Beamten schien aber doch noch seine Zweifel zu haben, ob nicht am Ende doch mit Ölfarbe zugedeckte Leinwand wertvoller sei, und so schritt man denn zur feierlichen Anfrage an den Ausgepfändeten, wie hoch eigentlich der Wert des gepfändeten Liebknecht sei. Da riss dem jungen Manne endlich die Geduld, und er antwortete mit einem unwirschen Briefe, der in verschiedenen Zeitungen wiedergegeben wurde. Ja, der Brief war grob, aber bei Weitem nicht grob genug. Ich hätte an seiner Stelle kurz und bündig geantwortet: dass dieser Bronzekopf Liebknechts jedenfalls mehr wert sei als die Gipsköpfe der bürokratischen Schikaneure zusammengenommen.

(Monistische Monatshefte, 1. September 1921)

Schutz der Republik – die große Mode

Es hat sich in diesen letzten Monaten in Deutschland etwas geändert. Es sind Leute sichtbar geworden, die die Republik verteidigen wollen. Sie haben eine Organisation geschaffen, die heute schon das ganze Land umfasst. Hörsings Gründung, das Reichsbanner Schwarzrotgold, hat überraschend schnell Epoche gemacht. Eine nützliche und notwendige Gründung. Der Staat vermag sich nicht zu schützen, blamiert sich in Kompromissen mit der Reaktion. Es war Pflicht der Bürger einzugreifen. Etwas spät kam die Erkenntnis zwar, aber immerhin ...

Das Reichsbanner hat den Kamelotts der Rechtsparteien die Straße streitig gemacht und die Farben der Republik öffentlich gezeigt, den Deutschen Tagen Republikanische Tage entgegengestellt. Das ist für unsere Verhältnisse allerhand. Aber das Reichsbanner zeigt auch die bedenkliche Tendenz, es dabei bewenden zu lassen. Und hier hat die Kritik einzusetzen. Wer aus der Geschichte von fünf Jahren gelernt hat, weiß es, dass nicht die Völkischen, die Monarchisten die eigentliche Gefahr bilden, sondern die Inhaltlosigkeit und Ideenlosigkeit des Begriffes deutsche Republik und dass es niemandem gelingen will, diesen Begriff lebendig zu machen. Schutz der Republik ist gut. Besser, darüber ins Reine zu kommen, was an dieser Republik schützenswert und was nicht zu halten ist. Diese Frage umgeht das Reichsbanner, richtiger noch: Es hat wahrscheinlich noch gar nicht erkannt, dass eine solche Frage überhaupt besteht.

Unsere Republik ist noch kein Gegenstand des Massenbewusstseins, sondern eine Verfassungsurkunde und ein Amtsbetrieb. Wenn das Volk die Republik sehen will, führt man ihm die Wilhelmstraße vor. Und wundert sich, wenn es ziemlich begossen nach Hause geht. Nichts ist da, was die Herzen schneller schlagen ließe. Um diesen Staat ohne Idee und mit ewig schlechtem Gewissen gruppieren sich ein paar sogenannte Verfassungsparteien, gleichfalls ohne Idee und mit nicht besserem Gewissen, nicht geführt, sondern verwaltet. Verwaltet von einer Bürokratenkaste, die verantwortlich ist für die innen- und außenpolitische Misere der letzten Jahre und die alles frische Leben mit kalter Hand erstickt. Wenn das Reichsbanner nicht aus sich heraus die Idee findet, die mitreißende Idee, und der Jugend nicht endlich die Tore aufstößt, dann wird es nicht zu einer Avantgarde der Republik, sondern zu einer Knüppelgarde der Bonzokratien, und deren Privileg wird in erster Linie geschützt und nicht die Republik.

Das Reichsbanner verfügt über ein Bundesorgan. Dieses Organ ist beschämend sehenswert. Da ist neben Aufsätzen längst abgestempelter, zum Teil überfälliger Persönlichkeiten ein Verzeichnis von Artikeln der Magdeburger Einkaufszentrale, von der Einheitswindjacke angefangen bis zu »Plakate, Eichenlaubrand, mit Adler, Text: ›Frei Heil‹, ›Hoch die Republik‹, ›Herzlich willkommen‹«. Eine Rubrik führt den Titel »Granatsplitter«, eine andere »In der Kantine«. Das ist, liebe Kameraden, wie er leibt und lebt der Stil der mit Recht gelästerten alten Armeezeitungen. Kommt ihr wirklich nicht über eine so klägliche Kopie hinaus? Habt ihr denn eine so unbezwingliche Sehnsucht nach Eichenlaub und Adlern, und muss man sich in der Republik wie in der Kantine fühlen? Es droht ein großer Aufwand kleinlich vertan zu werden. Die unverkalkten Elemente der Linksparteien brauchten ein Betätigungsfeld. Ihre Aktivität war in der Tat nahe daran, sich an den Gittern des Parteikerkers zu vergreifen. Also musste abgebogen, musste ein bisschen Camouflage getrieben werden. So gab man ihnen ein eigenes Revier, aber grenzte es fürsorglich ab. Und machte aus einer Sache, die eine Sache des Geistes hätte sein müssen, eine Mützen- und Uniformangelegenheit, eine unverfälschte Kriegervereinsangelegenheit mithin. So leitete man die Parteirebellion in erlaubte Kanäle ab, und anstatt den neuen republikanischen Typ zu bilden, lackierte man den alten Unteroffizierstyp mit neuen Farben. Und aus einer breiten, hoffnungsvollen Bewegung ist eine Mode geworden, keine Gesinnung, eine Mode, diesmal zur Abwechslung: Schutz der Republik!, launenhaft, flexibel wie alle Moden.

Und der Effekt? Reichsbanner zelebriert Verfassungsfeiern, Reichsbanner macht Stechschritt, Reichsbanner drapiert Potsdam schwarzrotgold, Reichsbanner prügelt sich mit Kommunisten – und Fechenbach sitzt im Zuchthaus. Das ist der Humor davon. Wenn aber das Reichsbanner so viele entschlossene Kerle hätte, wie der Kapitän Ehrhardt unter seinen Leuten, so säße Fechenbach heute nicht mehr im Zuchthaus. Französische Demokraten entrissen den spanischen Weltbruder, den sie nicht einmal von Angesicht kannten, den Klauen des Diktators. Der Gedanke an ein irgendwo in der Welt begangenes Unrecht ließ sie nicht schlafen. Die deutschen Demokraten und Sozialisten sind solider organisiert. Es ist gar nicht wahr, dass sie so knochenschwach sind, wie man immer glaubt, sie haben nur ein so furchtbar dickes Fell. Außerdem sind sie gesetzes- und verfassungstreu. Jemanden aus dem Gefängnis holen, das hieße doch illegal vorgehen! Gott bewahre! Reichsbanner marschiert. Und Fechenbach sitzt im Zuchthaus.

Derweilen aber werden weiter Einheitswindjacken vertrieben und Militärbrotbeutel und Satinschärpen, einfache Ausführung, do. bessere Ausführung, gefüttert, do. Seidenmoiré, mit Goldfransen (siehe Bundesorgan). Frei Heil! Wer auf den ewigen Korporal im Deutschen spekuliert hat, der hat noch niemals falsch spekuliert. Auch der Stahlhelm, auch die Bismarckbünde vertreiben Kokarden und Brotbeutel.

Zwischen Schwarzweißrot und Schwarzrotgold soll eine Welt liegen. Wirklich, wirklich?!

Variationen über ein deutsches Thema.

(Das Tage-Buch, 13. September 1924)

Die Pazifisten

I

Zu den ausgeprägtesten Merkmalen der deutschen Isolierung von heute gehört die Tatsache, dass so wenige unserer Kompatrioten wissen, was der Pazifismus ist, und dass er bei den demokratischen Nationen der Welt zu einer Großmacht emporgewachsen ist. Ohne diese Ahnungslosigkeit wäre manche der in den letzten Wochen von Regierungsstelle ausgesprochenen Sottisen über den Völkerbund undenkbar gewesen. Es handelt sich hierbei nicht um eine betrübliche seelische Folge der Kriegs- und Nachkriegsblockade, sondern im Wesentlichen um die Verdickung eines Zustandes von vorgestern. An das Friedensproblem zu rühren galt seit Sedan als schlapp, weibisch und antinational. Das war vielleicht woanders nicht viel besser. Nur gab man sich doch etwas mehr Mühe, den bewussten oder instinktiven Chauvinismus etwas intelligenter zu begründen. Man argumentierte nicht so billig wie an den deutschen Stammtischen. Maurice Barrès war sicherlich ein Revanchard von reinstem Wasser. Dennoch, wagt einer auch nur im Traume eine Parallele mit Artur Dinter?

Es ist deshalb zu begrüßen, dass der in diesen Tagen in Berlin stattfindende Weltfriedenskongress eine Reihe von ausländischen Gästen bringt, deren Bedeutung, deren Ernst und deren gutes patriotisches Wollen nicht bezweifelt werden kann. Tausendmal haben die Zeitungen ihre Namen mit Achtung genannt. Der brave Bürger fasst sich an den Kopf: »Herrgott, das sind also auch Pazifisten! Das sind ja ganz vernünftige Leute!« Und für

Minuten schaukelt eine Weltanschauung. Könnte aus einer solchen momentanen Erschütterung nicht ein kleines Damaskus gedeihen?

Leider wird das verhindert werden.

Durch ... durch die Pazifisten selbst.

II

Aber auch die Gäste werden sich nicht wenig wundern. Und mit Fug. Denn sie werden zum ersten Mal mit dem Gros unseres pazifistischen Heerbanns Tuchfühlung nehmen. Sie werden zum ersten Mal sehen, was eigentlich hinter den Führern steht. Man darf nicht vergessen: Jahrelang hat der Gedankenaustausch mit London, Paris, Genf usw. in den Händen von einzelnen über dem Mittelmaß stehenden Persönlichkeiten von politischer Erfahrung und diplomatischer Qualität gelegen. Dadurch ist über Bedeutung und Material des deutschen Pazifismus ein gelinder Irrtum entstanden. Man urteilte nach den Repräsentanten. Und man verurteilte doppelt hart das unbelehrbare deutsche Volk, das sich gegenüber allem, was pazifistisch war, so spröde verhielt. Vielleicht werden gerade jetzt die kosmopolitisch denkenden Bürger der Siegerstaaten Gelegenheit finden, hinter die Kulissen zu schauen. Und da werden sie sehen, wie mit den von ihnen hoch bewerteten Führern im eigenen Hause umgesprungen wird. Männer von Distinktion und Niveau haben es in keinem Distrikt der deutschen Politik besonders leicht. Aber was ausgerechnet im pazifistischen Lager an Verunglimpfung, Verdächtigung und Ketzerrichterei geleistet wird, das ist selbst für deutsche Verhältnisse maßlos. Ludwig Quidde hat vor ein paar Monaten in einem sehr launigen Artikel von der königlich bayerischen Behandlung erzählt, die ihm in Stadelheim widerfahren war. In diesem tapferen und liebenswürdigen alten Herrn knistert nicht ein Fünkchen Rachsucht. Er würde sonst einen zweiten Artikel schreiben über die Erlebnisse in seiner eigenen Organisation. Der Oberaufseher in diesem pazifistischen Stadelheim ist Herr Kurt Hiller.

III

Alljährlich im Herbst findet ein deutscher Pazifistenkongress statt. Diese Veranstaltung dient vornehmlich der körperlichen Ertüchtigung der Teilnehmer. Es ist halt schwierig, ein ganzes Jahr hindurch ununterbrochen Friedensmensch zu sein. Schließlich müssen doch wenigstens einmal jährlich die bellikosen Staubecken entleert werden. Einmal im Jahr muss auch der prinzipienfesteste Antimilitarist die leider Gottes immer fortwuchernde militaristische Darmfauna fortspülen. So kommt es, dass diese Kongresse ausgeprägt den turbulierenden Instinkten dienen. Sie sind ein ungeheures Blutbad, eine massenweise Absäbelung von Führerköpfen. Ein Sperrfeuer von Anklagen, Bezichtigungen, Misstrauensvoten. Der in Paris geschätzte Herr von Gerlach wird in Berlin als Verräter behandelt, als schwachköpfiger Opportunist, wird demoliert. Herr Hiller schwingt den tintentriefenden Tomahawk; er ruft zum Heiligen Krieg gegen die Zweifler an seiner Autorität – ein Pobjedonozew der Friedensbewegung. Er sagt Menschheit und meint Stuhlbein.

... und wenn man sich genug ertüchtigt hat, geht man wieder nach Hause und ist ein ganzes Jahr friedlich. Die Rachegeister legen sich vollgesogen zur Ruhe. Der Philosoph der Langweiligkeit versinkt im gewohnten Tran.

IV

Der Pazifismus Herriots und MacDonalds ist politisch, das heißt real fundiert, beweglich und deshalb auch bewegend. Er arbeitet mit den Mitteln der Politik. Der deutsche Pazifismus war immer illusionär, verschwärmt, gesinnungsbesessen, argwöhnisch gegenüber den Mitteln der Politik, argwöhnisch gegen die Führer, die sich dieser Mittel bedienten. Er war Weltanschauung, Religion, Dogmatik, ohne dass sich etwas davon jemals in Energie umgesetzt hätte. Deshalb mochte es ihm zwar gelegentlich gelingen, ein paar Parolen populär zu machen, Versammlungserfolge zu erzielen, organisatorisch hat er niemals die Massen erfasst. Das Volk blieb immer beiseite. Der organisierte Pazifismus blieb immer eine sehr rechtgläubige Sekte ohne federnde Kraft, eine etwas esoterische Angelegenheit, an der die Politik vorüberging, wie sie die Politik ignorierte.

Es ist wahrscheinlich das Schicksal der Bewegung gewesen, dass ihr Ausgangspunkt war der larmoyante Roman einer sehr feinfühligen und sehr weltfremden Frau. Das übergewöhnliche und reine Wollen der Suttner in allen Ehren, aber sie fand für die Idee keine stärkere Ausdrucksform als die Wehleidigkeit. Sie kämpfte mit Weihwasser gegen Kanonen, sie adorierte mit rührender Kindlichkeit Verträge und Institutionen – eine Priesterin des Gemütes, die den Königen und Staatsmännern ins Gewissen redete und die halbe Aufgabe als gelöst ansah, wenn sie freundlicher Zustimmung begegnete. Und wer konnte dieser milden, gütigen Dame anders begegnen? Wie so viele Frauen, die aus reiner Weiberseele für die Verwirklichung eines Gedankens kämpfen, der männliche Spannkraft und ungetrübten Tatsachenblick erfordert, glitt sie ins Chimärische, glaubte, bekehrt zu haben, wo sie ein paar Krokodilstränen entlockt hatte, blieb sie im Äußerlichen haften, anstatt bis zum Sinn vorzustoßen, und streifte sie in der Art, sich zu geben, da ihr die prägnante Form mangelte, schließlich den Kitsch. So war um die »Friedensbertha« allmählich ein sanftes Aroma von Lächerlichkeit, und dieses Aroma ist der deutschen Friedensbewegung unglücklicherweise geblieben bis zum heutigen Tag. Und es hat nach außen hin so stark gewirkt, dass auch die tüchtigsten und bedeutendsten Männer es nicht haben beseitigen können. Der Pazifismus trag für die Menge stets das Cachet des Exklusiven, ärger noch, des Unmännlichen.

Dabei ist die Methode des sanften Girrens um die Gunst der Großen längst vorüber. Die Sentimentalität von einst ist robustem Deklamatorentum gewichen, die freundliche Predigt der Suttner den hasserfüllten Expektorationen wilder Männer. Dazu sind gestoßen Fanatiker und Sektierer aller Art, Projektenmacher mit dem Kardinalrezept für alle Weltübel, Allerweltsreformer, die das Fleisch verabscheuen, infolgedessen auch Muskelkraft und alles Maskuline überhaupt; sie zeugen ihre Kinder, wenn es schon mal nicht anders geht, dann wenigstens mit ausgesprochener Unlust, und möchten die ganze Menschheit am liebsten auf Kohlrabi-Diät festlegen. Die Politiker sind zwischen Querulanten und wunderlichen Heiligen in der Minderzahl. Sie haben das Ihrige getan, aber es ist ihnen bisher nicht gelungen, die Bewegung als solche an den Realitäten zu orientieren.

V

Und da gerade liegt das Entscheidende: Der Pazifismus muss politisch werden und nur politisch. Die notwendigste Idee unserer Zeit darf nicht zum Steckenpferd kleiner Prinzipienjockeys werden. Der Weg zum Volk muss gefunden werden, damit das deutsche Volk endlich wieder den Weg zu den Völkern findet. Ein Beweis auch für die Schwerfälligkeit, für den Mangel an Aktualitätsgefühl bei den Einberufern des Kongresses die überladene, grausam theoretisch befrachtete Tagesordnung. Paneuropa, Schulreform, Wesentliches und Unwesentliches bunt durcheinander.

Ich verkenne bei aller kritischen Einstellung nicht, was dennoch von pazifistischer Seite bisher geleistet wurde. Der stellenweise Durchbruch der deutschen Selbstzernierung in den letzten Jahren, er bleibt das Verdienst von Persönlichkeiten wie Quidde, Gerlach, Keßler. Kein vernünftiger Mensch zweifelt daran, dass Deutschlands Anschluss an die demokratische Welt nur erfolgen kann im Zeichen des Pazifismus. Das heißt aber auch, den Geist dieser Bewegung fähig zu machen zu dieser Aufgabe.

Das alles mag für einen Gruß an eine Sache, die man liebt, etwas kratzbürstig klingen. Ich habe als Pazifist zu Pazifisten gesprochen, getrieben von dem Wunsch, beizutragen zur endgültigen Freimachung der Kräfte, die diese wirklich erhabene Sache zu ihrem Siege braucht. Und diese Kräfte sind heute noch gehemmt durch schädliches und lächerliches Beiwerk und durch die Überbleibsel einer Vergangenheit, gestorben an dem Tage, da der große Krieg begann.

(Das Tage-Buch, 4. Oktober 1924)

Der General der Niederlagen

Kürzlich wurde irgendwo von einem General aus dem chinesischen Bürgerkrieg erzählt, der nach seiner Niederlage nach Japan geflüchtet war und dort natürlich sofort interviewt werden sollte. Er aber antwortete ganz schlicht: »Ich bin geschlagen – was ist da weiter zu sagen?«

Ein deutsches Blatt, das diese Geschichte erzählte, nannte das »Weisheit des Ostens«. Mit Verlaub, das ist zu anspruchsvoll, das war einmal, und vor noch nicht langer Zeit, allgemeiner Brauch. Wer die blutige Partie verloren, zog sich schweigend zurück, zufrieden, dass man ihm die Epauletten beließ. Der General Ludendorff hat mit dieser Tradition gebrochen. Der Mann, der so gern die altpreußische Tradition im Munde führt, hat gegen diese und überhaupt jede Offizierstradition mit einer Hartnäckigkeit verstoßen, für die man vergebens nach Vorbildern sucht. Ein hochmütiger, selbstgerechter Condottiere, der das Vaterland zerstört, das seiner Anmaßung den Tribut verweigert.

Tradition? Kurt Riezler hat vor ein paar Jahren in einem sehr aufschlussreichen Artikel nachgewiesen, dass Ludendorff selbst ein unerhörter Traditionen-Zerstörer gewesen war. Die Novemberrevolution, so etwa folgerte Riezler, hat nur vollendet, was Ludendorff begonnen. Seit dem Beginn seines Regimes in der OHL war die Absetzung des Obersten Kriegsherrn tatsächlich durchgeführt. Ludendorff, monokelbewehrt, krähte den Imperator wie eine kleine Ordonnanz an. Der Kaiser staunte, aber wagte nicht, zu mucksen. Er dachte nicht mehr daran, »alles alleine zu machen«. Der Paladin hatte ihn zum Statisten, zum prunkvollen Deckblatt seiner eigenen Kabinettspolitik gemacht. Nur folgerichtig, dass der Sturz Ludendorffs den Sturz des Monarchen zur Folge hatte. Ein Bismarck hat verzichtet, die Hohenzollern in sein Debacle zu ziehen, es war ihr Schicksal, dass sie schließlich, an Ludendorffs Wagen gekoppelt, in den Abgrund sausen mussten.

Dieser General ist ein Virtuose der Niederlage. Er versteht es, die peinliche Situation in allen Nuancen auszukosten, bis auf die Selbstanklage, die Selbstbezichtigung, die Reue. Würde er gelegentlich im Büßergewande erscheinen: »Brüder, ich habe gesündigt! Ich allein bin schuld!«, das Theater wäre unübertrefflich. Aber bis zum Sublimen stößt die Komödianterie nicht vor. Dennoch vollendet ist er in den Tönen des Hasses, der sich mühsam Luft machenden, nach Worten ringenden Erbitterung, dem erstaunten Aufblicken, wieder einmal verraten zu sein. Denn er ist immer der Verratene, immer, immer. Von den Herren der Kapp-Regierung, von Kahr, Lossow, Rupprecht, von den Juden, von der Kirche – vom ganzen deutschen Volk. Man wundert sich nur; dass ein so Vielerfahrener den Verrat nicht gleich von vorneherein in die Kalkulation zieht. Das ist sein Manko.

Die Niederlage wäre dann wahrscheinlich weniger hart, aber das Auskosten der Niederlagen dann sicherlich auch weniger gründlich, weniger pathetisch und weniger bequem. Die Parzival-Geste wäre verpfuscht. Das Charakterbild problematischer, aber weniger amüsant.

Welche tollen Auf- und Abstiege! Schlachtenlenker, Tyrann eines Monarchen und einer hilflosen Zivilregierung, nationaler Kultgegenstand. 1917 Brest-Litowsk; er diktiert einen Gewaltfrieden. 1918 – Flüchtling, Herr Lindström, mit blauer Brille und Fußsack unterm Kinn. Dann Memoirenverfasser, knarrendes, aber wirkungsvolles »J'accuse!«, Held neuer Legenden, Haupt und Abgott rebellierender Offiziere – Kapp-Putsch. Ludendorff geht zufällig am Brandenburger Tor spazieren. In der Erneute, in seinem Geiste, mit seiner Autorität gemacht, wandelt er wie ein kaum beteiligter Flaneur. Die Gewerkschaften streiken die Lüttwitz-Truppen wieder zum Brandenburger Tor hinaus. Er stolpert wieder vor dem letzten Sprung. Ein zweites Mal ist Ludendorff erledigt. Es bringt kein Glück, wenn er etwas anfasst, konstatiert damals die »Frankfurter Zeitung«.

Der Abgewirtschaftete geht nach München. Unter Kahr wird dieses friedliche Bier-Idyll zum Mekka der Konterrevolution und Ludendorff Mittelpunkt und Aushängeschild der Nationalen Bewegung. Adolf Hitler trommelt den Schwertglauben in die weite Welt. Bayern wächst zum Arsenal der Reaktion aus, zur Zitadelle, die das ganze übrige Deutschland beherrscht. Noch wissen nur wenige, dass zwei Strömungen konträr laufen, dass hinter verschlossenen Türen zwei Paniere erbittert kämpfen. Ludendorff ahnt wohl noch nicht, dass »Bayerns deutsche Mission« nicht mehr ist als ein Spezialgeschäft der Wittelsbacher und er Commis voyageur einer Firma, die bereit ist, ihm den Kragen umzudrehen, wenn er seine Provision einfordert. Schließlich geht ihm doch die Erkenntnis auf, aber er hofft auf den Norden, auf allgemeine Erhebung der vielen, vielen Filialverbände seiner süddeutschen Gründungen: »– Mut, du fährst den Cäsar und sein allmächtiges Glück!«

In der Nacht vom 8. zum 9. November 1923 zerplatzt die letzte Illusion. Rom und Wittelsbach, die geheimen Kräfte hinter den Kulissen, haben interveniert. An den Verbündeten von gestern legen Kahr und Lossow Hand an. Die ungeheure Spannung, die monatelang Deutschland in hysterische Zuckungen brachte, endet auf dem Odeonsplatz mit blutigem Gelächter. Der General des Weltkrieges, zum Spießgesellen übergeklappter Straßendemagogen geworden, in seinem Cut platt auf dem Bauch liegend, während die Kugeln pfeifen, dann ganz prosaisch arretiert, eine Spottfigur der ganzen Welt. Gibt es ein Land außer Deutschland, wo man sich von solchen Blessuren der Reputation erholt?

Und Ludendorff erholt sich. Dank der freundlich schonenden Staatsanwaltschaft, dank Hitlers frischem Naturburschenton vor Gericht, dank der unsympathischen Physiognomien Kahrs und Lossows. Man hat ein gewisses Mitgefühl mit dem so plump Begaunerten. Man lacht auch über die ahnungslose Offenherzigkeit, mit der er die Römische Kirche schimpfiert. Er weiß wieder mal nicht, was er anrichtet, sagt man. Er weiß es wirklich nicht.

Die völkische Welle trägt ihn mächtig empor. Die Epidemie der Deutschen Tage trägt ihn nach Norddeutschland, wo er fast zur mythischen Gestalt geworden. Der 4. Mai, der den Seinen dreißig Mandate bringt, macht einen Strich unter eine Serie von Defaiten. Aber der Putschgeneral wächst nicht zum politischen Führer. Mürrisch und immer beleidigt sitzt er im Parlament. Seine zusammengewürfelte Partei trägt den Wurmfraß in sich. Hitler fehlt. Ludendorff taugt nicht zum Arbiter; sein Name sinkt zum Kampfobjekt; der Befehlsgewohnte bleibt ohne Autorität.

Die bayerische Regierung saniert das Gelände um ihn. Er fühlt sich eingekreist, verlassen, verraten. Er wagt einen letzten desperaten Sprung: Er attackiert Rupprecht selbst, er will den Kernstoß führen gegen die Sippen, die ihn erst missbraucht und dann geächtet haben. Der Effekt ist bekannt. Die bayerische Generalität wendet sich mit kühlem Achselzucken ab; er wird still und ohne Aufregung hinauskomplimentiert wie ein kleiner Plebejer, der sich in eine aristokratische Gesellschaft verlaufen. Das alles geht ohne Sensation vor sich. Die Öffentlichkeit interessiert sich nicht mehr für einen streitsüchtigen alten Herrn. Der Heros ist geborsten. Man hat andere Sorgen. Seine Völkischen werden am 7. Dezember zermahlen werden. Er wird diesmal noch in den Reichstag einziehen und dort ein gelegentlich belächeltes Mauerblümchen-Dasein führen, wie etwa der selige Ahlwardt in seinen letzten Jahren.

Das ist Erich Ludendorff, der General der Niederlagen. Und wenn sich plötzlich diese böse, verstockte Zunge lösen und er offen und natürlich ein Plädoyer halten wollte für seine von ihm selbst und von andern oft missbrauchte Menschlichkeit, es würde immer das eine herauskommen: – er musste scheitern, weil der Widerspruch größer war als der Mensch. Ein Mathematiker des Schlachtfeldes, ein Grundbuchbeamter des Todes, von dem kein wärmender Strahl ausgeht, der niemals im Scheine des Überlebensgroßen dasteht und stets Anbetung und Unterwerfung heischt und nicht Bewertung. Und wenn er das kleine Geschmeiß anklagt, das ihm den Platz in Walhall nicht gewähren will, dann ist um ihn für Augenblicke eine Luft wie um Shakespeares verbissenen, hartherzig überheblichen Patrizier Coriolan, von dem ein Tribun sagt:

> Du   sprichst   vom   Volk,
> als wärest du ein Gott, der kommt zu strafen,
> und nicht ein Mensch wie sie.

(Das Tage-Buch, 8. November 1924)

Das unbekannte M.d.R.

Der erste Eindruck ist wahrscheinlich nicht immer der beste, sicherlich der bleibendste. Nachdem ich den Deutschen Reichstag lange Zeit nur von der Tribüne herab bewundert hatte, machte ich einmal ganz unvermutet – zu einer Zeit, als er noch interimistisch Nationalversammlung hieß – seine intimere Bekanntschaft. Ein freundlicher alter Deputierter zeigte mir in der Wandelhalle die großen Tiere, wie sie da gruppenweis diskutierten oder in Einzelexemplaren gedankenversunken flanierten. Und da mein liebenswürdiger Cicerone sah, wie ich mit der dankbaren Neugierde des echten

Greenhorn das alles aufnahm, beschloss er, mir eine ganz besondere Freude zu bereiten. Er führte mich mit verschlagenem Lächeln in einen entlegenen Korridor. Und hätte ich mich plötzlich am Eingang des Hades befunden, ich wäre nicht entsetzter gewesen. Zu beiden Seiten eines langen, kahlen Ganges, in einer Beleuchtung von ungewisser Blassheit, hatten es sich an die zwei Dutzend Abgeordnete, wie man so sagt, bequem gemacht. Da saßen, lagen, hingen sie, verschnaufend, verdauend, siestahaltend, in betont unrepräsentativer Haltung, Kragen und Krawatten lässig über die Stuhllehne gehängt, mit jovial geöffneten Westen, musisch gelockerten Schnürsenkeln, abwärts tendierenden Beinkleidern. So saßen, lagen, hingen sie da wie ein vorzeitig gestrandeter Herrenabend.

Zur selbigen Stunde kämpfte im Plenarsaal Erzberger mit Hugenberg. Man schrie, warf die Fäuste in die Luft. Vergeblich läutete der Präsident.

Aber hier spürte man nichts vom Wellenschlag der Leidenschaft. Hier gab es keine Parteien, sondern nur Angehörige eines Berufes, die der Zufall in konkurrierende Betriebe verschlagen. Was ging sie das Gebalge ihrer Chefs an?

Ich stand ziemlich entgeistert. Es war, als sähe ich vor mir Gruppen eines plötzlich erfrorenen Infernos. »Das ist die andere Seite«, meinte mein ehrwürdiger Begleiter lächelnd.

Heute weiß ich, dass unser Parlament im Negligé weniger Unheil anrichtet als im vollen Wichs. Inzwischen hat man jeden schlafenden Abgeordneten lieben gelernt.

Der produziert keine langatmigen »kurzen Anfragen«, heckt keine Krisen aus und beteiligt sich nicht an inzwischen beliebt gewordenen Massenprügeleien. Gepriesen sei die stille Mauerblume jenes versteckten Ganges. Was in der schwülen tropischen Atmosphäre des Sitzungssaales gedeiht, präsentiert sich sicherlich in lebhafteren Farben, aber das Lokalkolorit am Königsplatz tut den Augen nicht immer gut.

Es sind nicht die großen Kanonen des Reichstags, denen diese wehmütige Abschiedsbetrachtung gilt, es sind die kleinkalibrigen, die unberühmten, die eine unerforschliche Schöpferlaune auf eine Liste gesetzt hat und die diese Laune mit Geduld ertragen. Auch der Parlamentarismus hat seinen Unbekannten Soldaten. Noch niemand hat ihm einen Denkstein gesetzt.

Er ist so, wie jeder andere Soldat auch. Er hat Disziplin im Leibe, kloppt Griffe, vertieft sich in die Mystik des Gleichschrittes, schleppt seinen Tornister im Schweiße des Angesichtes, freut sich, wenn es Löhnung gibt, und sieht in der Kantine seine eigentliche Heimat. Er ist alles in allem ein braver Kerl, der Gott und seinen Fraktionsführer walten lässt. Er liebt und hasst auf Befehl. Er redet nur, wenn er gefragt wird, und hat eine unklare Vision des Marschallstabes, wenn er zum Stubenältesten avanciert.

Aber was den richtigen Soldaten erst ausmacht, das ist nicht die Tapferkeit, nicht die Fähigkeit, Strapazen zu ertragen, sondern das streng beherrschte Mienenspiel, das selbst die schwierigste Instruktionsstunde durchhält. Wer vor seinem Vorgesetzten sich das Augurenblinzeln nicht abgewöhnen kann, der ist untauglich zum Soldaten, und wäre er mutig wie Hektor.

Es ist eigentlich schön, dass die Fraktionen so restlos jene militärischen Traditionen aufgenommen haben, die das alte Preußen groß gemacht haben.

Kein Zweifel, der unbekannte Parlamentarier hat manches Widerwärtige auf sich zu nehmen. Dafür aber wird ihm auch sehr viel abgenommen, was andere Sterbliche drückt. Er hat vor allem keinerlei Verantwortung. Der Führerstab denkt für ihn und gibt ihm stets eine wohlgesetzte Begründung, die er nur nachzusprechen braucht. Wenn er dafür einen eigenen Brustton findet, schadet es seinem Fortkommen nicht, das ist eine rein stimmliche Angelegenheit. Wenn er dagegen versucht, aus seinem eigenen Gedankenvorrat etwas hinzuzufügen, wird das nicht gern gesehen. Denn da gibt es zu leicht Widersprüche. Am besten ist es schon, sich strikt an die Vorschriften halten. Das Exerzierreglement eignet sich nun einmal nicht zum Kommentieren.

Es gibt natürlich auch innerhalb der scharf gezogenen Grenzen genug Möglichkeiten, sich individuell, durchaus der Sonderbegabung gemäß, zu betätigen. Ein »Hört, Hört!«, an richtiger Stelle gerufen, kann bewirken, dass alle das hören, was kein Mensch gesagt hat, ein erstauntes »Aha!« eine dunkle Situation aufhellen, ein grimmiges Murren die Standhaftigkeit eines Gegners erschüttern, ein silberhelles Lachen die Geister des Frohsinns noch gerade rechtzeitig herbeilocken. Die Bemerkung in der Zeitung »Grunzen links!« ist der schönste Lohn für den, der zuerst gegrunzt.

So verliert die Politik immer mehr den unbequemen persönlichen Charakter. Die Abgeordneten gehen in der Atmosphäre auf, in einer parenthetischen Notiz sind gleich Dutzende enthalten. Das M. d. R. ist ein völlig neutralisierter Begriff, eine anonyme Angelegenheit, ein Teilchen am parlamentarischen Mechanismus, kein unersetzliches! Es lebt und stirbt wie der Soldat ... namenlos. Aber es lebt und stirbt zu einem höheren Zweck. Das ist auch die bescheidene Genugtuung des Unbekannten Soldaten.

Wir bringen hier eine Reihe von Bildern, die von einem der scharfsinnigsten Kenner der Physiognomie unserer Politik herrühren. Deutlicher als die durchgeistigten Führerköpfe lassen diese treuen und anspruchslosen Rekrutengesichter ahnen, warum unser Parlamentarismus so ist, wie er eben ist. Manche von denen, die am 4. Mai noch munter ins Gefecht marschierten, sind inzwischen von ihren Musterungsbehörden garnisondienstfähig geschrieben. Sie dürfen nicht mehr in den Graben und sind als sturmerprobte Krieger sicherlich sehr unglücklich darüber. Dafür wird Ersatz da sein. Soldaten sehen immer gleich aus.

Der eine oder andere wird vielleicht mit einiger Emphase ablehnen, zu den »black horses« gezählt zu werden. Da ist z. B. Herr Laverrenz. Ach ja, es gibt keine trostlosere Charge als die des Offiziersstellvertreters. Mit den Unteroffizieren zu verkehren ist unter der Würde, und die Offiziere ...? Armer Herr Laverrenz ...

(Das Tage-Buch, 29. November 1924)

1525 – Florian Geyers Jahr

Die Läufte stellen sich auf den Kopf. Zu Ostern entstieg der Heiland dem Grabe. Pfingsten schlägt man ihn wieder ans Kreuz.

Hellpach hat in einer seiner Wahlreden gesagt, das deutsche Volk sei allzu verliebt in seine Vergangenheit. Ein gutes Wort, aber, wie alle solche Worte, nur halbwahr, viertelwahr. Was man so Pflege der Tradition nennt, das bedeutet in Wirklichkeit nur die Freigabe einiger Prunkräume deutscher Geschichte zu Besichtigungszwecken. Das sind so Prunkräume wie alle des Genres, etwas fad, etwas verlogen. Wenn der Franzose sein Pantheon mit zu viel Gloire parfümiert, so stellt der Deutsche seine Ruhmeshalle mit Plüschmöbeln voll. In solchem Hausrat haben wir die repräsentativen Gestalten unserer tausendjährigen Geschichte kennengelernt, und man versteht danach die unwirsche Bemerkung des jungen Georg Büchner über die »Eckensteher der Weltgeschichte«.

Aber dass es im weiten Haus der Geschichte versponnene Ecken und Winkel gibt, reizend zu träumen, hohe feierliche Hallen und schauerliche Grüfte, freundliche Giebelstuben und fürchterliche Folterkammern, das macht der skabrösen Methodik der Herren Konservatoren Kummer. Deshalb halten sie uns alles bis auf ein paar sauber und langweilig gefegte Appartements verschlossen wie Blaubarts heimliches Gemach. In keinem Lande der Welt wäre es denkbar, ein Volk buchstäblich um seine Geschichte zu prellen. Was unsere so stupide und so patriotische Steißtrommlerschaft aus dem Geist der Vergangenheit gemacht hat, das ist eine gräuliche Vogelscheuche mit Kanonenstiefeln und teutonischem Umhängebart, im Bauch eine Walze mit der Wacht am Rhein.

Zu den schändlichsten Attentaten der Schule gegen den deutschen Geist gehört die völlige Konfiskation des großen Bauernkrieges von 1525. An diese mächtige und farbenreiche Epoche wird nicht soviel Zeit gesetzt wie an die aufgeplusterten Ruhmestaten des kleinsten aller Habitués der Siegesallee. Und so wird niemand daran denken, niemand in diesem jubiläumsseligen Volke!, dass gerade um Ostern vor vierhundert Jahren in Oberdeutschland, am Rhein, im Thüringischen, im Salzburgischen der »gemeine Mann« aufstand wider seine weltlichen und geistlichen Peiniger. Dass am Ostersonntag, dem 16. April, Weinsberg gestürmt und des Helffensteiners gräfliche Gnaden durch die Spieße gejagt wurden. Dass sich gerade zwischen Ostern und Pfingsten eine Tragödie abspielte, ein bäuerlich Trauerspiel, ohnegleichen unter allen deutschen Begebenheiten.

1525, das ist das Jahr der leidenschaftlichen Prediger evangelischer Freiheit, der plänevollen Schreiber und Ratsherren, der verwegenen Soldaten, die sich an die Spitze armer, schlechtbewaffneter Haufen stellten, um das große Wagnis zu unternehmen, im Zeichen des Bundschuhs dem deutschen Volk die deutsche Erde zu erobern. 1525, das ist das Jahr Thomas Münzers und Wendel Hiplers. Und Florian Geyers vor allem. 1525, das ist das Jahr Florian Geyers, wie 1789 das Jahr Mirabeaus, wie 1848 das Jahr Robert Blums, wie 1918 das Jahr Karl Liebknechts.

Wer eine blasse Erinnerung nur bewahrt an Gerhart Hauptmanns so selten, selten aufgeführtes Werk, wer des alten Zimmermanns Geschichte des Bauernkrieges kennt und liebt (was tut eigentlich der Verlag Dietz für dies lebensvollste und demokratischste unserer Geschichtsbücher?), dem ist für immer der Begriff 1525 zusammengeflossen mit der Gestalt des fränkischen Ritters, der seine adlige Sippe verließ, um mit den bäurischen Brüdern zu kämpfen und unterzugehen.

Die Fürsten sind schnell mit der Bewegung fertig geworden. Ihre überlegene Artillerie und Doktor Luthers Segen verschafften ihnen bald Übergewicht. Es war kein Heldenstück, begeisterte, aber mangelhaft armierte Bauerntrupps ohne kriegerische Schulung auseinanderzufegen. Was noch blieb, hat eine servile Historiografie vollendet. Sie hat von Florian Geyer fast nicht mehr übrig gelassen als den Namen. Sie hat den gütigen Karlstadt zum irren Fanatiker, den hinreißenden und mutigen Führer Thomas Münzer zu einem feigen Scharlatan gestempelt. Sie hat ein Geschlecht von Winkelrieden, das die nackte Brust in einen Wald von Piken warf, in einen demagogisch verhetzten Pöbelhaufen, dem's ums Raufen und Brandschatzen zu tun war, umgefälscht. Über das Blutgericht der Sieger schweigt sie lieber ganz. Dass die großen und kleinen Potentaten unter ihren Landeskindern ärger wüteten als hundert Jahre später die Panduren, Wallonen, Franzosen und Schweden zusammengenommen, auch darüber macht sie nicht viel Worte. Das alles wird unterschlagen. Aus einer Volkserhebung von unerhörter Allgemeinheit, die unter ihren großen, weiten Plänen die Zertrümmerung der elenden Kleinstaaterei, die Schaffung eines geschlossenen, zentralen Nationalstaates hatte, so wie es im gleichen Jahrhundert England und Frankreich wurden, hat sie einen sturen, sinnlosen Helotenaufruhr gemacht, dessen Niederwerfung Verdienst war. Im Blut wurde die Bewegung erstickt. Klio, die geduldigste der Musen, ließ sich wie immer den Griffel führen.

Wer aber etwa in diesem Jahr zwischen Ostern und Pfingsten hinunterkommen sollte in die winklige gotische Welt um den Main, der möge nicht vergessen, dass hier einmal um das deutsche Schicksal gewürfelt wurde. Es ist ein schöner und lockender Gedanke, an einem späten Nachmittag, wenn die Sonnenstrahlen schon weicher und müder durch bunte Scheiben brechen, in einem der alten Ratskellerchen dort den Römer zu heben und ein Trankopfer zu weihen dem Gedenken derer, die unter dem Bundschuh starben. Vielleicht hat hier vor vierhundert Jahren, in diesem selben kühlen, feuchten Gewölbe ein Mann im schwarzen Harnisch gesessen, das Glas erhoben, wie du, Spätgeborener, doch nicht in Erinnerung, sondern versunken in eine Zukunft, von der er erhoffte, was eingeritzt stand im Knauf seines Schwertes: Nulla crux, nulla Corona ...

(Das Tage-Buch, 11. April 1925)

Das Ärgernis

Sonntag Nachmittag. Die Potsdamer Straße noch mäßig belebt. Die Berliner sind keine Frühaufsteher. Die Stunde der Bummler hat noch nicht begonnen. Jetzt, um vier Uhr, sieht man nur kreuzbraves Familienpublikum; die Leute flanieren so gravitätisch, so altertümlich ehrenfest, so beruhigend langweilig. Man beginnt wieder, an den unverwüstlich guten Kern des vielgelästerten Berlin zu glauben. Es ist schon ein Groß-Leipzig und bildet seine Leute.

An der Potsdamer Brücke ein kleiner Auflauf. (»Haben Sie gesehn?« – »Gucken Sie doch bloß mal!«) Die Elektrische fährt noch langsamer als fahrplanmäßig, damit die auf der Plattform auch was zu sehen bekommen. Eine würdige alte Dame tanzt vor lauter Aufregung eine Kukirolienne.

Ja, was gibt es denn eigentlich zu gaffen? Was ist der Anlass zu dem Rumoren? Warum verwandelt sich sonntagnachmittaglich dösende Faulheit der Straße plötzlich in einen exaltierten Taubenschlag?

Alle Aufmerksamkeit konzentriert sich auf einen ungewöhnlich hochgewachsenen Mann, der mit Frau und Kind so friedlich einherspaziert wie die andern.

Es ist ein Neger.

Die Frau an seiner Seite ist groß und blond, das Kindchen kaffeebraun. Es paddelt so unbefangen dahin, wie es Vierjährige tun, die sich noch nicht über ihre Rasse den Kopf zerbrechen.

Der Neger ist auffallend groß und wohlgebaut, breitschultrig, mit vorzüglicher Turnüre, die Beine lang und kerzengrade. Der modefarbene Anzug sitzt wirklich vorzüglich. Aber der Mann versteht auch, seine Kleider zu tragen.

Ein blitzsauberer, appetitlicher Bursche. Das Haar wollig und steinkohleschwarz. Das Antlitz dunkelbraun leuchtend, wie mit einer feinen Glasur überzogen. Die

Nase nicht breit und platt, sondern leicht geschwungen. Wulstig sind zwar die Lippen, aber es spielt ein sehr anziehendes Lächeln darum, sehr freundlich und ganz nebenher etwas von oben herab.

Dieses Lächeln verrät, äußerst dezent und sicherlich nicht so grob formuliert, wie es hier der unbeholfene Deuter unternimmt: »Ich verstehe schon, dass die Herrschaften sich wundern. Ja, sie wundern sich, weil hier ein schwarzhäutiger Mann mit einer blonden Frau und einem kaffeebraunen Kindchen spazieren geht. Sie glauben nicht an meinen Trauschein, und sie glauben auch nicht an meinen grauen Gabardineanzug. Wenn ich jetzt hier daherkäme, nur mit einem Schurz von Palmenblättern bekleidet, das Gesicht mit Ocker beschmiert, einen Ring von Stachelschweinborsten durch die Nase, das würde ihnen ganz plausibel erscheinen. Sie denken sich auch den Schwarzen gern als Frauenräuber, aber ich bin wirklich nicht so romantisch. Ich überlasse das Metier gern den verführerischen Weißgesichtern, die sich vom Heiratsschwindel nähren oder kleine Mädel in die Bredouille bringen und dann sitzen lassen. Ich liebe meine schöne blonde Frau und bin ein guter und etwas stolzer Familienvater.«

Ob er sich das wirklich gedacht hat? Aber sein Lächeln schwebte so frei, so unberührt weit über den Dingen. So mag sein pechschwarzer lieber Gott lächeln, wenn er wohlgelaunt auf seine kraushaarigen Kindlein niederblickt ...

Aber diese Leute da! Pfui, schämt ihr euch nicht, Berliner des sozusagen zwanzigsten Jahrhunderts? Wie sie da in Gruppen stehen und zischeln und raunzen, wie die

Arme agitiert in der Luft herumfliegen. Sie sind tief empört. Man sieht es ihnen an: Hier müsste die Polizei einschreiten! Wie kommt er dazu, eine blonde Frau zu haben? (Ist das überhaupt eine Ehe? Pfui Deibel!) Wie kann er sich erdreisten, diesen schönen hellen Frühjahrsanzug zu tragen? Eigentlich müsste man ihm die Klunkern vom Leibe reißen! Vielleicht wird das gar nicht bestraft! Denn der Neger ist ja die potenzierte Fremdstämmigkeit. Er ist der Über-Jude, sozusagen.

... vor fünfzehn Jahren etwa gab es in Hamburg einen Prozess. Ein Duala-Neger, seit Langem in Deutschland ansässig, wissenschaftlich gebildet, Assistent am Museum für Völkerkunde, kam in das Bureau einer Schifffahrtsgesellschaft. Man duzte ihn. Er verbat sich das sehr höflich. Die Beamten wurden daraufhin massiv. Er klagte: Das Gericht wies ihn ab. Die Gesellschaft habe ihren Angestellten Anweisung gegeben, alle Neger zu duzen. Wo käme man denn sonst hin? Das Gericht fand die Logik zwingend. Damals spektakelte noch der Kolonialverein; es gab auch eine Zeitschrift »Das größere Deutschland«.

Mir fällt diese vergessene Geschichte wieder ein, während der Neger durch den Engpass der kleinen, dummen Gehässigkeiten schreitet. Wie giftig ihn diese Menschen im Sonntagsstaat anblicken! Es braucht nur einer das Signal zu geben und ihn anzurempeln, und sie werden über ihn herfallen und sich akkurat so benehmen, wie man sich eine berauschte Kaffernhorde vorstellt. Aber es bleibt bei bösen Augen und Getuschel, man ist zu vermickert, zu zerknittert und seelisch verbeult, es fehlt der naturkräftige Instinkt, der Impetus zum offenen Lynchen, man teert, man hängt in Worten und Blicken, bis ein schmutziger Witz schließlich die Spannung in Gelächter auflöst.

Metropole Berlin? Rhythmus der Weltstadt, den naive Poeten schwingen hören, wirklich, wirklich?! Wer Ohren hat zu hören, hört im Gebraus der großen Stadt auf Schritt und Tritt das Geklapper von Kötzschenbroda. (Das Tage-Buch, 18. April 1925)

Das heimliche Heer

Wir haben auch unsere kleinen Geheimnisse.

Sherlock Holmes

In den bewegten Tagen, gerade jetzt vor zwei Jahren, konnte man es zuerst hören, in Wirtshäusern und Barbierstuben, überall, wo Menschen klatschend und Gerüchte kolportierend beisammensitzen: »X Y ist gestern zur Übung einberufen worden.« Und wenn man fragte, zu was für einer »Übung« denn, so hieß es: »Gott, Sie wissen ja, es werden doch massenweis junge Leute eingezogen, gedrillt und wieder entlassen.« Und man nannte Plätze am Rande der Stadt, Schulen, Kasernen, leere Fabriken, die angeblich voll von Soldaten sein sollten.

Das war in den frohen Tagen Cunos. Jeder munkelte von dem, wovon keine Zeitung sprach. An der Ruhr wurde sabotiert, in München deklamiert; die »Verbände« rüsteten, die Herrschaft zu ergreifen. Cuno ging, die Gerüchte vom heimlichen Heer blieben. Plötzlich erfolgte eine Warnung der Regierung: Junge Leute, so las man, erschienen in Scharen in den Kasernen, um sich anwerben zu lassen; – das sei zwar patriotisch, aber nicht statthaft. Dann kam der Zwischenfall von Küstrin. Das Reichswehrministerium erklärte mit sanften Aurikelaugen, es handle sich nur um eine Erneute »nationalkommunistischer Haufen«. Eine Spezies, von der man weder vorher noch nachher etwas gehört noch gesehen hat. Wahrscheinlich haben die Kasematten von Küstrin die ganze Rotte Korah bis auf den Letzten verschluckt. Eine demokratische Zeitung, die einen Bericht brachte, in dem es hieß, die »National-Kommunisten« hätten gerade so ausgesehen wie die Soldaten, wurde kurzerhand verboten. Denn das Reichswehrministerium in seinem harten Tatsachensinn duldet keine müßigen Spekulationen.

So wurde weiter getuschelt, kolportiert, dementiert. Zeitungen wurden verboten, Publizisten eingesperrt, Landesverratsprozesse an- und abgedreht. Wenn im Reichstag einer das Thema »Schwarze Reichswehr« anschnitt, empfahl Herr Gessler, die Krone aller Bürgermeister, mit jovialem Lächeln Kaltwasserbehandlung.

... aber am 30. Januar 1925 erklärte Herr Luther, der neugebackene Reichskanzler, man habe doch einige Tausend Studenten zu Übungen herangezogen, und zwar »in Zeiten, als unsere innerpolitischen Verhältnisse eine besonders gefährliche Spannung zeigten«. Also doch.

Herr Luther hat eine Frage damit berührt, aber nicht beantwortet. Er hat immerhin zugegeben, dass sie existiert. Warum? Ist die Dementierspritze des Militär-Ministeriums leck geworden? Oder will selbst die jetzige konservative Regierung einer Erbschaft aus Cunos Zeiten ledig werden? Jedenfalls, der Reichskanzler hat mit einem Höchstmaß amtlicher Offenheit das Vorhandensein des Problems zugestanden. Er wird es nicht übel nehmen, wenn andere das sezieren, was er nur betastete. Und deshalb sollte auch die Presse der Parteien, die seine Regierung stützen, etwas geschliffener reden von der kürzlich erschienenen Denkschrift der Deutschen Liga für Menschenrechte, die den Versuch unternimmt, dort fortzufahren, wo der Herr Reichskanzler aufhörte. Dieses Memorandum der Liga (»Deutschlands geheime Rüstungen?« Von E. J. Gumbel, Berthold Jacob, Polizeioberst Lange, General von Schoenaich, Otto Lehmann-Rußbüldt und Kapitän Persius) gehört zu jenen nicht erfreulichen, dennoch bitter notwendigen Aufräumungsarbeiten, die nicht beliebt sind, nach denen es aber im Lande reinlicher aussieht. Die Verfasser halten sich mit sicherm Takt an das Erreichbare und Beweisbare, sie meiden Konstruktionen und lassen vor allem Urkunden sprechen, die fast alle schon publiziert. Es ist eine Sottise ohnegleichen, wieder von »Landesverrat« zu faseln angesichts einer Schrift, die nicht mehr sein will als eine Kompilation, deren Zweck allerdings ist, in der Aneinanderreihung von vielem Kleinen eine große Gefahr aufzuzeigen.

Die Broschüre setzt ein mit einer Wertung des bekannten Artikels von General Morgan in »Quarterly Review«. Die Behauptungen dieses englischen Juristen mit dem Generalstitel sind mehr oder minder bekannt: Nach ihm soll die Reichswehr nur die herausgesteckte Attrappe des heimlich rüstenden Deutschlands sein; sie wäre nicht Wirklichkeit, die Wirklichkeit wäre vielmehr der »Schatten«, den sie über das Land werfe – das alte Heer.

Alles sei darauf eingestellt, sie jederzeit in eine große, moderne, schlagbereite Armee zu verwandeln. Der Artikel Morgans ist ohne Zweifel exzellente Journalistenarbeit, ein ungemein ingeniöses Pamphlet. Stark vor allem im Psychologischen, in der Zerfaserung der deutschen militaristischen Mentalität, unzuverlässig dagegen, bizarr kombinierend und übertreibend in allem Tatsächlichen. Der Leser, der sich auf Untertöne auskennt, wird zudem bei ihm eine gewisse, mühsam verhohlene Sympathie für die von ihm angeblich entlarvte heimliche Armee und ihre Organisatoren mitschwingen fühlen.

Wenn man die Imaginationen Morgans ad acta legt und sich an das in der Denkschrift reproduzierte Urkundliche hält, so ergibt sich, dass Verbände wie Stahlhelm, Werwolf usw., die nach Mitteln und Einfluss auch heute, nach dem Schwinden der eigentlichen Konjunktur, noch immer eine ansehnliche Macht repräsentieren, in der Reichswehr von jeher nur eine Form gesehen haben, die durch »nationale Reserven« zu füllen ist. Immerhin muss auch die Leitung der Reichswehr, wenigstens im Prinzip, diesen Standpunkt teilen, denn es heißt in der offiziellen Vorschrift »Führung und Gefecht der verbundenen Waffen« (Verlag Offene Worte, Charlottenburg 1923): »Die Vorschrift nimmt Stärke, Bewaffnung und Ausrüstung des Heeres einer neuzeitlichen militärischen Großmacht als Grundlage an, nicht nur das nach dem Friedensvertrag gebildete deutsche 100 000-Mann-Heer.«

Hier scheiden sich bürgerliche und militärische Auffassung. Der Militär sieht in der Reichswehr nicht einen neuartigen, durch die besondere Situation Deutschlands bedingten Organismus, sondern die Miniatur-Nachbildung der Wehrorganisation einer neuzeitlichen militärischen Großmacht, flexibel und jederzeit erweiterungsfähig. Diese Auffassung ergibt sich zwangsläufig aus der ganzen Einstellung des Berufsmilitärs, für die Zukunft zu sorgen ist seine Pflicht. Aber die bürgerliche Auffassung hat ihrerseits die Pflicht, sich so weit durchzusetzen, dass die sogenannten militärischen Notwendigkeiten sich der Autorität des Staates unterzuordnen haben. Woran keine vielleicht berechtigte Empfindlichkeit, keine romantische Pflege der »Tradition« etwas ändern darf.

Die Denkschrift wählt ihre Beispiele vornehmlich aus den Jahren 1923 und 1924. Es ergibt sich aus dem reichhaltigen Material, dass an zahlreichen Plätzen Ausbildungskurse stattfinden, dass an Universitäten Werbestellen eingerichtet waren, dass z.B. die Garnison Marburg am 2. März 1924 mit etwa tausend Studenten zu einer achttägigen Übung ausrückte, dass militärische Dienststellen mit privaten Organisationen Hand in Hand arbeiteten, dass innerhalb der Schwarzen Reichswehr Offiziersausbildungskurse stattgefunden haben. Das alles wird durch Proben aus den Erlassen der Wehrverbände, aus privaten Korrespondenzen und Pressemeldungen dokumentarisch belegt. Zahlreich waren die Versuche, das Treiben zu maskieren, doch überrascht zuweilen auch eine Offenheit, die nur durch eine hoffnungslos unpolitische Verblendung erklärt werden kann.

Der Reichskanzler hat zur Erläuterung für diese Dinge betont, dass es sich um Zeiten gefährlicher innerpolitischer Spannung gehandelt habe. Der Herr Reichskanzler hat in seinen wenigen Sätzen einer bitterbösen Epoche ein Epitaph gesetzt, milde wie alle Grabsprüche. In der Tat handelte es sich um ein furchtbar ernstes Experiment und doppelt verwerflich nach den katastrophalen Erfahrungen mit den Freischärlern in Oberschlesien und anderswo. Die Geschichte der Wehrverbände vom Kapp-Putsch bis zum Hitler-Putsch wird einmal geschrieben werden als Kapitel: Deutschland am Rande der Anarchie! Man braucht nicht zu zweifeln, dass die militärischen Stellen, soweit sie nicht völlig im rechtsradikalen Fahrwasser schwimmen, vornehmlich von innerpolitischen Erwägungen ausgingen. Berufssoldaten, seien sie noch so chauvinistisch gerichtet, wissen sehr gut, dass der Krieg – der Krieg von heute und morgen! – nicht mit einer bunt zusammengewürfelten Truppe sensationslustiger Jünglinge zweifelhafter Disziplin geführt wird. Aber in Zeiten desolater Wirtschaft und unter Null gesunkener Staatsautorität, hilfloser Kabinette und querulierender Parlamente, da mussten sie sich als die letzte in sich ruhende Größe zum Schutze der bürgerlichen Ordnung fühlen, und ihr kurzer politischer Sinn erklärt es, dass sie alles aufzusaugen suchten, was sie als adäquat anerkannten. Diese Allianz mit den schwarzweißroten Korporationen jedoch, deren Führer zum Teil ganz andere Ambitionen hegten, riss von Neuem die Kluft auf zwischen Volk und Wehrmacht. Aus diesen Verbänden mit den alten Symbolen der Monarchie waren die Mörder der besten Republikaner gekommen, kein Wunder, dass das kleine Heer das Odium der Verbände teilen musste. Die sozialistische Arbeiterschaft betrachtet die Reichswehr als dezidiert antirepublikanisch, der Anhänger der bürgerlichen Linken verfolgt sie zum Mindesten mit Missbehagen und Misstrauen. Die Schwarze Reichswehr ist bereits heute ein vielleicht, hoffentlich!, erledigtes Stück unholder Vergangenheit. Ihre innerpolitischen Effekte werden nach Jahren noch zu spüren sein.

Übrigens hat jetzt auch der Herr Reichswehrminister endlich die Methode des Totschweigens aufgegeben, und wenn er auch kaum mehr sagte als Herr Dr. Luther, dass er überhaupt darüber sprach, bezeugt deutlich, dass auch er heute die Unmöglichkeit der Freiwilligen-Garden begriffen hat. Aber auch die Politiker der Entente hätten wissen müssen, dass die ständige Observation eines großen Volkes ebenso absurd ist wie die heimliche Aufrüstung des Armeechens der Hunderttausend zu einer neuzeitlichen Kriegsmacht. Es war ja so bequem, immer ein Druckmittel gegen Deutschland in der Hand zu haben, andererseits aber gewiss zu sein, dass es über einen Damm verfüge, fest genug, die kommunistische Welle aufzufangen, ehe sie weiter nach Westen schlug. Die Bolschewistenangst paralysierte die Versailler Orthodoxie.

Die Geschichte wiederholt sich nicht. Der Scharnhorst von heute schüfe höchstens eine Knüppelgarde, nicht eine vollwertige Kampftruppe. Die heimliche Armee, ob nun Schreckgespenst französischer oder Wunschbild deutscher National-Hysteriker, hat nicht mehr Realität als die Schatten der katalaunischen Kämpfer, die sich nachts in den Lüften würgen. Die Reichswehr ist eine

Grenzschutztruppe, eine potenzierte Ordnungspolizei in einem noch längst nicht endgültig stabilisierten Lande. Alles andere ist Traum, ist passé.

Passé défini.

(Das Tage-Buch, 6. Juni 1925)

51 Prozent

Es gibt ein spezifisch deutsches Laster, das ist: dass man die Unwissenheit in allen politischen Dingen zu einem Vorzug umschwindelt. Anstatt dem dummen Michel die Schlafmütze um die Löffel zu hauen, bekränzt man seine Denkfaulheit mit Eichenlaubsalat.

Man kann allem Politischen grundsätzlich ablehnend gegenüberstehen – unter Berufung auf sehr große Geister. Diese Attitüde lässt sich verteidigen, wenn auch schwer praktisch durchführen. Ein einziger Steuerzettel schon kann die Goethe- und Schopenhauer-Zitate durchlöchern ...

Aber nicht ein immerhin recht seltenes Sonderlingstum soll hier charakterisiert werden, sondern ein nationaler Kernschaden, der in den sogenannten Bildungsschichten weit ärger grassiert als im »Volk«. Zur Illustration ein paar Zahlen, der »Deutschen Allgemeinen Zeitung« entnommen. In Deutschland erscheinen gegenwärtig 3152 Zeitungen, die sich wie folgt auf die verschiedenen Parteirichtungen verteilen:

Nationalsozialistisch 14 (0,5 %)

National, einschl. Deutschnational 392 (12,4 %)

Deutsch-Volksparteil.	48	(1,6 %)
Zentrum	284	(9,0 %)
Demokratisch	166	(5,6 %)
Sozialdemokratisch	142	(4,5 %)
Unabh. Sozialdemokratisch	2	(0,06%)
Kommunistisch	20	(0,7 %)
Bayr.-Volksparteilich	96	(3,4 %)
Föderalistisch	4	(0,12%)
Fremdsprachig	7	(0,22%)
Wirtschaftlich	141	(4,5 %)
Konfessionell	13	(0,5 %)
Amtlich	188	(5,9 %)
Parteilos u. nicht angegeben	1635	(51,0 %)

Diese Tabelle macht alles begreiflich, was in den letzten Jahren bei uns geschehen ist. Sie erleuchtet die letzten dunkelsten Winkel des geistig-politischen Problems Deutschland. Nicht, dass die Deutschnationalen an der Spitze marschieren, bleibt gravierend, sondern die Tatsache, dass über die Hälfte aller Zeitungen unter der Etikette »parteilos« segeln. Denn das heißt, aus dem Statistischen ins Erfahrungsgemäße übertragen, dass diese Blätter reaktionär sind, monarchistisch, militaristisch, dass sie nichts anderes sind als dürftig verkappte deutschnationale Parteiblätter. Deutschnationale Interessen, Parteiinteressen also sind es, die dort wahrgenommen werden unter dem Deckmantel der Überparteilichkeit. 51 % aller deutschen Blätter fahren also unter falscher Flagge, speisen unter dem Abzeichen der Neutralität, Parteiarsenale popularisieren, harmlos maskiert, die Formeln und die Ideologie einer Partei, die sie gedungen.

Zugegeben, dass das ausgesprochene Parteiblatt in seiner Selbstgerechtigkeit, Orthodoxie und Grobschlächtigkeit auch nicht gerade einladet, das angeblich parteilose Blatt ist einfach ein Stück Buschklepperei.

Es wäre alles nicht so schlimm, wenn das Publikum kritischer wäre. Aber der Deutsche liest nur ein Blatt und hat zu diesem Blatt keine Distanz. Er rebelliert zur Not, wenn er in einer lokalen, ihm vertrauten Angelegenheit einen Irrtum bemerkt, aber die politische Darstellung, die politische Information nimmt er als etwas Gottoffenbartes hin. Wenn die Zeitung im Titelkopf sich als »parteilos« geriert, er nimmt es als bare Münze hin und freut sich, hoch, hoch über allem parteipolitischen Tumult zu stehen in erhabener Abgeklärtheit. Natürlich ist er »national«, aber das ist die Zeitung auch, schlechtweg »national«. Lieber Himmel, das hat doch nichts mit Politik zu tun?

51 % verkleben, verschmieren täglich das Gehirn ihrer Leser. Wo ein Auge, stutzig geworden, selbst sehen, selbst prüfen will, da baut die nächste Nummer schon eine dicke papierene Wand.

In diesen 51 Prozent quartiert das deutsche Missgeschick. Diese 51 Prozent haben Gustav Landauer und

Erzberger und Rathenau erschlagen. Diese 51 Prozent haben zu allem militärischen Unverstand gejauchzt und die Vernunft mit Füßen getreten. Wenn es heute noch ein Deutschland gibt, die 51 Prozent sind daran völlig unschuldig.

(Das Tage-Buch, 4. Juli 1925)

Die National-Päderasten

Auf ihrer Jagd hinter den geheimen Mordorganisationen hat die Berliner Polizei einen »Frontbann«-Führer mit einigen seiner jungen Trabanten festgenommen. Man fand den Häuptling mit den Seinigen, nicht Juden und Welschen ewige Rache schwörend, sondern ... kurzum, in dem Verfahren wird der § 175 eine Rolle spielen. Und deshalb dürfte es den Burschen diesmal schlecht gehen. Denn Themis, die in politischen Prozessen blinzelt und gern über das bisschen Konspiration mit gelegentlichem Mord hinwegsieht, zieht die Augenbinde fester und wird sehr prüde, sehr streng, wenn es sich um Homosexuelles dreht.

Unabhängig aber von den Akteuren dieser Tragikomödie, die mit politischem Trara beginnt und auf dem Lotterbett endet, lässt sich dem Problem schon eine gesonderte Betrachtung widmen. Denn in den meisten militärisch gegliederten Bünden, die angeblich der Erneuerung und der Ertüchtigung dienen, die sich so bärenhäuterhaft und männlich-zottig gebärden, wird neben dem Kult der Vaterlanderei noch ein anderer betrieben, und immer mehr hat man sich an die Figur des »nationalen Führers« gewöhnt, der sich in seinen Mußestunden als Knabenschänder betätigt. Hier in dem Dreivierteldunkel dieser Geheimorganisationen, die es mit der Tradition des alten Deutschlands so wichtig haben, wird, da man einstweilen doch nicht alles restituieren kann, wenigstens die der Kadettenanstalten und der Liebenberger Tafelrunde hochgehalten. Es scheint nun einmal das Geschick der Patriotarden zu sein, immer gerade das als Tradition zu pflegen, was schon früher Irrung, Dummheit oder Fäulnis war.

Der Franzose sagt »le vice allemand« und sagt es nicht mit moralischer Überheblichkeit, sondern mit etwas verständnislosem Lächeln. Dieses summarische Urteil der in Liebesdingen begabtesten Nation der Welt sollte stutzig machen. Und doch fragt man verwundert: Deutschland das klassische Land der sokratischen Liebe? So weit wäre die verbreitet, dass ein Nachbarvolk uns alle in diesem Lichte sieht? Sicherlich sind unsere Landsleute, obgleich sie jetzt mit jedem Tag so beängstigend auf dem Wege zu Kraft und Schönheit fortschreiten, keine Griechen. Auch nicht dem Sexualempfinden nach. Sie sind nicht weniger »normal« als andere auch. Die Ursache der Verbreitung des »vice allemand« in der männlichen Jugend muss wohl woanders zu suchen sein.

Wir haben zwar so entsetzlich viele Traditionen, aber wir sind wahrscheinlich das einzige zivilisierte Volk ohne erotische Überlieferung. Es gibt bei uns keine erotische Kultur, die der Jüngling als selbstverständlich auf die Reise ins Leben mitnimmt. Man bewundert bei uns noch immer ein ständig im Maul geführtes ungekämmtes Flegeltum als Männlichkeit. Wer sich auf Frauen versteht, gilt als verweichlicht, als unmännlich. Es gibt kein von Mund zu Mund weitergegebenes zärtliches Brevier über den Umgang mit Frauen. Der deutsche Junge ist lüstern wie alle andern auch; aber zu klobigsten Renommistereien erzogen, heranwachsend in dem Irrwahn, dass die an der Straßenecke für Talerwert erstandenen Gunstbezeugungen etwas mit dem Liebesleben zu tun haben, erlaubt er sich über die Pyramiden zu lachen, ohne in Ägypten gewesen zu sein, und den Übersättigten zu spielen, ehe er die Vorspeisen sah. Erotisches lernt der junge Mann entweder in der Form der Zote kennen, oder ein besonders »aufgeklärter« Erzieher erläutert ihm das Aneinandergeschmiegtsein zweier Körper lieblos sachlich als »Befriedigung des Geschlechtstriebes« oder »Geschlechtsverkehr«, furchtbare Worte, wie von einem Eisenbahn-Inspektor erfunden, die alle Anmut mit dürrem Besen aus der Kammer fegen. Der Jüngling lernt das Ritual der Kneipe kennen, wird von älteren Kameraden in die Taxe der Prostitution eingeweiht, aber er kennt nicht die Geliebte. Deshalb verläuft die Konfrontation mit dem Weibe so kläglich. Hier ist das Wesen, um das man jubelt oder zittert, um das man wirbt, um das man sich bekümmern muss auf jeden Fall, an das man sich verlieren kann. Da beginnt für die Pseudo-Männlichkeit die Zone der Unsicherheit. Es fehlt nicht nur an äußeren Manieren, mehr noch an Artigkeit der Seele. Enttäuscht und verkatert flieht der Unbeholfene in seine Männergesellschaft zurück. Innere Unzulänglichkeit wird zur maskulinen Tugend umgeschwindelt. Es wird geprahlt und gezotet und schließlich über das gemeinsame Lager das schäbige Fahnentuch einer verlogenen Ideologie ausgebreitet. Daran ist die gesamte Jugendbewegung verdorben. Sie suchte unter Blühers Irrwisch-Parolen die Retraite in einen imaginären Männerstaat und fetzte auseinander. Nichts blieb als ein paar dicke Wälzer voll mystagogischem Gesummse und die nicht erfreuliche Erfahrung, dass die sexuellen Gepflogenheiten der Kadettenanstalten und Internate aus dumpfen Kasernements ins Freie oder auf den Heuboden verlegt wurden. Für den patriotischen Exerzierverband aber bedeutet die Päderastie vollends die letzte private Konsequenz der dort gezüchteten Vorstellung vom Deutschtum und der alldeutschen Geisteshaltung überhaupt. Wie das krampfige Verschließen vor der Welt, vor dem sogenannten fremdländischen Wesen nicht Stärke ist, sondern Unsicherheit und Konkurrenzfurcht, so ist die Abkehr vom Weibe nicht Mangel an Appetit, sondern Blödheit und fehlende Courage zuzugreifen, verkappt unter großspurig ruppiger Geste. Von da ist dann nur ein kurzer Schritt zur Thronerhebung des »deutschen Mannes« aus der Agitationsfibel; die Nationalgottheit trägt männliche Züge. La Liberté ist eine Frau; das deutsche Idol ist der »Held« schlechtweg, der in der Praxis allerdings nicht Kriegskamerad wird, sondern Bettgenosse.

Es fällt nicht ganz leicht, heute, wo das Muckertum sich wieder regt, eine Philippika zu schreiben gegen bestimmte Sexualsitten. Aber so sicher es ist, dass keiner, dem die Natur ein gewisses Fühlen mit auf den Weg gab, in das Schlingkraut des Paragrafen-Dickichts gestoßen werden darf, so unbestritten sollte auch jede menschliche Infamierung für den sein, der die moralische und ökonomische Labilität dieser Nachkriegsjugend zu seinem Sexualvergnügen ausbeutet. Denn die

Entfernung von der Kameradschaft zum Verkauf des männlichen Leibes ist bei der grenzenlosen wirtschaftlichen Unsicherheit nicht groß. Ein Gutes hat unsere vielbejammerte Demoralisation doch mit sich gebracht: das Mädchen, das, schüchtern in die Ecke gekuschelt, der »verlorenen Ehre« nachtrauert, wird zur legendären Gestalt. Mit kurzem Haar und kurzem Rock weht Gretchen durch die Straßen und wird auch ohne Marthe Schwerdtlein mit ihrem sinnlich-übersinnlichen Freier und seinem infernalischen Begleiter fertig. Doch das Problem hat nur das Geschlecht gewechselt: Der gefallene Jüngling löst das arme Gretchen ab. Es ist kein schöner Typus, der National-Kokotterich, mit seiner Vereinskokarde, seinen vaterländischen Phrasen in der Likörbude herumlungernd, wartend, dass ihn einer dingt, entweder zu Mord oder zu Buhlschaft. Mit einer beißenden Aktualität klingt aus dem alten »Simplicissimus« von Anno Eulenburg die freundliche Mahnung an die Herren Hofprediger zu uns herüber:

> Scheuchet jeden argen Zweifel,
> dass er baldigst sich verliere,
> gründet Magdalenenheime
> auch für Gardeoffiziere!

Auch heute wirken in der nationalen Bewegung ein paar frühere Hofprediger und zahlreiche evangelische Pfarrer mit. Hier ist ein ausgedehntes Feld für Seelsorge, meine Herren ...

(Das Tage-Buch, 7. November 1925)

Der Verkehrsunfall

Du steigst in die Elektrische Nummer soundso; Anhängewagen. Dösige Vormittagsstunde im menschenleeren Vorort. Dort der alte Herr schiebt gerade eine Rolle Kautabak zwischen die Kiefer; die Frau ohne Hut mit der Einholetasche liest die »Morgenpost«. Es sind die Einzigen, die du bemerkst. Die andern verschwimmen in der unsagbaren Gleichgültigkeit des Begriffes Straßenbahn.

Doch zehn Minuten später schon wird der Wagen lädiert irgendwo halten. Daneben ein Auto, dessen zertrümmerte Laternen wie leere Augenhöhlen auf die zerquetschten Vorderpfoten starren. Der Rest ist Polizeibericht: » ... ins Elisabeth-Krankenhaus kamen der 65jährige Rentner H. (mehrere Knochenbrüche), eine Frau M. aus der Rheinstraße (Kopfverletzungen und Nervenschock); einige andere Personen, die durch Glassplitter verletzt wurden, erhielten auf der Rettungsstation einen Notverband.«

Oder: Menschenauflauf mitten auf der Straße. Da steht, ein Bild unendlicher Melancholie, ein Grünkramwagen, so ein ganz altes verkümmertes Dingsda. Die Rückwand ist zertrümmert, und Passanten sind gerade dabei, ein paar Kohlköpfe, die noch herumrollen, zu entfernen. Der kleine spärliche Gaul ist ausgespannt; verständnislos beschnuppert er seine ausgefranste, zerschlissene Decke, die auf dem Asphalt liegt mit etwas darunter. Es wölbt sich nur ganz undeutlich, und an einer Stelle da sickert ein ganz dünner Streifen Blut unter der Decke hervor. Da steht dieses armselige Gespann wie ein Dokumentenwrack aus grauer Vorzeit und wirkt hier an einem hässlichen Regentag nicht weniger schwermütig als Turners »Fighting Téméraire«, Nelsons altes Admiralsschiff, zum letzten Mal ins Dock geschleppt, flankiert von großen drohenden Kästen und qualmenden Schornsteinen.

Das ist das Schlachtfeld des Verkehrs.

Wir haben diesen Verkehr zu einem gültigen Militarismus-Ersatz entwickelt, wo wir überschüssige Volkskräfte absetzen und die Blessuren uns holen, die der Locarno-Geist erspart. Wie die Ägypter die Krokodile anbeteten, die sie fraßen, sagt Anatole France, beten wir die Automobile an, die uns totfahren. Wir rufen nicht mehr Vaterland, sondern Tempo, und diesem Tempo opfern wir täglich Menschenleben, gesunde Glieder, noch intakte Nerven. Das ist der Moloch, der unsere Kinder verschlingt und die Greise wegputzt, die Überflüssigen, die nicht mehr mithalten können und die wir den malmenden Rädern der Motorkarren und Omnibunden überlassen, weil wir den Brauch der Skythen, die alten Leute einfach abzuschlachten, als allzu primitiv empfinden.

Ja, wir sind geschäftig geworden, sehr geschäftig. Komisch nur, je pleiter wir werden, desto rapider wächst der Verkehr. (Selbst die Bettler Ecke Linkstraße tragen ihre Notlage im Telegrammstil vor, wie Leute, deren Zeit Geld ist.) Der Umsatz sinkt, der Verkehr debauchiert. Die Bewegung ist Selbstzweck. Die Bewegung ist alles, das Geschäft gar nichts. Man hetzt und hastet, selbst das Vergnügen wird zum Dampfbetrieb, die Erholung zu vorgeschriebenen Freiübungen, und damit das

Inferno einen appetitlichen Namen hat, der auch ästhetisch Verwöhnten genügt, nennen wir es Rhythmus der Zeit und sind stolz darauf, unter der Walze selbstangekurbelter Apparatur zu verröcheln.

(Das Tage-Buch, 13. März 1926)

Der Minister und der Große Kurfürst

Der viel umstrittene sozialistische Minister hat neulich im Parlament gesagt, auch ihm fehle es nicht an Respekt vor den preußischen Traditionen. So hänge zum Beispiel in seinem Arbeitszimmer das Bild des Großen Kurfürsten. Die Monarchisten murrten und lachten dazu, die Republikaner applaudierten. Ich halte es in diesem Fall mit den Monarchisten.

Verehrter sozialistischer Minister, zweierlei ist möglich. Entweder Sie fanden das Bild vor wie Tisch und Stuhl und Papierkorb, dann ließen Sie es eben am Platz, ohne dabei gerade von der Gipfelluft preußischer Geschichte umwittert zu sein. Oder ein geheimrätlicher Obertapezier drängte sich als Expert für standeswürdigen Wandschmuck auf, und Sie entschieden sich für den Herrn Kurfürsten: a) weil so was auf mehr konservativ gerichtete Besucher immer einen angenehmen Eindruck macht, b) weil dieser Dynast zu lange einbalsamiert ist, um die Inquisitorentalente Ihrer ganz radikalen Genossen zu reizen. Aber dass dieser majestätische Herr mit den apoplektischen Gewitterbacken nun gerade als seelische Kraftstation fungiert für die Stunden, in denen Sie an Preußen verzweifeln, lieber Gott, das zu behaupten, dazu gehören schon die Wunderwege einer Parlamentsdebatte.

Was war, Herr Minister, der Große Kurfürst für Sie vor Ihrer Ministerschaft? Eine verschwommene Schulerinnerung, nicht mehr. Über Ihrem Schreibtisch da hingen wohl Karl Marx und der alte Liebknecht und irgendein Parteiveteran, der Ihren ersten Aufstieg sorglich hütete und förderte. Und über dem Sofa vielleicht vergilbte, polizeiliche Strafverfügungen, Trophäen aus der Wanderzeit, rote Schleifchen und eine längst blass gewordene rote Nelke von jener Maifeier, da Sie, fiebernd vor Erregung, zuerst zu den Massen sprechen durften.

Gewiss, Herr Minister, es wird Ihnen schwergefallen sein, sich von diesen Reliquien zu trennen. Ihr Herz zitterte, und etwas in Ihnen opponierte, als Geheimrat Obertapezier Ihnen devotest erklärte, dass so etwas in Ministers Arbeitszimmer nicht gehöre. Und mag man Ihnen schon die Herrlichkeit der Vergangenheit an die Wände kleben, ohne dass Sie es hindern dürfen, irgendwo in dem weiten Raum wird wohl eine Ecke frei sein für die Niederungen der Gegenwart. Kennen Sie Käthe Kollwitz, Herr Minister, die größte und warmherzigste Frau, die jemals in der Welt den Zeichenstift führte? Kennen Sie die grässliche Wahrheit ihrer Proletarierfrauen, kennen Sie diese zermergelten Gesichter mit leergebrannten, hoffnungslosen Augen, diese eingesunkenen Brüste und diese schrecklich gewölbten Leiber, vom Fluch der Fruchtbarkeit gezeichnet? Geben Sie einem solchen Bildchen Raum in Ihrem Zimmer, und Sie werden, wenn Sie zweifeln, Sohn des Volkes, nicht in der preußischen Geschichte zu suchen brauchen. Wer weiß, vielleicht war Ihre eigene Mutter eine solche Frau, und sie würde ungläubig gelächelt haben, hätte ihr ein

Engel die frohe Botschaft zugeflötet, ihr Sohn würde einmal mit dem Herrn Großen Kurfürsten auf du stehen.

Tun Sie ihn weg, den dicken Mann mit der riesigen Wollperücke. Was soll er Ihnen, wenn Ihr Blick einmal hilflos über die Wände irrt, weil die trockenen Akten unter Ihren Händen wie heißer Wüstensand zu glühen beginnen? Glorie des Helden zerpustet schnell, das Leid schwärt weiter. Was der den triumphierenden Feinden nachrief, die ihm den oft verkauften Degen aus der Hand schlugen, das schreit tausendfach desperater aus so einem armen, armen Arbeitstier: »Exoriare aliquis nostris ex ossibus ultor ...«

(Das Tage-Buch, 3. April 1926)

Die goldne Mitte

Es gibt in Deutschland eine kleine Anzahl von tüchtigen und wertvollen Persönlichkeiten, auf deren Schultern eine ungewöhnliche Last und Verantwortung ruht und die wahrscheinlich den stärksten deutschen Zeittyp verkörpern würden, wenn ihnen nicht etwas Unerlässliches fehlte: die Beziehungen zur Politik. Vielleicht, um das auszudrücken, nennt man sie: Wirtschaftsführer. Als Männer des Geschäftes und der Technik bedeuten sie eine Auslese – Rheinland und Westfalen zeugen von ihrem Unternehmungsgeist, die großen modernen Industriebauten von ihrem Blick für neue Architekturwerte und unromantische Schönheit – aber in der Politik sind sie Kinder geblieben, und ihr Sinn für soziale Zusammenhänge hebt sich selten über Spießerniveau. Sie waren und sind primitive Machtanbeter, Kopisten des vergangenen Agrar-Feudalismus, Verehrer des friderizianischen Krückstocks. Hinter jedem großen politischen Misserfolg des alten und neuen Reiches haben sie als Anreger und Beweger gestanden. Von dem Marokko-Abenteuer der Mannesmannen bis zu Cunos Ruhrkrieg haben sie jede Torheit arrangiert, unterstützt und durch ihre Presse erst populär gemacht. Sie haben an Ludendorff geglaubt, Ehrhardt finanziert und nicht einmal über Hitler gelacht. Dann kam durch zahllose Misserfolge nicht grade die Besinnung, wohl aber der Katzenjammer. Die deutsche Wirtschaft hatte sich selbst blockiert und schien am Ende zu sein. War man 1923 noch felsenfest überzeugt, dass nur Diktatur und Revanchekrieg Deutschland retten könnten, so war ein Jahr später schon die Annäherung an den demokratischen Staat vollzogen, die Erkenntnis auf dem Marsche, dass die Industrie-Herrschaft in der Republik sogar weit bessere Möglichkeiten habe als im alten Regime, das in seiner verbohrten landjunkerlichen Rückständigkeit in einem qualmenden Fabrikschlot so etwas wie das Symbol eines verwerflichen modernen Götzendienstes sah.

Neue Situation. Die Industrie ist aus dem selbstgebauten Turm gekommen, staunend, wie gut es sich auch in der Republik leben lässt. Die Zeit der Fantastereien ist vorüber. Die Industrie steht nicht nur herrschend mitten im Staat, sie hat auch wieder ihren Anteil am Weltgeschäft. Für diese Entwicklung muss eine neue Formel gefunden werden, auch eine neue pazifistisch-demokratische Mimikry, die im Verkehr mit andern Völkern Angleichung wenigstens an die Äußerlichkeiten des heute international geltenden Gesinnungstypus ermöglicht. Das ist gewiss sehr schwierig. Das Herz ist nicht dabei. Die Vernunft durch jahrzehntelange anderweitige Beschäftigung der Politik nicht vertraut. Und dennoch, einmal musste es kommen, das Credo zur neuen Situation.

Das hat nun Herr Geheimrat Silverberg übernommen. Seine Rede auf der Tagung des Reichsverbandes der Deutschen Industrie in Dresden kam nicht heraus wie das glühende Bekenntnis eines jungen Neophyten, sondern leise und stockend, wie der Klippschüler seinen Katechismus aufsagt. Der Beifall klang dünn wie die Worte. Wozu auch? Es war ja reine Formsache, wohlpräpariert und ohne Freude vorgetragen.

Nichtsdestoweniger ist der Jubel in den Blättern der Mittelparteien überaus laut. Da wird mit aufgeregtem Gegacker eine neue Epoche der Weltgeschichte eingeleitet, und die Verzückung feiert Orgien. Was Herr Silverberg gesagt hat, gibt zu solchem Taumel kaum Anlass. Richtig ist, dass, aus dem Munde eines Industrieherrn kommend, einige seiner Erkenntnisse verblüffen können, richtig ist aber auch, dass er nur Ideen zutage förderte, die 1926 überholt und abgestanden wirken, die aber etwa 1922 noch die damalige Politik Wirths bestätigt und Rathenau wahrscheinlich die von der Industriepresse gegossenen tödlichen Kugeln erspart hätten. Silverbergs Ausführungen auf knappste Formel gebracht: Das Unternehmertum hat nicht nur den Boden des heutigen Staates gefunden, sondern auch die Bedeutung der Gewerkschaften erfasst; deshalb müsse zur Herbeiführung innerpolitischer Stetigkeit ein neues Konkordat mit der Sozialdemokratie geschlossen werden.

Das ist wahrscheinlich eine hervorragende Leistung für das Mitglied des Industrie-Präsidiums, eine sehr minimale indessen für einen aktuellen Politiker. Große Koalition als letzter Weisheitschluss? Niemals ging eine solche Einladung schnurgrader an der Wirklichkeit vorbei. Die Sozialdemokratie steht abseits. Nicht so sehr in gewollter Opposition als vielmehr in kaum bewusster Schau nach innen. Diese Partei in scheinbarer Tatenlosigkeit macht eine Mauserung durch. Links von ihr ist alles wieder in Bewegung. Die Sozialdemokratie würde ihre Zukunft als Arbeiterpartei verschütten, wollte sie grade jetzt einem selbst weniger naiven Lockruf folgen und in eine Koalition mit Bürgerlichen steigen. Wäre Herr Silverberg nicht nur ein dürftiger Repräsentationsredner, er würde ahnen, dass man eine Einladung an die sozialistischen Massen anders formulieren müsse. Man lasse doch endlich einmal die Redensarten beiseite wie: Die Sozialdemokratie muss zur verantwortlichen Mitarbeit herangezogen werden et cetera. Das klingt so schrecklich von oben herab. Die Arbeiterschaft will nicht mehr »herangezogen« werden, so wie ein armes Mädel, das man freundlich begönnernd in ein hochnobles Damenkomitee holt, damit es auch mal was Gutes zu sehen bekommt. Die Arbeiterschaft ist kein toleriertes Anhängsel mehr, sondern eine in sich selbst ruhende Kraft mit dem Recht auf Macht aus eigenem Willen. Natürlich fehlte bei Herrn Silverberg auch nicht das dick geschmierte Lob für die Gewerkschaften, weil sie so brav geholfen haben, die Revolution zu überwinden. Es gibt Instinktlosigkeiten, die wie Epidemien grassieren. Wenn die Leute nur ahnten, was für Gefühle sie damit bei der

Arbeiterschaft auslösen, wie sie die sozialistischen Führer, auf die sie wirken wollen, damit vor den Massen kompromittieren! Doch man kann von Herrn Silverberg keine Erkenntnis verlangen, die auch den Leuchten des demokratischen Leitartikels noch keineswegs aufgegangen ist.

So sind also die Industrie-Häupter bei der Republik gelandet. Das ist bei alledem kein kleines Ereignis, rechtfertigt aber weder den mittelparteilichen Wonneschauer noch das von Theodor Wolff gebotene »Herzlich willkommen!«, dessen sprühende Ironie nicht ganz den Seufzer der Erleichterung zu kaschieren vermag. Zu einem »Herzlich willkommen!« mit Fahnen und bekränzten Türrahmen liegt kein Anlass vor. Die Republik kann zu diesem Besuch nur die begeisterungslose Geste der überraschten Hausfrau aufbringen: »Anna, geh mal runter, es sind Leute da ...«

Wenn man zufällig diese Sätze liest:

»Jede neue Regierung in Deutschland bekommt ihr Gleichmaß am besten durch eine möglichst ausgiebige Beteiligung der Mitte. Erst dann lassen sich Kräfte und Forderungen ausbalancieren, bei der ein ehrlicher Makler keineswegs die Linke zu kurz zu kommen lassen braucht ...«

– wenn man das liest, dann weiß man, dass der Verfasser nur ein Demokratenführer und von diesen nur Herr Erich Koch sein kann. Auch wer Herrn Koch bitter bekämpft hat, kann doch seiner Gelenkigkeit nicht den Respekt versagen. Er hat ja die schwere Aufgabe, eine zerfallende Partei so lange zu schleppen, bis er sie irgendwo abladen kann, und zwar so, dass sie dann noch Kurswert hat. Das nötigt Herrn Koch, den Opferstock der frommen Gefühle zu füllen, ohne die vitalen Interessen darüber zu vernachlässigen. Die frommen Gefühle sind bei Hörsings Repubikanern, die Interessen bei Stresemann und der Hoffnung auf liberale Einung. Der eine nötigt zum Schreien, der andre zum Wispern. Im Zweifelsfalle hilft hüben wie drüben das Deutschlandlied.

Jetzt hat Herr Koch in der demokratischen Presse einen Artikel veröffentlicht, der in seiner ziselierten Zweideutigkeit an die ruhmreichsten Drehungen der alten Nationalliberalen Partei erinnert. Ein respektvoller Kratzfuß vor Joseph Wirths Republikanischer Union: Ja, das wollen wir ja alle, doch apropos, lieber Freund, wie steht es denn mit ihrer eignen Partei ...? Verbindliches Lächeln, neuer Kratzfuß. Exit. Herr Koch wendet sich von dem Duft der Idee dem solidem irdischen Bratengeruch zu. Mit der Sozialdemokratie ist auch nichts mehr zu machen, das erkennt er viel deutlicher als manche bessern Demokraten. So bleibt nichts als die gegenwärtig regierende Mitte, die sich nach rechts ausweiten muss:

»Wer heute für die Weimarer Koalition eintritt, übersieht oder verkennt die Entwicklungstendenzen, die innerhalb der Deutschen Volkspartei vorhanden sind ... Die Volkspartei abzustoßen ist unklug. Ich weiß recht wohl, wie schwer ihr die Entscheidung zwischen dem Alten und dem Neuen wird ... Aber der Fortschritt ist unverkennbar.«

Das ist die Sammlung der Mitte. Die Einung unter der Formel des Liberalismus. Die Konzentration des Besitzes. Der Bürgerblock. Das entspricht der wirtschaftlichen Straffung Deutschlands und seiner neuen Geltung in der Welt. Herr Silverberg hat noch eine platonische Einladung an die Sozialisten gerichtet: So sicher hat die Schwerindustrie den Staat, dass sie sich sogar die Beteiligung der Sozialdemokraten leisten könnte; denn sie weiß, dass die Partei in dieser Gesellschaft von vornherein zur Ohnmacht verurteilt ist. Herr Koch geht auch darüber wie über eine längst erledigte Etappe hinweg. Diese politische Konstellation deckt sich mit der sozialen Struktur: links Arbeiterschaft, rechts nationalistische Libertinage. Dazwischen: der Besitz, der wieder expansiv gewordene Kapitalismus. Die Politik der goldnen Mittelstraße hat zur Herrschaft der Mitte geführt, die das Gold hat. Die goldne Mitte regiert. Langsam humpeln die Parteien der Entwicklung nach.

Der Überfall Herrn Bacmeisters auf Severing scheint gründlich fehlgeschlagen zu sein. Das Publikum beginnt der Panama-Entdecker müde zu werden; die ewigen Verleumdungen werden langweilig. Nach den ersten Gerüchten sollte der Vorstoß eigentlich von Hugenbergs Blättern geführt werden. Möglich, dass man dort seit dem Magdeburger Missgeschick die Lust an solchen Affären ein wenig verloren hat und deshalb den Stoff dem benachbarten Herrn Bacmeister überließ, der die leckere Speise sofort mit dem fanatischen Appetit des geborenen Koprophagen hinunterschlang.

Aber Severing ist unversehrt geblieben, und eine Mauer der Entrüstung deckt seine Person. Selbst auf der Rechten erheben sich Stimmen der Klage über die widerlichen Methoden des Kampfes gegen ihn. Ist also eine Renaissance der politischen Moral im Werden? Oder sitzt die Rechte heute schon so fest im Sattel, dass sie es sich wieder erlauben kann, anständig zu sein?

(Die Weltbühne, 7. September 1926)

Krippenspiel im Reichstag

Helle Aufregung in der Wandelhalle. Wirrwarr in den Fraktionszimmern. Regierungskrise in Sicht. Das dreizehnte Kabinett der Republik wackelt.

Doch fern vom Lärm, in einem efeuumsponnenen Gelass, sitzen ernste Männer mit zerfurchten Stirnen, die das alles nichts angeht. Das ist der Untersuchungsausschuss. Da probiert das Parlament, das noch niemals Geschichte gemacht hat, wenigstens Geschichte zu erforschen. Was war 1917 los? Wer hat die Friedensbemühungen des Papstes kaputtgemacht? Ein historisches Seminar tut sich auf. Polemischer Ton ist verpönt. Der deutschnationale Vorsitzende schwingt den Pädagogenfinger. Hier gibt es weder Kläger noch Beklagte, sagt er.

Alle Aufmerksamkeit sammelt sich um ein kleines, putziges Männchen, sehr gravitätisch in seinem für eine Stunde aufgebügelten Glanz. Diese hochgeworfne Stirn über all der Putzigkeit, diese martialisch knarrende Stimme – das kennen wir. Das ist das gute, alte, mit Recht so unbeliebte Preußen. Das könnte der Regimentsschreiber sein, der dem Leutnant Katte, dem Sündengenossen des jungen Fritz, das Todesurteil verlas. Nein. Es ist Georg Michaelis, der einem unbestätigten Gerücht zufolge einmal Reichskanzler gewesen sein soll. Unwahrscheinlich die Gestalt, unwahrlich wie die Luft dieses Raumes, wie die Leute darin, die alle diesen selben

Michaelis einmal unterstützt, ihn toleriert, ihm geglaubt haben. Da sitzen sie, die einstigen Akteure und Puppen dieses, dieses Michaelis und fragen ihn bitterernst, wie es denn damals gewesen sei. Denn sie machen nicht Politik, sondern Wissenschaft.

Hier liegt ein grundsätzlicher Irrtum vor: Verantwortungen für Krieg und Niederlage, für diplomatische und militärische Fehlgriffe katastrophaler Art werden in revolutionären Ländern im Allgemeinen unter der Laterne geklärt. Bei uns ist man für solche Methoden zu wissenschaftlich. Bei uns erklären die Beklagten sich selbst zum politisch-neutralen Experten-Komitee und sprechen sich gegenseitig frei.

Dennoch ist dies Intermezzo im Untersuchungs-Ausschuss nicht uninteressant. Denn es zeigt uns nochmals den deutschen Parlamentarismus, wie er sich im Juli 1917 etablierte. Wir können vergleichen. Er hat sich nicht geändert seitdem.

(Die Weltbühne, 21. Dezember 1926)

Die Nacht von Hankau

Von chinesischen Soldaten zerniert, die die weißen Herren des Erdballs vor den Steinwürfen des gelben Straßenvolkes schützten, sind die englischen Freiwilligen aus dem Konzessionsgebiet von Hankau abgezogen. Vielleicht hat inzwischen Tschiang Kai-schek, der Generalissimus Süd-Chinas, dem Repräsentanten der englischen Behörden die vom Dachfirst gerissene Fahne Britanniens mit höflicher Entschuldigung wieder zurückgegeben. Aber die Autorität Englands in China hat einen tödlichen Schlag erlitten. Mag auch die Diplomatie nochmals den Gang der Ereignisse verlangsamen: Das chinesische Nationalbewusstsein hat seinen großen Ansporn.

Im Foreign Office spürte man schon lange das kommende Ungewitter. Man versuchte deshalb nach allzu umständlichen Erwägungen, mit Kanton, das man bisher als ein Banditennest, mindestens als eine maskierte russische Vorpostenstellung betrachtet hatte, in Verhandlungen zu kommen. London empfand wohl die grenzenlose Ohnmacht der sogenannten Zentralregierung in Peking. Aber vielleicht hatte Wu Pei-fu, der trotz seiner zahlreichen Unglücksfälle noch immer brauchbarste Degen, seine Subsidien noch nicht bis zum letzten Rest verzehrt; vielleicht rechnete man auch noch mit irgendeinem andern Truppenvermieter, der bereit sein würde, gegen gutes Geld seine kostbare Ware für England zu riskieren. Jedenfalls zeigte die englische Außenpolitik diesmal nicht die gewohnte Initiative, jene oft mit Glück bewährte Courage, ohne viel Geräusch mit eingefressenen Traditionen zu brechen. Chamberlain behandelt den Fall China dilatorisch; nicht als kühler Kunktator, sondern hoffend, dass die erfolgreichen Streiter der neuen Unabhängigkeitsideen sich schließlich untereinander verschlingen würden. Doch als die Fortschritte der Armee Tschiang Kai-scheks nicht mehr zu ignorieren waren, da bequemte sich auch England endlich dazu, Kanton als eine Macht in dem verworrenen Riesenreich anzuerkennen, und versuchte, sich mit dem verschrienen Bolschewistenhort auf Vertragsbasis zu finden. Zunächst wurde Herr Lampson, ein Diplomat, als

Spezialberichterstatter nach Kanton geschickt. Dessen Rapporte klangen ziemlich pessimistisch, waren aber nicht geeignet, den diesmal seltsam schweren Geist des Außenamtes zu beflügeln. Dann wurde in der Form eines Memorandums erste amtliche Fühlung mit der südchinesischen Republik versucht. Aber dabei widerfuhr England das Pech, von Frankreich im Stich gelassen zu werden. Der Quai d'Orsay hatte zunächst seine Zustimmung gegeben. Doch schien das Pariser Kabinett in der Frage geteilt zu sein. Wenigstens zog Briand die anfängliche Zusage plötzlich mit der ironischen Begründung zurück, dass Frankreichs Position in China nichts zu wünschen übrig lasse, dass jedoch die Machtverhältnisse dort noch völlig ungeklärt seien: Es empfehle sich deshalb nicht, sich schon jetzt so autoritativ auf eine bestimmte Seite zu schlagen. Kotschinchina, Frankreichs Besitz, liegt dem revolutionären Infektionsherd, Süd-China, benachbart. Das dämmt das Vergnügen des Quai d'Orsay an neuen weltpolitischen Feuerwerken. Auch die andern Vertragsmächte zeigen plötzlich eine ungewohnte Zurückhaltung. England steht in China allein.

England steht allein gegen China.

Noch bis vor wenigen Monaten glich Chinas innrer Krieg einem unentwirrbaren Knäuel provinzialer Feindseligkeiten. Bandenchefs, von fremden Mächten gespickt, führten zur Plage des Landvolkes Truppenbewegungen aus, die durch Berichte europäisch aufgetakelter Pressequartiere von Unkundigen fälschlich für Kämpfe gehalten wurden. Einmal nur, als Feng, der Unterbefehlshaber Wus, mit einem verwegenen Coup den Herrn plötzlich aus der Macht jagte und die eiserne Pranke auf

Peking legte, schien plötzlich eine Idee geboren zu sein. Doch Fëng, nur von den Russen unterstützt, musste dem erneuten Zusammenschluss aller reaktionären Generäle weichen. Nur einer von diesen Spekulanten des Schwertes kann sich behaupten und scheint unverwüstlich: ein böser, alter Stacheligel, der Grausamste und Listigste von allen, Tschang Tso-lin, der Despot der Mandschurei, ein Mongolen-Khan, aus dem Bilderbuch in die moderne Zeit gesetzt. Tschang und Wu besiegen gemeinsam Fëng. Aber geeint nur im Hass, konträr in allen Interessen, nutzen sie den Erfolg nicht aus, bleiben sie vor der Hauptstadt liegen, und nur die Hinrichtung russophiler Publizisten lehrt Peking, dass vor seinen Toren wieder einmal ein paar andre Marschälle gesiegt haben. Der Bürgerkrieg scheint an seinem eignen Widersinn zu verenden und ein Land ohne Führerenergien im tiefsten Marasmus zurückzulassen. Da dröhnt tief aus dem Süden plötzlich ein Gongschlag und übertönt alle andern Militär-Potpourris. Die Armee der Kuomintang marschiert, das Volksheer von Kanton. Wer nicht stumpfe Ohren hat, kennt diese Marschmusik: Das ist die Reveille von Valmy, der Trommelwirbel einer aufgehenden Zeit. Kanton trägt die Standarte Chinas.

In Kwangtung, der Südprovinz, hat der große Sun Yatsen das Arsenal der Befreiung organisiert. Als Doktor Sun im Jahre 1912 die welken Spätlinge der Mandschu-Dynastie entthronte und das asiatische Mittelreich zur Republik machte, da war er ausschließlich ein Exekutor liberal-demokratischer Ideen, die in das mittelalterlich-feudale China wie durch eine Hintertür unverhofft hereinbrachen. Doch das Fundament war zu schwach: In

Peking wurde Sun bald durch den gerissnen Yüan Shikai verdrängt, und die Zentralgewalt geriet nach dessen Tode in die Hände impotenter Patrizierklüngel, die nicht mehr waren als Spielbälle englischer, amerikanischer oder japanischer Diplomatie. Nach dem Süden zurückgegangen, erkannte Sun, dass alles nationale Freiheitsstreben wie Goldschaum versprüht, wenn es sich nicht auf soziale Tatsachen stützt. Um die ökonomische Diktatur durch die Fremden und ihre Grundlage: die Minderung der Souveränität durch Konzessionen und Vertragshäfen zu zerstören, dazu gehörten scharfkantigere Waffen, als sie der liberale Demokratismus zu liefern vermag. Sun, der Asiat, überschaute die kapitalistische Welt und prüfte sie bis in ihre geheimsten Ängste hinein; er sah den Schatten über dem gedeckten Tisch – er sah das Proletariat. Gigantisches Unternehmen in einem Reiche, das ein Globus für sich ist und dessen Ackervolk sich noch großenteils in demselben Zustand befindet wie vor mehr als sechshundert Jahren, als der Venezianer Marco Polo an den Hof Kublai-Khans reiste, Begriffe des Sozialismus populär zu machen. In wenigen Jahren gelang es Sun, wenigstens in einigen großen Hafenstädten, wo der gelbe Mann stündlich erfährt, dass er in den Augen der Fremden nicht mehr bedeutet als ein Hund, die dumpfen Aufruhrgefühle einer missachteten Rasse durch den Filter klassenkämpferischer Methodik in das spiegelblanke Becken moderner Massendisziplin zu leiten. Während im Norden Tschang und Wu ihre englischen oder japanischen Subsidien ziellos in die Luft schossen, kam aus den Häfen des Südens merkwürdige Kunde von Streik und Boykott, von demonstrierenden

Industriearbeitern vor den Toren der Konzessionsviertel, von chinesischem Hauspersonal, das sich weigerte, für die Fremden gegen kargen Lohn und viel Fußtritte zu fronen. Aber Kanton, obgleich Hongkong ungemütlich in den Nacken gesetzt, blieb doch in der Meinung der Welt das südliche Separatistennest: vielzüngige Rednerschule ohne Arm.

Der alte Doktor Sun ist tot. Die Schlachtmusik seines Kanton klingt am Jangtsekiang, hallt über ganz China.

Es ist wie ein Salut vor dem schweren Ernst der Wahrheit, dass in der Londoner Presse diesmal weniger als sonst von »Bolschewismus« und »russischen Quertreibereien« lautbar wird. Denn mag die Kuomintang auch mit diplomatischen und militärischen Instruktoren Moskauer Färbung ausgestattet sein – England weiß, dass es kein sozialistisches Ungetüm ist, das es drohend anbleckt, sondern der gute, alte chinesische Drache, das königliche Tier von vierhundert Millionen, das ein paar pfiffige Kommerzleute für ewige Zeiten in der Tretmühle des Börsenprofits nutzbar machen wollen. (Moskau hat nur eine Idee übermittelt, hat sich als Lokomotive vor eine altmodische Wagenkolonne gespannt. Aber das Ende wird doch sein wie der Anfang: China, China, China!) Die englische Politik ist immer geschmeidig gewesen. Sie hat es zuletzt bewiesen, als sie zugunsten der Dominions das Reichsgefüge lockerte. Sie wird vielleicht nicht den Fehler der Habsburger Monarchie gegenüber Turin und Belgrad wiederholen, sich einfach hinter das Autoritätsprinzip zu verschanzen: Sie wird Konzessionen machen, zurückweichen, um innerlich desto fester zu binden. Aber ist noch Zeit dazu? Die Vorfälle von

Hankau können sich an jedem andern Platz wiederholen, der Fall Shanghais ist vielleicht nur noch eine Frage von Wochen, und damit wäre auch das englische Prestige im Fernen Osten dahin. Es ist wie ein Vorzeichen kommender Stürme, dass Japan, das erst in China sehr aktiv, oft aggressiv war, sich seit einiger Zeit eine außergewöhnliche Reserve auferlegt. Sogar die Beziehungen zu dem ihm ergebnen und vielfach verpflichteten Gebieter der Mandschurei werden ostentativ vernachlässigt.

Gerüchte wollen wissen, dass England, nachdem Sun Tschuangfang, der Militär-Gouverneur von Schantung, sich in seinem Interesse ruiniert hat, als letzte Karte den alten Tschang Tsolin ausspielen wird. Dessen Ehrgeiz aber scheint nicht zu sein, Herr von All-China zu werden – Peking steht ihm seit Monaten offen, aber er zieht nicht ein –, hoffnungsvoller als ein solches Abenteuer dünkt ihm wohl, seine Mandschurei, wo die Bälle Russlands und Japans hart karambolieren und die Trassen schicksaltragender Eisenbahnen am Pazifik enden, zu einem selbstständigen Staat zu machen, keinem Herrn mehr dienstbar. Erträumte Schluss-Apotheose eines alten Bravos, die jedoch den englischen Spekulationen schroff entgegensteht. Aber selbst wenn es dem Foreign Office gelingen sollte, einen neuen Preisfechter zu finden, die Entwicklung wird es nicht aufhalten können und nur neue Komplikationen schaffen. Schon heute lagern am Rand des Gelben Meeres Pulverfässer, neben deren Explosivkraft sich die in Europa selbst magazinierenden wie Christbaumschmuck ausnehmen. Es ist ein trüber Aspekt, und wenn es nicht geschmacklos wäre,

Witze zu machen, könnte man fast nach dem Völkerbund rufen.

Während in Germanien und Mussolinien immer heißer der Platz an der Sonne begehrt wird, wackelt eine Kolonialfeste nach der andern. Der alte Imperialismus ist längst defensiv geworden. Der Appetit ist wohl noch da, nur haben sich die Herrschaften leider zwischen 1914 und 1918 gegenseitig die Schneidezähne eingeschlagen. Das Intermezzo von Hankau mag inzwischen durch offizielle Entschuldigungen erledigt sein, aber die Kunde von der Demütigung der englischen Macht wird geflügelt den Erdball umkreisen und Millionen von Unterdrückten Glauben an die eigne Kraft verleihen. Als in der Nacht englische Soldaten, von chinesischem Militär wie ein Haufen Landfahrer abgeschoben, zusehen mussten, wie Alt-Englands Hoheitszeichen vom Dach gerissen und besudelt wurde, da schwebte über diesem schweigenden, verbissenen Zug in den Lüften noch ein zweiter unendlich großer: die Geister aller, die Europäerhabgier in fremden Zonen um Gold und Elfenbein, um Gummi und Zuckerrohr geschlachtet hat. Eine schreckliche Gespensterkavalkade: Rote vom Potomac, Schwarze vom Kongo, braune Kabylen, im Wüstensand verröchelt, Gelbe als Kanonenfutter des Kapitalismus in Gruben und Fabriken verbraucht. In dieser Nacht von Hankau hat Europa eine Schlacht verloren, nicht gegen eine andre Rasse, sondern, Gott sei Dank, gegen die Menschheit. Und mag auch solcher Nacht ein ungewisser Morgen folgen: Das Herz kündet, dass etwas doch anders geworden ist und es sich leichter atmen lässt. Eine Bastille ist weniger. Die Freiheit war wieder auf der Erde zu Gast.

(Die Weltbühne, 11. Januar 1927)

Noskes Schatten

In diesen völlig unrevolutionären März fällt mit Recht das Jubiläum einer völlig unrevolutionären Partei. Vor sechzig Jahren ist aus einer Sezession der alten Fortschrittler die Nationalliberale Partei entstanden. Das war gewiss ein Anlass, den Humpen zu bekränzen. Da der verehrte Führer, der Reichsaußenminister, zurzeit jedoch ernstere Sorgen hat, hielt sich das befürchtete Sängerfest in glimpflichen Formen, und es wurde nicht mehr Eichenlaub mit Donnerhall und Wogenprall verabfolgt als bei solchen Gelegenheiten unbedingt erforderlich. Dabei hätte grade diese Partei; die sich heute unter dem Künstlernamen Deutsche Volkspartei nur mühsam verbirgt, allen Grund zu triumphieren. Denn wenn sie auch ebenso wenig gesiegt hat wie irgendeine andre liberaldemokratische Partei, so hat ihr Geist doch das gesamte politische Leben der Nation erfasst und durchsäuert. Wohin man auch blicken mag, überall stößt man auf das, was seit Jahrzehnten zur Vermeidung unhöflicherer Bezeichnungen nationalliberal genannt wird. Auch die radikalsten Parteien haben unter der Rostra, von der ihre Tribunen zum Volke schmettern, ganz geheim jene Drehvorrichtung, die bei der ehrwürdigen Jubilarin längst in aller Öffentlichkeit angekurbelt wird.

Die Sozialdemokratie hat sich jetzt nach Äußerungen namhafter Führer endgültig entschlossen, nicht gegen die Reichswehr, sondern um die Reichswehr zu kämpfen. Die Genossen im Lande finden das rabulistisch und murren. Besonders beunruhigt ist das westfälische Industrierevier, wo starke Strömungen vorhanden sind, die prinzipiellere Militärkritik und überhaupt Ablehnung des Etats für Reichswehr und Marine zu verlangen. So veranstaltete das Patriarchat in der Lindenstraße also eine Rednertournee notabler Genossen, um es zunächst mit der pénétration pacifique zu versuchen. Es muss zugegeben werden, dass die dazu auserkornen Genossen Hermann Müller und Severing ihrer Art gemäß sehr kulant auftraten und die Irrlehren der antimilitaristischen Schwärmer in milder Form zu widerlegen trachteten. Was sie sachlich auszuführen hatten, war allerdings recht spärlich. Immer wieder betonten sie, es sei geschäftsordnungsmäßig nicht möglich, den Militäretat abzulehnen, ohne den Gesamtetat zu verweigern. Aber, meine Herren, ist denn das so eine grausame Zumutung für die repräsentative Oppositionspartei? Sind Sie denn für das Wohlergehn der Regierung Marx-Keudell-Hergt verantwortlich? Da das Budgetrecht des Reichstags ohnehin durch die Manipulationen des Reichswehrministeriums fast illusorisch gemacht worden ist, wäre hier nicht nur Ablehnung, sondern – horribile dictu! – Obstruktion am Platz. Doch da die Herren beschlossen haben, nicht gegen die Reichswehr, sondern um deren Seele zu kämpfen, so ist wohl die Frage erlaubt, welches ihre Gedanken und Pläne sind. Wie wir erinnern, hat Herr Heye selbst Löbes zahme Propositionen zur Reform der Rekrutierung entschieden abgelehnt. Und seitdem ist es ganz still.

Auch der Genosse Stücklen pilgert alljährlich ins Ruhr-revier, um den Kumpels zu erzählen, dass wir eine Reichswehr brauchen, weil die verdammten Polen noch immer keine Ruhe geben wollen. Geht Hermann Müller versöhnlich wie ein innrer Missionar vor, so gleicht der Genosse Stücklen mehr jenen eifernden Heidenpredigern, die mit dem Ochsenziemer nachhelfen, wenn das Glauben nicht fix genug geht. Genosse Stücklen, seit über fünfzehn Jahren militärischer Experte der sozialdemokratischen Fraktion, hat kürzlich in Elberfeld über die Reichswehr gesprochen und die günstige Gelegenheit benutzt, nicht um gegen die Reichswehr, sondern um gegen die »Weltbühne« offensiv zu werden. Nach sozialdemokratischen Blättern führte er aus: »Im übrigen solle man sich hüten, seine Informationen über Reichswehr und Reichswehretat aus der ›Weltbühne‹ zu holen, da die Leute, die diese Zeitung herstellen, sich keine Mühe gäben, den Etat zu studieren, und – wie der Redner kurz nachwies – nicht vergleichbare Größen gegenübergestellt hätten.« Ach, wenn man diesen Nachweis nur in extenso hätte; aber auch diese schlichte Abkürzung hat ihre Schönheiten. Der Genosse Stücklen ist seinerzeit in einen unverdient guten Ruf gekommen, als er am 10. Dezember vorigen Jahres im Reichstag flagrante Verletzungen des Etatsrechtes durch das Reichswehrministerium festgestellt hat. Um irgendwelchen optimistischen Schlüssen entgegenzutreten, sucht sich der Genosse jetzt durch eine plumpe und unwahrhaftige Attacke gegen die »Weltbühne« zu salvieren. Das ist das Bonzentum, wie wir es jetzt seit Jahren erleben. Das fühlt sich in seiner Würde gekränkt, weil irgendwo außerhalb des Parteiclans ein paar Menschen, ein Blatt, treiben und spornen; das sieht sein kümmerliches Monopol ins Wackeln geraten und seine Parteisergeantenknöpfe bedroht, weil die Arbeiter im Lande, vielleicht unter Berufung auf eben dies Blatt, das Tempo der Fraktion allzu gemächlich finden und unbequeme Fragen stellen. Solche Frechheit muss gezüchtigt werden, und lieber stellt sich der Genosse schirmend vor Gesslers Offiziere, als dass er den Unbotmäßigen auch nur einen Fingerbreit nachgäbe. Dass der Genosse Stücklen die allein richtige Exegese des Militäretats für sich in Anspruch nimmt; ist ein Stück fachmännischer Überheblichkeit, das wir ihm gern nachsehen wollen, wenngleich es, höflich gesagt, eine bedauerliche Überspannung von Konkurrenzgefühlen bedeutete, wenn er mit seiner unwirschen Bemerkung etwa auf Konrad Widerholds mit höchster Akribie und glänzender Sachkenntnis durchgeführte Etatskritik in Nummer 4 der »Weltbühne« angespielt hätte. Der Fluch des Genossen Stücklen ist uns ebenso gleichgültig wie sein Segen. Es geht um die politische Wirkung. Und wir fragen die Stücklen aller republikanischen Parteien: Was hat eure superkluge Katzbuckelei bisher erreicht? Ihr habt eine Position nach der andern verloren und seid überall auf dem Rückzug. Es hat sich alles um euch gewandelt, nur geruhtet ihr nicht, die Tatsachen zu sehen, und vielleicht ist der Tag nicht mehr fern, wo die Tatsachen euch nicht mehr sehen werden.

Fast kalendermäßig mit dem Scheiden Herrn Doktor Friedensburgs von Berlin fiel das Wiederaufleben ungewohnt gewordener Straßenkrawalle zusammen. Hakenkreuzler eröffneten in einem Vorortsbahnhof gegen eine Minorität von Roten Frontkämpfern eine Schlacht und zogen dann jchlend und Passanten misshandelnd durch den ganzen Westen ihrem klassischen Kampfplatz an der Gedächtniskirche zu, wobei ein paar Ausländer niedergeschlagen und gefleddert wurden. Die Polizei zeichnete sich durch bemerkenswerte Selbstbeherrschung aus. Weniger am nächsten Abend in Charlottenburg, wo eine vorübergehende Verwirrung in einem kommunistischen Demonstrationszug erst mit Schreckschüssen und dann mit forschem Dreinschlagen behandelt wurde. Man musste an solchen politisch erhitzten Tagen Herrn Doktor Friedensburg gesehen haben, wie er selbst an den bedrohten Stellen war und durch seine bloße Anwesenheit Beruhigung verbreitete. Soll jetzt die Zuchtlosigkeit der Ära Richter wieder einreißen? Friedensburgs Nachfolger, Herr Doktor Weiß, hat sich bei seiner Ernennung ausdrücklich ausbedungen, mit der Schutzpolizei nichts zu tun zu haben, da er von früher her keine glücklichen Erfahrungen hat; sein Interesse gehört der Kriminalpolizei und der Abteilung IA. Da Herr Zörgiebel, der oberste Chef, auf die Herren Offiziere nicht den geringsten Eindruck macht, so ist die Berliner Schutzpolizei tatsächlich ohne rechte Leitung, und nichts hindert sie, ihren vor randalierenden Stahlhelmern heroisch domptierten Amtseifer an Linksradikalen desto freier ausleben zu lassen. Es ist katastrophal, dass die Rede des Ministers Grzesinski vor dem Landtag diesem Zustand die gesetzlichen Weihen verschafft hat. Das war gewiss nicht beabsichtigt, aber die Wirkung ist so. Seltsam, dass diese sozialistischen Staatshüter immer noch Noske kopieren müssen, wenn sie mit der äußersten Linken zanken. Immer dies Drohen, dies Trumpfen auf die blanke Plempe der überparteilichen Staatsautorität, von der jedes Kind weiß, dass sie in praxi immer nur nach einer bestimmten Seite zu fallen pflegt. Wann findet endlich ein sozialdemokratischer Minister für die Kommunisten einen neuen, freien, nicht von Erinnerung an jahrelangen Bruderzwist durchtränkten Ton? Die republikanische Presse applaudiert dem Minister, aber er möge sich nicht täuschen: Seine ohne Grund einseitig gegen die Kommunisten zugespitzte Rede hat keine andren Wirkungen, als diese neu zu erbittern und in hassvolle Isolierung zurückzutreiben. Dabei ist Herr Grzesinski ein Mann von vielen Qualitäten: gewissenhaft und selbstständig; kein Platzhalter, sondern ein Eigner. Doch diese Rede ist politisch verderblich; in einigen schneidig trompeteten Sätzen wird ein politisches Kapital verschleudert. Noskes Schatten über Grzesinski? Schade, schade.

(Die Weltbühne, 29. März 1927)

Chronik (Sacco und Vanzetti)

I

Etwas Unerhörtes, Niedagewesenes begibt sich in diesen Tagen: Die diplomatischen Vertretungen der Vereinigten Staaten von Amerika in allen Hauptstädten der Erde stehen unter verzehnfachtem polizeilichem Schutz. Denn der Name der Mutter aller europäischen Demokratien ist über Nacht odios geworden, odioser, als der Zarismus je in der Blüte seiner Sünden war. In Paris,

London, Berlin, Buenos Aires, überall wachsen Proteste zu Demonstrationen und morgen vielleicht zu Gewalttaten. Der Fall Sacco-Vanzetti, die Beharrlichkeit der Oberrichter, an einem von den besten Juristen der Welt als Fehlspruch bezeichneten Todesurteil festzuhalten, hat die moralische Reputation der Vereinigten Staaten in wenigen Tagen ruiniert. Liberty trägt eine Henkerfratze, und die hocherhobene Fackel wird zur Todesfackel ihrer eignen ruhmvollen Vergangenheit. Auf dem ganzen Erdenrund bäumen sich die Herzen gegen die Vollstreckung eines Todesurteils an zwei Schuldlosen. In New York, in Baltimore krachen Bomben; die Polizei ist bis auf die letzten Reserven aufgeboten; ein Heer von Detektiven hat das Landhaus des Präsidenten zerniert. Der Versuch desperater Freunde der beiden Verurteilten, die Staatsorgane durch Terror einzuschüchtern, ist heroisch, aber ganz sinnlos. Eine empfindlichere Obrigkeit, eine zartnervigere Justiz mag dadurch geschreckt werden. Doch der amerikanische Staat ist gesund und glaubt an sich; er hat ein vorzügliches Gebiss und hält in seiner jugendfrischen Rohheit den Elan seiner Schneidezähne für sittliche Qualität. Keine Skepsis bohrt in ihm wie in den alten Plutokratien Europas. Er glaubt an seine Mission, die heutige soziale Ordnung zu schützen, und an die Verdienstlichkeit, Ketzerei und Zweifel daran auf dem elektrischen Stuhl verzucken zu lassen. Die Bilder zeigen den Urheber des Skandals: den Gouverneur Fuller, als rundlichen, energischen Herrn mit freiem Blick und wohlentwickelten Kauwerkzeugen. Das Erschreckende ist, dass dieser Mann wohl keinen Augenblick daran denkt, wie entsetzlich er handelt; die beiden Proletarier, seit sieben Jahren todgeweiht, seit sieben Jahren täglich und stündlich des letzten Weges harrend, mögen ihn keine Minute ernsthaft gestört haben. Keine Furche geheimer Angst hat sich in das glatte gutrasierte Fett dieses Gesichts gekerbt. Die Verurteilten sind anders geartet, sie leugnen das Eigentum; der Herr Gouverneur zählt sie nicht zur Menschheit. Vielleicht sind sie sogar unschuldig? Was tut es? Tötet sie alle, Gott kennt die Seinen! Das Klassengefühl hat alle andern Empfindungen und Erwägungen erstickt. Die Richter der ganzen Welt sollten heute in Washington interpellieren, es ist ihre Sache, um die es geht, denn was die amerikanische Justiz hier verbrochen hat, das wird einmal an der Justiz aller Reiche der Welt geahndet werden. Wenn sich einmal das Arbeitsvolk des ganzen Erdkreises erhebt, so wird es auf seinen Bannern die geweihten Namen Saccos und Vanzettis vorantragen, und im Namen Saccos und Vanzettis wird der Sklavenaufruhr der Zukunft die Justizpaläste in Trümmer legen. Auch das kämpfende Proletariat hat seine heiligen Märtyrer, auf Goldgrund wird es die Köpfe Saccos und Vanzettis verehren wie die junge Christenheit in den Katakomben ihre Gekreuzigten und Gevierteilten. Als die Wächter in die Zelle Saccos und Vanzettis traten, um ihnen mitzuteilen, dass ihr letzter Einspruch verworfen, lagen die beiden hingestreckt auf ihren Pritschen und schliefen. Sieben Jahre haben sie gewacht, Sekunde für Sekunde den Tod erlitten. Nun liegen sie entspannt und schlafen. Zwei Helden von der großen Art: der leidenden. Als sie in diese Zelle kamen, kannte niemand ihre Namen. Heute gibt es kein Dorf, wo man die nicht kennt, und in den letzten Winkel hinter der Welt dringt klagend eine Ahnung von der Unendlichkeit des Leidens der beiden. Unter einer Kruste von Gleichgültigkeit und Habgier regt sich ein gemeinsames Gewissen, Scham vor sich selbst wühlt die Menschheit auf. Zwei kleine Soldaten der Freiheitsarmee haben das vollbracht. Jetzt liegen sie auf die Pritsche gestreckt, in der traumlosen Versunkenheit erfüllter Pflicht, einerlei, ob das Erwachen Freiheit oder Ende bringt. Die Wächter stoßen sich an, tuscheln und gehen auf Fußspitzen hinaus. Sacco und Vanzetti schlafen. Sacco und Vanzetti dürfen wieder schlafen.

II

Das Bundesgericht von Massachusetts hat den Einspruch Saccos und Vanzettis verworfen und sie damit dem Henker überliefert, wenn nicht im letzten Augenblick noch ein Wunder geschehen sollte. Zum ersten Mal packt den missvergnügten Bürger der deutschen Republik so etwas wie nationaler Hochmut. Das wäre wirklich in Deutschland nicht möglich. Das wäre überhaupt nirgends möglich. Es gibt keinen Staat, dessen Justiz nicht in diesen Jahren einmal der geschlossenen Stimmung der Welt nachgegeben hätte. Auch Horthy und Mussolini sind vor dieser Stimmung zurückgeschreckt, weil sie erkannt haben, dass der moralische Ruf kein leeres Gerede bedeutet. Auch das revolutionäre Russland, das doch ganz abseits steht und nicht den Maßen des liberalen Demokratismus unterworfen werden darf, hat nach dem hässlichen Prozess gegen die Sozialrevolutionäre den Angeklagten schließlich ein viel weniger herbes Schicksal bereitet, als das rote Tribunal ihnen zugedacht.

Wenn Gerechtigkeit ein Volk erhöht, so stärkt Milde die Position der Machthaber, und »oderint dum metuant!« sagt keiner mehr, der klug ist. Dass die Richter und Sbirren von Massachusetts nicht kapieren, was Protestmeetings in europäischen Städten gegen sie bedeuten, mag denkbar sein. Aber wie steht es mit den Gewaltigen in Washington? Weiß denn nicht Herr Kellogg, der das Auswärtige macht und jahrelang auf wichtigen diplomatischen Posten in Europa stand, was die Vereinigten Staaten in diesen letzten Wochen an Prestige verloren haben? Es sind doch nicht nur die Linksradikalen in Aufruhr: Die Bewegung hat alles gepackt, was noch menschlich fühlt. Man kann nicht länger bei einer Fiktion von »bolschewistischer Mache« bleiben, wo selbst Vatikan und Quirinal beunruhigt sind. Gobernator Fuller, vielleicht, weiß vom Papst ebenso viel wie eine pommersche Stallmagd vom Lebenden Buddha und von Mussolini nur, dass er früher Sozialist gewesen ist, dass man ihm also nicht übern Weg trauen darf. Aber darf Herrn Fullers verfassungsrechtlich gesicherte Stellung einen Justizmord heiligen und den ganzen Globus gegen USA aufbringen? Findet sich denn in diesem vorgeblich so unbürokratischen Lande nicht ein einziger, der die jämmerliche Porzellanfahrt von richterlichen Instanzenzügen mit ein paar Federstrichen beendet? So wie vor Jahresfrist Herr Hörsing, amtlich nicht ganz befugt, aber sehr tapfer, den Fall Haas den Talenten des Richters Kölling entriss. Damals atmete ganz Deutschland befreit auf. Erfolgt in diesen Tagen die Hinrichtung der beiden grenzenlos Gequälten wirklich oder wird ihr Martyrium ins Ungewisse fortgesetzt, so wird sich ein Abgrund zwischen den Vereinigten Staaten und der übrigen Welt auf tun, den kein bejubelter Ozeanflieger überbrücken kann. Man wird die Repräsentanten der Regierung von Washington mit faulen Eiern begrüßen, wo sie sich künftig zeigen werden, um den Gefühlen der gemeinsamen hohen Zivilisation Ausdruck zu verleihen. Und hier in Deutschland möchte man ganz besonders Herrn Professor Schurmann, dem zitatefrohen Goethe-Kenner, der nirgends fehlen darf, wo sich ein paar behördliche Spitzenpersonen wichtig tun, größere Zurückhaltung nahelegen.

(Die Weltbühne, 9. August und 23. August 1927)

Hindenburg und sein Ruhm

Wir haben ihm zum Schluss gar nicht mehr gesagt, wo die einzelnen Korps standen.

Oberst Bauer

Der Generalfeldmarschall von Hindenburg gehört zu jenen artigen Kindern Fortunas, die schon bei Lebzeiten in die große Legende eingehen. Scharfkantigen Geistern und geladenen Temperamenten wird solch ein Vorzug nicht zuteil. Auch die Göttin des Glücks ist bequem wie alle Erzieher.

Wir verdanken dem seligen Lichtenberg jene tiefe psychologische Bemerkung über den Mann, der seinen Homer so gründlich im Kopfe trug, dass er immer Agamemnon statt angenommen las. Welch wunderbare Bloßlegung einer winzigen seelischen Geheimzelle, welch wunderbare Entdeckung einer geheimen Strömung, die den flachen Wellengang des Alltags pathetisch kräuselt! Hindenburgs märchenhafter Ruhm? Sein deutsches Publikum will Agamemnon, will den Helden. Und sieht deshalb die nüchterne Wirklichkeit in einer Verklärung von Kriegsglanz und Staatsmannsweisheit. Und sieht deshalb seinen Helden in einem hochbetagten Mann, der schon vor dreizehn Jahren, als man ihn aus seiner Pensionsruhe holte, ein überalterter General war, der seine Erhöhung vornehmlich einer noblen Geduld verdankte, die ihn ebenso fähig machte, sein Podagra wie eine Reihe ehrgeiziger, genialisch flackernder Unterführer zu ertragen. Anfang August 1914 zweifelte er lebhaft an seiner Reaktivierung und ahnte nicht im Traum, was sein Kaiser und gar noch die Republik mit ihm vorhatte.

Die Legende ist ihm immer treu geblieben. Den vorlauten, hoffärtigen Schüler Ludendorff hat sie verworfen und schließlich auf der Eselsbank abgeladen, den schlichten Hindenburg, der stets nur geantwortet hat, wenn er gefragt wurde, dagegen zum Primus gemacht. Sie hat Tannenberg anekdotisch ausgeschmückt, indem sie die Geschichte von der jahrelang zurückliegenden Konzeption der Ostpreußenschlacht erfand. Ja, sie erfand die freundliche Idyllik des pfeifeschmauchenden Pensionärs zu Hannover, der sich die Mußestunden mit der Skizzierung der Idee vertreibt, wie man am besten hunderttausend Russen ersäuft. In Wirklichkeit hat sich der alte Herr ebenso wenig für Masuren wie für Timbuktu interessiert. Sogar seinen Kaiser soll er in einer Manöverkritik hart mitgenommen haben, deshalb der frühe Ruhestand. Solche Geschichten machen schnell volkstümlich. Ein konservativer General zwar, aber einer, der selbst Wilhelm die Wahrheit sagt, murmelten die Liberalen und Sozis. Die Legende ist fertig. Sie blieb ihm treu. 1918 finden wir ihn auf dem Boden der Tatsachen. Das war vernünftig, aber nicht ganz royalistisch. Verachtung kommt über die türmende Dynastie. Doch dem alten Generalissimus jauchzt man zu. Er hält zum Volk, posaunt Fama. Vergessen, dass sein beliebter Name ebenso wie der Ludendorffs die Politik der Kriegsverlängerung gedeckt hat. Vergessen sein entsetzlich ahnungsloser Ausspruch, dass ihm der Krieg wie eine Badekur vorkommt. Vergessen, dass er noch 1918 das barbarische Anbinden zur Erhaltung der Manneszucht notwendig hielt. Vergessen, dass er so ganz nebenbei auch den Krieg verloren hat. In dieser Stunde wird die Legende vom Retter geboren, und ein paar Jahre später hat die erstarkte Reaktion den Tipp für ihre historische Rechtfertigung. In den Tagen allgemeiner Auflösung, heißt es, hat ein kaiserlicher General das Heer geordnet zurückgeführt und Deutschland aus der Anarchie gerettet.

Wenn man die Gloriolen abzieht, bleibt ein auffallend rüstiger alter Herr, niemals sehr regen Geistes, ein Hausvater von vielen Qualitäten, im Amt bescheiden und taktvoll und, da ohne Reibungsflächen, beliebt und gern dorthin gestellt, wo begabte, aber sonst schwer genießbare Untergebene einen weniger geruhigen Vorgesetzten zur Raserei bringen könnten. Als Kommandierender wird ihm Bernhardi zugewiesen, der spätere alldeutsche Poltron, als Militär ein unbequemer, streitlustiger Modernist. 1914 sucht man einen Chef für den als Talent hochgewerteten, aber sonst mürrischen und kritiksüchtigen Ludendorff. Die Wahl fällt folgerichtig auf den Mann, den kein Bernhardi ins Grab ärgern konnte. Die ausländische Militärkritik durchschaut diese Berühmtheit besser. Die deutsche Strategie, von Tannenberg bis zur letzten französischen Sommeschlacht, verbucht sie auf Ludendorffs Konto. Hindenburg ist ihr nur ein Name. Wie stand es um den Kriegesfürsten des deutschen Millionenheeres? »Wir sagten ihm zum Schluss gar nicht mehr, wo die einzelnen Korps standen«, verriet der mitteilsame Oberst Bauer in einem Gespräch mit Hans Delbrück. Und der Nestor der deutschen Kriegshistorie teilt das mit und nennt den Feldherrn Hindenburg im Anschluss daran eine »ehrwürdige Null«. Das war allerdings noch vor dem letzten großen Avancement.

Er hat den Locarno-Pakt und den Beitritt zum Völkerbund unterzeichnet. Ein guter Präsident der parlamentarischen Demokratie, der pflichtgemäß unterzeichnet, ob sein Herz dabei ist oder dagegen, nicht wahr? Doch zweimal ist er seinen eignen Weg gegangen, und da ist er den Leuten gefolgt, die seine Leute sind trotz alledem, und nicht den Schwarzrotgoldenen, die ihm »als vom Volke gewählten Präsidenten alle schuldige Achtung erweisen«. Das eine Mal, als er die staatliche Besitzergreifung der Fürstenvermögen in dem berühmten Brief an seinen Wahlmacher von Loebell Raub nannte. Das andre Mal jetzt in Tannenberg, wo er unter dem Jubel aller Revanchefreunde seine Kriegsschuldbotschaft an die Welt richtete.

Es ist seltsam, dass gerade die tollsten Militaristen nicht schlafen können, wenn man sie der Kriegsanstiftung bezichtigt. Diese Philosophen der Kraft müssten es doch als ein Verdienst ansehen, etwas zur Ausrottung des skrofulösen und brustschwachen Packs getan zu haben, das den heldischen Herrenrassen den Lebensraum verengt. Wenn wir uns recht erinnern, hat doch während der Verhandlungskrise von Brest-Litowsk ein alldeutsches Blatt geschrieben, man müsste Gott auf den Knien danken, dass der Friede nicht zustande gekommen sei. Diesen so vorzüglich betonierten Gewissen kann es wohl auf das bisschen Kriegsschuld nicht ankommen. Doch die Wahrheit ist, dass diese Schar von Unschuldslämmern aus lauter guten Monarchisten und Revanchards besteht, die immer nur an die Reinwaschung der Monarchie denken, während sie den Protest gegen die angebliche Verunglimpfung des deutschen Volkes im Munde führen. Mag ihr Marschall-Präsident ruhig den Rheinpakt unterschreiben. Sie glauben ja nicht an Verträge. Die Schuldfrage ist ihnen wichtiger. Würde der Präsident sich hier verweigern, wäre er des Kaisers Freund nicht mehr. Und so sagt er gehorsamst das Credo des deutschen Nationalismus auf – nachdem zwei Tage vorher sein Außenminister in Genf ein paar deutsche Pazifisten Lügner und Lumpen genannt hat, weil sie der Meinung Ausdruck gegeben haben, dass es mit der geistigen Abrüstung zu Haus nicht so weit her sei, wie der Herr Außenminister immer behaupte. Ein Vorschlag zur Güte: Warum verschließt man sich draußen eigentlich dem deutschen Verlangen nach einer unparteiischen Untersuchung der Schuldfrage? Warum ist man in London und Paris immer so schrecklich böse, wenn eine deutsche Zelebrität ihre Unschuld in den

Lautsprecher stöhnt? Es ist doch noch sehr die Frage, wer bei einer objektiven Untersuchung schuldig befunden würde.

Der 2. Oktober wird zu einem ungeheuren Jubelfest aller Schwarzweißroten, zu einem Generalappell aller werden, die Agamemnon für angenommen lesen. Die Leute können zufrieden sein. Der alte Herr hat seine Sache als Probekaiser gut gemacht. Die Kritik der Demokraten und Sozialisten geht nicht über das Zimmer seines Kabinettchefs, trifft ärgstenfalls seine Berater und macht vor seinem ehrwürdigen Alter halt. Auch bei der rötesten Opposition hat man im Grunde viel für ihn übrig. Und es gibt allerhand wilde Linksradikale, die, wenn man Hindenburg sagt, jenes geheime Beben verspüren wie manche überzeugte Atheisten, wenn der Name Gottes fällt. Während ein matter Burgfriede der Republik zu Scheinsiegen verhilft, steigt die Reaktion tiefer und tiefer in die Macht. Keine noch so sorgliche Beachtung der gebotenen Formen kann die Tatsache verdecken, dass dies Oberhaupt des Reiches von seinen Anhängern nur als historisches Provisorium, als Übergang in ein Ungewisses betrachtet wird. Hinter ihm steht nicht mehr die Gewissheit republikanischer Kontinuität, sondern ein gefährliches Vielleicht.

(Die Weltbühne, 27. September 1927)

Die Ursache

(Siegfried Jacobsohn)

Am 4. Dezember 1926 standen wir, ein paar eilig benachrichtigte Freunde, am späten Nachmittag in dem schmalen Gehäuse am Königsweg, das mit all seinen Büchern und Papierstößen plötzlich leer geworden war. Wir waren äußerlich ruhig und nüchtern, aber es war eine Stimmung unterdrückter Tränen und wir vermieden, nach der kleinen, so bekannten Samtjacke zu blicken, die am Kleiderhaken hing. Es war so unwahrscheinlich, was geschehen war. Unwahrscheinlich war diese Gruppe von Menschen, die hier im Zwielicht um den Schreibtisch stand, über die nächste Fortführung der »Weltbühne« beratend, scheu das betastend, was S. J. gehörte, was sein Erarbeitetes, sein Geschaffenes war. Hier hatte das Fatum einen schrecklich ungerechten Spruch vollstreckt, ein Leben voller Struktur zerstört, etwas sinnvoll Geordnetes, bis in die letzten Winkel Gegliedertes. Vielleicht ist nicht oft einer aus der schnell vergessenen Gilde der Publizisten so betrauert und so gehasst worden. Trauer und Hass halten das Bild eines Menschen lebendig, lebendiger als der Versuch, es literarisch einzufangen. Man sucht das Geheimnis der Wirkung dieses einen Mannes. Auch für die, die ihn hassten, ist er heute noch nicht gestorben. Tagtäglich belegen Zeitungsausschnitte, dass noch immer papierne Teutonenkeulen auf »Jacobsohns Weltbühne« dreschen, als sollte bewiesen werden, dass eines Redlichen Wort genügt, um die martialischen Pfahlbauten der guten Patrioten ins Wackeln zu bringen. Dabei war er als Schreibender immer seltener geworden; Administration und Redaktion hatten ihn verschluckt. Befragte man ihn deswegen, pflegte er das einfach zu konstatieren, und er tat das ganz selbstverständlich und ohne eine Geste, die Resignation angedeutet hätte. War es dennoch ein Verzicht? Ist es ihm schwergefallen? Niemand kann das beantworten. Aber er war ein Schriftsteller von seltenen Gaben; er beherrschte die Sprache, verstand wie wenige, einen Satz zu modellieren, voll Biegsamkeit und Kraft und beseelendem Klang. Nur ein ungewöhnlicher Schriftsteller konnte so auf andre Schriftsteller von Rang wirken, so befeuernd, beflügelnd und steigernd. Gebildet hatte er sich in den zwei Jahrzehnten vor dem Krieg, in der Zeit der höchsten artistischen Exklusivität, des üppigsten Ästhetizismus, der vom Volk abgewandten Kunst. Und dann ging er plötzlich mitten in die Politik, die ganz andre Waffen braucht, die viel sinnfälliger, rauer, gröber arbeiten muss. Es war eine Abkehr von seinen ureigenen Mitteln. Man sage, was man will: Kein Schriftsteller verrät leichten Herzens das Land, in dem er sich in jungen Jahren die Meisterschaft geholt hat. Nicht Ehrgeiz, Knopf auf dem Kirchturm zu werden, trieb ihn in die neuen Bezirke. Er hatte tief eingewurzelt einen Instinkt für das Rechte. Um politisch zu werden, brauchte er nicht die Kabbala der Ismen. Die Entbehrung war seine frühe Begleiterin gewesen. Ein Blick zurück in der wirbelnden Welt der Kriegsjahre: die dünne Schicht Ästhetizismus war abgefallen, der Revolutionär, der immer in ihm gelebt hatte, war wieder frei geworden. Als blutjunger Mensch hatte er nach rapidem Aufstieg grausamen Absturz erfahren; zwanzig Jahre, bevor er die militärische Feme aufdeckte, war er das Opfer der sozialen Feme geworden. Es muss wohl jemand dies Inferno durchlitten haben, um den Mut zu finden, zum Mundstück des Gebüttelten und Niedergedrückten zu werden, in dieser freiesten Republik unter der Sonne, die den, der die Wahrheit sagt, in einen Hohlweg drängt, wo rechts der Totschläger, links der Paragraf lauert. In der kleinen Schrift über seinen »Fall«, die die persönlichsten Bekenntnisse eines Herzens enthält, das sonst nicht zu Konfidenzen neigte, stehen ein paar unvergessliche Zeilen: »Als Kind musste ich immer eingesungen werden. Eins meiner Lieblingslieder hieß: Freiheit, die ich meine, die mein Herz erfüllt ... Es ist gar kein Wiegenlied, sondern ein Turnerlied; aber mein inneres Tempo war immer so vehement, dass ich selbst für den Schlaf einen Marschrhythmus brauchte.« Diesem innern Tempo vertraute er sich lebelang an, es führte ihn sicher, vom Versuch zur bewussten Formung, vom einmaligen Vorstoß zum dauernden Einfluss, vom Instinkt zum Wollen. Weil er wollte, konnte er bewegen und bewirken. Weil er den Marschrhythmus in sich nicht erstickte, konnte er, der Außenseiter, Dinge in Fluss bringen, wo die abgeklärten Kapazitäten der Politik die Achseln zuckten. Etwa eine Woche vor seinem Tode antwortete er im vertrauten Kreis auf die Frage, ob er nicht bedaure, als Theaterkritiker so sehr in den Hintergrund getreten zu sein: »Und wenn ich nichts getan hätte als die Aufdeckung der Fememorde, so wäre mir das genug ...« Wer so dachte, konnte etwas bewegen. Der konnte dem schreienden Karneval der Erfolglosigkeiten fernbleiben, den man bei uns öffentliche Meinung nennt, der brauchte nicht hinein in die buntscheckige Parade der Prominenzen. Er hat immer lachend abgewehrt, prominent genannt zu werden. Er hatte es nicht nötig, weil er ein bedeutender Mann war.

(Wilhelm Groener)

Der innere Marschrhythmus hat der deutschen Demokratie gefehlt vom ersten Tag an, und wo sie ihn hämmern fühlte, hat sie ihn unbarmherzig erstickt. Deshalb können die Republikaner bis heute nichts mit der Revolution anfangen, deshalb sprechen sie lieber von Max von Baden als von den Kieler Matrosen, und ihre Helden stammen aus einer Kategorie von halben Liberalen, die, durch die Ereignisse emporgehoben, ihre Stellung benutzten, um die alten Mächte zu konservieren. So befindet sich der deutsche Liberalismus auf einer ewigen Heldensuche, und er kann nicht wählerisch sein, weil die Auswahl nicht sehr groß ist. So schreiben jetzt die Demoblätter, dass Deutschland elend in Scherben gegangen wäre ohne den General Wilhelm Groener. Anlass zu dieser beachtlichen Feststellung gab Herrn Groeners sechzigster Geburtstag. Die liberale Presse mit ihren guten Manieren und ihrer ausgesprochenen Einflusslosigkeit ist die geborene Gratulantin, so zeremoniöse Akte gelingen ihr ganz ausgezeichnet. Aber es fragt sich doch, ob sie nicht des Guten zu viel getan und zur Ergötzung des Volkes einen Monumental-Groener aus Zeitungspapier aufgebaut hat, der sich als Ganzes recht stattlich macht, aber bei einer Besichtigung, die weniger auf Figur gibt als auf akkurate Einzelheiten, qualitativ verliert. Herr Groener ist übrigens an dieser Berühmtheit nicht ganz unschuldig. Im Münchner Dolchstoßprozess hat er zuerst den Novemberpakt zwischen dem Volksbeauftragten Ebert und der OHL als schallenden Trumpf ausgespielt und in einem Nachruf auf Friedrich Ebert dessen unerschrockenen Patriotismus gelobt: »Er war jederzeit und vorbehaltlos bereit, seine persönlichen und politischen Anschauungen und Wünsche zurückzustellen, wenn es galt, der Not des Vaterlandes gerecht zu werden. Auf diesem gemeinsamen Boden haben sich die damalige Oberste Heeresleitung und Friedrich Ebert zum festen Bunde die Hände gereicht, um der Revolution Herr zu werden und dem deutschen Volke Recht und Gesetz wiederzugeben.« Wäre Herr Groener der große Politiker, so hätte er diese Konfessionen hübsch bei den Akten liegen lassen als historisches Material für eine spätere Generation, die bei der Enthüllung eines Geheimvertrages keinen Stachel mehr fühlt, weil die Mächte nicht mehr da sind, die ihn abgeschlossen haben. Herr Groener ist kein großer Staatsmann, aber er hat Geruch für effektvolle Demagogie. Glaubt er wirklich, mit dem patriotischen Führungsattest für Ebert auch nur einen einzigen Konservativen zu überzeugen? Die Leute wollen alle Gewalt, und sie pfeifen darauf, ob Ebert ein guter oder schlechter Patriot gewesen ist. Wohl aber muss solche Eröffnung erschütternd auf die Arbeiterschaft wirken. Und es war wohl auch mehr Herrn Groeners Absicht, der Sozialdemokratie einen Dämpfer zu geben, als den toten Ebert zu entlasten. Denn was hätte es auch für einen Sinn, einen Mann in den Augen von hundert Konservativen zu rehabilitieren, der durch die gleiche Aussage für eine Million Sozialisten zum Verräter gestempelt wird? Für Herrn Groeners politischen Scharfsinn wird gern ins Feld geführt, dass er als Vertrauter Erzbergers den Herrn Offizieren die Annahme des Versailler Vertrages mundgerecht gemacht habe. Aber noch im Dezember 1918 wollte der gleiche Groener, der doch einen Monat vorher in Spa ohne Zweifel begriffen hatte, dass der Krieg verloren war, die Volksbeauftragten zu einer Expedition nach Ostland überreden, um Posen zurückzuholen. Im Dezember 1918, im allgemeinen Debakel, wo nichts mehr kompakt war als der Bankrott! Die Volksbeauftragten wollten übrigens nichts davon wissen; nur des Genossen Otto Landsberg roter Shylockbart nickte Zustimmung. Wie die tägliche Beeinflussung Eberts durch Groener war und empfunden wurde, darüber besitzen wir einwandfreies Zeugnis in der Aussage des Abgeordneten Dittmann im Ledebourprozess. Herr Dittmann führte nach dem stenografischen Protokoll aus: »Nun stellte sich aber sehr bald beim Zusammenarbeiten im Rat der Volksbeauftragten heraus, dass die drei Mitglieder der mehrheitssozialistischen Partei – Ebert, Scheidemann und Landsberg – fortgesetzt geneigt und willens waren, Konzessionen zu machen an die alte Bürokratie, an die Vertreter der kapitalistischen Parteien und an die Vertreter des alten Militärregimes ... Es war für uns sehr bezeichnend, dass besonders die Einwirkung des Generals Groener, des Leiters des Großen Hauptquartiers, auf Ebert an jedem Morgen bemerkbar war: abends um elf pflegte er sich mit dem Großen Hauptquartier telefonisch zu verständigen über die Dinge, die sich am Tage vorher ereignet hatten und am nächsten Tage vielleicht brennend wurden; dann war am andern Morgen stets der Einfluss Groeners bei ihm bemerkbar. Wir unabhängigen Sozialdemokraten hatten dann fortgesetzt dagegen anzukämpfen, dass wieder die alten militärischen Anschauungen bei den Regierungsmaßnahmen zur Geltung gebracht wurden. Das setzte sich unausgesetzt bei jeder einzelnen Regierungshandlung fort, sodass sich im Rat der Volksbeauftragten ein stiller Kampf abspielte ...« Das Reichsbanner hat neulich ein Dreimännerdenkmal Ebert, Erzberger, Rathenau vorgeschlagen. Die Zusammenstellung ist nicht ganz glücklich. Man sollte sich auf ein Ebert-Groener-Denkmal beschränken, das die beiden darstellt, so wie sie sich im Novemberpakt die Hände reichen. Das Schicksal der Republik von gestern und heut und für das ungewisse Morgen liegt in diesem Händedruck.

(Die Weltbühne, 29. November 1927)

Der Femeprozess

Mein Freund und Kollege Berthold Jacob und ich sind von dem erweiterten Schöffengericht Charlottenburg zu einer Gefängnisstrafe von zwei Monaten respektive einem Monat verurteilt worden. Das Delikt wird erblickt in einem Artikel Jacobs »Plaidoyer für Schulz«, hier erschienen am 22. März dieses Jahres und von mir verantwortet. Strafantrag hatte gestellt der Herr Reichswehrminister für die Herren Oberst von Schleicher, Oberst von Bock und Hauptmann Keiner. Der Staatsanwalt, ein höflicher und zurückhaltender Herr, hatte nur die Verhängung finanzieller Sanktionen beantragt, jedoch die Charlottenburger Emmingerkammer, aus einem Landgerichtsdirektor, einem gelehrten Richter und zwei ungelehrten Volksrichtern bestehend, entschied sich für Prison. Also Prison. Wir sind nicht pathetisch genug veranlagt, das zum Anlass zu nehmen, die Hände zum Himmel zu recken, wo unveräußerlich die ewigen Rechte wohnen; wir haben Freunde und Sekundanten, wir sind nicht wehrlos, und, vor allem, wir sind illusi-onslos. Dennoch mussten wir einen kleinen Ärger über-winden, als wir das Urteil vernahmen, das uns für ein paar Wochen aus dem geselligen Treiben der Reichs-hauptstadt verbannt, wenn die Berufungsinstanz es be-stätigen sollte. In der Urteilsbegründung wird nämlich als straferschwerend betrachtet, dass wir beide erst in diesem Jahre wegen Beleidigung durch die Presse zu Geldstrafen verdonnert worden wären. Was Jacob aus-gefressen hat, weiß ich nicht, aber mein eigner Fall steigt noch leuchtend in der Erinnerung auf. Von meiner früheren Tätigkeit her als verantwortlicher Redakteur des »Montag Morgen« schwebte gegen mich (und Erich Weinert) noch ein vom Reichsmarineamt beantragtes Verfahren; wir waren zu fünfhundert Mark Geldstrafe verurteilt worden, und vor der Berufungskammer kam es zu einem erregten Auftritt zwischen dem Vorsitzen-den und dem Verteidiger. Daraufhin zog Paul Levi die Berufung demonstrativ zurück, und so bin ich vorbe-straft. Man soll, wenn man mit der Justiz zu tun hat, ein für alle Mal großartige Gesten vermeiden.

Dennoch war auch dieser Gang nach Moabit lohnend, weil er uns die Bekanntschaft mit der Richterpersönlich-keit des Herrn Doktor Crohne vermittelte. Es ist hier und anderswo im Lauf der Jahre manches Bittere über die Richter geschrieben worden, manches, was von Galle durchtränkt war und bei einem spätem Nachlesen oft karikaturistisch verbogen schien. Es bleibt das Verdienst des Herrn Doktor Crohne, unsre gelegentlichen innern Zweifel an dem Richterbild der deutschen Linkspresse behoben zu haben. Sein Auftreten wirkt wie eine ungewollte und deshalb umso stichhaltigere Bestätigung für alles, was von Bewersdorff bis Niedner über die Richter geschrieben worden ist. Dieser Richter, dessen Tatendrang nicht Objektivität, geschweige Konzilianz hemmt, verfügt über eine unermüdliche Eloquenz; er redet, redet, redet. Bald autoritativ und herunterputzend, bald mit der striemenden Ironie eines durch sein Amt vor ähnlichen Waffen Gesicherten; sofort nach Eröffnung pfeift er uns, die Angeklagten, an, wie es ein Richter von Herz und Takt nicht bei ein paar verstockt leugnenden Langfingern tun würde; er macht durch sein Dazwischenreden unsre Vernehmung unmöglich, er handhabt die richterliche Superiorität wie einen Gummiknüppel, der ständig dem, der außer ihm noch zu reden wagt, übern Mund fährt. Wir sind unsern Verteidigern Alfred Apfel und Georg Löwenthal, die eigentlich immer mit der Hand an der Mappe, zum Exodus bereit, dastehen, zu höchstem Dank verpflichtet, dass sie ungeachtet dieser hyperboreischen Verhandlungsformen bis zum überraschungslosen Ende ausharren. Dieser Vorsitzende herrscht den Zeugen Schulz an, der erregt am Zeugentisch steht und als zum Tode Verurteilter einiges Recht zur Erregung hat und einmal nervös mit zwei Fingern untern Cut fährt: »Nehmen Sie die Hand aus der Tasche!« Ein Mann auf der Zuhörerbank, ein Mann mit der gelben, schwarzpunktierten Binde um den Arm, ein Kriegsblinder, der sich zu einem Zwischenruf bekennt, wird mit einem kurzen »Raus damit!« aus dem Saal verwiesen. Die Aphoristik dieser zwei abgehackten Worte aus einem sonst so zur Ausdrucksfülle neigenden Munde, der für die Herren vom RWM sogar die umständliche Anrede in der dritten Person findet, ist unüberbietbar.

Apotheose zweier langer Verhandlungstage bleibt die Begründung des Urteils. Sie soll hier nicht in ihren Einzelstücken gewogen werden. Denn sie ist improvisiert, aufgrund von Skizzen zum Teil frei vorgetragen, und es bleibt abzuwarten, ob die Schlussfassung gewisse Ausdrücke und Partien enthalten wird, die schon bei der Verlesung ungläubiges Staunen und nachher in der Presse scharfe kritische Glossierung gefunden haben. Es bleibt abzuwarten, ob die Schlussfassung für die Würdigung der wichtigsten Zeugenaussagen die legere Wendung »Olle Kamellen« beibehalten wird, ob die auffallenden persönlichen Ausfälle gegen die Verteidiger nicht doch noch umgemodelt werden. Aber außer Frage steht, dass ein paar Ungeheuerlichkeiten bleiben werden, die weder entfernt noch umgeformt werden können, weil sie die Tragbalken des ingeniösen Spruches darstellen. Sogar unsre Beweisanträge werden als straferschwerend angesehen; ein juristisches Novum. Ein politischer Epilog führt in die hohe Politik. Der Richter hat den politischen Charakter des Prozesses bestritten, doch er selbst breitet in seinem Schlusswort eine Übersichtskarte seiner politischen Meinungen aus. Da wird zur Rechtfertigung der Gründer schwarzer Kader unter anderm gesagt, dass diese unsre Ostgrenze gegen einen polnischen Einfall zu schützen hatten, da es, wie Oberschlesien, Posen und Wilna gezeigt hätten, die polnische Methode sei, durch vorgeschickte Horden ein Fait accompli zu schaffen. Das mag als Meinung eines Politikers oder einer politischen Korporation gelten, aber es ist nicht Sache eines Gerichts, einen Staat, mit dem grade wichtige Handelsvertragsverhandlungen gepflogen werden, also zu regalieren. Die Begründung wirft uns »gemeine Angriffe« gegen die drei Offiziere vor, sie hält eine Geldstrafe für ungenügend, da diese keine Gewähr biete, uns von weitern Angriffen auf die Ehre andrer abzuhalten. Hier hört das Humoristikum auf, und das Interesse der ganzen deutschen Pressegilde beginnt. Denn damit werden zwei Publizisten, die sich seit Jahren in einem politischen Kampf befinden, rund und nett als Ehrabschneider gebrandmarkt und gleich für die Zukunft verwarnt. Herr Crohne mag den inkriminierten Artikel beurteilen, wie er will, dagegen gibt es Rechtsmittel, und im äußersten Fall sitzt man die Strafe ab in dem Bewusstsein, dass eine in solcher Form auferlegte und mit solcher Argumentation servierte Pönitenz nicht die Haut ritzt. Jeder Publizist, der mit ganzem Herzen für eine Sache eintritt, wird mit Empörung eine Drohung auf die Zukunft ablehnen. Man mag uns verurteilen heute, morgen, übermorgen, wir werden es hinnehmen, aber unser Stolz wird sein, nicht »gebessert«, sondern nur energischer, schärfer, dichter und zäher zu werden. Dafür sind wir Publizisten und stehen wir im Dienst der Öffentlichkeit. Unser Beruf hat in diesem Land der schneckentempofahrenden Instanzenzüge und der wabbeligen Parlamente ein unsichtbares Volkstribunat inne, wir verwalten ein unsichtbares Anklägertum, Richtertum und Verteidigertum. Es ist ein Unterschied zwischen Beleidigung und Beleidigung. Es ist ein Unterschied zwischen einem feilen Sudler, der mit Behagen in der Geschlechtssphäre wühlt und grinsend den Phallus des Gegners dem verehrten Publikum präsentiert, und Schriftstellern, die für Ideen kämpfen, selbst wenn sie fanatisiert etwa die Gebote der Höflichkeit verletzen. Das Gericht hat sich keinen Augenblick bei der Tatsache aufgehalten, dass der beanstandete Artikel ein Plädoyer für jenen Oberleutnant Schulz darstellte, den die »Weltbühne« zuerst aufgestöbert hat, zu dessen Überführung der Verfasser des beanstandeten Artikels nicht wenig Material beigetragen hat. Ist das ein »gmeiner Angriff«, für den Mann einzutreten, den man selbst hat stellen helfen? Ist das ein gemeiner Angriff, laut zu erklären, auch dieser war nur ein Opfer, ein Getriebener, nicht Letztverantwortlicher, sondern nur Teilchen jenes mörderischen Mechanismus? So soll Verleumdung und Ehrabschneiderei aussehen?

Inkriminiert war in dem Artikel folgendes: »Schulz hat Anspruch auf den ordentlichen Richter. Aber der soll nicht außer Acht lassen, dass der Oberleutnant nur erteilte Befehle ausgeführt hat und dass man neben ihn auf die Anklagebank mindestens den Hauptmann Keiner und den Oberst Bock, wahrscheinlich aber auch den Oberst von Schleicher und den General von Seeckt setzen müsste.« Unbeanstandet gelassen war dagegen der Passus von dem »unwahrscheinlichen Eid« des Herrn Oberstleutnant Held, jenes Offiziers, der Major Buchrucker in Küstrin von seiner bevorstehenden Verhaftung telefonisch unterrichtet haben soll. Die Verhandlungsführung legte uns die wörtliche Interpretation des beanstandeten Satzes und damit auch einen unmöglichen Beweis auf. Nach dieser Auffassung müsste sich ein Fememord also abgespielt haben: Herr Gessler, nachdem er einen Bericht aus Küstrin geschluckt hat, mit herodischer Gebärde zu seinem Adjutanten: Man töte diesen Wilms! Der mit dem Befehl weiter zu Herrn von Schleicher und dann über alle Zuständigen weiter bis zu den Klapproths. So primitive Vorstellungen hat kein verständiger Mensch von dem Hergang gehabt, und so etwas war weder hier noch anderswo behauptet worden. So etwas aber sollten wir beweisen, und unsre klar zutage tretende Unfähigkeit, das zu beweisen, verschaffte Herrn Crohne seine dialektischen Triumphe. Was dieser Prozess trotzdem zur Evidenz gezeigt hat, das war die namenlose Gemütlichkeit, mit der das RWM den schwarzen Komplex behandelt hat. Alle Herren verschanzten sich hinter ihrer Unzuständigkeit. Niemanden ging die schwarze Geschichte etwas an. Dabei war diese Sekrete Wehrmacht rund um Berlin stationiert. Wilde Formationen, die in Oberschlesien im Morden und Stehlen geübt waren, lagen rund um Berlin, geführt von republikfeindlichen Offizieren mit privaten Putschabsichten. Das Urteil meint überschlau, was wir wohl für Gesichter gemacht hätten, wenn die Polen wirklich gekommen wären und Herr Gessler nur das schwache legale Heer zur Verfügung gehabt hätte. O die Polen! Aber was geschehen wäre, wenn diese Landsknechtsbanden schließlich aus den Forts und Zitadellen geschwärmt wären auf Berlin zu, darüber schweigt das Urteil. Nicht die Fememorde, die der Zeuge Buchrucker mit mysteriösem Lächeln als »sachlichen Fehler« bezeichnet, sind die Grundsuppe des Übels, sie sind in aller ihrer Scheußlichkeit trotzdem nur Symptom. Der politische Aberwitz, dem diese Bluttaten entsprangen, war das Bestehen einer illegalen und durch und durch unzuverlässigen Truppe, für die niemand zuständig war, die im Dunkeln vegetierte, von der niemand amtlich Kenntnis haben durfte, die dank mangelnder Kontrolle den »sachlichen Fehler« beging, Leute, die sie für Verräter und Spitzel hielt, durch Selbstjustiz auszusortieren. Die bizarre Symbolik des Zufalls will, dass jener Offizier, dessen dienstliche Berührung mit den »Arbeitskommandos«, diesen Niemandskindern, diesen Bankerten der mit unbedingter Vertragstreue gesalbten Seecktschen Militärpolitik, am wenigsten geleugnet werden kann, den Namen Keiner führt.

Die Femekampagne war für uns niemals eine Hetzjagd hinter irgendwelchen armen Teufeln, die heute vielleicht in einem friedlichen bürgerlichen Beruf stecken und an ihre Küstriner Zeit wie an einen wirren Traum zurückdenken. Unser Ziel war nicht die juristische Sühne für jedes einzelne heute schwer erkundbare Verbrechen, sondern die Feststellung der letzten politischen Verantwortlichkeit dafür. Der Reichswehrminister hat mit dieser schwarzen Schöpfung eine grauenvolle Gefahr über das Land gebracht. Dafür müsste er Rechenschaft ablegen, selbst wenn er nicht Gessler hieße. Die Siegertkammer, vor der der Wilms-Prozess geführt wurde und die Schulz zum Tode verurteilt hat, ist gefährlich nah an die Frage jener tiefern Verantwortung herangekommen: »Wenn man die Geheimhaltung erzwingen wollte, so musste mit der brutalsten Gewalt gekämpft werden ... Die Feme, das war die Einrichtung, die sich notwendig ergeben musste, wenn die Geheimhaltung über alles ging.« Kein Wunder, dass Herr Gessler das nicht als letzten Spruch gelten lassen wollte und eine günstigere Lesart suchte. Sein Vertrauen, dass kein zweites Tribunal das Verdikt der Siegerkammer übernehmen würde, hat ihn nicht getäuscht. Künftig kann er auf den neuen Schein pochen: »Die moralische Mitschuld der Reichswehr, die Schulz mit angeführt hat, fällt damit ins Wasser. Von allem ist nichts übrig geblieben als lediglich schon die in frühern Schwurgerichtsurteilen ausgesprochene sogenannte moralische Verantwortlichkeit des Reichswehrministeriums. Das Gericht lässt es dahingestellt sein, ob überhaupt eine moralische Verantwortlichkeit des Reichswehrministers angenommen werden kann.« Du hast gesiegt, Galiläer. Der böse Geist ist erfolgreich abgeschlagen. Otto Gessler hat sich ums Vaterland verdient gemacht, und seine Offiziere stehen hier, in der dritten Person angeredet, vom mindern Volk unterschieden, und zucken mit einer in mehreren Prozessen erworbenen Routine die Achseln.

Es sind noch zwei Außenseiter da, zwei Ausgefallene, zwei in Zivil: – Buchrucker und Schulz. Der Putschführer von Küstrin spricht mit der leisen Stimme und dem feinen ironischen Lächeln des Erfahrenen. Der hat genug bis an sein Lebensende. Unendlich überlegt und behutsam spricht er, meisterlich besteht er die schwere Situation, alte Beziehungen, die er nicht mehr liebt, weder preiszugeben noch reinzuwaschen. Hier, wo so viele beamtete Personen Verantwortlichkeit abstreiten und zuständig für die Schwarze Reichswehr am Ende nur noch unser Vater im Himmel bleibt, der sich auch um die Lilien auf dem Felde kümmert, leuchtet der abgeurteilte Rebell als Intellekt und Charakter. Paul Schulz hat jetzt die graue Gefängnisfarbe, er gestikuliert nervös und fahrig, aber seine Aussage ist zusammenhängend und konzentriert. Er weiß jetzt seine Vereinsamung, weiß, dass es um den Kopf und, wenn der gerettet, um die Freiheit geht. Auch er gibt niemanden preis, aber betont immer wieder den »Druck der Verhältnisse« damals, ohne sich über den Druck und die Verhältnisse näher auszulassen. Zögernd gesteht er zu, dass anno diaboli 1923 auch die Behörden ungesetzliche Maßnahmen getroffen hätten. Und warum haben die Behörden die geheimen Morde nicht verfolgt, warum ließen sie die Akten liegen? Schulz fragt das immer wieder. Die Urteilsbegründung attestiert Schulz, Großes für den Staat geleistet zu haben. Nein, er hat nichts Großes geleistet, aber er hat ohne Zweifel beträchtliche Gaben, und sein krankhafter Ehrgeiz hat ihn in eine höllisch faule Sache verwickelt. Jetzt ist der Firnis der Wichtigtuerei abgeblättert. Jetzt steht da ein Abgehärmter und Verlassener, der am Ende des ersten Verhandlungstages mit verlorenen Augen in das Gewimmel von Leuten sieht, die nach Hause gehen. Jetzt steht nur ein großer Schuljunge da, der nachsitzen muss. Mit verschwimmenden Blicken sieht er die wehenden Schals und wie die Mäntel angezogen werden. Die Offiziere entfernen sich sporenklirrend. Alle gehen nach Haus. Auch der mürrische Schließer hinter ihm geht einmal nach Haus. Einer bleibt. Der letzte, bei dem die Kette der Verantwortung für die grausig-tragische Kategorie der Fememorde endet. Der letzte, den nach einem braven alten Wort die Hunde beißen.

(Die Weltbühne, 27. Dezember 1927)

Die Stillen im Lande

In Brüssel findet zurzeit ein internationaler Kongress der sozialdemokratischen Parteien statt. Die Zweite Internationale hält Musterung, das noch immer größte Parteigefüge des Erdkreises. Das müsste eigentlich ein Ereignis sein. Doch die große Nachrichtenpresse starrt unverwandt nach Olympia, und die rekordhungrigen Ellenbogen und Kniekehlen von Fräulein Soundso sind ihr viel wichtiger als die versammelten sozialistischen Denkerprofile von Brüssel. Früher konnte ein Sozialistenkongress die Welt tagelang in Erregung halten, heute nimmt man tagelang überhaupt keine Notiz davon. Selbst in der Berichterstattung der gewissenhaftesten Blätter klaffen ganz große Lücken, man bekommt überhaupt kein Bild von dem, was in Brüssel geredet wird, wie die Kräfteverteilung in den verschiedenen Gruppen ist. Nur dass Herr Vandervelde sich jetzt bezüglich der Rheinlandräumung den französischen Sozialisten angeschlossen hat, wird rot unterstrichen. Aber es handelt sich hier auch um eine akute Frage, die ganz Europa angeht, und Herr Vandervelde ist ein bekannter Mann, der nicht des Sozialistenkongresses als Hintergrund bedarf, um mit Aufmerksamkeit gehört zu werden. In Deutschland, in Frankreich et cetera achtete man wohl auf das, was zu einzelnen Dingen gesagt wurde, weil einzelne der Herren Regierungen nahestehen oder ihnen bald wieder angehören werden. Aber niemand kümmerte sich darum, dass es Sozialisten sind, die da zusammenkamen, und dass sie die Sprecher von millionenstarken Arbeiterparteien sind. Das fiel ganz untern Tisch, und was die Herren etwa an wirtschaftlichen Erleuchtungen zu vermelden hatten, wurde kaum erwähnt. In diesem Unterlassen liegt die schärfste Kritik der Veranstaltung und der Veranstalter, eine schärfere als die der kommunistischen Gegner, die jetzt, mit Marx-Kommentaren bewaffnet, den Nachweis beginnen werden, dass die in Brüssel gehaltenen Reden und die entsprechenden Beschlüsse nicht dogmentreu sind, sondern reformistisch und opportunistisch. Überflüssiges Bemühen. Denn diese Parteien haben sich alle mit einem Zustand ausgesöhnt, den sie die Wirklichkeit nennen. Dadurch wird einiges Gute geschaffen, weil Personen und Schichten in die vordere Reihe kommen, die früher als revolutionär ausgeschlossen waren. Aber den Profit davon hat die bürgerliche Gesellschaft, denn an die Stelle welkender Traditionalisten treten Unverbrauchte. Aber zugleich bedeutet der Friedenspakt mit den Sozialisten eine gründliche Vertagung aller Radikalitäten, und namentlich sozialer. Niemals ist der Kapitalismus besser geborgen als in den Zeiten, wo Sozialisten am Ruder sitzen. Denn deren Bemühen richtet sich immer vornehmlich darauf, ihre Wähler, die sich einbilden, jetzt wo ihre Leute oben sitzen, käme die Ernte, gut in Disziplin zu halten. Und wenn die Regierung dann endlich ihre Reformvorlagen ankündigt, muss sie schon wieder gehen. Man hat diesen Turnus jetzt in verschiedenen Ländern hinreichend kennengelernt. So werden voraussichtlich die englischen Konservativen bald die Regierung neidlos an die Labourists abtreten. Die dürfen dann die üble Russlandpolitik liquidieren, an den Wirtschaftsnöten hilflos herumdoktern und müssen sich dafür Verräter und Dilettanten schelten lassen, um schließlich diesen

Vorwürfen zu erliegen. Deshalb kann für die Sozialisten ein Wahlsieg verhängnisvoller werden als für die andern eine Niederlage. Die sozialistischen Arbeiterparteien haben in Bezug auf Lautstärke und Entfaltung vitaler Energien lange nicht mehr das Prä. Es gibt stark konservative Gruppen, die sie an Lebendigkeit weit übertrumpfen. Bauernführer, wie Maniu oder Radic haben noch vor Kurzem eine Sprache geführt und eine Stoßkraft entwickelt, wie sie mächtige Gewerkschaftspräsidenten in ihren rötesten Träumen schaudernd ablehnen würden. Die sozialistischen Parteien sind überall wie automatisch an den Platz der alten Liberalen getreten, wobei nur fatal ist, dass sie nicht die stürmische Jugend und die kraftvolle, bewusste Mannheit ihrer Erblasser zur Nachahmung reizt, sondern dass sie übergangslos deren sanfte Altersreife fortsetzen.

Was würde zum Beispiel Eugen Richter zu Hermann Müller sagen, der sich jetzt von den Koalitionsgenossen in Volkspartei und Zentrum doch noch zum Bau des Panzerkreuzers A drängen lässt ...? Als Erklärung wird auf die frühern Beschlüsse dieser Parteien verwiesen, keine Rolle spielt jetzt mehr die scharfe Gegnerschaft, die dieser Bauplan noch vor ein paar Monaten im Reichsrat gefunden hat, und zwar unter Preußens Führung. Die Versicherungen, dass dafür an andern Positionen im Wehretat gespart werden soll, wollen wir mit jener wachsamen Nüchternheit aufnehmen, die bei der Ankündigung okkulter Überraschungen am Platze ist. Die Sozialisten haben sich jedenfalls breitschlagen lassen, und in der nächsten Zeit werden wir wohl einiges hören über die tiefe Tragik einer republikanischen Regierung, die so gern so vieles möchte und die doch gezwungen ist, auszuführen, was ihre böse Vorgängerin beschlossen. Die Tragik der Kontinuität ... Dass die Herren vom Zentrum und der Deutschen Volkspartei an ihren alten Beschlüssen festhalten, ist gewiss recht prinzipienfest. Aber die Sozialdemokraten, die sich davon imponieren lassen, sollten nicht verkennen, dass diese beiden Parteien eben deswegen im Wahlkampf so schlecht weggekommen sind. In der Tat spielte dies vom Kabinett Marx erfundene Panzerschiff im Wahlkampf eine große Rolle, man sah darin nur einen Prestigewunsch des grade durch den Lohmann-Skandal so übel mitgenommenen Marinismus. Soll die Linksregierung jetzt das ausführen, was die Rechtsregierung zum Straucheln brachte? Dann war doch der ganze Aufwand gar nicht nötig! Dann müsste man doch ohne Aufschub realisieren, was die Regierung Marx-Keudell sonst noch als Material hinterlassen hat! Die Republikaner sind sehr still. Namentlich in der sozialistischen Presse herrscht jenes pietätvolle Schweigen, das immer ausbricht, wenn die Partei zu regieren beginnt.

Einmal im Jahre werden die Stillen laut. Das ist am 11. August. Da freut man sich unbändig, wie gut man mit der Beschwörungsformel von Weimar das Chaos gebändigt hat. Die Herren sehen an, was sie gemacht haben, und finden es gut. Es sei. Die repräsentative Festrede war diesmal Herrn Professor Radbruch anvertraut worden, dem man, auch wenn man wenig von dem unterschreibt, was er sagte, gern bestätigt, dass seine Rede die klingendste und wirkungsvollste und ganz gewiss die interessanteste war, die bisher auf einer Verfassungs-

feier gehalten wurde. Herr Professor Radbruch hat sorgfältig die Plattheiten, den Sedanfeierstil gemieden, der
bisher republikanische Feten oft verunschönt hat. Es
muss gewiss berücksichtigt werden, dass er zu einem
überparteilichen Auditorium sprach. Aber war es wirklich notwendig, die sozialistische Herkunft so zu verleugnen und sich auf einen freundlichen Schwyzer Bür-
gerliberalismus zurückzuziehen mit einem Minimum
von Beziehungen zu dem, was ist? Es gehört ein so ausgezeichneter Redner wie Radbruch dazu, um in solchen
Partien glücklich um die blanke Trivialität herumzu-
kommen. Die Devotion vor Herrn Hindenburg macht
der Höflichkeit seines Herzens alle Ehre, ist aber geeignet, in seiner eigenen Partei Verwirrung anzurichten.
Der Herr Reichspräsident ist eine Institution, die nur
schmähen wird, wer für diese Institution eine andre
wünscht: wer also kein Republikaner ist. Eine besondere
Liebe zu der Zufälligkeit der Person braucht damit nicht
verknüpft zu sein. Herr Professor Radbruch hat zum
Preise Hindenburgs einen breit dahinwallenden Vers
von Stefan George zitiert. Andre werden mit weniger
gewähltem Geschmack deklamieren, und wir sind dann
wieder mitten in Kaisergeburtstagslyrik und Byzantiner-
tum. Vestigia terrent. Würde in Frankreich wohl ein
Redner auf die Idee kommen, Herrn Doumergue eine
Strophe von Paul Valéry zu dedizieren? Ein besonderer
Teil von Herrn Radbruchs Rede war einer Art republikanischer Seelsorge für die vom Parteitreiben Verärgerten gewidmet, und manches erinnerte da in der Klang-
färbung etwas an eine Philippika, die der Herr Redner
vor einiger Zeit gegen den »Weltbühnenradikalismus«

gehalten hat. So nannte er eine bestimmte kritische Haltung gegen unser Parteiwesen. Ich möchte keine Unklarheit aufkommen lassen: wir denken gar nicht daran, den Leuten ihre Parteien verekeln zu wollen, aber was wir wünschen, ist, dass sie besser funktionieren sollen. Dass sie ihren Begabungen den rechten Platz geben, das Werdende nicht niederdrücken, als Regierung halten, was sie als Opposition versprochen. Bei dem Kampf um die Justizreform zum Beispiel stößt man überall auf gefährliche Hemmungen, die nicht etwa unter einem reaktionären Justizminister wie Herrn Hergt oder Herrn Emminger geschaffen worden sind, sondern unter der Ära eines auch Herrn Radbruch bekannten aufgeklärten Rechtsgelehrten, den das linke Deutschland seinerzeit mit den freudigsten Hoffnungen begrüßt hat ... Solche und ähnliche Kritik sollte man nicht als beklagenswerten Fanatismus verabscheuen, nicht der ohnehin mehr zu Tode geredeten als zu Tode gedolchten »deutschen Zwietracht« aufs Konto schreiben. Wenn man in unsern Parteien mehr Verwaschenheit als Gefühl für notwendige Distanzierungen findet, wenn parlamentarische Koalitionen, die sachlich wohl zu rechtfertigen sind, in der Praxis auf ein Verhältnis frère et cochon hinauslaufen – wenn man das ankreidet, so ist das nur pflichtbewusste demokratische Kontrolle und nicht Schürerei von Zwietracht. Auch das »Kriegserlebnis« hat Herrn Radbruch wieder aufleben lassen. Es gibt Erlebnisse, von denen am besten nicht gesprochen wird. Es wird kein Einzelmensch erzählen: Dann und dann kam ich ins Tollhaus. Auch als Volk sollte man nicht mit solchen Daten renommieren. Wenn das Kriegserlebnis schon für unerlässlich gehalten wird, dann sollte man lieber erinnern, wie man belogen und betrogen wurde und wie selbst, grade vor zehn Jahren jetzt, als die Niederlage kaum mehr zu vertuschen war, die öffentliche Meinung noch immer auf Sieg geschminkt wurde. Und es hätte auch nichts geschadet, an diesem Verfassungstag an den von 1923 zu erinnern, wo Herr Cuno käseweiß und fahrig herumlief. Berlin stand im Streik, der Verkehr war stillgelegt, Zeitungen erschienen nicht, in den Arbeitervierteln ballten sich die Massen – es war wieder wie 1919. Zwei Tage später demissionierte das Inflationskabinett. Das ist erst ein Jahrfünft her, und wer denkt heute noch daran. Und doch wäre das ein trefflicher Text für eine Verfassungspredigt, wohin die Republik kommt, wenn sie sich von einem nationalistischen Gaukelspiel ködern lässt. Aber die Mise en scène verträgt keine ernsten Farben. Nun ist das Fest absolviert, das Feuerwerk verbrannt. Die schöne Freiheitskulisse hat ihren Dienst getan und wandert wieder auf den Schnürboden. Bis zum nächsten 11. August. Die Wand verabschiedet sich:

Ich, Wand, hab meinen Part tragiert,
drum Wand sich jetzt empfiehlt und abmarschiert

...

(Die Weltbühne, 14. August 1928)

Deutschland ist ...

Deutschland ist jetzt zehn Jahre Republik, und diese neue Staatsform hat das Land aus seiner größten Katastrophe gerettet und vor Zertrümmerung bewahrt. Ein von der Dynastie unterzeichneter Friede hätte wahrscheinlich dazu geführt, dass sich die süddeutschen Potentaten, ihre Unschuld am Kriege sanft beteuernd, nach irgendwohin verfügt hätten, so wie es Bayern auch als angeblicher Volksstaat versucht hatte. Der Verband des Reiches wäre auf alle Fälle gesprengt worden. Die Republik hat den denkbar günstigsten unter allen möglichen Frieden geschlossen.

Deutschland ist unter allen Ländern des Krieges das einzige, das mit Fug sagen kann, der Friedensvertrag habe ihm Nutzen gebracht. Es hat zwar Gebiete verloren, es muss schwere Reparationen leisten, und noch ist ein Stück Rheinufer besetzt. Dafür aber ist es aus der Sphäre des Imperialismus heraus, und es hat kein Deutschland Übersee zu verteidigen. Es kann ruhig schlafen, wenn in China oder Marokko die Gewehre losgehn. Es ist von der Qual der Wehrpflicht befreit, gemessen an den militärpolitischen Sorgen der andern sind die seinen für die Katz. Die Sieger werden ihrer Eroberungen nicht froh, ihr Budget kommt durch Rüstungsaufwendungen aus der Balance, und in den jungen Staaten balgen sich die Nationalitäten. Deutschland ist wieder angesehen und thront im Rat der Großen, ohne deren Beängstigungen zu teilen.

Deutschland ist undankbar. Es hat sich sehr schnell erholt und wäre ohne das Ruhrverbrechen des Herrn Cuno schon vor einigen Jahren soweit gewesen. Die Ketten von Versailles waren immer nur papierne. Zugegeben, dass Clemenceau keine karitativen Absichten dabei gehabt hat, jedenfalls ist er Deutschland ebenso wenig zum Verderben geworden wie Napoleon, der den König von Preußen bis nach Tilsit gejagt und ein Bündel vermotteter Staaten so rücksichtslos durchgelüftet hat, wie das deutsche Pietät niemals zuwege gebracht hätte. Was wäre eigentlich, wenn wir gesiegt hätten, wenn die Vaterlandspartei der Ludendorffe ihre großen Eroberungsabsichten verwirklicht hätte? Dann wäre bis heute noch kein Frieden in der Welt gewesen, jeder erwachsene Deutsche, einerlei welchen Geschlechts, würde draußen in der Welt günstigenfalls Etappendienst machen und aufpassen, ob die von den Alldeutschen geschmiedeten Ketten auch richtig sitzen; alle Deutschen wären nach zehn Jahren noch immer unterwegs, und im Land wäre nichts als – die Zentrale für Heimatdienst. Zur Abwickelung.

Deutschland ist das einzige Land, das nicht imstande ist, eine Verbesserung zu begreifen. In Frankreich hoben sich mit der Stabilisierung offensichtlich die Lebensgeister, und auch in England ist man wieder heiterer, weil die Auseinandersetzung mit Moskau einstweilen vertagt ist. In Deutschland dagegen hat sich seit 1920 die Sprache seiner Politiker kaum verändert. Noch immer das alte Elendslied, die Verwünschung des Gewaltfriedens. Kein Politiker irgendeiner Partei verschmäht, von der Verarmung und Verelendung zu sprechen, und zwar nicht von der durch die eignen Kapitalisten bewirkten, sondern von der Pauperisierung durch Versailles und Dawes, und niemand spricht mehr von der Inflation, diesem gigantischen Raubzug der Schwerindustrie durch die Ersparnisse der kleinen Leute. Es gibt kein Bankett mit Kapaun und Rotspon, wo nicht irgendein Schmerbauch feierlich versichert, dass wir nunmehr ein armes Volk sind. In diesem Punkte wird es zwischen rechts und links, zwischen Hörsing und Seldte, kaum eine Unstimmigkeit geben, von dieser kümmerlichen Phrase leben alle. Herr Duesterberg hat neulich fantasiert: »Nicht Auswanderung, Geburtenbeschränkung und Internationalisierung können uns retten, sondern nur Änderung des deutschen Gesamtschicksals, vor allem Sprengung der Grenzen, die uns einengen. Das deutsche Schicksal ist eine Raumfrage.« Das deutsche Schicksal ist keine Raumfrage. Aus der Philosophie von Herrn Hans Grimm in die Politik überführt, gewinnt das Wörtchen Raum überhaupt eine höchst fatale Wolkigkeit. Wenn wir heute das Land um Vogesen oder Weichsel wiederbekämen, so bedeutete das für den einzelnen keineswegs mehr »Raum«. Es kommt nicht darauf an, wie viel Platz ein Volk unter der Sonne einnimmt, sondern wie die Güter darauf verteilt sind. Wenn die herrschende Klasse über die Niederlage lamentiert und sich nicht beruhigen kann, weil es ihr versagt ist, Siegesmale zu errichten, so muss ihr gröblich klargemacht werden, dass ihre schönen Häuser, ihre Vergnügungsstätten, die glanzvollen Fassaden ihrer Industriepaläste die Monumente eines viel beweiskräftigeren Sieges sind: des Sieges über das eigne Volk.

Deutschland ist das einzige Land, wo Mangel an politischer Befähigung den Weg zu den höchsten Ehrenämtern sichert. So wie gewisse Naturvölker Schwachsinnigen göttliche Ehren entgegenbringen, so verehren die Deutschen den politischen Schwachsinn und holen sich von dorther ihre Führer. Darin überbieten sie ohne Zweifel die wilden Völker, die sich auf die Adoration beschränken und die scheue Bewunderung, aber sonst mit ihren Dorfkretins weder in den Krieg ziehen noch in den Frieden.

Deutschland ist infolgedessen auch das einzige Land, das ohne Erhebung an seine Revolution zurückdenkt. Im Grunde weiß man durchschnittlich von ihr nicht mehr, als dass sie unsern gloriosen Heerführern freventlich in den zum letzten Schlag erhobenen Arm gefallen ist. In keiner Schule wird gelehrt, dass sie lange veraltete Einrichtungen beseitigt, viel Schutt und Moder fortgefegt hat. Die Leute, die sie emporgetragen hat, heißen die Novemberverbrecher, und daran sind sie selbst schuld, denn sie zitterten vor der Macht, die ihnen plötzlich zufiel. Sie waren stolz darauf, möglichst viel unversehrt gelassen zu haben. So lebt die Revolution kaum mehr als Erinnerung, und einzelne Episoden daraus wirken heute schon unglaubwürdig und wie aus einer Fabelwelt. Wo sind die Bemühungen, den 9. November zu feiern? Verlautet irgendetwas von einer Kundgebung der Regierung? Dieses gegenwärtige Kabinett ist hervorgegangen aus den Parteien, denen der Umsturz den Weg zur Herrschaft freigemacht, den sie aus eigner Kraft niemals gefunden hätten. Vielleicht würde es doch große Revolutionsfeiern geben, wenn die Sozialdemokratie nicht in der Regierung wäre, sondern noch in der Opposition stünde. Aber heute als Regierung ... pst, pst ... Der 9. November ist der schwarze Tag, von dem man nicht spricht. Unbekannte Matrosen haben der wackelnden Despotie den letzten Tritt gegeben; den Dank der Republik hat der Leutnant Marloh in einem Hof in der Französischen Straße abgestattet.

Deutschland ist jetzt zehn Jahre Republik, und es hat mindestens fünf davon gedauert, ehe sich Republikaner in größerer Anzahl meldeten. Den Wendepunkt bildete der Hitler-Putsch von 1923, bei dem sich zeigte, wie wenig zum gewaltsamen Umsturz bereite Gegner die Republik hatte und was für Narren dabei die Oberhand hatten. Dass die bürgerliche Republik durchgehalten hat, verdankt sie viel weniger der Entschlossenheit ihrer Führer als vielmehr der Deroute auf der andern Seite und bestimmten außenpolitischen Rücksichtnahmen. Im Allgemeinen hat man erkannt, dass auch in der neuen Form der Geist der Kaiserei weiter existieren kann. Deutsche Revolution – – ein kurzes pathetisches Emporrecken und dann ein Niedersinken in die Alltäglichkeit. Massengräber in Berlin. Massengräber in München, an der Saale, am Rhein, an der Ruhr. Ein tiefes Vergessen liegt über diesen Gräbern, ein trauriges Umsonst. Ein verlorener Krieg kann schnell verwunden werden. Eine verspielte Revolution, das wissen wir, ist die Niederlage eines Jahrhunderts. So brechen wir auf ins zweite nachrevolutionäre Jahrzehnt.

(Die Weltbühne, 6. November 1928)

Zörgiebel ist schuld!

Conférenciers des Unglücks hatten sich schon tagelang vor dem 1. Mai auf ein Massaker in der Baugrube am Alexanderplatz und auf etwa zweihundert Tote festgelegt. Dass die Wirklichkeit sich auf den Wettlauf mit der Fantasie nicht einließ, liegt nicht an den Zeitungen, von denen einige in Panikmacherei Tollheiten leisteten, sondern an der Besonnenheit der Berliner, die nicht einmal durch die hysterischen Freiluftübungen ihrer Polizei aus dem gewohnten skeptischen Gleichmaß zu bringen waren. Immerhin liegen zweiundzwanzig Tote und über hundert Schwerverletzte zu viel da, Opfer, geblieben zur höhern Ehre des traurigen Prestigestreits zwischen Sozialdemokratie und Kommunistischer Partei. Es ist tausend gegen eins zu wetten, dass sich die Kommunisten mit jedem nichtsozialistischen Polizeipräsidenten über die Abwickelung des schwierigen Tags verständigt hätten. Aber es ist mit noch größerer Sicherheit zu wetten, dass auf die Idee, den Maiumzug der Arbeiterschaft zu untersagen, kein wilhelminischer Jagow, ja, kein noch so scharfmacherischer Statthalter Hugenbergs gekommen wäre. Einen durch jahrzehntelange Tradition fast sakral gewordenen Aufzug, eine letzte Erinnerung an die alte sozialistische Weltgemeinschaft kurzerhand zu verbieten, das bringt kein Bourgeois fertig, dazu gehört schon einer jener wohlzugeschnittenen Parteisozialisten, deren Energie sich ausschließlich im Abbau der alten sozialistischen Werte und Riten betätigt. Herr Zörgiebel, der sich durch nichts für sein jetziges Amt qualifiziert hat, zählt zu jenen aus dem Geiste der Ochsentour empfangenen Würdenträgern, die sich für ganz verteufelte Realpolitiker halten, wenn sie das, was sie gestern anbeteten, heute mit den Stiefelspitzen traitieren.

Hätte es eigentlich schlimmer werden können, wenn die beiden rivalisierenden Parteien ihre gewohnten öffentlichen Demonstrationen abgehalten hätten? Die großen Züge hätten, wie immer, Disziplin gewahrt, in den Abendstunden erst wäre es zu mehr oder weniger ernsten Rempeleien und Prügeleien gekommen. Dann hätte sich vor bescheidenem Hintergrund jener Zwist zweier Farben abgespielt, für den Shakespeare die ewige Symbolisierung gefunden hat:

Ich bitt dich, Freund, lass uns nach Hause gehn!
Der Tag ist heiß, die Capulets sind draußen –

Aber selbst über Veronas Bürgerkämpfen waltete eine unparteiische, wenn auch schwache Hand. Doch in Berlin sitzt unglücklicherweise das Haupt der Capulets als Ordnungspolizei angestrichen im Chefzimmer. Als Sachverwalter des sozialdemokratischen Parteivorstandes hat Herr Zörgiebel den Maiumzug verboten, sachliche Motive hatte er nicht dafür. Weil in der Lindenstraße und bei Herrn Leipart gefürchtet wurde, die Kommunisten könnten jetzt nach ihren Erfolgen bei einigen Betriebsratswahlen glanzvoller aufziehen als die Sozialdemokraten, deshalb musste das Verbot aufrechterhalten bleiben.

Ich will nicht die erregte Sprache der Kommunisten in den letzten Apriltagen verteidigen, die durchaus die Illusion zu erhalten suchte, dass die Partei sich um Herrn Zörgiebels Anordnungen nicht scheren werde. Aber ich kann auch mit bestem Gewissen nicht sagen, ob nicht schließlich doch in den Sektionen in letzter Stunde noch gebremst wurde. Schließlich ist eine oppositionelle Massenpartei kein Schafstall, wo mit Sonnenuntergang die Tür zugesperrt wird, sondern eine Kollektion oft schwer behandelbarer Einzelwesen. Dass auch bei disziplinierten Körperschaften das Temperament durchgehen kann, dürfte Herr Zörgiebel wohl voriges Jahr zu Pfingsten erfahren haben, als sein Vizepräsident unter die Gummiknüppel der eignen Leute geriet. Nachdem er aber fest entschlossen war, sich an dem Maitag der Arbeiterschaft zu vergreifen, musste er auch den Nachweis führen, dass Gefahr im Verzuge sei, und deshalb wurde Berlin gradezu von Polizei überflutet und, ehe sich noch etwas ereignet hatte, ein Bild geschaffen, als wäre der Bürgerkrieg im vollen Gange. Mit dem militärischen Aufwand zog eine böse und gereizte Stimmung ein, und es ist ein wahres Wunder, dass nicht noch viel mehr passiert ist.

Aber was ist nun eigentlich passiert?

Sicher ist nur, dass der prophezeite Aufruhr nicht losgebrochen ist, dass sich aber in einzelnen Straßen am Wedding und in Neukölln Krawalle entwickelt haben, die von der Polizei mit Maschinengewehren, spanischen Reitern, Panzerwagen und Blockademaßnahmen behandelt wurden. Langsam nur schritten die Operationen fort. Ein Blatt von dem Ernst der »Frankfurter Zeitung« belächelt den Aufwand, und im »B. T.« beginnt am Sonnabend der an die Neuköllner Front entsandte Berichterstatter die Frage aufzuwerfen, mit wem nun eigentlich gekämpft werde. Am 4. Mai weicht überhaupt die Hochstimmung der Presse heftiger Bestürzung und wachsender Ungeduld. Ein ausländischer Journalist ist im Kriegsgebiet erschossen aufgefunden, ein Lokalredakteur von Ullstein, Herr Weymar, mit Beinschuss aus der Hermannstraße transportiert worden. Herr Zörgiebel erklärt mit amtlich gewaschenen Händen zum Fall Mackay: »Dieser Pressevertreter hat trotz meiner Warnung und trotzdem ihn auch der Reviervorsteher des 212. Reviers dringend auf die große Gefahr beim Betreten des Unruhegebietes aufmerksam gemacht hatte, das

Sperrgebiet betreten. Von welcher Seite der tödliche Schuss abgefeuert wurde, konnte nicht festgestellt werden.« So ist der Krieg. Über das Malheur des Redakteurs Weymar dagegen schreibt die »Vossische Zeitung«, er habe in den ruhigem Stunden der Nacht versucht, sich der polizeilichen Sperre zu nähern: »Er hielt die Hände erhoben, zeigte den Beamten hinter der Barrikade seinen Presseausweis und rief ihnen zu: ›Nicht schießen, Presse!‹ Fast gleichzeitig, nur wenige Sekunden später, erhielt er einen Schuss ins Bein.« Diese beispielhafte Behandlung eines Einzelnen zwingt zu einer kleinen Klarstellung. In der Verlustliste befinden sich zwar harmlose Passanten und einige Frauen, die übers Balkongitter geguckt haben – wahrscheinlich nicht grade während der Feuerkampf wogte –, aber man findet darin niemand von der Polizei. Ich frage, Herr Polizeipräsident, wo ist die Verlustliste Ihrer Beamten? Ich frage nicht aus Zynismus so, denn ich freue mich über jeden, welche Farben er auch trage, der mit heiler Haut aus dem hässlichen Spiel der Waffen herauskommt, ich frage nur zur Ergründung der Wahrheit nach der Verlustliste Ihrer Beamten. Wenn bei einer angeblich so wilden Insurrektion nur die Insurgenten Verluste haben oder nur die Unvorsichtigen und die Schlachtenbummler erlegt werden, dann handelt es sich hier entweder um einen typischen Kriegsbericht, in dem immer die andern zerschmettert werden, während von den Unsern kein Mann verletzt ward – eine Übertreibung, zu der hier kein Anlass vorliegt, im Gegenteil! –, oder die Geschichte von der Insurrektion ist ein aufgelegter Schwindel, nur ersonnen, um die breite militärische Entfaltung zu rechtfertigen.

Schon am 1. Mai in den Vormittagsstunden begann der Gummiknüppel, zu rasen. Ich lasse hier zwei Zuschriften folgen, die einiges zur Erklärung der Unruhen beitragen können. Herr Siegfried Jacoby, früher Sekretär bei Professor Einstein, schreibt:

»In der Mittagszeit, zwischen ¾ 11 und ½ 1 Uhr kam ich von der Staatsbibliothek mit einem Paket Bücher über den Alexanderplatz. Ich wollte in die Prenzlauer Straße und dann in meine Wohnung in die Neue Königstraße. Als ich am Warenhaus Tietz, vis-à-vis der Untergrundbahn, einen Menschenauflauf sah, ging ich auf die andre Seite, um nicht ins Gewühl zu kommen. Kaum hatte ich den Damm überschritten, als ich von drei Schupobeamten im wahrsten Sinne des Wortes überfallen wurde. Der eine schlug mit einem Gummiknüppel auf meinen Schädel ein, der andre bearbeitete meinen kranken, tuberkulösen Rücken. Die Schädeldecke ist heute noch sehr geschwollen. An der Wirbelsäule, an der ich offene Wunden habe, zieht sich ein dicker roter Streifen hin. Bemerken möchte ich, dass ich wirklich nur durch Zufall über den Alexanderplatz ging, ich mich an keiner Demonstration oder sonst einem Menschenauflauf beteiligt habe. Gesehen habe ich, wie die Polizei ohne Sinn auf Menschen einschlug, die absolut mit politischen Kundgebungen nichts zu tun hatten. Es scheint mir, dass die Beamten es vorerst auf jüdisch aussehende Passanten abgesehen hatten. Ich bin bereit, vor jedem Gericht meine Aussage eidesstattlich niederzulegen.«

Ich möchte hinzufügen, dass Herr Jacoby infolge eines Unglücksfalles stark behindert ist und sich nur mit einem Krückstock fortbewegen kann, also in keiner Weise zu tumultuarischen Episoden prädestiniert ist. Doch wem Herr Jacoby zu politisch ist, der höre einen in der Gegend des Schönhauser Tors praktizierenden Arzt:

»Hackescher Markt: Menschen auf den Bürgersteigen. Polizei beginnt etwa um halb zwölf zu schlagen. Vor dem Postamt etwa zehn Schupos auf einem Haufen, Rücken zur Wand, und schießen in die Menschen; drei Verletzte, ein Knieschuss, ein Bauchschuss, ein Rückenschuss; Kugel steckt unter der Haut am Adamsapfel. – Bülowplatz: Polizei wild; beginnen zu laufen; Menschen laufen etwa fünfzig bis achtzig Meter voraus in die Koblankstraße hinein. Beamte laufen über den Platz, ziehen dabei die Revolver und schießen auf circa 100 Meter Entfernung in die Koblankstraße hinein. Dabei waren die Beamten gegen fünfzig Meter von den Zivilisten getrennt. – Mir heraufgebracht zum Verbinden circa zehn Schussverletzungen und circa zwanzig Schlagverletzungen, die von äußerster Brutalität zeugen. Hiebe über den Kopf, dass die Kopfhaut aufgeschlagen ist und Gehirnerschütterung vorliegt. Ein fünfzehnjähriges Mädchen geht mit den Eltern; der Vater sagt noch, wir werden lieber auf der Straße gehen, da wird man uns nichts tun; im nächsten Moment liegt die Tochter mit Oberschenkelschuss, angeblich nach Zeugenaussagen von dem laufenden Polizeileutnant angeschossen, der auf einen Radfahrer schießen wollte. Fast alle Schüsse trafen von hinten. Die Polizei schreckte nicht davor zurück, abends im Dunkeln einen Arzt, der in seinem weißen Kittel auf dem Balkon stand, um den Samaritern Anweisungen zu geben, von der Straße her mit dem Revolver zu bedrohen.«

Übrigens wird auch in einigen Zeitungen bereits Untersuchung über bestimmte Vorgänge gefordert. Das ist gewiss richtig und zur Feststellung von Sachverhalten notwendig, aber es wäre töricht, jedem einzelnen Schupowachtmeister eine Verantwortung aufzubürden, die in ihrer ganzen Ausdehnung und Wucht von der obersten Stelle getragen werden muss. Schuldig ist nicht der einzelne erregte und überanstrengte Polizeiwachtmeister, sondern der Herr Polizeipräsident, der in eine friedliche Stadt die Apparatur des Bürgerkriegs getragen hat. Mehr als zwanzig Menschen mussten sterben, mehr als hundert ihre heilen Knochen einbüßen, nur damit eine Staatsautorität gerettet werden konnte, die durch nichts gefährdet war als durch die Unfähigkeit ihres Inhabers.

(Die Weltbühne, 7. Mai 1929)

Kommunistengesetz?

Ein Jahr Sieg

Am 20. Mai vor einem Jahr war Wahltag. Das war, wenigstens in Berlin, ein durch und durch verregneter Sonntag. Vom Morgen bis in die Nacht kamen Fluten herunter, die die Spaziergänger von den Straßen trieben und auch die bescheidenste Andeutung öffentlicher Propaganda unmöglich machten. In den Torwegen hockten melancholisch die Plakatträger, deren Farben Gottes Regen überparteilich weggewaschen hatte. Friedlich saßen sie beieinander und dachten gar nicht daran, den bis dahin noch unentschlossenen Bürgern zum letzten Mal vor Augen zu halten, dass Deutschland ohne den Panzerkreuzer elend zugrunde gehen müsse, respektive, dass die Sozialdemokratie mit den marinistischen Aufrüstungsplänen endgültig Schluss machen werde. Die Wahlbeteiligung schien herzlich gering und die Resignation der Sandwichmen durchaus berechtigt zu sein. Doch am nächsten Morgen schon wusste man, dass der Prozentsatz der Wählenden ziemlich hoch gewesen war, dass die Deutschnationalen über alle Erwartung hart getroffen waren, dass die Demokraten und sogar das Zentrum Verluste erlitten hatten, Sozialdemokraten und Kommunisten die einzigen Gewinner waren. Vor allem die Sozialdemokraten. Sie waren die wirklichen Sieger des 20. Mai.

Diese Wahlen bedeuteten für die Partei einen unsagbaren Triumph. Denn das Ergebnis verriet einwandfrei, dass die Partei noch immer das Vertrauen der Massen besaß, dass die Scharen der jungen Wähler von der Sozialdemokratie erwarteten, sie werde in die Tat umsetzen, was sie im Wahlkampf verheißen. Das war der Sinn dieses Sieges, und so überwältigend war der Aufstieg der Sozialdemokratie, so sehr gebunden war sie durch ihre Propaganda, dass selbst manche ihrer leidgewohnten Kritiker auf der Linken plötzlich geneigt waren, ihr neuen Kredit zu geben.

Auch der Wahlsieg kennt ein Before and After. Überschwang wird von der Wirklichkeit korrigiert und geformt. Aber was hat denn die Sozialdemokratie Überschwängliches versprochen? Ihre Wahlplattform war vorsichtig und zurückhaltend, enthielt nichts mehr als jede halbwegs liberale Partei bieten musste, war schon ganz und gar beeinflusst von der sprichwörtlichen Anspruchslosigkeit der Deutschen in allen politischen Dingen. Die Sozialdemokratie hat nicht viel versprochen, das wenige allerdings mit Posaunenstärke, und dies wenige hat die zur Regierung gekommene Führersippe von Anbeginn mit einer Unverfrorenheit verleugnet, für die sich auch in der an moralischen Katastrophen so überreichen Geschichte des Parlamentarismus schwerlich eine Parallele finden lässt. Es begann mit der Bewilligung des Panzerkreuzers, die sehr geschmackvoll den hochrufenden Republikanern am 11. August verlautbart wurde, und wird enden mit der angekündigten Deformierung der Erwerbslosenunterstützung. Wenn das erst durchgedrückt ist, werden Zentrum und Deutsche Volkspartei die Sozialdemokratie in aller Gemütlichkeit vor die Tür setzen, denn dann brauchen sie sie nicht mehr. Den Rest des Weges zu Hugenberg können sie allein finden. Die Sozialdemokratie hat ihnen die Reise leicht gemacht, den unpopulären Teil der Regierung hat sie auf die eigne Schulter genommen. Ihre Minister haben in allen Stücken das ausgeführt, was bürgerliche Minister sich zu tun gescheut hätten. Ein Jahr Sieg. Es ist ein unendlich trauriges Jahr, erfüllt von Schauspielen zusammenkrachender Charaktere. Kein vernünftiger Mensch verlangt von den sozialdemokratischen Ministern Wunderdinge. Worin sie versagt haben, das ist ja nicht die Sozialisierung von Kohle und Eisen, nicht eine umfassende Agrarreform mit resoluter Zerschlagung der Latifundien oder sonst etwas waschecht Sozialistisches. Worin sie versagt haben, das war die simpelste Technik des Regierens. Was sie vermissen ließen, das war die allergeringste Fähigkeit, das Verlangen von Millionen auch nur in kleinen Dingen in die Autorität regierender Persönlichkeiten umzusetzen. Herr Hermann Müller hat die Regierungsbildung mit einer Laschheit betrieben, die ihn als Dorfschulzen unmöglich machen würde, Herr Hilferding murkst an dem Etat mit jenem Tempomangel, den wir noch von seiner ersten Ministerherrlichkeit her in trister Erinnerung haben, und macht vor den Bankgewaltigen schön, Herr Severing kuscht vor der Schwerindustrie, und alle zusammen kuschen sie vor Herrn Groener. Es tritt da bösartig zutage, was den republikanischen Blättern bisher nur in sehr vereinzelten Momenten aufgegangen ist: Wahlsieg bedeutet noch nicht Macht. Die Regierungsbeteiligung einer sozialistischen Partei muss deshalb vornehmlich davon abhängen, ob sie ihren führenden Männern die erforderlichen Energien und Talente zumuten darf, diese Macht zu erobern und die Instrumentation des Staates zu beherrschen. Diese Probe haben die sozialdemokratischen Minister früher nicht und erst recht jetzt nicht erbracht, sie sind immer nur das Spielzeug des Apparates gewesen, den sie selbst hätten spielen lassen müssen. Deshalb das allgemeine Gefühl der Unsicherheit, das unbestimmte Bewusstsein, dass sich die Reaktion in einem unaufhaltsamen Vormarsche befindet. Die Ära des Herrn von Keudell erscheint, gemessen an der gegenwärtigen des Herrn Severing, wie die eines fest umfriedeten, von starker Hand geschirmten Liberalismus.

In solcher Situation berührt eine Handlung, die sonst tapfer und aufrecht gewirkt hätte, beinahe komisch. Ein hoher Beamter und ausgezeichneter Republikaner vom linken Flügel des Reichsbanners, Herr Senatspräsident Großmann, ist in diesen Tagen von der Demokratischen Partei zur Sozialdemokratie übergetreten. Aus einem nicht ganz klar gehaltenen Kommentar zu diesem Schritt muss immerhin entnommen werden, dass Herrn Senatspräsidenten Großmann die wirtschaftlichen Überzeugungen der Demokratischen Partei zu manchesterlich anmuten, dass er den ökonomischen Liberalismus als historisch abgetan betrachtet und die Zukunft nur im Sozialismus und in einer sozialistischen Partei findet. Dass du die Neese ins Gesicht behältst! Wertgeschätzter Republikaner, und das suchen Sie in der Sozialdemokratie! Man möchte doch nicht annehmen, dass Ihr Übergang von der Demokratie zur Sozialdemokratie eine Rechtsschwenkung bedeutet. Wo ist denn der Unterschied zwischen den beiden Parteien? Höchstens, dass Herr Erkelenz sozial einsichtiger und konstruktiven Zukunftsgedanken weit eher zugänglich ist als Herr Leipart, dass Herr Lemmer ein viel frischeres Talent zum volkstümlichen Führertum mitbringt als Herr Otto Wels und dass sich zu Herrn Breitscheid – zur Ehre der hier oft geschmähten Demopartei sei es gesagt – dort überhaupt kein Pendant findet; man muss das schon im Salon Kardorff-Oheimb aufstöbern. Sozialismus bei der Sozialdemokratie suchen, nein, das hieße, von einem Brombeerbusch Bananen verlangen. Der »Vorwärts« zum Beispiel ist das einzige wirklich bürgerliche Blatt Berlins. In dieser Zeit, wo es ein Bürgertum im Sinne der Tradition nicht mehr gibt, weil die alte ökonomische Grundlage nicht mehr vorhanden ist und kein noch so konservativ Denkender auf die Wahrung bürgerlicher Formen mehr Wert legt, verkörpert das sozialistische Zentralorgan mit rührender Treue die langschößige Ehrenfestigkeit der Epoche Eugen Richters, mit ihrer bürgerlichen Solidität, ihrer siebenfach betonierten Humorlosigkeit und mit ihrem grundsätzlichen Unverständnis für die Bedürfnisse der minderbemittelten Volksklassen – Eigenschaften, die sich im politischen Alltag schrecklich manifestieren und gelegentlich nur von etwas Radikalismus übertönt werden, wenn sich an den ganz hohen Feiertagen der Partei der redliche alte Bratengeier jubilierend in die Lämmerwölkchen der Zweiten Internationale erhebt. Hat nicht jetzt, bei dem konzentrischen Angriff der Berliner Polizei auf die Stadt Berlin, der »Vorwärts« den fettesten Schwindel über atrocités communistes publiziert, während sich bürgerliche Blätter vorsichtig zurückhielten? Und hat sich nicht der »Vorwärts« für seine von dickwanstigem Ordnungsbürgertum strotzenden Rechtfertigungen der Polizei vom »Berliner Tageblatt« eine höfliche, aber ungemein beschämende Abreibung holen müssen? Nein, die Sozialdemokratie ist von ihrer genialen Führung ganz sacht nach rechts kutschiert worden. Wo werden die ahnungslosen Genossen, die ihren Lenkern gehorsam vertrauten, eines Tages aufwachen?

Die Sozialdemokratie kann nicht von heute auf morgen den Sozialismus verwirklichen. Das verlangt niemand von ihr. Der Spielraum rein sozialistischer Aktivität ist sehr eng. Noch bestimmt der Hochkapitalismus alleinherrschend die Wirtschaft, und selbst der proletarische Klassenkampf bedeutet keine aggressive, sondern nur eine defensive Maßnahme. Hat aber die Sozialdemokratie schon den Verzicht auf den Kampf um sozialistische Ziele für diese Gegenwart ausgesprochen, so hat sie damit in umso stärkerem Maße die Verpflichtung, für die Eroberung und Verteidigung des demokratischen Staates zu sorgen. Dogmatisch, unerbittlich, kompromisslos und zähe muss sie für die Realisierung jener Verfassung kämpfen, die sie so stolz für die freieste der Welt erklärt. Und hier liegt ihr unverzeihliches Vergehen an der Republik. Sie hatte die Wahl zwischen Marx und Lassalle, sie hat sich angeblich für Lassalle entschieden, aber sie hat auch diese stolze Gallionsfigur der Vergangenheit lange über Bord geworfen. Sie lebt nur noch von einer liberalistischen Gelegenheitsmacherei, zehrend von ihrem alten Ruf, weitergetragen gelegentlich von günstigen Oppositionskonjunkturen. Was Severing und Grzesinski zu den traurigen Geschehnissen der ersten Maitage sagten, war von einer selbstgefälligen Oberflächlichkeit, die auch die bescheidenste Dosis natürlichen demokratischen Empfindens vermissen ließ. Wie leicht glitten die Herren über die schreckliche Zahl von vierundzwanzig Toten weg! Grade, dass sie ein kleines Achselzucken des Bedauerns für die Totgeschossenen hatten. Kämpfe erfordern Opfer, das war der Tenor ihrer Ausführungen. Nein, meine Herren Minister, in den sogenannten Aufruhrgebieten ist nicht gekämpft, sondern nur gestorben worden, und zwar ist der Verteilungsschlüssel ein verteufelt unfairer, denn nur die eine Seite hat die Toten geliefert.

Wenn wir es nicht schon gewusst hätten, so ist es jetzt klar: Wir haben ein Ausnahmegesetz gegen die Kommunisten, wir haben ein Kommunistengesetz. Ganz ergebnislos ist dieses eine Jahr sozialdemokratischen Sieges doch nicht gewesen. Die bürgerlichen Regierungen spannten schamhaft und voll chevaleresker Hemmungen noch das Reichsgericht an. Das ist eine vergangene Epoche. Heute ruht das Ausnahmegesetz im Gummiknüppel jedes Schutzpolizisten.

Fouché in der Bendlerstraße

Von allen Linksblättern ist lebhaft Untersuchung über die letzten blutigen Vorfälle gefordert worden. Auch die Herrn Zörgiebel vorgesetzten Amtsstellen haben eine Untersuchung zugesagt. Wie soll die vor sich gehen, wer soll sie führen? Offiziell hat man darüber noch nichts verlauten lassen, aber gegen Erhebungen von andrer Seite sind bereits vorbeugende Maßnahmen getroffen worden. Demgemäß ist an die Polizeireviere das folgende präsidiale Schreiben gegangen:

»Von der Liga für Menschenrechte wurde ein Ausschuss von Politikern, Journalisten und so weiter gebildet zwecks Klärung der Vorgänge vom 1. bis 3. Mai. Ich untersage allen Beamten, Angestellten und Arbeitern, dem Ausschuss irgendwelche Aufschlüsse zu geben.

Der Polizeipräsident gez. Dr. Mosle.«

La vérité en marche. So machen sich die amtlichen Bemühungen zur Erhebung der Tatsachen aus. Zörgiebel blockiert sich ...

Aber auch andre Behörden sind nicht müßig. Auch das Reichswehrministerium, neben dem Berliner Polizeipräsidium etwas in den Hintergrund getreten, will sich seine Meriten an der neuen reaktionären Entwicklung nicht entgehen lassen und ist auf seine Weise tätig. Ein republikanischer Politiker schreibt der »Weltbühne« einen Brief über eine noch etwas mysteriöse Geschichte, von dem ich hier den hauptsächlichsten Teil wiedergebe:

»Das Reichswehrministerium hat sich vor etwa zwei Monaten zu einer seltsamen Maßnahme entschlossen. Es hat eine Zentralstelle zur Bekämpfung der Spionage in Groß-Berlin errichtet, die natürlich ohne Bureaus und ohne offiziellen Apparat im Stillen ihr Wesen treibt. Als Leiter dieser Stelle ist der aus zahlreichen Skandalen bekannte, jetzt noch aktive Reichswehroberleutnant Protze ausersehen worden, gegen den bekanntlich augenblicklich außer einer Anklage wegen Waffenschmuggels, Verkaufs von Heeresmaterialien auch eine Strafverfolgung wegen dringenden Verdachtes der Abgabe einer falschen eidesstattlichen Erklärung läuft. Diese Spionage-Abwehrstelle betätigt sich zurzeit mehr als seltsam; sie, die natürlich pro forma gegen die Spionage ausländischer Mächte in Deutschland errichtet worden ist, betrachtet es als ihre ausschließliche Aufgabe, das dienstliche und außerdienstliche Leben und Treiben von Personen zu betrachten, die der republikanischen Gesinnung und pazifistischer Tendenzen dringend verdächtig sind.

Durch einen Zufall ist man diesen unerhörten Dingen auf die Spur gekommen. Der Abgeordnete einer republikanischen Partei, ein früherer Reichskanzler, ging eines Tages im Tiergarten spazieren. Da bemerkte er, dass ihm ein elegant angezogener Mann unauffällig folgte. Der Abgeordnete fühlte sich unbehaglich, bestieg eine Autodroschke und fuhr in sein Bureau. Als er den Chauffeur bezahlte, hielt auf der andern Seite der Straße ein andrer Wagen, aus dem wieder dieser selbe elegante Herr stieg. Der Abgeordnete hatte den Vorfall beinahe vergessen und aß eines Mittags in dem Restaurant Peltzer in Gesellschaft eines wohlbekannten demokratischen Politikers. Plötzlich stutzte er, denn an einem andern Tische in seiner unmittelbaren Nähe nahm plötzlich der elegante Mann Platz, vergrub sich hinter einer Zeitung und, wie eine unauffällige, aber aufmerksame Betrachtung ergab, versuchte er, Brocken aus dem Gespräch der beiden Politiker aufzufangen.

Der Beobachter hatte aber Pech. Es war noch jemand im Lokal, der ihn kannte und der ihn später den beiden Herren, denen er aufgefallen war, identifizierte. Ein adliger früherer Offizier, aus dem Heeresdienst entlassen und ohne Existenz. Nachdem der Mann erkannt war, gelang es, Weiteres zu ermitteln. Oberleutnant der Marine Protze, wohlerfahren in allen Schlichen und Ran<künen derartiger Dinge, aus seiner Kieler Position, wo er Leiter der Gegenspionage war, abberufen, empfing gern, trotz verschiedener gegen ihn laufender Strafanzeigen den willkommenen Auftrag zur Organisierung einer großzügigen Spionagestelle. Dutzende von jungen Leuten sind von ihm vor etwa einem Vierteljahr angeworben worden. Es sind das junge Herren von ausgezeichneten Manieren; sie verfügen alle über jene Arbeitsfreudigkeit, die durch jahrelanges Nichtstun ins Ungemessene gesteigert worden ist. Sie wurden von Herrn Protze angelernt. Sie besuchten mit ihm die vornehmen Weinlokale und Hotelrestaurants, in denen die republikanischen Abgeordneten und Parteiführer und Politiker ihre

Abende und die Frühstückszeiten vergnügt zu verleben pflegen. Protze ist hier bekannt. Er ist der Kapitän Weißenbach, ein älterer, etwas fröhlicher Seemann, der bar bezahlt und sich gern mit den Kellnern etwas unterhält. Man sieht ihm den Mann an, der vor dem Mast gefahren ist, und nur ein sehr aufmerksamer Beobachter kann auf den Gedanken kommen, es hier mit einem Geheimpolizisten zu tun zu haben. Auf den Gedanken kommt er aber auch nur deshalb, weil der Seemann zu seinem blauen Anzug, wie alle Geheimpolizisten der Welt, gelbe Stiefel zu tragen pflegt. Er lernt dergestalt die Novizen an, und so ist es Tatsache, dass augenblicklich ein Rudel junger Männer, hauptsächlich aus den mittlerweile verkrachten Offiziersfamilien des alten Heeres, in allen bekannten Gaststätten Berlins herumsitzt und an jedem nächsten Morgen genau berichtet, wer mit wem und worüber dieser mit jenem gesprochen hat. Man kann auf diese Art und Weise, die natürlich den Steuerzahler auf dem Wege über die schwarzen Fonds des Reichswehrministeriums teueres Geld kostet, allerhand erfahren. Man kann viel kombinieren, und man kann das Ganze vor allen Dingen in gewissen Situationen verwerten.

Mit solchem Material und etwas Verdrehung dazu kann man leicht republikanische Politiker kompromittieren. Selbst wenn man nicht immer, wie anno Barmat, die große Affäre so leicht zusammenbekommt, es häuft sich noch immer genug Stoff an, und es gibt genug Hussongs, die auf so etwas warten.«

Es hat sich also in der Bendlerstraße ein kleiner Fouché aufgetan, der allerdings noch nicht die moderne Errungenschaft der Gummisohlen kennt und noch ganz hörbar poltert. Auch dieser Vigilantendienst gehört zum System. Im RWM sieht man weiter als am Alexanderplatz. Herrn Zörgiebel in seinem blinden Funktionärsenthusiasmus ist es nur um die Zerstampfung der Kommunisten zu tun. Die wieder interessierten Herrn Groeners Offiziere herzlich wenig. Denen ist es mehr um demokratisch-pazifistische Politiker zu tun, um Leute, die ihnen einmal den Etat stutzen können. Mit Recht wird deshalb die Gegenspionage nicht gegen die Agenten des Feindbundes gerichtet, die in Berlin ihr Wesen treiben, sondern gegen den einzigen Feind, den dieses Ministerium fürchtet. Wir haben ein Kommunistengesetz. Aber es ist ein alter Erfahrungssatz, dass außerordentliche Maßnahmen gegen eine extreme Linke mit rapider Geschwindigkeit nach rechts zu rücken pflegen. Aus dem Kommunistengesetz wird bald ein Republikanergesetz geworden sein. Heute drischt man noch Kommunisten. Morgen werden ganz andre an der Reihe sein. Fouché aus der Bendlerstraße schleicht umher und markiert die Rücken.

Rot gegen Rot

Das Kommunistengesetz geht also nicht nur die Kommunisten an. Es überwinden zu helfen ist ein besserer Dienst an der Republik, als in den Chorus der Propheten und Sibyllen einzustimmen, die nicht müde werden zu verkünden, dass die Kommunisten Blut sehen wollen, weil das Moskau so befiehlt. Ist das richtig, so wird ihnen dieser Gefallen desto eher erwiesen werden, je schärfer man gegen sie vorgeht.

Die Sozialdemokratie sonnt sich in einer verhängnisvollen Täuschung, wenn sie glaubt, für eine Gewaltpolitik gegen die äußerste Linke ihre eignen Anhänger hinter sich zu haben. Die sächsischen Landtagswahlen sind keine Probe aufs Exempel. Denn grade in Sachsen überwiegt die linke Opposition der Partei, dort hat auch die Uneinigkeit unter den Kommunisten selbst eine Heftigkeit erreicht, die deren weitere Expansionsfähigkeit einschränkt. Das Ausnahmegesetz ist ein unfehlbares Mittel, die Sammlung der Kommunisten neu einzuleiten. Treibt man die KPD in die Illegalität, so wird sie Bessres zu tun haben, als um die Auslegung der reinen Lehre zu zanken. Die Sozialdemokratie aber ist auf die Rekrutierung von links angewiesen. Dass Herr Senatspräsident Großmann zu ihr gekommen ist, muss gewiss als sehr beachtlicher Zuwachs betrachtet werden – aber die Reservoire der Partei liegen links. Wird in dem gleichen beschwingten Maientempo weiter gedroschen, geschossen und verboten, so ist in absehbarer Zeit die Gruppe Brandler-Thalheimer ruiniert, die letzte schwache Brücke zwischen den beiden feindlichen roten Parteien.

Die Auflösung der Rotfrontkämpfer ist eine wahrhaft provokatorische Dummheit. Ich liebe Rotfront ebenso wenig wie alle andern republikanischen oder monarchistischen Windjackenvereine, denn sie alle drillt der eine Geist des guten alten preußischen Militarismus. Aber es ist ein Unsinn, eine junge vitale Bewegung verbieten zu wollen. Eine solche Bewegung lässt sich nicht verbieten. Und wenn der Staat sich auf seinen weisheitsschweren Kopf stellt: Eine junge vitale Bewegung lässt sich auch nicht das Recht auf die Straße nehmen. Das wäre wider die Natur. Wenn die Konsistorialräte der Sozialdemokratie nicht die Geschichte der eigenen Partei vergessen hätten, nicht die Erinnerung an die eigne Vergangenheit, deren Maifeiern oft genug unter harten Polizeifäusten endeten, würden sie nicht auf den absurden Gedanken kommen, das zu verbieten, was nicht verboten werden kann. Die Kommunisten sind keine Engel, wird man mir entgegenhalten. Die Sozialdemokraten sind es unter Bismarck auch nicht gewesen, sondern schrecklich ruppig. Und deshalb haben auch sonst sehr brave Liberale im Sozialistengesetz den letzten Ausweg gegen das unbeschwerte Flegeltum der jungen Arbeiterbewegung gesehen. Die Geschichte hat ihnen unrecht gegeben. Sie wird auch die Ordnungsretter von heute nicht glorifizieren.

Vor allem muss das Verbot von Rotfront schleunigst fallen. Denn es birgt für die ganze Zeit seines Bestehens die Möglichkeit schlimmster Komplikationen. Es kann folgerichtig zu Übertretungen, zu Zusammenstößen, ja zu Massakern führen. Von da aber ist nur ein Schritt noch zum Verbot der gesamten KPD und ihrer Presse, und wenn wir eines Morgens aufwachen, ist der von diesem Reichstag mit republikanischer Mehrheit noch immer nicht revidierte Artikel 48 in Kraft getreten, und die Reichswehr regiert gemeinsam mit der ihr dann unterstellten und für diese Aufgabe prächtig einexerzierten Polizei.

Schatten von 1923, wen schreckt das nicht?

Die sozialdemokratischen Führer schreckt es nicht. Sie haben es sich auf der andern Seite der Barrikade bequem gemacht und starren unheilvoll fasziniert auf die Gefahr von links. Sie sehen keine andre. Sie fordern von den Kommunisten die Einsicht, die sie selbst vermissen lassen. Was tun die Kommunisten so Grässliches? Sie vertreten die Sache ihrer Partei. Sie tun es mit den Mitteln einer radikalen Massenpartei. Es sind also keine feinen Mittel, aber es sind die gleichen Mittel, die die alte Sozialdemokratie jahrzehntelang mit bestem Glück angewandt hat. Die Kommunisten sind Opposition, sie holen die Mittel aus dem eignen Arsenal und nehmen die Folgen auf die eigne Kappe. Die sozialistischen Minister dagegen mobilisieren in ihrer Parteisache den Staat, und weil er einmal, wo es gegen links geht, ausnahmsweise funktioniert, geben sie sich der bedenklichen Illusion hin, sie beherrschten ihn, und es würde auch so sein, wenn der Feind rechts stünde. In Hamburg hat, zum Beispiel, der sozialdemokratisch dirigierte Senat für eine bestimmte Zeit die Abhaltung kommunistischer Veranstaltungen selbst in geschlossenen Räumen, also auch Mitgliederzusammenkünfte, verboten. Leben wir denn im Ausnahmezustand? Gelten denn vermottete lokale Polizeiverordnungen mehr als die Verfassung, die das Versammlungsrecht garantiert?

Was hier geschieht, geht nicht nur die beiden Arbeiterparteien an, sondern jeden Republikaner, der nicht das eigne Sehen verlernt hat. Das Kommunistengesetz muss fort, der Staat selbst endlich wieder den legalen Boden finden, den er von der Opposition fordert. Sonst wird eines traurigen Tages der in der Stille gewachsene und vom Überdruss am Kampfe von Rot gegen Rot genährte Fascismus da sein und das Prävenire spielen.

(Die Weltbühne, 21. Mai 1929)

Areopag

Der Ausschuss zur Untersuchung der Berliner Maivorgänge hat in der vergangenen Woche zwei überfüllte Meetings abgehalten. Die Versammlung im Großen Schauspielhaus war von mehr als viertausend Personen besucht, wobei nicht geschätzt werden kann, wie viele keinen Einlass mehr fanden, die andre Veranstaltung, im Proletarierviertel am Wedding, musste durch eine Parallelversammlung ergänzt werden. Ein hochansehnliches Ergebnis, wenn man bedenkt, dass uns Propagandamittel kaum zur Verfügung standen. Ein Ergebnis, das unmissverständlich zeigt, wie groß im Publikum der Wunsch nach Klärung ist und wie groß auch die Sünde der Behörden ist, die diese Klärung, zu der sie verpflichtet sind, unterlassen haben.

Wir haben uns über unsre Aufnahme durch die Presse keine Illusionen gemacht. Es bleibt festzustellen, dass die linksbürgerlichen Blätter unser Unternehmen kritisch und ablehnend behandeln, aber ohne Verunglimpfung und ohne hässliche Unterstellungen. Die persönliche Besudelung bleibt dem honorigen Regierungsorgan, dem »Vorwärts«, vorbehalten, der in einer amateurhaften und deshalb beinahe unschuldig anmutenden Niedertracht eine Rivalerie zwischen Stefan Großmann und mir zu konstruieren sucht. Es mag hingehn; selbst die Gemeinheit muss gelernt sein. Aber die Sache wird weniger spaßhaft, wenn der »Vorwärts« uns »intellektuelle Strohpuppen« der KPD nennt und wenn er von politischen Geschäften mit den Toten der Maitage und von »Leichenschändung« zu sprechen wagt. Was das letztere anbelangt, so sollte das Regierungsblatt etwas vorsichtiger sein, denn es hat schon lange keine guten Beziehungen mehr zu den Lebendigen. Und auch das mit den Strohpuppen ist, gelinde gesagt, etwas übertrieben. Wer die nichtkommunistischen Mitglieder des Ausschusses, wer den Rechtsanwalt Apfel, wer Alfons Goldschmidt, Stefan Großmann und den Schreiber dieser Zeilen ein wenig kennt, der weiß auch, dass dies nicht die geeigneten Darsteller für Marionettenrollen im Dienste einer politischen Partei sind.

Wir haben uns nicht aufgedrängt, denn jeder von uns hat in seiner eignen Zone genug zu tun. Wir handelten nur aus dem Gefühl, notwendig zu sein. Nachdem der preußische Innenminister schützend vor die Polizei getreten war, konnte von einer Untersuchung der Vorgänge oder gar Bestrafung der Schuldigen nicht mehr die Rede sein, und es blieb nur noch die Sammlung von ein paar Menschen übrig, die das Gefühl für das Gewicht von dreißig Toten nicht verloren haben und denen die Vorstellung absurd erscheint, dass die Verüber von dreißig Totschlägen unerkannt in jener Institution weiter wirken sollen, der die Sicherheit der Stadt Berlin anvertraut ist.

Um alle weitern Unterstellungen zu verhindern: Wir haben im Ausschuss mit den kommunistischen Mitgliedern gut und kameradschaftlich zusammengearbeitet. Sie haben uns nicht zu beeinflussen gesucht, wir sind selbstständig geblieben. Wir haben in kommunistischen Politikern, mit denen wir in der Vergangenheit manchmal die Klinge gekreuzt haben und denen wir in Zukunft gewiss wieder auf einem andern Felde begegnen werden und die in der Fantasie geängstigter Spießer den moskowitischen Schrecken personifizieren, ruhige und verantwortungsbewusste Männer gefunden, und wir haben in dem kommunistischen Stadtarzt von Neukölln, Doktor Schmincke, einen freien und humorvollen Menschenfreund gefunden, dessen Bekanntschaft lohnt. Der Ausschuss hat als politischen Zeugen den Abgeordneten Pieck vernommen und ihm, das möchte ich mit aller Deutlichkeit betonen, die Sache nicht leicht gemacht, sondern ihm sehr delikate Fragen gestellt, auf die ein Parteiführer in öffentlicher Versammlung nicht gern eingeht, und Herr Pieck hat loyal geantwortet. Der Zweifel ist erlaubt, ob Herr Otto Wels nicht mehr Geheimnisse zu verwahren hat als dieser angebliche Chef des kommunistischen Generalstabs für den roten Aufruhr. Wenn der »Vorwärts« behauptet, dass diese Befragung nur eine Komödie gewesen sei, so kann dem leicht entgegengehalten werden, dass die Viertausend im Großen Schauspielhaus einen ganz andern Eindruck davon erhalten haben.

Aus alledem hat sich etwa dies Bild ergeben: Die Kommunistische Partei hat am 1. Mai das Demonstrationsverbot nicht anerkannt, sie hat sich darin nur als die orthodoxe Tochter der weitherzig gewordenen sozialdemokratischen Mutter gezeigt, aber sie hat nichts getan, um Gewalttätigkeiten herbeizuführen, und nicht dazu herausgefordert. Für den 1. Mai verlangt der überwiegende Teil der Arbeiterschaft das Recht auf die Straße. Dieser Zug durch die freie Straße symbolisiert das letzte Ziel des Sozialismus: die Befreiung des ganzen Erdkreises durch den arbeitenden Menschen. Ob das eine romantische Vorstellung ist und die bisherige Form der Maifeier altmodisch, stand nicht zur Debatte. Darüber haben nur die beiden sozialistischen Parteien zu entscheiden, und eine so prinzipielle Auffassung hat auch bei Herrn Zörgiebels Verbot nicht mitgespielt. Hier waren aktuellere Motive im Spiel. Jedenfalls haben wir aufgrund zahlreicher alter und neuer Dokumente festgestellt, dass die Mehrzahl der Arbeiterschaft die öffentlichen Maiumzüge als eine unantastbare Überlieferung auffasst und das Verbot grade durch einen Parteisozialisten als eine Herausforderung empfindet, die sie nicht widerstandslos hinnimmt.

Unsre Versammlungen hatten eine Neuheit: die öffentliche Zeugenvernehmung. Wir sind schnell übereingekommen, dass die hergebrachte Form, Protestreden aneinanderzureihen, der rednerischen Improvisation zu viel Spielraum gibt und deshalb nicht bis ins letzte überzeugt. Die Opfer der polizeilichen Exerzitien selbst mussten sprechen. Nicht aus verlesenen Protokollen, sondern aus den Aussagen von Augenzeugen in öffentlicher Sitzung musste sich das noch unfertige Bild der traurigen Vorkommnisse runden. Auf unsern Aufruf meldeten sich in wenigen Tagen viele Hunderte von Verprügelten und Verwundeten, die von Herrn Doktor Apfel mit allem notwendigen Ernst befragt wurden, ob sie bereit wären, dieses Zeugnis mit voller Namensnennung in öffentlicher Sitzung abzulegen, und ob sie weiter bereit wären, die Bekundung auch an Gerichtsstelle zu wiederholen. So sind diese Zeugenaussagen zustande gekommen. Hier ist kein abgekartetes und durchprobtes Theater gespielt worden, keine »kommunistische Revue«, wie der redliche »Vorwärts« sich auszudrücken beliebt, hier tagte ein freier Gerichtshof, ein volkstümlicher Areopag zum Zwecke, der Wahrheit zu dienen und unter Lügen verschüttete Tatbestände wieder ans Licht zu holen. Die Zeugen waren keine aussortierten Figuranten, denen ihr Text mühsam souffliert wurde. Hier wackelten keine Kulissen, wie manchmal in den legitimen Gerichtshöfen der Staaten. Die Mehrzahl der Zeugen bestand aus Parteilosen und politisch Uninteressierten, Menschen aus allen Klassen, die nur ihr Gewissen getrieben hatte, öffentlich zu sagen, was sie mit Augen gesehen hatten; grade deshalb waren ihre kargen Worte überzeugender als das dröhnende Pathos der Anklage. Wir rechnen es uns als Verdienst an, diese sonst Stummen zum Reden gebracht zu haben. Unbefangen sprachen diese Männer und Frauen auf der Tribüne riesengroßer Räume, ohne Furcht und Lampenfieber. Daraus könnten unsre beamteten Justizpersonen, die so oft über die Verstocktheit und Verwirrung von Zeugen klagen, einiges lernen. Denn diese einfachen Menschen hatten Vertrauen. Sie wussten, dass sie nicht angefahren wurden, wenn sie stockten, sie wussten, dass über einem Irrtum nicht die neunschwänzige Katze des Meineidsverfahrens hing. So fanden sie sich schnell in die ungewohnte Situation, auf erhöhtem Platz vor ein paar Tausend Menschen zu reden. Ihre Bekundungen sind mit Namen und Adressen versehen; jeder einzelne der Zeugen weiß, dass hier kein Schaustück gezeigt wurde, sondern dass wir nichts sehnlicher wünschen, als dass ein objektives und unvoreingenommenes Gericht unsern freigewählten Areopag ablöse.

Wir haben schließlich Lichtbilder gezeigt, eine kleine Folge von Filmaufnahmen aus den Tagen vom 1. bis 4. Mai. Da sind die sogenannten Barrikaden zu sehen, ein paar Kopfsteine und Bohlen, weit unter der halben Höhe einer Brustwehr, offensichtlich nicht zu Kampfzwecken zusammengeworfen, sondern um die unbarmherzigen Verfolger für Minuten zu hindern. Dann wieder sieht man Polizisten, die über ruhig gehende Menschengruppen herfallen und drauflosschlagen; man sieht sechs Ordnungshüter, die mit der Lässigkeit des kraftbewussten Helden um einen Mann herumstehen, der blutend auf dem Pflaster liegt. Und man sieht schließlich – ein unvergessliches Bild – drei verbindlich grinsende Polizisten, den Karabiner im Anschlag gegen die obern Etagen eines Hauses. Sie erfüllen ihren blutigen Dienst mit der Heiterkeit von Kämpfern, die wissen, dass sie ohne Gegner sind und nur gelegentlich in ein paar Köpfe oder Beine schießen müssen, um ihren Krieg noch um einen Tag zu prolongieren. Mehr als eine Aussage oder ein Dokument trägt dieses eine Bild zur Klärung der Schuldfrage bei.

Wann werden die hochmögenden Herren der Sozialdemokratie endlich begreifen, dass es eine Affäre Zörgiebel gibt? Die selbstbewusst abwimmelnden Ministerreden können nicht verhindern, dass sich die Genossen für diese köstliche Gabe ihres Kölner Parteivereins an die Stadt Berlin zu interessieren beginnen.

Der Herr Polizeipräsident befindet sich zurzeit teils zum Studium, teils zur Erholung in England. Es ist aufrichtig zu wünschen, dass er sich drüben mit den Akten des vorjährigen Londoner Polizeiskandals befasst. Damals wurde laut, dass ein paar Kriminalbeamte nachts im Hydepark junge Frauen belästigt und bei der Sistierung eines Liebespaars dem Mädchen unerlaubte Zumutungen gestellt hatten. Deswegen brach im Lande ein Sturm ohnegleichen aus. Fast hätte eine Interpellation im Parlament das Kabinett Baldwin zu Fall gebracht. Der Skandal stürzte sofort den Polizeipräsidenten, und ein neuer strenger Herr hielt in Scotland Yard fürchterlich Musterung und warf die untauglichen und brutalen Beamten zu Hunderten hinaus. England ist ganz gewiss nicht mehr das klassische Land der Bürgerfreiheit, aber es gibt dort noch immer ein öffentliches Gewissen und ein lebendiges Habeas-Corpus-Gefühl. Wenn ein paar kleine Polizisten, die dem nächtlichen Sexualtrubel des Hydeparks nicht widerstehen konnten, sondern auf ihre Weise davon zu profitieren suchten, ihrem obersten Chef den Kragen kosteten und fast auch der Regierung, so braucht man nicht zu fragen, was Berliner Polizeimethoden in England für eine Wirkung hervorrufen würden.

Es gibt in Deutschland noch keinen Sinn für Bürgerfreiheit, nicht für verfassungsmäßig verbriefte Garantien. Es gibt, vor allem, kein Habeas-Corpus-Gefühl. Sonst könnte kein Minister wagen, Herrn Zörgiebel und seine Prätorianer zu decken. Der Untersuchungsausschuss hat seine Arbeit erst begonnen. Die Sitzung geht weiter.

(Die Weltbühne, 11. Juni 1929)

Zum Geburtstag der Verfassung

Als vor ein paar Wochen das Berliner Demonstrationsverbot aufgehoben wurde, nahmen einige republikanische Blätter die Gelegenheit wahr, um der Einsicht des Herrn Polizeipräsidenten zu huldigen. Die Entzückten hatten dabei nicht in Betracht gezogen, dass Herrn Zörgiebel wohl nichts andres übrig blieb: Denn es gibt nicht nur einen 1. Mai, sondern auch einen 11. August. Es gibt Tage, an denen auch die behutsamsten Staatslenker das Volk gern auf der Straße sehen und die dadurch entstehenden Verkehrsstörungen gern in den Kauf nehmen. Und würde sich selbst Künstlers Biervision: Die Baugrube am Alexanderplatz von zweihundert Toten gefüllt, nochmals wiederholen, keine apokalyptische Schrecknis könnte den Herrn Polizeipräsidenten zwingen, dem republikanischen Volk, das sich freuen will, die Straße zu verwehren. Nun, allzu gigantische Formen dürfte der Jubel nicht annehmen. Das Reichsbanner wird seine wohlorganisierte Begeisterung vorführen, der schlichten Tatsache bewusst, dass der gegenwärtige Präsident der demokratischen Republik weder Demokrat ist noch Republikaner. Die zahlreichen kritischen Köpfe aber, die es in allen Parteien der Linken gibt und die, allen verzweifelten Bemühungen der Parteivorstände zum Trotz, noch immer nicht völlig ausgemerzt sind, werden sich erinnern, dass voriges Jahr, grade am Verfassungsgeburtstag, die Bewilligung des Panzerkreuzers durch das Kabinett der linksradikalen Maiwahlen bekanntgegeben wurde. Ein sehr geschmackvoller Einfall, in der Tat, ein überwältigendes Zeugnis dafür, wie hoch die Herren Minister der Linken die republikanischen Massen einschätzen, die sie an jedem 11. August zum Freuen auffordern. Die köstliche Festgabe des Vorjahrs ist noch unvergessen, und mit Zagen nur fragt man sich, was für eine schöne, mit Steuergeldern rundgemästete Kröte es wohl in diesem Jahre zu schlucken geben wird. Eigentlich sind solche Anstrengungen gar nicht mehr nötig, denn das in diesen Monaten servierte Menü war überladen mit Gerichten, die auch dem Geduldigsten die Republik verekeln können. Es gehört schon eine faustdicke Ahnungslosigkeit dazu, nach einem Jahre der Niederlagen zur Feier der Verfassung aufzufordern. Erwartet man am Wedding und in Neukölln, wo die Erinnerung an die Toten der ersten vier Maitage noch frisch ist, schwarzrotgoldene Fahnen? Wenn die Feiern einen Sinn haben sollen, so kann er nur der sein, in Erinnerung zu rufen, dass die Konstitution von Weimar besser ist als ihre Hüter, die sie dilettantisch handhaben und, wenn es ihnen so passt, in kühner Schwenkung umgehen.

Doch selbst diese Verfassungsfeiern, deren lederner Amtsstil heute abstößt und einschläfert, haben einen radikalen Ursprung. Sie sind spontan entstanden in den Zeiten von 1920 bis 1923, als Republikaner abgeschossen wurden, ohne dass man sich viel Mühe gegeben hätte, die Mordtaten zu sühnen, und als es überhaupt noch nicht zum guten Ton gehörte, sich öffentlich zur Republik zu bekennen. Die schnell improvisierten Meetings von damals hatten einen großen Impuls; sie dienten auch gar nicht dem Zweck, zum tausendsten Male zu wiederholen, wie gut man es in Weimar gemacht habe und was für ein freiheitliches und demokratisches Land wir infolgedessen geworden seien, nein, sie wollten mobilisieren, zur Verteidigung der bedrohten Republik auffordern. Seitdem hat Vater Staat die Sache selbst in die Hand genommen, und aus der leidenschaftlich emporschießenden Flamme ist in seiner Regie eine nach schrecklich viel Eigenlob duftende kleine Tranfunzel geworden. So erfahren wir an jedem 11. August, dass die erwählten Lenker des Staates mit ihrer Arbeit zufrieden sind. Sie ermahnen uns, hübsch ruhig zu sein, dann werde es noch viel besser werden. Was ein Bundesfest aller freiheitgewillten Bürger hätte werden können, das ist in Wahrheit ein Paradetag für republikanischen Byzantinismus aller Art geworden, in seinem vorsichtig dosierten Temperament und seinem Mangel an eigenwüchsigen Formen ein in den Hochsommer versetzter 27. Januar. Die selbstgestellte Apotheose zufriedener Bratenröcke bedeutet keine politische Erhebung und noch viel weniger den staatsbürgerlichen Augenblick, der zum Verweilen einladet, weil er so schön ist.

Grade in diesem Jahre bietet der Verfassungstag bitterernsten Stoff zum Nachdenken, das in viel dunklere Bereiche führt als die sanfte Rosabeleuchtung der offiziellen Festesstimmung. Denn stand in frühern Jahren das republikanische System durch Stöße von außen manchmal infrage, so ist es jetzt durch seine eigne Schwäche, durch seine eigne Planlosigkeit zweifelhaft geworden. Es ist ein trauriger Gedanke, dem dennoch kein Wahrheitsliebender feige ausweichen darf: In diesen zehn Jahren, die seit der Annahme der Verfassung von Weimar vergangen sind, hat die Republik die Gesetze ihrer Funktion noch nicht halbwegs begriffen. Die Instrumentation wird falsch und stümperhaft gehandhabt, ohne ersichtliche Ursachen fällt der Staat aus einer Krankheit in die andre, und jede Einzelne wird mit Mitteln kuriert, die mit dem Geist der Republik nichts zu tun haben. Wenn es gar nicht mehr weitergeht, wird die Krankheit jedes Mal mit einer Verfassungsverletzung kuriert. Die Geschichte der neuen Verfassung ist nicht eine Geschichte ihrer Erfüllung, sondern ihrer Verletzungen. Man hält das für staatsmännisch, für realpolitisch oder sonstwas. Deutschland fehlt noch immer jener Respekt vor dem Verfassungsbuchstaben, der alle gut funktionierenden Demokratien auszeichnet. Kein englisches oder französisches Kabinett könnte sich einen Tag halten, das so weitherzig mit den konstitutionellen Garantien umgeht, wie es unsre verschiedenen Regierungen getan haben. »Irgendwie muss doch regiert werden!«, rief Reichskanzler Luther einmal, in die Enge getrieben, aus und verkündete damit den eigentlichen Staatsgrundsatz, mit dem sich jede, aber auch jede Regierung seit 1919 bisher aus ihren Klemmen gezogen hat. Unser ganzes parlamentarisches Leben steht noch ganz und gar in der Erinnerung an den Wilhelminischen Absolutismus, wo der Reichstag zwar viel zu reden, aber nichts zu beschließen hatte und jede noch so arge Kalamität endlich durch ein allerhöchstes Machtwort beschlossen wurde. Dadurch ist ein Zustand von Unsicherheit geschaffen worden, der den Glauben an die Möglichkeiten der Republik lähmt, um die Bezirke der Politik die Zone einer kühlen, etwas verächtlichen Skepsis legt und vor allen Dingen den heute Zwanzigjährigen das triste Bild eines Systems zeigt, das nicht klappen will. Das ist viel schlimmer als akute Bedrohung, die es gar nicht mehr gibt. Dafür ist die Zukunft eine einzige Drohung geworden, und sowenig sich eine ins einzelne gehende Prognose stellen lässt, so gewiss fühlt man überall hinter dem selbstgefälligen Kulissenkult dieses Parlamentarismus eine kommende Wirklichkeit voll dunkler und erschütternder Abenteuer. Der Deutsche ist noch immer so bar aller Staatsgefühle wie in der kaiserlichen Zeit. Nur ist der Staat noch viel unbeliebter als damals, denn er ist dem Einzelnen als Polizist oder als Steuereintreiber viel näher gerückt. »Wir müssen den Staat wieder so lieben lernen, wie wir im Kriege unsre Kompanie geliebt haben«, verkündete neulich der ewig irrende Ritter Artur Mahraun durch den Berliner Rundfunk. Lieber guter Ritter, so ist es schon lange.

(Die Weltbühne, 6. August 1929)

Genosse Z. konfisziert

Für das neue Republikschutzgesetz, das demnächst vor den Reichstag kommen wird, gibt es keine üblere Introduktion als die Rede, mit der der preußische Innenminister Grzesinski im Hauptausschuss des Landtags sein Verbot von Umzügen und Versammlungen unter freiem Himmel begründet hat. Herr Grzesinski führte nämlich auf eine Frage, ob ein Verbot der KPD beabsichtigt sei, aus, dass er eine solche Nachricht bisher weder dementiert noch bestätigt habe, dass aber dies Verbot fällig sein werde, sobald die gesetzlichen Voraussetzungen dafür vorhanden seien. Die gegenwärtigen Gesetze reichten dafür nicht aus, weshalb die Verabschiedung des Republikschutzgesetzes beschleunigt werden müsste. Auch gegen die kommunistische Presse könne er zur

Zeit nichts außerhalb des ordentlichen Rechtswegs unternehmen; um solche Zeitungen zu verbieten, sei dies Gesetz notwendig. Durch diese unvorsichtige Erläuterung hat Herr Grzesinski verraten, dass er in dem Gesetz nicht etwa ein Instrument gegen rechts erblickt, sondern ausschließlich ein Ausnahmegesetz gegen die Kommunistische Partei. Hier spricht, wie so oft, nicht der Staat, sondern ein Parteiminister, für den die in seinen Händen ruhende erhebliche Autorität grade gut genug ist, um als genehme Waffe gegen eine lästige Konkurrenzpartei verwendet zu werden. Ein witziger Kopf hat für das geplante Republikschutzgesetz zunächst den Namen »Gesetz zur Befriedung des politischen Lebens« vorgeschlagen. Diese Idee ist, mit Recht, fallengelassen worden. Wenn das Gesetz allgemein so aufgefasst wird, wie es Herr Grzesinski tut, so wird es den Gummiknüppel- und Stuhlbeinkrieg, der augenblicklich unser politisches Leben charakterisiert, nur vergröbern, nicht mildern oder gar beenden. Es wäre unsinnig, einer Regierung ein Gesetz zuzugestehen, dessen Missbrauch sie schon vor dessen Annahme statuiert. Zur Vergewaltigung von staatsbürgerlichen Rechten langt das bestehende gesatzte Recht vollkommen aus. Es ist ganz unnötig, unternehmungslustigen Polizeibehörden und Staatsanwaltschaften ein Benefizium in Form eines Ausnahmegesetzes zu gewähren.

Dass sich auch heute willkürlich genug wirtschaften lässt, hat der Herr Polizeipräsident von Berlin wiederholt erhärtet. Er tat es jetzt aufs Neue durch die vor ein paar Tagen erfolgte Beschlagnahme des kommunistischen Zentralorgans. Die republikanische Presse hat wenig Notiz von dem Vorfall genommen, teils, weil um die »Rote Fahne«, nicht ohne deren eigne Schuld, schon lange eine Isolierschicht entstanden ist, teils, weil die linksbürgerlichen Blätter sich um die Vorgänge links von ihnen nicht zu kümmern pflegen. Wer jedoch grade diesen Fall näher betrachtet, wird finden, dass diese papierne Kugel des Herrn Polizeipräsidenten nicht weniger rechtsverletzend ist als die stählernen vom 1. Mai, mit einem Wort, dass Genosse Z. wieder einmal am hellen Tage Dachschützen gesehen hat. Wenn ein Beamter in hoher verantwortlicher Stellung weiße Mäuse zu sehen beginnt, schickt man ihn in den Weißen Hirsch. Wenn er jedoch Dachschützen sieht, so sucht man die unschädlich zu machen und nicht den Beamten, den diese Erscheinungen belästigen. Die Konfiskation der »Roten Fahne« hat zwar kein Blut gekostet, nur ein bisschen Pressefreiheit ist dabei unter den Polizeistiefel geraten, und das verfassungsmäßig verbriefte Recht der freien Meinungsäußerung ist durch einen unqualifizierten tölpelhaften Eingriff verletzt worden. Genosse Z. fehlt es nicht an Strammheit, wohl aber an politischem Verstand, er entspricht so ganz der Schilderung von Immermanns komischem Helden Tulifäntchen, als hätte er vor hundert Jahren dazu Modell gestanden:

> Ungeschlacht hieß der Herr Vater,
> Tramplagonda die Frau Mutter,
> doch er selbst hieß Schlagododro.

Warum hat Genosse Z. die »Rote Fahne« wieder konfiszieren lassen? Der beanstandete Leitartikel ist nur die Antwort der KPD auf die eingangs erwähnte Rede des

Ministers Grzesinski. Man kann von einer Partei, deren baldiges Verbot ein Polizeiminister ankündigt, keine burgfriedliche Sprache verlangen, aber auch wer oft über die »Rote Fahne« den Kopf geschüttelt hat, wird finden, dass grade dieser Artikel, der den Anlass zum Verbot abgeben musste, ganz ohne jene Eigenarten war, die die »Rote Fahne« oft auszeichnen: Er war von harter Sachlichkeit, ohne Lärm, ohne agitatorische Kraftworte, die eine Kraft vortäuschen sollen, über die die Arbeiterschaft heute nicht verfügt. Er enthielt lediglich die Versicherung, dass die Anhängerschaft der KPD den Massenkampf weiterbetreiben und sich das Recht auf die Straße nicht nehmen lassen wird. Das Proletariat werde sich nicht von der Bourgeoisie provozieren lassen, die sehnlichst wünsche, es vorzeitig zum Aufstand herauszulocken. Jeder Mensch, der die Dialektik von Parteiblättern etwas kennt, weiß, dass hier zwischen den Zeilen nicht etwa die Aufreizung zum bewaffneten Widerstand liegt, sondern die dringende Aufforderung, Disziplin zu halten und sich nicht zu Gewalttaten hinreißen zu lassen, die bei der augenblicklichen Machtverteilung nur zur blutigen Niederlage des Proletariats führen müssten. Fast scheint es, als hätte die »Rote Fahne« in Grzesinskis Rede Unheil gewittert und deshalb eine besonders politische Sprache geführt, um ein Verbot zu vermeiden. Ätsch, wozu ist man Polizeipräsident –?

Es erübrigt sich beinahe zu bemerken, dass der Genosse Z., nachdem er sich einmal zur Forschheit entschlossen hatte, auch in Einzelheiten sich nicht mehr in die Zwirnsfäden des Gesetzes verwickelte. So erfolgte die Beschlagnahme unter Verletzung des Reichspressgesetzes, indem unter Missachtung der Bestimmung von § 27 Absatz 1 darauf verzichtet wurde, die Stellen anzuführen, die Veranlassung zum Einschreiten gegeben haben, ebenso sind die verletzten Paragrafen nicht bezeichnet worden. Das ist zwar skandalös, gleichsam vorweggenommenes Republikschutzgesetz, aber durchaus konsequent, denn über der ganzen Aktion steht doch kein hehres, unverrückbares Gesetzeswort, sondern das alte Wilhelminische: »Die janze Richtung passt mir nicht!« Werden die Rechtsinstanzen, an die das Blatt jetzt appelliert, den Mut finden, den Übergriff des Polizeipräsidenten zu decken?

Und jetzt sehe ich auch schon den »Vorwärts«: »Natürlich ... Sukkurs für die Kommunisten!« Nein, darum geht es nicht, wohl aber um die Pressefreiheit, die Standarte des demokratischen Staates. Um weniger feierlich zu sprechen: Nackter Selbsterhaltungstrieb sollte uns republikanische Blätter ohne Unterschied der Prinzipien oder Nuancen endlich dazu führen, das Recht der freien Meinungsäußerung, das Recht auf freie Presse mit doktrinärer Härte zu verfechten. Was die »Rote Fahne« heute unter dem Genossen Z. erlebt, das kann morgen unter einem Polizeivogt von rechts der »Weltbühne«, den Demoblättern, ja vielleicht sogar dem »Vorwärts« widerfahren – sogar dem »Vorwärts«. Daran sollte uns auch der oft recht unglückliche Ton extremer Organe nicht hindern. Es wird zurzeit sehr viel über Hetze geklagt, und es gibt ohne Zweifel sehr viel Hetze in Deutschland. »Wenn einer Demagoge ist«, sagt der konservative Engländer Chesterton, »muss er deshalb unrecht haben?« Denn so arg die Hetze sein mag, sie kann niemals so arg sein wie die Zustände, deren Kind sie ist. Es gibt ein leider zu wenig beachtetes Mittel dagegen, das wirksamer ist als alle Ausnahmegesetze, das ist die Wiederherstellung des Glaubens an Recht und Gesetz. Die unwirksamste Maßnahme dagegen aber ist die flagrante Rechtsverletzung, die der Berliner Polizeipräsident zu seinem alleinigen Spezifikum erhoben und die der preußische Innenminister in seiner unbedachten Rede als Dauerzustand in Aussicht gestellt hat.

(Die Weltbühne, 21. Januar 1930)

Rotkoller

Durch die meisten europäischen Länder geht zurzeit wieder eine Kommunistenjagd, wie sie seit Jahren nicht erlebt wurde. Die große Presse kolportiert Blutmysterien aus den Souterrains russischer Botschaftsgebäude, die Pariser Polizei sucht einen wahrscheinlich vor seinen Gläubigern entwichenen Emigrantengeneral in Berlin, überhaupt sind alle Polizeien der Welt entfesselt, die Spitzel haben große Zeit, und sogar der Heilige Vater erhebt verwünschend die Hände gegen Moskau. Es kann nicht geleugnet werden, dass die Sowjetregierer sich augenblicklich nicht klug verhalten und der Hysterie ihrer Gegner wertvolle Tipps in die Hände spielen. Russland, in der Durchführung seiner neuen Planwirtschaft begriffen, macht schwere Zeiten durch, hat im Innern genug zu tun und ist schon darum weniger angriffslustig als je. Man kann es deshalb als keinen besonders gelungenen Einfall bezeichnen, grade in einer solchen Periode der äußersten Schonungsbedürftigkeit den neuen Kurs nicht durch die formgewandte Diplomatie, sondern durch die Sensenmänner der Komintern redend und handelnd vertreten zu lassen. Gewiss lebt der einzige sozialistische Staat der Welt in einer nicht geringen Gefährdung, aber dauernd den imperialistischen Krieg des ganzen kapitalistischen Universums an die Wand zu malen, das ist ein nicht unbedenkliches Spiel, weil es die Köpfe abstumpft, die an sich berechtigte Warnung zur leeren Phrase heruntersetzt und den Blick für akutere Gefahren verschleiert. Es steht auch heute nicht mehr, wie noch vor ein paar Jahren, Ost gegen West, inzwischen hat sich der fascistische Mächteblock unter italienischer Führung dazwischengeschoben, dessen Spitze scharf gegen Frankreich gerichtet ist. Dass sich innen- und außenpolitische Inhalte der Staaten nicht immer decken, ist nicht neu, aber nicht oft wird die zwangsläufige Gruppierung so absurd wie in diesem Fall sein, wo Rot und Weiß in eine Reihe treten müssen. Jetzt hat Mussolini auch Österreich gewonnen, ein kleines Land, aber doch die Brücke nach Ungarn. Der Fascistische Block rundet sich, und man kann ruhig mit der Uhr in der Hand die Adresse an Deutschland erwarten.

So entspricht die wirkliche Kräftelagerung in der Welt keineswegs dem Bild, das die Sprecher der Mächte davon entwerfen. Europa zittert in ungewisser Bangigkeit, es ist ein dunkles, kaum eingestandenes Gefühl, als stünde etwas ganz Schweres bevor. Unsicher ist alles, sicher nur die ungeheure Überlegenheit Amerikas. Europas Angstzustand entladet sich in nervösen Ausbrüchen. Es fühlt sich verkauft an amerikanische Bankiers, verraten an russische Proleten. Einstweilen hat man sich, weil es ungefährlicher ist, still geeinigt, den Russen die Urheberschaft jener geheimnisvollen Verschwörung zuzuschieben, die an der Krankheit Europas die Schuld tragen soll. Dass der Papst die roten Bilderstürmer verwünscht, ist nicht unverständlich, aber warum die europäischen Demokraten dem Heiligen Vater bei der Verfluchung Gesellschaft leisten müssen, doch nicht recht erfindlich. Haben nicht die Fürsten der Reformation ebenso wie die französischen Jakobiner die Güter der sichtbaren Kirche an sich gerissen und die silbernen Monstranzen, Kelche und Apostelfiguren in harte Taler umgeschmolzen? Haben wir nicht in der Schule gelernt, dass das – soweit es wenigstens die Fürsten taten – Gott wohlgefällig und dem Evangelium dienlich war? Haben nicht noch die Urgroßväter der heutigen Liberalen das schöne Lied gesungen von der letzten Nonne, die am letzten Pfaffendarm hängt? Es ist kein Wunder, dass auch die Russen auf die Verrücktheiten der neuen Bolschewikenhetze jetzt ebenso grotesk reagieren, dass die Komintern ihren Sektionen erhöhte Tätigkeit anbefiehlt und dass im Lande selbst überall Geheimbünde ausgehoben und Konspirationen entdeckt werden, die wahrscheinlich auch nicht viel intelligenter ausgeheckt worden sind als die Magazingeschichte von der Entführung des Generals Kutijepow.

Alles das ist schon da gewesen und wird wieder verschwinden. Nur in Deutschland denkt man ernsthaft daran, den Rotkoller zu stabilisieren und in gesatztes Recht zu verwandeln. Der Reichsinnenminister Severing nennt sein Ausnahmegesetz gegen die Kommunistische Partei allzu anspruchsvoll Gesetz zum Schutze der Republik und zur Befriedung des politischen Lebens. Das ist – um die höflichste Erklärung zu wählen – eine grobe Selbsttäuschung. Denn dieses Gesetz enthält zum Schutz der Republik (gegen monarchistische Angriffe und Umtriebe doch, Herr Minister –?) nur ein paar Geringfügigkeiten und zur Befriedung des innern Lebens der Republik gar nichts. In seiner falschen Frontstellung, in seiner Einseitigkeit und Ungerechtigkeit aber wuchert es geradezu von Keimen künftiger Empörung, künftigen Aufruhrs. Wenn wir trotz der unsäglichen wirtschaftlichen Depression dieses Winters von größern Unruhen verschont geblieben sind, so wird dies Gesetz zur Bedrohung der politischen Freiheit und zur dauernden Fernhaltung des innern Friedens in trauriger Weise vollenden, was nicht einmal dem Hunger gelang.

Schon das erste Republikschutzgesetz war keine reine Freude. Damals haben unabhängige Publizisten wie Friedrich Wilhelm Foerster und Maximilian Harden, die selbst von völkischen Terroristen an Leib und Leben bedroht waren und rechtens zu den schutzbedürftigen Republikanern zählten, sich gegen das Gesetz verwahrt, es als unmoralisch und verfassungswidrig abgelehnt. Aber damals war es noch ganz als Abwehrmaßnahme gegen rechts gedacht. Es entstand ja unter dem niederschmetternden Eindruck des Rathenau-Mordes, es entsprang dem Bewusstsein eines Notstandes: Es war das offenkundige Eingeständnis, dass die Regierung sich auf ihre Organe: Justiz, Militär, Polizei, nicht verlassen könne und deshalb gezwungen sei, sich ein neues außerordentliches Instrument zu schaffen. Es war also ein Ausnahmegesetz zur Verteidigung der Republik, und die Republik schien 1922 wirklich nur noch kurz befristet zu sein.

Die Unglückspropheten haben recht behalten. Das Gesetz hat seine Funktionen niemals erfüllt. Die Monarchisten haben seine Schärfe niemals wirklich zu spüren bekommen, leidtragend war allein die äußerste Linke. Aufgrund des berüchtigten § 7 Ziffer 4 erklärte der Staatsgerichtshof die Tendenzen der Kommunistischen Partei für hochverräterisch und eröffnete die Serie der Kommunistenprozesse, die ein so bedeutender Jurist wie der verstorbene Moritz Liepmann in Grund und Boden kritisiert hat. Als das Gesetz im vergangenen Sommer durch einen kleinen Revancheakt der Wirtschaftspartei ganz unerwartet in die Versenkung fiel, atmete man ringsum erleichtert auf. Denn die Judikatur des Staatsgerichtshofes war schon lange zu einer Quelle von Blamagen und Skandalen geworden. Die Ausführung des Gesetzes deckte sich nicht mehr mit seinem Inhalt, und die Gerichte selbst kümmerten sich nicht mehr um die Gründe, die zu seiner Schaffung geführt hatten. Das Gesetz wurde von der linksradikalen Arbeiterschaft als ein Instrument bürgerlichen Klassenkampfes empfunden. Denn so, genau so, wurde es ausgeübt. Es war zur Lüge geworden.

Das neue Gesetz bedeutet eine ernste Verschlimmerung, indem es jedem willkürlichen Auslegungsversuch die Möglichkeit gibt, alle verfassungsmäßigen Barrieren zu überspringen. Gefallen ist der sogenannte Kaiserparagraf – Wilhelm II. kann also ruhig nach Deutschland zurückkommen –, es fehlt jede Handhabe, gegen einen der frühern Fürsten vorzugehen, der sich zum Mittelpunkt monarchistischer Umtriebe macht, es fehlt in diesem seltsamsten aller zum Schutze einer republikanischen Staatsform bestimmten Gesetze jede Bestimmung, die monarchistische Tendenzen und Propaganda und aggressiv zur Schau gestellte monarchistische Traditionen trifft und verhindert. Günstigenfalls wird einmal ein erkennender Richter, der, sagen wir, das »Berliner Tageblatt« liest, aufgrund des Gesetzes auch ein paar nationalsozialistische Krawallbrüder einbuchten. Da aber die Mehrzahl unsrer Richter etwas weiter rechts hält, ein nicht zu ignorierender Teil davon, wie viele Provinzprozesse bewiesen haben, die Nationalsozialisten als eine auf dem Boden unerschütterlicher Legalität wandelnde Partei betrachtet, so wird nicht einmal das häufig eintreten. In der Praxis wird jede einzelne Ziffer zu einer hartkantigen Waffe gegen kämpfende Arbeiterparteien werden, die nicht nur in der Politik, sondern auch in den gewerkschaftlichen Alltag hineinschlagen wird, indem jeder Arbeiter daraufhin abgeurteilt werden kann, der bei irgendeiner Lohnbewegung ein etwas zu populär gehaltenes Flugblatt verteilt. Das ist eben das Hinterhältige an diesem Gesetzentwurf, dass er abwechselnd mit den Begriffen »republikfeindlich« und »staatsfeindlich« operiert. Der Sozialist und Kommunist ist weder republik- noch staatsfeindlich, er tritt nur für eine andre Güterverteilung innerhalb des republikanischen Staates ein, und das ist ganz gewiss nicht verboten – ob diese Forderung nun ein einzelner erhebt oder ob sie eine Klasse zu ihrem vornehmsten Programmsatz erklärt. Soll aber der Emanzipationskampf der Besitzlosen allein für strafwürdig gelten, so führt das Gesetz einen falschen Namen. Dann hat es nichts mit Republikschutz zu tun und müsste von Rechts wegen »Gesetz zum Schutz des Geldsacks« heißen.

Wie Bismarck zur moralischen Infamierung seiner Gegner die Bezeichnung »Reichsfeind« prägte, worunter er schließlich alle verstand, die nicht seiner Meinung waren, so wird dies Gesetz unsre ohnehin enge und untolerante politische Existenz noch um den »Staatsfeind« bereichern. Und das soll der Befriedung dienen? Die Pestilenz ist das, Herr Minister, das alles vergiftende Stichwort, mit dem jeder lächerliche Denunziant jeden karrierefreudigen Staatsanwalt in Funktion setzen kann! Man möchte Ihnen, Herr Minister, einen Augenblick der Besinnung wünschen, wo Sie, fern von den Einflüsterungen reaktionärer Bürokraten, ganz nüchtern erwägen, dass auch Ihre Herrschaft und die Ihrer Partei zeitlich begrenzt ist und dass jede kommende deutschnationale Regierung dieses Ausnahmegesetz gegen Sie und Ihre Freunde mit gleichem Fug anwenden kann, wie Sie es gegen Ihre linksradikalen Gegner anzuwenden bereit sind. Wer die Hetzgeister dieses Gesetzes auf Deutschland loslässt, der muss entweder seine Macht und die seiner Freunde für ewig halten, oder er lässt sich von dem zynischen Nihilismus leiten, dass morgen die Sintflut kommt und dann doch alles aus ist. Für dies ärmlich maskierte Kommunistengesetz gilt das gleiche, was Wilhelm Liebknecht vor mehr als einem halben Jahrhundert den Machern des durch seine brutale Offenheit von dieser ängstlichen Kopie vorteilhaft unterschiedenen Sozialistengesetzes zurief: »Das Gesetz gegen die Sozialdemokratie ächtet die Freiheit, durchbricht alle

Verfassungsrechte. Die Verantwortlichkeit dafür falle auf diejenigen, welche es bringen! Der Tag wird kommen, wo das deutsche Volk Rechenschaft fordern wird für dieses Attentat an seiner Wohlfahrt, an seiner Freiheit, an seiner Ehre!«

(Die Weltbühne, 18. Februar 1930)

Der Film gegen Heinrich Mann

Wenn Herr Geheimrat Hugenberg zurzeit auch als Politiker einige Unannehmlichkeiten einstecken muss, so hat er doch als Ufa-Beherrscher einen vollen Sieg errungen. Der »Blaue Engel« ist nicht nur ein Geschäft, sondern auch ein christlich-germanischer Triumph über den Dichter Heinrich Mann. Das hat Herr Hussong, kurz vor der Premiere, mit unhöflicher Deutlichkeit ausgesprochen. Herr Hussong hat recht: Es ist ein Film gegen Heinrich Mann. Der »Blaue Engel« hat mit Heinrich Manns »Professor Unrat« so wenig zu tun wie der amerikanische Sintflut-Film mit der richtigen Sintflut.

Nicht ohne Bedauern nimmt man dies triste Ergebnis zur Kenntnis. Man kannte wohl die natürlichen geistigen Grenzen des hugenbergischen Filmreichs, aber trotzdem wagte man, an diesen ersten Ufaton ohne Tauberschmelz ein paar Hoffnungen zu knüpfen. Die ersten deutschen Tonfilme hatten nur den Reiz technischer Sensation. Doch hier war mehr gewollt worden. Hier war ein großer Stoff, ein bedeutender Regisseur, einer unsrer vorzüglichsten Darsteller. Hier war ein künstlerischer Ehrgeiz am Werk, etwas zu schaffen, das für lange Zeit die Generallinie des jungen deutschen Tonfilms bezeichnen sollte. Das Resultat ist ein larmoyantes, unintelligentes Spießerstück.

Als Bearbeiter zeichnen die Herren Vollmöller und Zuckmayer. Wahrscheinlich werden sie uns erzählen, dass ohne sie alles noch viel schlimmer gekommen wäre. Es wäre besser gewesen, sie hätten die vandalische Verballhornung des geistvollsten deutschen Romans den dramaturgischen Hausgeistern der Ufa überlassen. Es hätte nicht ärger werden können. Man muss eben nicht überall dabei sein wollen, meine Herren, man muss auch einmal einen Auftrag zerfetzt retournieren können.

Den Verfilmern hätte es zunächst darauf ankommen müssen, die geistige Essenz des Romans zu retten. Spuren solcher Bemühungen sind nicht mehr erkennbar. Der »Unrat« ist kein realistischer Roman, obwohl er seine Motive aus bürgerlichem Milieu holte und ein alter lübeckischer Schuldespot einige Züge hergeben musste. Ebenso wenig ist dieser Professor Unrat selbst ein Mensch von Fleisch und Blut, sondern eine bewusste intellektuelle Konstruktion, ein Demonstrationsobjekt, an dem alle Krankheiten des Schulbetriebs aufgezeigt werden. Dieser »Professor Unrat« ist voltairisch, nicht nur in seinem spitzen, boshaften Geist, nicht nur in der verwegenen sprachlichen Stilisierung, sondern auch in der Entschlossenheit, das Geschehen auf eine Ebene zu treiben, die jenseits aller Realität liegt. Deshalb ist ihm niemals ein breiter Massenerfolg beschieden gewesen. Früher war er als ketzerisch, als zersetzend verschrien, heute wünscht das Publikum die platte Handgreiflichkeit.

Der geistige Spaß hat in Deutschland niemals eine Heimat gehabt.

Bei der Ufa ist aus der funkelnden Satire die sentimentale Katastrophe einer gutbürgerlichen Existenz geworden, aus dem gespenstischen Scholarchen eine verwässerte Volksausgabe von »Traumulus«. Nichts ist geblieben von der stickigen Luft des alten humanistischen Gymnasiums, nichts von dem Hass, nichts von der Bangigkeit, nichts von der muffigen Pubertätslüsternheit der Schülerschaft. Nirgendwo ein dem Tonfilm gemäßes Motiv, nirgendwo ein szenischer Einfall, nirgendwo auch nur ein Bodensatz fotografischen Esprits. Dafür wird uns aber Unrat »menschlich nähergebracht«, der sich nunmehr, traun fürwahr, als ein wunderlicher älterer Herr in Glanz und Elend vorstellt. Er ist also nicht mehr der pädagogische Torquemada, wie aus dem Schulstaub von Jahrhunderten geformt, sondern ein durchaus mitleidwürdiger, lebensfremder Biedermann, der einer späten Passion verfällt und vom Kleinstadtklatsch und von dem halb unbewussten Dummenjungensadismus seiner Primaner zu Tode gehetzt wird. Traumulus. Wenn das Glockenspiel »Üb immer Treu und Redlichkeit« klappert, dann regt sich in dem strauchelnden Helden der gute Genius. So kompliziert sind die Mittel der Charakterisierung. Aber vielleicht ist das auch der eigne satirische Beitrag von Vollmöller und Zuckmayer. Die Herren hätten sich diese nützliche Melodie während der Arbeit vorspielen lassen sollen. Das hätte sie an ihre Verpflichtung gegen das Werk Heinrich Manns erinnert.

In dieser kümmerlichen Welt wandelt Emil Jannings wie ein Kentaur, den man in eine Zweizimmerwohnung gesperrt hat und der mit jedem Schritt das Mobiliar bedroht. Welch ein absurder Einfall, das breiteste Temperament, den ausladendsten, den niederländischesten aller unsrer Filmkünstler ein hektisches Knochengerüst spielen zu lassen. Für die geringe Spannweite des ganzen Plans hätten Chargenspieler wie Falckenstein oder Picha, Spezialisten für Eckigkeit und Verkniffenheit, auch genügt. Das Ereignis bleibt nur Marlene Dietrich. Weiß Gott, ob dieser Frau ein zweites Mal so etwas gelingen wird, aber dies hier macht ihr in den Filmateliers einiger Kontinente niemand nach. Dieses herrlich laszive Gesicht, diese hagere stelzende Gestalt mit den schäbigen Seidenhöschen und den unwahrscheinlichen schwarzen Gummistrumpfbändern gehört zu den wenigen wirklich großen Filmeindrücken seit Jahren.

Hier und nur hier ist jener Witz der Linie, der die Verfilmung eines so unmateriellen Romans rechtfertigt. Die Dietrich allein verteidigt den Geist Heinrich Manns in diesem Film gegen Heinrich Mann.

(Die Weltbühne, 29. April 1930)

Die Blutlinie

Es sind diesmal noch keine Knochen, sondern nur für 50 000 Mark Fensterscheiben zerbrochen worden. Ein Café am Tiergarten, ein paar Warenhäuser wurden en passant mit Steinen beehrt. Darunter eines, das seit zwei Generationen getauft ist, und ein andres, das keine jüdischen Angestellten leidet. Auch der gleichfalls bedachten Bank des Herrn Jakob Goldschmidt lässt sich nicht nachsagen, dass sie Ideen fördert, die nach der Auffassung rechts der Zersetzung dienen.

Dieses der Stärkung des deutschen Kredits gewidmete Unternehmen fand statt, während hundertacht Gelbhemden im Reichstag fröhlich ihr Analphabetentum manifestierten. Beim Namensaufruf wurde der Herr Abgeordnete Heines von der Linken mit dem Rufe »der Fememörder« begrüßt, worüber er mit geschmeicheltem Lächeln quittierte. Auch im Wahlkampf ist Herr Heines auf Plakaten als Fememörder vorgestellt worden, und das hat ohne Zweifel zugkräftig gewirkt. Die Quiriten haben ihn aufs Capitol geschickt, weil er gemordet hat. Es gilt festzuhalten: Es gibt in Deutschland Bürger, die jemanden wählen, weil er an einem feigen Mord im Hinterhalt beteiligt war.

Nach der Meinung Unterrichteter kommt die Offensive gegen die Leipziger Straße nicht auf das Konto der Oberleitung, sondern auf das des Hauptmanns Stennes und seiner Sturmabteilungen. Herr Stennes ist nämlich bei der Mandatsverteilung übergangen worden und hat schon neulich dem Osaf seine Unzufriedenheit darüber drastisch bekundet. Ist Herr Stennes weniger als andre? Auch an seinem Ruhm klebt Mord, er hat sich redlich bemüht, die Feme in der preußischen Polizei zu beheimaten. Er hat trotzdem kein Mandat bekommen, er ist böse, er arrangiert einstweilen auf eigne Faust Herbstmanöver.

Man darf die Hitler-Bewegung nicht allein nach den Zivilmäulern der Feder und Strasser beurteilen, man muss vor allem auf ihre militärischen Fäuste schauen. Die Organisationen sind gespickt mit Offizieren aus der

Freikorpsepoche. Diese Killinger, Heines, Stennes, Göring kommen alle von Ehrhardt-Roßbach und vom Baltikum. Sie fühlen sich nicht Hitler dienstbar, sondern ihren alten Chefs. Sie sind die Parasiten in der neuen Firma, sie tragen andre Interessen hinein, ohne die neue Kasse zu verschmähen, aber sie sind unentbehrlich, weil Erfahrung und gute Nerven sie überall für die Exekutive empfehlen. Der kleine Goebbels ist für solche Schwerarbeit nicht ohne Riechfläschchen denkbar, der Schlag Heines reibt sich am Gras das Rot von den Händen und geht zum Eisbeinessen.

Es gibt ein paar Dutzend Freikorpsoffiziere, skrupellose, fanatische, beutegierige Abenteurer, die an allen nationalistischen Aktionen seit zwölf Jahren beteiligt sind. Es führt eine Linie vom Eden-Hotel und dem Baltikum über Kapp und O. S. weiter zu den Ministermorden, der Schwarzen Reichswehr und dem Ruhrkampf, zu den Wahlraufereien und den zerbrochenen Scheiben in der Leipziger Straße. Vor ein paar Monaten wurden am Rhein auf Geheiß der Partei die Häuser wirklicher oder vermeintlicher Separatisten demoliert, diesmal wird sehr gegen ihren Willen, an dem Tage, wo sie sich als salonfähig erweisen möchte, eine kleine Fensterscheibenattacke geritten, denn die Helden murren ob der Untätigkeit. Viele Politiker sind seit 1918 gekommen und verschwunden, geblieben ist eine Camorra von unbeschäftigten Offizieren, die ständig im geheimen neue Leute anzieht und in ihre Geschäfte verstrickt. Lest im Buche von Gumbel nach oder in den Protokollen der vielen Prozesse, ihr werdet immer die gleichen Namen finden. Ihr werdet finden, dass der Kaufmann X, ein belangloser

Zeuge für das Alibi des Hauptmanns Y, nach ein paar Jahren wieder als Zeuge in einer Bombenleger- oder Verschwörersache auftaucht. Es geht eine Blutlinie durch die zwölf Jahre Republik. Die Gerichte haben sie niemals ernsthaft bloßgelegt. Ein einziger konsequent zu Ende geführter Ehrhardt- oder Roßbach-Prozess hätte uns den ärgsten Zauber der neuen Hitler-Macht erspart.

Diese Offiziercamorra ist die wirkliche Nährerin des Bürgerkriegs gewesen. Sie hat die Schützengräben in die innere Politik eingeführt. Sehr klar hat das jetzt der jüdische Historiograf des deutschen Nationalbanditismus, Herr Arnolt Bronnen, in seinem sonst höchst langweiligen Roßbach-Buch gesagt. Er gibt dort einmal die Stimmung Ende dreiundzwanzig wieder: »... vorbei für immer war die Epoche, in der man noch mit den Impulsen des Krieges Deutschland und die Nation umgestalten konnte, in der man Versailles mit Versailles und Rathenau mit Schüssen bekämpfen konnte.« Trotzdem sieht der monokelbewehrte Bronnen zu schwarz: Diese Epoche ist nicht vorüber, denn ihre Träger sind noch da. Vor zehn Jahren kämpften sie fürs alte Reich und für die Dynastie; heute tragen sie das Kostüm des gelben Sozialismus. Ihre Sprache hat sich verändert, ihr Beruf nicht.

Wie gern möchte man mit einem Appell die Vernunft zur Opposition entzünden, mit dem guten Feuer des gesunden Menschenverstandes diese Pest ausbrennen. Dank sei Thomas Mann, dass er aus der Reihe der schweigenden Geistigen heraustritt, wenn auch nicht mit der Vehemenz Emile Zolas. Es ist etwas kernfaul an diesem Volk, das ein Individuum zum Deputierten wählt, weil es ihm als Mörder empfohlen wird. Hier lässt sich mit Literatur nicht mehr kämpfen. Ist es nicht ein Jahrhundert her, dass uns der Triumph des Kriegsbuches von Remarque als eine spontane Wandlung zum Friedensgeist gedeutet wurde? Wir haben dem damals bei aller Anerkennung der Qualitäten des gutmeinenden Autors widersprochen. Die Friedensgesinnung ist dahin wie der Schnee vom vorigen Jahre. Denn so bunt gemischt die Wählerschaft des Nationalsozialismus auch sein mag – sie hat sich doch dazu bekannt, dass Gewalt nach innen und außen das einzige noch mögliche Prinzip darstellt. Gegen eine Million Remarques recken sich sechs Millionen Kriegsbeile.

(Die Weltbühne, 21. Oktober 1930)

»Erfolg« ohne Sukzess

Lion Feuchtwangers zweibändiger Bayernroman »Erfolg«, von dem hier vor einigen Wochen ein Kapitel wiedergegeben wurde, hat im Allgemeinen eine herzlich schlechte Presse gefunden. Dem einen ist die Geschichte zu bayrisch, dem andern nicht bayrisch genug. Dem einen zu politisch, dem andern zu privat. Ganz besonders unerbittlich hat sich ein junger Rezensent, der sich für den Schützenkönig hält, weil ihm seine Zeitung eine Windbüchse anvertraut, und der darüber vergisst, dass er einstweilen selbst noch eine ausgezeichnete Schießscheibe abgibt. Dieser Rezensent also findet es nicht fein, dass Feuchtwanger einen Strafgefangenen im Todeskampf den Kotkübel umreißen lässt. Nun, solange der Strafvollzug noch eine durchaus barbarische Institution ist, so lange hat der Romancier auch nicht das Recht, den Gefangenen in apollinischen Linien sterben zu lassen und ihm statt des Kotkübels eine rosenduftende Amphora ans Lager zu stellen. Stilisierung wäre hier Lüge.

Ich möchte nicht alle gegen Feuchtwangers Buch erhobenen Einwände wiedergeben, sondern mich nur auf die Bemerkung beschränken, dass etliche von den Kritikern die meisten davon vor ein paar Monaten noch nicht geltend gemacht hätten. Mindestens in der liberalen Presse wäre es als Meisterleistung eines Zeitromans gefeiert worden. Heute hat man sich an der Reportage, den Zustandsschilderungen, der sozialen Kritik gründlich den Magen übergessen. Der Nationalismus ist die große Mode. Die politische Reaktion ist schon da, die ästhetische schreitet fort. Feuchtwangers Roman, in einer ganz andern Zeit konzipiert und in langen Jahren sorgfältig ausgeführt, wirkt jetzt wie ein Nachzügler. Inzwischen ist die Romantik eingebrochen, der Naturalismus hat wieder ausgespielt. Man ist wieder ritterlich, man sitzt träumend im Remter, und an die Stelle von Herrn Professor Van de Veldes heidnischer Liebestechnik tritt die hohe, reine Minne. Die soziale Anklage sinkt im Kurs, die Aktien von Narciß & Goldmund steigen. Das absinkende Bürgertum zelebriert ein letztes Mal noch ein Biedermeier ohne alle Biederkeit. Dreieinhalb Millionen Arbeitslose nehmen sich, durch Butzenscheiben gesehen, viel manierlicher aus, fast wie ein Pilgerzug ins Heilige Land.

Der Roman von Feuchtwanger umfasst die turbulente Geschichte der bayrischen Hochebene von zwanzig bis dreiundzwanzig. Wir sehen das stolzgeschwellte Bayern, das sich zu globaler Mission rüstet, die Zeit der Verschwörungen, die Blüte der Bünde, dann die Novemberexplosion, und am Ende bleibt wieder eine etwas langweilige Provinz. Feuchtwanger hat viele Figuren aus dem München jener Zeit hineingetan. Adolf Hitler fehlt sowenig wie Bert Brecht; alle heute schon fast vergessenen Größen dieser bayrischen Jahre treten in dünner Maskierung auf. Feuchtwangers Gestaltungswillen wollte viel umfassen; allzu viel für zwei Hände. Die Komposition entglitt ihm, und er versuchte, sie durch einen Trick zu ersetzen. Der Trick seiner Erzählung ist die Distanz. Feuchtwanger zeigt diese krampfhaft geblähte kleine bayrische Weltkugel wie durchs Teleskop. Gelegentlich gibt es erläuternde Einschiebsel, Zahlen, politisches und ökonomisches Material zum Verständnis des Lesers, der sich nicht selbst ans Fernrohr bemühen will, sondern sich die Sache lieber in wohlgesetzter Rede vortragen lässt. Das ist die bedenklichste Schwäche dieses Buches, die Dinge kommen nicht nah genug heran, bleiben ein fernes Gekribbel und Gewimmel, von einem klugen, sehr weltläufigen Herrn geschildert. Ein zweibändiges Epos kann nicht auf einem Trick beruhen. Die Bewohner dieses Landes Bayern sind gewiss sehr merkwürdig, aber selbst die noch viel kuriosern Provinzen Gargantuas oder Gullivers werden ja nicht im Guckkasten gezeigt: der Leser lebt in ihnen, wird schließlich selbst ein Riese oder Däumling. Zugegeben, dass dieser Guckkasten Feuchtwangers durchweg sehr interessant ist und hoch über dem Flohtheater zahlreicher deutscher Romane steht, es bleibt nur die Erinnerung an ein beachtliches Kunststück.

So ist der letzte dieser vielen Zeitromane zugleich der kunstvollste von allen. Feuchtwanger hat daran mit mehr Fleiß gesessen, als es sonst bei einem deutschen Autor üblich ist. Die vielen Episoden sind aufs Liebevollste ausgepinselt, die Sprache ist sauber und ausgefeilt. Kein schöpferischer, aber ein denkender Kopf hat hier gearbeitet und für die Gesamtwirkung fast zu viel gearbeitet. Nicht Personen haften, sondern Sentenzen, nicht Gesichter, sondern kluge, sarkastische und resignierende Bemerkungen. Etwas weniger Detail, und die »Histoire contemporaine« des Anatole France hätte, wenn nicht ihr deutsches, so doch ihr bayrisches Gegenstück erhalten.

Aber was tut das? Nicht die wirklichen Schwächen hat sich die liebe Kritik vorgenommen, sondern grade die besten Seiten. Eine Mode ist zu Ende, und die kritischen Totengräber des Naturalismus sind so eifrig tätig, dass es ihnen nicht darauf ankommt, einen Lebenden, der sie stört, gleich mit ins Grab zu werfen. Der Fascismus tritt über die Politik in die Literatur ein. Was sollen da Autoren, die noch mit den Emblemen der republikanischen, der sozialistischen und demokratischen Epoche kommen? Da gilt es, Abstand zu halten. Der Rezensent setzt sich hin und schreibt mit leerem Herzen und vollen Hosen seine ablehnenden Verdikte.

(Die Weltbühne, 11. November 1930)

Der junge Fridericus

Die deutsche Revolution hat neben manchem andern auch versäumt, die Siegesallee abzutragen. Sie fand nicht den Mut, in einem symbolischen Akt die alte Zeit zu zerstören. Diese halb komische, halb herausfordernde Freiluftpuppenstube des letzten Hohenzollern hätte in tausend Stücke zerschlagen werden müssen. Allerdings gibt es auch bleibendere Zeugnisse des Königtums als die von Eberlein, Uphues et cetera gebackenen Kunstfiguren. In Potsdam geht noch heute der Mann mit dem Dreispitz um. Begegnete er uns dort im Dunkeln, wir würden kaum auf den Gedanken kommen, zu sagen: »Guten Abend, Herr Gebühr.« Die Hohenzollern haben im Zug der Jahrhunderte ein paar Erznarren und sehr viel gleichgültigen Durchschnitt produziert, aber nur ein wirkliches Original, das mit ein paar Spritzern Höllenfeuer getauft ist. Die byzantinische Historiografie zählt Friedrich zu den größten Regenten, die jemals gelebt haben; sie hält jeden Kriegerischen schlechtweg für einen Großen und auch für den geborenen Bewältiger aller Friedensaufgaben. Niemals jedoch ist Friedrich ein Soldat der Idee gewesen, seinen Kriegen fehlt das Kreative. Aus dem vergossenen Blut einer Generation spross kein neues Leben, auf den Schlachtfeldern dreier Kriege wuchs, in des Wortes traurigster Bedeutung, kein Gras mehr. Diese Kriege waren Kabinettskriege, dazu bestimmt, das graue Gefängnis preußisches Vaterland um ein paar neue Gelasse zu erweitern. Erst als Friedrichs ruhmreiches Instrument, seine Armee, viel später unter dem rasanten Feuer napoleonischer Regimenter niederbrach, da flossen Licht und Luft in den alten Kerker hinein.

Ein ränkevoller Staatsmann, ein oft bedeutender Feldherr, als Regent ein skurriler Tyrann, in seinen Folgen ein namenloses deutsches Nationalunglück – das war Friedrich. Die preußische Geschichtsschreibung ist indessen noch heute »fritzisch« gesinnt. Der schottische

Puritaner Thomas Carlyle, übrigens auch ein sehr unebener, sehr egozentrischer Charakter, hat Friedrich eine vielbändige, noch immer gelesene Verhimmelung gewidmet. Messerscharf und klar steht dagegen der knappe kritische Essay des Liberalen Thomas Babington Macaulay. Franz Mehring hat in der »Lessinglegende« den friderizianischen Staat erbarmungslos seziert und von dem Regentenruhm wenig übrig bleiben lassen. Seit einem halben Dutzend Jahren ist nun der Architekt Werner Hegemann wie zu einem persönlichen Duell gegen die preußischen Kriegerkönige angetreten. Sein »Fridericus« war ein intellektuell gepanzerter Widerspruch gegen sinnlos nachgeplapperten Legendenkram. Es war ein schwieriges Buch, in seiner nicht leicht zu bewältigenden Form zugleich ein höchst eindringlicher Protest gegen die flotte Büchermacherei dieser Zeit. Jetzt folgt ein zweites Buch zum gleichen Thema, »Das Jugendbuch vom Großen König« (Jakob Hegner, Hellerau), ein schönes, einfach geschriebenes Buch, das ohne Übersteigung intellektueller Hürden zu erreichen ist, ein Werk, das ganz breiten Erfolg haben müsste, der zugleich ein Erfolg des besten deutschen Geistes sein würde.

Das Duell eines Schriftstellers mit einem toten preußischen König –? Das brauchte in einem andern Fall als dem Hegemanns nicht mehr zu sein als eine Marotte. Denn was wäre ein Kampf gegen Sarkophage, wenn nicht deren schwere granitene Deckel auch noch fühlbar auf unsrer Zeit lasteten ... Zwischen dem ersten und zweiten Friedrich-Buch hat Hegemann das »Steinerne Berlin« geschrieben, die Chronik vom Wachsen einer

Millionenstadt. Hier erst ist mir sein Hass gegen die einstigen königlichen Herren der Stadt Berlin ganz verständlich geworden. In der engen trostlosen Anhäufung von Mietskasernen, in dem traditionellen Wohnelend der Hauptstadt sieht er die Sünde der preußischen Könige zu Mauerwerk erstarrt, hier ist die verbissene Militärpolitik der Hohenzollern für Jahrhunderte Stein geworden. Hier ist zugunsten des Militarismus alles ungeschehen geblieben, was dem Organismus Stadt Leben, Gesundheit, Farbe gibt. Die Kasernenfantasie der Soldatenkönige ist hier Schicksal für viele Generationen kranker Kinder, leidender Familien geworden.

Den größten der Könige holt sich Hegemann in seinem neuen Buch heraus, das von dessen konfliktreicher Jugend handelt. Wie oft sind diese Vorgänge und Zustände nicht schon erzählt worden: dieser Kampf mit dem Vater, die Einkerkerung, die Hinrichtung Kattes, dieses rohe Hofleben und dieser grässliche, alles armfressende Militärfimmel. Es ist seltsam, dass diese Dinge hier neu und erstmalig wirken. Bei Hegemann stellt sich sofort dieselbe Wirkung ein wie bei Franz Mehring: Die Beziehung zur Gegenwart ist da. Die Gamaschenideologie dieser Zeit lebt ja noch, die Irrlehre von der Omnipotenz des Staates und der bewaffneten Gewalt als Universalmittel, das ist noch gegenwärtig, und wir erleben hier durch einen ebenso hinreißenden wie gewissenhaften Berichterstatter die Geburtsstunde der preußischen Macht. Hegemann erlaubt sich einmal die bitterböse Ironie, ein Gedicht zu zitieren, das ganz und gar wie ein traditioneller friderizianischer Hymnus wirkt:

Und plötzlich sieht man Fahnen wehen
von einer nie erschauten Art.
Kolonnen ziehn, die Trommler gehen,
und hunderttausend Männer stehen
um einen Willen fest geschart.

O nein, es geht nicht auf Fridericus, sondern auf Adolf Hitler.

So zieht bei Hegemann in einem Stück preußischer Staatsgeschichte die Jugend Friedrichs vorüber. Noch immer dramatisch genug, aber mit den Augen des Psychologen gesehen. Nicht mehr »zwei Welten« stehen sich gegenüber, nicht zwei Ideen, sondern zwei Neurastheniker schlimmsten Kalibers. Der Vater: eine Bestie, die sich sadistisch austobt und dafür den ganzen Staat zur Verfügung hat, der Sohn: feige, schmuddlig, intrigant, gewissenlos und eitel wie ein Narziss – kein junges Heldenleben, »Krankheit der Jugend«, mehr nicht. Vieles davon verwächst sich später, nichts an dem kalten bewussten Machiavellisten erinnert mehr an den fantastischen Jüngling. Wie solide die Hohenzollern seelisch konstituiert sind, wie quicklebendig sie die eigne Schmach und die Leiden andrer überstehen, das erleben wir jetzt ja an dem Beispiel von Wilhelm und Filius, die sich auf den Gräbern des Weltkrieges ihr behagliches, von der Republik hochdotiertes Privatierdasein gebaut haben. Der junge Leutnant Karte ist bekanntlich als abschreckendes Beispiel für den Kronprinzen in Küstrin hingerichtet worden. Als Friedrich König wurde, erhob er zwar den Vater Kattes in den Grafenstand, aber als später der alte Mann sich mit der Bitte an ihn wandte, seinen unehelichen Sohn doch für legitim zu erklären, da schrieb er an den Rand des Gesuchs ... Nun, was schrieb er wohl zu dem Gesuch eines Vaters, dem er durch seine Torheit einst den Sohn geraubt hatte? Er schrieb in seinem berühmten Marginalstil: »Wer wird alle hurkinder naturalisieren?« Diese Hohenzollern sind immer eine verdammt gesunde Familie gewesen.

(Die Weltbühne, 23. Dezember 1930)

Zur Reichsgründungsfeier

Wir haben wieder einen Nationalfeiertag bekommen, von dem die Republik nichts weiß. Die Verfassungsfeiern wickeln sich Jahr für Jahr in dürrer Schematik ab, der 9. November ist für die Patrioten ein Tag der Schande. Jetzt haben die Offiziellen endlich etwas gefunden, das ihre Hemdbrüste wogen lässt: den 18. Januar, den Tag, an dem Bismarck als Verwirklicher der kleindeutschen Pläne für die preußische Dynastie von Deutschland Besitz ergriff. Ein strammer Borusse, der Fürstenanwalt Everling, beklagt in einem Zeitungsartikel, dass Preußen am Reiche zerbrochen sei. Nun, so schlimm war's nicht. Vielmehr hätten diejenigen, welche vorgeben, die großdeutsche Idee zu vertreten, Veranlassung, am 18. Januar auf halbmast zu flaggen. Denn damals wurde das Werk von Sadowa vollendet, der preußische Raubstaat triumphierte über Deutschland, damals wurde die deutsche Nation für immer zerrissen. Im ersten Versailles, nicht im zweiten von 1919, sind einige jener Minoritätenfragen entstanden, derentwillen deutsche Nationalisten von heute Europa am liebsten mit Krieg überziehen möchten.

Unmittelbar nach dem Zusammenbruch schrieb jener alldeutsche Pamphletist, der sich Junius alter nennt, eine Broschüre mit dem Titel »Das deutsche Reich – eine historische Episode?«. Zieht man das Fragezeichen ab, so hat der Mann ganz und gar recht: Bismarcks Reich ist wirklich nur eine historische Episode gewesen. Zurückgeblieben ist ein ins Elend geworfenes Volk, dem der schnell vorübergerauschte Glanz und Schall des Kaisertums den Verstand verwirrt hat, das nicht mehr weiß, was es will, und dem nur ziemlich klar ist, dass es mit der demokratischen Republik nichts anfangen kann. Stünde die Vernunft höher im Preis, so müsste man wenigstens zugeben, dass die Republik von Weimar, so unzulänglich ihre Praxis auch gewesen sein mag, doch einen Willen zur Form aufweist, während Bismarcks Fürstenbund eine welthistorische Monstrosität war, ein staatsrechtliches Kuriosum, das sich nur durch Diktatur im Innern und durch eine geniale Außenpolitik helfen konnte. Die Epoche Bismarcks war die der Industrialisierung, des ökonomischen Aufschwungs. Statt der politischen Freiheit, für die der Bürger noch zwanzig Jahre vorher auf die Barrikade gegangen war, bekam er die geschäftliche Prosperität.

Vielleicht ist das der Grund, weshalb der Bürger heute so inbrünstig die Reichsgründung feiert. Denn das war sein Reich; wenn ihm auch der Staat eine Kröte nach der andern zu schlucken gab, so verdiente er doch sein gutes Geld dabei, so regierte er zwar nicht im Lande, wohl aber im Geschäft, in der Fabrik, in der Familie. Kein kulturelles Band verknüpft uns mehr mit 1870 oder 1880. In dieser Zeit des höchsten politischen Glanzes waren Geist und Künste in die faulsten und fettesten Niederungen versunken. Was diese Jahre überdauert hat und noch zu uns spricht, hielt wenig von Bismarck und seinem Reich. Anton von Werners naturgetreue Uniformlitzen, die abscheulichen Klapperverse hochgemuter Poeten, der bunte Trompeter von Säckingen auf der Barttasse – das sind so die Reliquien aus dieser glorreichen Zeit. Am Beginn des zweiten deutschen Kaiserreiches steht der furchtbar schneidende Protest von Nietzsches »Unzeitgemäßen Betrachtungen«, an seinem Ende Heinrich Manns »Untertan«.

Heute ist das Bürgertum wirtschaftlich ruiniert. Der selbstbewusste Besitzer von einst wankt verzweifelnd zwischen leerem Tresor und Gashahn. Das Geschäft ist überschuldet, und da, wo er zu herrschen gewohnt war, in der Familie, ist er Quantité négligeable. Die Söhne verdienen – soweit die verdienen –, ohne sich um antiquierte Vorurteile zu kümmern; die Töchter bringen ihre Liebhaber mit nach Haus. So ist es wohl begreiflich, warum die Ältern sich nach Zeitläuften zurücksehnen, wo sie noch etwas bedeuteten, wo sie Herren- und Besitzergefühlen nachgehen durften, Zucht und Sitte die Untergebenen, zu denen auch Frau und Kind zählten, in Unmündigkeit hielt. Warum aber die junge Generation, warum die Jahrgänge 1900 bis 1910 diesen Kult der Vergangenheit mitmachen, das mag der Teufel wissen. Kein junger Mensch von heute wäre mehr imstande, sich mit dem alten Obrigkeitsstaat und mit seiner in die privatesten Dinge reichenden Autorität ohne den leidenschaftlichsten Widerstand abzufinden. Den patriotischen Verehrern der Kasernenpflicht sei es gesagt: – wenn heute

Zwanzigjährige wie früher alten Drillunteroffizieren ausgeliefert werden sollten, sie würden am ersten Tage alles in Klump schlagen. Gegen schikanöse Finanzämter auf dem flachen Lande werden von aufgeregten Bauern Bombenanschläge unternommen – sagen wir ruhig: unter der schadenfrohen Genugtuung von mindestens achtzig Prozent aller Deutschen. Vergleiche man das mit der politischen Kirchhofsruhe vor ein paar Jahrzehnten. Deutschland hat sich in höherm Mäße republikanisiert, als die Freunde der Vergangenheit wissen, als den Republikanern selbst angenehm ist. Deren untilgbare Schuld lag in ihrer Zagheit, in ihrem Mangel an Führung im ersten republikanischen Jahrzehnt. Sie glaubten, die neue Zeit immer nur in vorsichtiger Dosierung verabfolgen zu können, sie zogen die Trennungsstriche nicht scharf genug, und anstatt sich als die Bahnbrecher einer andern Ära, als die Stürzer des Bismarckschen Reichs zu rühmen, gaben sie vor, dessen Ablösung, dessen Vollendung zu sein. So stehen sie in traurigem Zwielicht da, nicht hierhin, nicht dorthin gehörig. Aus alten Legenden und neuem Unsinn bereitete sich Deutschland eine neue verrückte Mixtur. Bismarck war trotz alledem eine Jahrhundertgestalt, Wilhelm II. – nun, ein nicht unbegabter Jahrmarktskünstler –, wer aber ist Adolf Hitler? Wie groß muss die geistige Versumpfung eines Volkes sein, das in diesem albernen Poltron einen Führer sieht, also eine Persönlichkeit, der nachzueifern wäre! Wie groß muss die psychologische Unfähigkeit dieses Volkes sein, sein mangelnder Instinkt für Echtheit und Falsifikate! Nun, Hitler wird niemals das Dritte Reich verkünden, Hitler wird untergehen, aber mit ihm jene erste republikanische Generation, die ihn mit ihren Fehlern und Unterlassungssünden, mit ihrem beduselten Optimismus gradezu gezüchtet hat.

Zu den vielen Unfassbarkeiten des republikanischen Regimes gehört die offizielle Begehung eines nicht mehr als dynastischen Vorfalls, wie es die Reichsgründung gewesen ist. Am 18. Januar 1871 soll die deutsche Einheit vollendet worden sein? An diesem Tag ist sie durch die Begründung des kleindeutschen Kaisertums der Hohenzollern für immer gesprengt worden. Als Wilhelm Liebknecht 1870 die Kriegskredite ablehnte und später das Bismarcksche Reich bekämpfte, da war diese Haltung weniger aus sozialistischer Doktrin zu erklären denn aus großdeutscher und schwarzrotgoldener Erinnerung, aus der Tradition eines kombattanten Achtundvierzigers. Wer heute beklagt, dass so viele Deutsche außerhalb des Reichs leben, der mag die gefräßige und engherzige Hauspolitik der Hohenzollern dafür schuldig sprechen. Niemals wieder wird es eine einheitliche deutsche Nation geben. Wenn einmal der große Schlusskampf zwischen Kapital und Arbeit ausgefochten wird, dann werden zwar die Grenzsteine wieder wanken, aber dann werden Klassen gegeneinanderstehen und nicht mehr Nationen.

Sie mögen ihr Reich feiern, die Fragmente der ehemaligen Herrenkaste, die Militärs, die hohe Bürokratie, die Besitzer von Geld, Land und Menschen. Die Republik hat damit nichts zu tun. Die Republik nennt diese amtliche Feierei Verrat an ihrem Geist, unverzeihliche Konzession an ihre monarchistischen und faschistischen Feinde. Denn die Republik ist geschaffen und gehalten worden von jenen, auf die das Kaiserreich seine Gendarmen und sein Sozialistengesetz hetzte. Solange die Reste dieser Epoche nicht getilgt sind, begeht der neue Staat ein Verbrechen an seiner Existenz, das anzubeten, was noch nicht verbrannt ist. Erst vor der Aschenurne des zweiten deutschen Kaiserreichs mögen alte Leute ihre Trauerzeremonien abhalten, junge Menschen in Pietät den Hut lüften. Noch läuft zu viel von dem Unwesen der Kaiserzeit lebendig herum, als dass es erlaubt wäre, sie als verehrungswürdige Vergangenheit zu behandeln. Strenggenommen fällt diese ganze Festivität unter das Republikschutzgesetz, diese Republik müsste sich beim Vierten Strafsenat selbst denunzieren.

(Die Weltbühne, 20. Januar 1931)

Winterkönig

Die nationalsozialistische Fraktion hat den Reichstag mit einer wilden Kriegserklärung verlassen. Da sie ohnehin auf antiparlamentarischem Boden steht, bedeutet dieser Schritt mehr als eine Obstruktion, nämlich ein Bekenntnis zu revolutionären Mitteln. Der Augenblick ist dazu nicht günstig. Hitler, dem Spiel der großen Politik nicht gewachsen, hat mit den Seinen die Flucht in die Hysterie vollzogen. Den bürgerlichen Parteien wird die Sache etwas unheimlich. Dingeldey rückt ab, das Landvolk rückt ab, sogar die »Deutsche Allgemeine« will nicht mehr mitmachen. Niemals hat es Anbiederung, niemals Fühlung wegen Regierungsbeteiligung gegeben. Ein Individuum namens Seeckt hat niemals gelebt. Alle sorgen mit einem Mal für Abstand, und in den Brutanstalten des Dritten Reiches hält die preußische Polizei Razzien ab.

Infolgedessen haben auch liberale Blätter, die seit dem 14. September nichts unversucht gelassen haben, um der neuen Mode entsprechend möglichst aufgenordet zu erscheinen, wieder Courage bekommen und blasen hinter dem fliehenden Feind Viktoria. Wir raten zu größerer Vorsicht, denn noch ist der Feind nicht allzu sehr geschlagen. Er kann plötzlich kehrtmachen und blind draufloshauen, und es wäre doch schade um diese Helden, die sich vor einem Feind, den sie für tot halten, unnötig exponieren. Es darf auch nicht ganz in den Hintergrund geschoben werden, dass nicht nur die Nazis, sondern auch die Rechte des Parlaments selbst eine empfindliche Niederlage erlitten haben. Was man etwas schamhaft Reform der Geschäftsordnung nennt, bedeutet für den Reichstag einen erheblichen Verlust an Befugnissen. Das Interpellationsrecht ist gründlich zerhackt, die Immunität von Abgeordneten in unentschuldbarer Weise preisgegeben worden. Es darf der Regierung nicht mehr das Misstrauen ausgedrückt, sondern nur das Vertrauen entzogen werden – ein nicht unbeträchtlicher Unterschied! Und schließlich müssen Anträge auf Ausgaben künftighin mit einem Deckungsvorschlag verbunden sein, eine Malice, die besonders bei sozialpolitischen Anträgen spürbar werden wird, denn die Heranziehung von einigen besonders fetten und überflüssigen Posten des Reichswehretats dürfte wohl nicht als geeignete Deckung aufgefasst werden. Der Reichstag sinkt damit in die Bedeutungslosigkeit der alten Zeit zurück, er wird wie früher zur reinen Jasagemaschine. Die Regierungsbürokratie wird in Zukunft ihre Erlasse beginnen: »Wir, Wilhelm von Gottes Gnaden ...«

Der Reichskanzler hat das Parlament mit der Drohung neuer Notverordnungen zu Paaren getrieben. Zwischen der Scylla des Artikels achtundvierzig und der Charybdis Hitler blieb den armen Deputierten nichts übrig, als den Etat zu genehmigen und eine Kappung ihrer eignen Rechte zu erdulden. Es gehört viel Optimismus dazu, hier von einer Aktivierung des Parlaments zu reden. Nennt man einen aufgescheuchten Geflügelstall aktiv? Die Sozialdemokratie aber, unfähig zu eigner Initiative, fährt im Winde einer fremden; sie muss dabei froh sein, wenn ihr eben noch gestattet wird, die Ruderdienste auf der schwarzen Galeere des Herrn Brüning zu übernehmen, obgleich sie weiß, dass der Hafen, wohin es geht, der Arbeiterschaft und ihren Gewerkschaften klimatisch nicht grade zuträglich ist. Aber es hilft nichts, die Partei muss rudern.

Herr Brüning, als Retter der Demokratie – ein feines Tableau, by Jove! Viel schärfer als die zu einer Fünfminutencourage erwachten Liberalen sieht die »Deutsche Zeitung« die Sache. Gewiss, sie sieht mit den Augen der Enttäuschung, aber sie sieht ohne Illusionen, wenn sie über Brüning schreibt: »Er übernimmt die Losungen der Rechten, wie es Stalin mit denen Trotzkis getan hat, und möchte die Rechte selbst in die Verbannung schicken.« Die Hiebe, die Brüning den Nationalsozialisten gegenwärtig verabfolgt, dienen ihrer Zähmung, nicht ihrer Vernichtung. Er schlägt als Pädagoge, nicht als Feind. Er bemüht sich nach Leibeskräften, dem zähen Fleisch Hitlers etwas Verstand einzubläuen. Gegen den Verbündeten Hitler hat er nichts einzuwenden, alles gegen einen Hitler, der den Chef spielen will. Er hat sich lange genug auf das Bündnis mit der äußersten Rechten eingerichtet und die Republikaner en canaille behandelt, er wird wieder anders können, wenn die erst Umworbenen, dann Geprügelten endlich etwas Vernunft annehmen.

Wäre die Ökonomie im Leben der Völker allein ausschlaggebend und die Persönlichkeit Nebensache, so müsste Hitler heute schon lange deutscher Diktator sein. Er hatte in all den Monaten Millionen Verelendeter für sich und hat sie noch heute. Aber was hat er damit gemacht? Er hat Deutschland in höherm Maße gehabt als Mussolini, ehe er nach Rom zog, und er hat es weder verstanden, die hinter ihm stehenden Kräfte legal noch revolutionär zu verwenden. Wenn von dem stolzen Tempel der deutschen Demokratie noch der eine oder andre Säulenschaft zurückbleibt, also nicht alles in Staub aufgeht, so liegt das an dem trefflichen Walten eines auch hierin deutschen Schicksals, dass nämlich der schreckliche Hammergott der deutschen Fascisterei noch unfähiger ist als seine Gegner. Vor jeder Entscheidung zog sich unser Dutsche flennend in sein seidenes Pyjama zurück und trank Kamillentee. Ein Winterkönig, der sich für ein paar weiße Monate etabliert und mit dem Schnee dahinschmilzt.

Eine Massenbewegung lässt sich vielleicht mit ein paar verlogenen Parolen arrangieren, aber damit allein nicht halten und weitertreiben. Der Nationalsozialismus mit all seinen sozialrevolutionären Phrasen ist und bleibt ein gelbes Unternehmen, eine reich dotierte Improvisation der Schwerindustrie, jäh emporgetragen von der Enttäuschung und instinktiven Rebellion des Volkes. Hätte Hitler bei den Verhandlungen mit Brüning vor ein paar Wochen etwas maßvollere Forderungen gestellt, so wären die beiden bald einig geworden. Aber er überspannte den Bogen so, als wäre ihm der Bruch lieber als der Pakt. Denn einmal in der Regierung, hätte die Partei Farbe bekennen müssen, dann wäre ihr Sozialradikalismus schnell als Schwindel entlarvt gewesen. Zudem drängt die Industrie auch auf einen mildern Ton gegen Frankreich, denn dort ist Geld zu holen; die wilden Rachetöne sind nicht mehr am Platze; kokettieren mit Moskau ist wieder völlig verfemt. Ein Klügerer als Hitler hätte auch dafür den dialektischen Dreh gefunden. Doch da versagte seine politische Intelligenz, er brach die Brücke ab und zog sich, alles verwünschend, in die Wildnis zurück, aus der er nur putschend oder manierlicher geworden wieder hervorkommen könnte, erkennend, dass er nicht zum Herrscher geboren ist, sondern nur zum Instrument.

Wir glauben allerdings nicht, dass ihm nur diese beiden Extreme übrig bleiben. Wahrscheinlich sind in diesem Augenblick schon die geschäftigen Vermittler am Werke, den grollenden Hitler aus seiner Einsamkeit herauszuflöten. Für solche Fälle ist doch Allvater Hindenburg da, der schon einmal Goebbels die Hand zur Versöhnung gereicht hat. So schneidige nationale Kräfte müssen zwar gelegentlich etwas zurechtgeschliffen werden, aber man darf sie nicht desperat machen, und schließlich kann man sie gegen die Roten auch nicht entbehren. Viel wichtiger als das, was Hitler für seine Person oder seine Partei erreicht, ist doch, was er für die gesamte deutsche Reaktion bereits durch seine bloße Existenz erreicht hat. Wirtschaftlich, politisch und geistig – überall Rückschritte und Kapitulationsstimmung. Die Republik ist eine leere Schale geworden, deren auch vorher nicht allzu reicher Inhalt von Herrn Brüning konfisziert worden ist, soweit ihn nicht die tapfern SA-Männer zertrampelt haben. Mögen die im Zeitungsviertel heute Viktoria blasen, morgen wird wieder eine andre Nummer aufgesteckt werden.

(Die Weltbühne, 17. Februar 1931)

Egal legal

Joseph Légalité

Während die nationalsozialistische Bewegung immer mehr anschwillt und immer breitere Volksmassen umfasst, schreitet der psychische Verfall der Führer in rapidem Tempo fort. Ein paar Millionen Deutsche werden von einer Handvoll Narren gegängelt. So war es früher auch, jawohl, aber diesmal ist der klinische Befund greifbarer. Im Münchner Parteipalais betätigt sich der Generalissimus als Innendekorateur, ein Gott, der hoch im Braun und Blauen über Ovationen und Missbilligungen thront. Nur Herr Doktor Joseph Goebbels steht noch munter im Gefecht, aber in was für einem. Tag für Tag schreibt er im »Angriff«; »was für ein brav Kerl« er ist, um mit Schelmuffsky zu reden. Selten wohl hat ein junger Geschäftsmann, der aus Sparsamkeitsgründen sein eigener Propagandachef sein muss, über sich selbst mit größerer Zufriedenheit Prospekte geschrieben. Goebbels kennt jetzt nur noch ein einziges wichtig zu nehmendes

Politikum: die eigne werte Person. Er benutzt jede Gelegenheit, um seinen männlichen Bewunderern und den Scharen germanischer Tempeljungfrauen, die sich um ihn drängen, von der Tüchtigkeit der Firma zu erzählen. Eine kleine Anpflaumung in einem Zeitungsartikel, die sich mit seinem nicht grade hundertprozentig proletarischen Lebensstil befasst, erwidert Goebbels mit einer umfangreichen Darlegung, wie, wo und wann er wohnt, was der Chauffeur kriegt et cetera. Kein Detail bleibt uns erspart. Nächstens wird Taillenweite und Hutnummer mitgeteilt werden, und was dann noch übrig bleibt, will ich lieber nicht erwähnen. Sonst schreitet die Zensur ein.

Es ist begreiflich, dass Goebbels auch sein Attentat haben musste. Ob die Zusendung von ein paar Knallbonbons an seine Adresse auf ihn selbst zurückgeht, ob es sich dabei um einen Ulk handelt, den sich jemand in Weinlaune mit dem Steglitzer Dutsche gemacht hat, jedenfalls hat sich der Retter Alldeutschlands aus eigner Berufung dabei nicht sehr heroisch aufgeführt. Wer Europa mit Giftgasgeschwadern überziehen, mindestens das deutsche Vaterland in ein kleines Bürgerkriegsgemetzel tauchen will, muss einen mit Kinderfeuerwerk ausgeführten Angriff auf das eigne körperliche Wohlbefinden mit besserer Laune ertragen. Doch dieser hysterische Zappelwisch von einem Tribunen bricht in ein unartikuliertes Gekreisch aus. Nun wäre dieses Zwischenspiel nur komisch zu nehmen, wenn es nicht vierundzwanzig Stunden später in Hamburg wirklich geknallt hätte, und das war kein Spielzeug. Damit stoßen wir auf ein ernsteres Thema. Denn tagtäglich werden im »Angriff« und den andern völkischen Blättern die wildesten

Abrechnungen mit den Gegnern in Aussicht gestellt. Täglich wird ein andrer zu den Leuten geworfen, »die wir uns aufsparen wollen für eine legale Abrechnung, die einmal kommt, wenn wir die Macht in der Hand haben«. Dieses Spiel begann, als Adolphus Rex vor dem Reichsgericht »rollende Köpfe« ankündigte. Und so geht es seitdem weiter, »natürlich gesetzlich, natürlich erst, wenn wir die Macht in der Hand haben«. Joseph Légalité, der unerbittliche Revolutionär, teilt in seinem Blättchen die tägliche Komplettierung der Ächtungslisten mit. Damals beim Leipziger Offiziersprozess hätte der Reichsanwalt sofort gegen Hitler vorgehen müssen. Was würde wohl der Anwalt eines monarchischen Staates gegen eine Oppositionspartei unternehmen, die für den Fall der Machtergreifung die Hinrichtung des Königs und seiner Minister in Aussicht stellt? Er würde von der Legalität Rechtens Gebrauch machen, und das Revolutionstribunal des kommenden Reiches säße zunächst einmal auf der Anklagebank des noch in Kraft befindlichen.

Schon sind aus Fememördern Femerichter geworden, und die Hamburger Meuchelmörder fühlen sich gewiss als Vollstrecker eines Rechts, das morgen schon herrschen kann. Eine schamlose Umwertung einfachster Begriffe von Anstand und Recht frisst sich mehr und mehr in die deutschen Gehirne ein. Der schlichte SA-Mann, der den Mitbürger mit den andern Farben am Rock wie ein böses Tier abschießt, betrachtet die Gegner einfach als politische Verbrecher, die zu bestrafen die schlappe Republik versäumt. So wird es ihm von den Führern eingehämmert. Die zynische und verlogene Parole »Wir bleiben legal« heißt schon lange nicht mehr: »Wir treten nicht über die Grenzen bestehender Gesetze«, sondern: »Wir lassen uns nicht ertappen und streiten alles ab.« Der Staat hat gemütlich zugesehen, bis sich aus Straßenraufereien und -schießereien allmählich bürgerkriegsähnliche Zustände entwickelten, und er reibt sich noch jetzt erstaunt die Augen, wo wieder eine neue Phase begonnen hat: die der offenen Attentate gegen bestimmte Personen. Zwei Morde in achtundvierzig Stunden, das ist ein verheißungsvoller Beginn. Man wird nicht mit einem Schlage das nationalistische Komitatschigesindel, das überall schussbereit im Gebüsch lauert, entwaffnen können. Aber diese elende, feige Phrase von der Legalität, die sollte man den Führern endlich aus der wohlgepflegten Hand schlagen, damit die Herrschaften nicht im sichern Bureau die Verantwortung für eine neue Mordwelle ohne große Beschwernis ableugnen können. Wie mannhaft wirkt nicht neben dieser Drückebergerei die Erklärung des inzwischen verstorbenen Pöhner im Münchner Hitler-Ludendorff-Prozess von 1924: »Aus meiner ganzen Einstellung mache ich kein Hehl. Ich habe dem Staatsanwalt erklärt: Was Sie mir jetzt als Hochverrat vorwerfen, dies Geschäft treibe ich seit fünf Jahren.« Auch Bürger Joseph Légalité, der vorsichtige Umstürzler, treibt dies Geschäft, aber mit Rückversicherung.

(Die Weltbühne, 24. März 1931)

UFA verbietet die Konkurrenz

Bei uns spielt die Filmzensur mit verteilten Rollen. In der ersten Instanz legt irgendein Fachmann namens der Fachgruppe C III Verwahrung gegen ein belangloses Detail ein. Erst in der zweiten Instanz findet die Zensur ihr historisches Vokabular wieder: »unsittlich«, »die Familie herabwürdigend«, »politisch bedenklich«.

Bei dem Granowsky-Film »Das Lied vom Leben« protestierte zunächst einmal ein Sanitätsrat im Interesse der Volksgesundheit gegen Szenen aus einer gynäkologischen Klinik, weil deren quälende Einzelheiten die Frauen von einer lebensrettenden Operation abschrecken könnten. Das war schon seltsam genug, aber die Kammer folgte dem. Doch in der zweiten Instanz, bei Herrn Ministerialrat Seeger, scheint davon nicht mehr viel die Rede gewesen zu sein. Denn hier wird das Verbot hauptsächlich damit begründet, dass der Film »eine Herabwürdigung der Ehe« bedeute. Das ist beste alte Terminologie. Doch der Genauigkeit halber sei hinzugefügt, dass auch die erste Instanz kaum etwas andres gemeint hat.

Das Verbot hat keine gesetzliche Unterlage und wirkt ganz kindlich, wenn man sich an den vorliegenden Sachbestand hält, es erhält jedoch seinen Sinn, wenn man es aus den Tendenzen entwickelt, die augenblicklich das Reichsinnenministerium beherrschen. Herr Doktor Wirth ist durch den sogenannten Kulturbolschewismus kopfscheu gemacht, dazu kommt noch die Nervosität des Katholiken, der die Kirche heute den heftigsten Angriffen von ganz rechts und ganz links ausgesetzt sieht. Herr Doktor Wirth hat vor Jahren einmal, als ihm die Berührungspunkte von Nietzsche und Hitler noch nicht so geläufig waren, die großen revolutionären Demokraten Heinrich Heine und Ludwig Börne in einer Rede gefeiert und ist dafür von Herrn Hussong furchtbar ausgeschmiert worden, weil sich das für einen gläubigen Katholiken nicht gehöre. Inzwischen hat sich die Distanz zwischen den Herren Wirth und Hussong erheblich verringert, und der Herr Minister denkt nicht daran, den legitimen Abkommen des Kulturbolschewismus von 1830 den Lorbeer auf die Stirn zu drücken, den er für ihre verblichenen Ahnen übrig hat. Für die Zensurkammern handelte es sich weniger um den Inhalt des Films als vielmehr um die Leute, die ihn präsentierten. Alexis Granowsky, der Moskauer Regisseur, und Walter Mehring, der Verfasser der Chansons, gelten als suspekte Figuren. Man will wieder eine »deutsche«, eine »bodenständige« Kunst, wie sie der zum Schaf gewordene Schäfer proklamiert hat und an der auch ein Fechter sich erheben kann. Granowsky und Mehring, diese Leute riechen nach »Zersetzung«. Vielleicht wäre es mit Arthur Rebner statt Walter Mehring besser gegangen.

Es ist heute nicht am Platze, sich mit einem Film ästhetisch auseinanderzusetzen, den die Zensur der Öffentlichkeit vorenthält. Weil er aber den wenigsten nur bekannt ist, müssen hier ein paar Worte über Form und Inhalt gesagt werden, Zunächst, das »Lied vom Leben« ist, trotz des russischen Regisseurs, kein Kampffilm, ganz ohne soziale Schlachtmusik, ganz fern dem, was man heute Zeitkunst nennt. Gemessen an den verwegenen Experimenten der Pariser Surrealisten wirkt Granowskys Film ziemlich lahm, gemessen jedoch an der deutschen Tonfilm-Produktion bildet er unbestreitbar vorgerückteste Avantgarde. Eine dünne, allzu dünne Handlung verschwebt à la Pirandello zwischen Traum und Wirklichkeit, die einzelnen Elemente sind nicht akzentuiert, sollen es, nach dem Willen des Regisseurs, nicht sein. Eine junge Frau flieht von der Hochzeit, um einem widerwärtigen Gatten zu entgehen. Von Angstvisionen gepeitscht, will sie ins Wasser gehn. Sie wird im letzten Augenblick zurückgehalten, und ihre Retter steigen mit ihr in den Tragkorb des großen Krans und zeigen ihr, hoch über dem Hafen schwebend, die unermessliche Schönheit der Welt. Später finden wir sie als übermütige Braut am Badestrand in den Armen des Geliebten, dann als junge Gattin. Wir finden sie in der Gebärklinik, an der Wiege des Kindes, endlich als Mutter, den Sohn ans Schiff begleitend, das ihn übern Ozean trägt. Traumhaft gleitet das alles vorüber. Aber ist es der Traum einer Selbstmörderin in den Sekunden des Versinkens, oder ist es die wirre Fantasie der auf den Operationstisch Geschnallten? Hier wird nichts klar, soll nichts klarwerden. Der Film ist eine lyrische Rhapsodie vom Aufgang und Verklingen des Lebens, ein jauchzendes Bekenntnis zur Natürlichkeit, ein Hymnus auf die Welt, die so viel besser ist als die Gesellschaft, die der törichte Mensch sich als Gefängnis errichtet hat. Grade diese Partien werden von den Versen Mehrings stark getragen.

Und worin, zum Teufel, soll eine Herabwürdigung der Ehe zu erblicken sein? Gewiss, in den einleitenden Bildern, dem ersten Meisterstück Granowskys als Filmregisseur, wird der bürgerlichen Gesellschaft heftig zugesetzt. Aber es kommt doch darauf an, von welcher Ecke und wie opponiert wird. Diese Opposition bleibt sachlich: Sie klagt nicht an, sie zeigt auf. Es gibt keine jener Frivolitäten und Zoten, von denen jede Tonfilm-Operette wimmelt, diese Opposition sticht gegen die

Unvernunft und Öde bourgeoiser Lebensform. Wir blicken auf eine Hochzeitstafel, das heißt, wir sehen zunächst nur den kauenden, mahlenden, schmatzenden Mund jedes der Teilnehmer. Dann erst wird sichtbar, wie die Frackmänner feintun, wie die Damen läppisch kokettieren. Ein Hogarthscher Einfall. Doch dann biegen sich die Kerzen langsam und vertropfen, und vor schwarzem Hintergrund sitzen grinsende Totenskelette um den Tisch. Der Spuk entschwindet, der Saal ist wieder hell, es geht zum Tanz. Eine scheußliche alte Megäre, im Lehnsessel zwischen Silberleuchtern wie auf dem Katafalk, lässt sich den Hof machen, ein Kavalier tastet einer jungen Dame den üppigen Rückenausschnitt ab, der glückliche Bräutigam, ein Jammergestell, aus dessen trüben Augen die Erinnerung an eine nicht ganz sicher abgelaufene Quecksilberkur wehklagt, versucht die Eröffnung ehelicher Vertraulichkeiten, und die junge Braut rafft die Schleppe und läuft, wie von tausend Hunden gehetzt, davon, und unsre heißen Glückwünsche begleiten sie. Wie gesagt, die Zensoren nennen das »Herabwürdigung der Ehe«. Möglich, dass sich einer der Herren Beisitzer, der aus einer verunglückten Hochzeitsnacht eine Weltanschauung gemacht hat, dadurch touchiert fühlt. Wer aber wagt die Behauptung, es sei eine Verunglimpfung von Ehe und Familie, wenn ein junges Weib, grade rechtzeitig noch, einem Gatten entrinnt, der Lues oder Tabes in das amtliche registrierte Bett trägt? Wo bleibt da der protestierende Repräsentant der Volksgesundheit? Granowskys Film feiert Leibesgesundheit, Bewegung und Sport; Liebesbund junger wohlgewachsener Menschen, also: gute Rasse.

Wir verdanken der Filmzensur einen ganz neuen Rigorismus, den ihre Großtante, die gute, alte Theaterzensur, niemals gekannt hat. Da wird grade im Staatstheater der »Agamemnon« gegeben, in dem bekanntlich der alte Aischylos die Ehe so weit herabwürdigt, dass er eine Gattin mithilfe des Buhlen den angetrauten Ehemann ermorden lässt. Mit der Heiligkeit von Ehe und Familie haben die Koryphäen der Weltliteratur überhaupt nicht viel im Sinn. Dabei ist es wohl noch keinem Theaterzensor eingefallen, Ödipus und Jokaste, Lears Töchter oder Hamlets Mutter zwischen die Schere zu nehmen. Wäre die Theaterzensur immer so reaktionär und engherzig gewesen wie das Geheimkabinett des Herrn Ministerialrats Seeger, so müssten Sophokles, Shakespeare und Schiller schon lange hundertprozentig konfisziert sein, weil diese gewissenlosen Kulturbolschewisten vornehmlich die Familie zur Domäne ihrer moralabträglichen Tendenzen gemacht haben. Das Theater hat sich seine Freiheit immer wieder gegen die Zensur zu verteidigen gewusst. Und der Film?

Der deutsche Film ist nahe daran, in den tiefsten Niederungen zu versinken. Die Industrie bevorzugt Kitsch, weil das Risiko dabei am geringsten ist. Außenseiter werden nicht nur von der stärkern Konkurrenz getroffen, sie müssen sich auch gegen die künstlerische Reaktion zur Wehr setzen, die sich wieder hinter politischen Mächten verschanzt. Und damit auch nicht eine letzte Chance bleibt, kommt als gewichtigste Instanz die Zensur und verbietet kurzweg die Außenseiter und Experimentatoren. Bei diesem Kaiserschnitt am deutschen Film, von ungelenken Bürokratenhänden ausgeführt, gehen Mutter und Kind zugrunde. Und so ganz nebenbei wird auch der letzte Berliner Filmtheaterleiter mit künstlerischem Ehrgeiz, Hans Brodnitz, kaputt gemacht. Erst verbietet man ihm Remarque, dann Granowsky. Wer wagte es, zu behaupten, man habe ihm den letztern vorzuführen verwehrt, weil er sich des erstern angenommen? Niemand darf das wagen, denn die Zensur geht objektiv ihren Amtsweg, nicht nach rechts oder links blickend. Es beeinträchtigt ihre Objektivität auch nicht, wenn ein Angestellter der Ufa Beisitzer spielt, wie es bei der Prüfung des Granowsky-Films der Fall war. So bleibt auf weiter Flur nur der eine Gerechte übrig, der allmächtige Hugenberg, von Seeger mit dem Visum der Bravheit versehen, von Lampe für volksbildend und künstlerisch, also steuerfrei erklärt. Mögen die Herren der Zensur sich auch einbilden, Ehe, Vaterland und Gottweißwas zu retten, praktisch drücken sie das Niveau des deutschen Films, praktisch stützen sie nur das Monopol der Ufa, die auf diesem ganz legalen Weg unliebsame Konkurrenz zu unterdrücken in der Lage ist. Die ausübenden Bürokraten sind alle makellose Leute, selbstverständlich, aber sie betragen sich so, als wären sie von Hugenberg gekauft.

(Die Weltbühne, 24. März 1931)

Nach der Sintflut?

Der Nibelungenkampf zwischen den großen Herren der Nationalsozialistischen Partei wird von den republikanischen Zuschauern dieses heroischen Spektakels, in dem Herrn Goebbels unbestritten die Rolle des Loki zugefallen ist, als Anfang vom Ende der Bewegung gedeutet. Gestern schien die gewaltige Flut noch alles fortreißen zu wollen. Kanzler Brüning, ein zweiter Noah, sammelte alles demokratische Getier in seiner Arche, schrieb darauf »Artikel 48«, und die wilde Fahrt begann. Heute lugen die Passagiere vorsichtig hinaus. Ihre Gesichter verklären sich; der Wind pfeift nach andrer Richtung. Sie ahnen Land und bereiten sich gutgelaunt zum Aussteigen vor.

Das Getöse, das der Kampf zwischen den lichten Eddafiguren der Hitler-Partei hervorruft, kann leicht zu einer Überschätzung dieses internen Krakeels führen, in dem die Hauptakteure, die sich gestern noch gegenseitig für Säkularmenschen erklärten, sich heute Mephisto, Primadonna, Spitzel und Schwein nennen. Die SA-Leute, eben noch die Avantgarde des Dritten Reiches, werden jetzt als rebellischer Abschaum betrachtet, als eine Kolonie für Galgen und Rad. Der Konfliktstoff ist sehr ausgedehnt, aber die Motive sind nicht belangvoll, wo man etwas von der dünnen politischen Oberschicht abkratzt, stößt man sofort auf personalen Interessenschmutz. Hitler treibt den Berliner SA-Führer, der ihm zu selbstbewusst wird, in die Revolte. Goebbels, der am liebsten abwarten möchte, um im Falle eines Triumphes der Sturmabteilungen schnell als Sieger an ihre Spitze zu treten, wird vom Münchner Hauptquartier gezwungen, selbst das Kommando über die Exekutionspelotons zu übernehmen, er muss auf die eignen Mannen schießen lassen. »Unter stillem Tränenregen, traurig doch von Amtes wegen«, wie Wilhelm Busch sagt. Jetzt, wo seine Arbeit getan, der Glaube an seinen Charakter selbst bei seinen unentwegtesten Feueranbetern erschüttert ist,

droht ihm selbst Versetzung in eine geringere Tribunen-
klasse. Es ist, wie gesagt, ein lärmendes, aber kein fes-
selndes Schauspiel. Ob Hitler sein absolutes Narrenim-
perium behauptet, ob die Diadochen noch zu Lebzeiten
dieses neuen Alexander sein Reich aufteilen, das ist nur
dort wesentlich, wo es sich mit der Linie des deutschen
Schicksals schneidet, die weder vom Braunen Palais
noch von der Hedemannstraße bestimmt wird. Diese
größenwahnsinnig gewordenen Funktionäre, die sich alle schon wie ins Mythologische transponiert vorkommen, sind im Grunde nur abwechselnd die Meister und
Kreaturen kleinlicher Bureauintrigen. Aus einem Klage-
brief jenes braven Soldaten Stennes, der an die Treulo-
sigkeit seines allerhöchsten Herrn zunächst nicht glauben wollte, klang etwas von dem Aufschrei des Varus:
»So kann man blondes Haar und blaue Augen haben
und doch so falsch sein wie ein Punier?« Aber heute
sieht es so aus, als wäre bereits eine stille Verständigung
zwischen Hitler und Stennes auf Kosten von Goebbels
erfolgt, morgen kann die Verschwörerzelle schon wieder
von andern besetzt, kann die Parole schon wieder anders pointiert sein, und gemeinsam ist diesen exemplari-
schen Germanen nur die punische Tücke. Sie haben keine Ideen, keine politischen Vorstellungen, aber wo es
um Krippe und nationales Renommee geht, entfalten sie
die fantasievolle Gerissenheit levantinischer Teppichjuden.

Von der Arche Brüning gesehen, nimmt sich das alles
sehr hoffnungsvoll aus. Bald werden wir wieder Land
unter den Füßen haben. Morgen wird alles wieder in
Ordnung sein und wieder werden, wie es war. So den-

ken die Routiniers demokratischer Niederlagen und sehen die Zukunft trocken und heiter vor sich. Hier liegt der fundamentale Irrtum. Es ist wohl möglich, dass die Arche nochmals Grund fassen wird, aber der schöne Himmelsbogen, der den Bund segnet, wird ausbleiben. Neues Gewölk hat sich gesammelt, andre Fluten warten.

Unmittelbar nach dem 14. September hat Quietus, ein Unterrichteter, in der »Weltbühne« die innere Fragwürdigkeit der Hitler-Bewegung dargelegt, ihre sozialen Widersprüche aufgedeckt. In der NSDAP »bilden etwa zehn Prozent Arbeiter das proletarische Element, die übrige Anhängerschaft rekrutiert sich, nach Abzug der paar Vertreter der Großbourgeoisie und des Adels, aus dem Kleinbürgertum. Diese Schichtung zwingt den Nazis eine Politik auf, die nichts mehr mit der einstigen revolutionären Phraseologie zu tun hat.« Und dann die Beziehungen zwischen Hugenberg und Hitler, die in der liberalen Presse immer so dargestellt werden, als wäre der alte Geheimrat der willenlose Helot des Mannes mit der großen Trommel: »Man kann das, was hier zwischen den beiden Parteiführern vor sich gegangen ist, am besten als eine gegenseitige Überfremdung bezeichnen. Hugenberg hat Hitlers Hände sanft von der Wirtschaft gelöst, er hat ihm die Grenzen seiner Tätigkeit gezeigt ... Als Gegenleistung hat Hitler Hugenberg seine Phraseologie vermacht.« In den Sturmabteilungen lagen die Möglichkeiten eines spätern sozialrevolutionären Druckes auf die Parteileitung. Finanz- und Schwerindustrie, mit denen Hitler verbündet ist, fielen diese Stennes-Soldaten die meistens die Not in die Windjacke getrieben hat, allmählich auf die Nerven. Deshalb musste die

Parteileitung vorbeugen und die Prätorianer entweder abstoßen oder wenigstens gewisse Führer eliminieren, die eine eigne Rolle spielten und mehr Rot auflegten, als bei Kirdorf, Oldenburg-Januschau und Stauß beliebt wird. Ob die Partei mit der Niedersäbelung der Janitscharen viel von ihrer Anziehungskraft verlieren wird, bleibe dahingestellt. Hitler selbst scheint kaltblütig entschlossen zu sein, die so oft überschwänglich gefeierten SA-Helden Severings Gendarmen in die Fänge zu werfen. Und er dürfte wissen, was wichtiger ist: Sieger in zweifelhaften Gassenraufereien zu sein oder sich die Freundschaft jener reaktionären bürgerlichen Ordnungspolitiker zu erhalten, die das Recht auf Blutvergießen lieber bei Henker und Militär monopolisiert sehen.

Die republikanischen Blätter, die die verschiedenen Phasen des Streites der nationalsozialistischen Zaunkönige so beflissen kommentieren, haben leider vergessen, die wichtigste von Herrn Stennes erzählte Neuigkeit zu begutachten. Stennes hat nämlich mitgeteilt, dass Hitler durch den Abgeordneten Göring ständige Verbindung mit Brüning unterhalten habe. Sieh, sieh. Während also die Nazis den Reichskanzler auf seiner Ostreise mit einem Pfeifkonzert begleiteten, während sie im Parlament zu Obstruktion und Boykott schritten, ging der Verbindungsoffizier beim Kanzler ein und aus. Es handelt sich eben nicht um die Personen Brünings und Hitlers, sondern um die von ihnen vertretenen überpersönlichen Kräfte, die nach ihrer ganzen Tendenz nicht dazu bestimmt sind, sich auch in Zukunft gegenseitig zu zerreißen. Die reaktionären Ziele beider sind wichtiger als ihre augenblickliche Entfremdung. Auch als Feinde arbeiten sie füreinander, wenn sie sich einstweilen auch noch mit einem sehr diskreten *Do ut des* behelfen müssen.

Der Stahlhelm betreibt sein preußisches Volksbegehren mit Beifall und Unterstützung auch der gemäßigten Rechten. Die »Deutsche Allgemeine Zeitung«, die immer mehr zum Sammelplatz eines trockenen Putschismus wird, der mit sogenannter Verfassungsreform seine verfassungswidrigen Absichten verwirklichen möchte, bläst lustig das Hifthorn dazu und fordert die Eroberung des »roten Preußens«. In Braunschweig bemüht sich der Minister Franzen, die weltliche Schule gar nicht geräuschlos abzuwürgen. Wird das Zentrum auf die Dauer diese christlichen Anstrengungen eines heidnischen Wotansdieners ignorieren? Und Hitler selbst sucht den Ludergeruch der Revolution ernsthaft loszuwerden. Wenn er auch aus der Nibelungenschlacht nicht ohne Blutverlust herauskommt, hat er doch an bürgerlich-kapitalistischer Zuverlässigkeit gewonnen. Die Unterhaltungen über die Bildung der »neuen Rechten«, die durch die letzten Wahlen zunächst gründlich verschüttet schienen, werden bald wieder in Fluss kommen. Noch immer liegt die Initiative rechts, noch immer ist die Sozialdemokratie zum Trabantentum verurteilt, zu Opfern an Charakter und Prestige, um »den Fascismus zu verhindern«. Noch immer toleriert sie die Regierung Brüning, aber wird sie auch von ihr toleriert werden, wenn auf der Rechten wieder neue Kräfte zur Ablösung vorhanden sind?

Wieder stehen wir vor einem Garderobenwechsel der innenpolitischen Fragen. Keine ist wirklich erledigt, nur die Kostüme ändern sich wieder. Die Herrschaften, die

Brüning in seiner Arche beherbergt, müssen dafür ein Passagegeld bezahlen, das sie ruiniert, und der Kapitän ist eine ziemlich sichere Bürgschaft dafür, dass sie schließlich doch noch vor der Endstation Ararat ins Wasser geworfen werden. Und es ist auch eine allzu vermessene Annahme, die Schickung wäre glücklich überstanden, nur weil die Stürme, die sonst das Fahrzeug bedrohten, sich jetzt einmal gegeneinanderkehren. Die nationalsozialitische Bewegung ist weder durch die Bedeutung ihrer Führer noch durch die Überzeugungskraft ihrer Programme groß geworden, sondern durch die verbrecherische Unzulänglichkeit einer Pseudodemokratie und die Feigheit eines parlamentarischen Regimes, das niemals gewagt hat, eines zu sein. Und jetzt wollen die Verantwortlichen für die Katastrophe vom 14. September wieder aus den Löchern kriechen und so weitermachen, als wäre nichts gewesen? Nun, so gemütlich ist die Weltgeschichte denn doch nicht. Mag Hitlers Aktivität zeitweilig gelähmt, mag er selbst völlig demoliert sein, noch besteht alles das, was ihn hat groß werden lassen, noch ist nichts Entscheidendes gegen die Wirtschaftsnot geschehen, und noch immer spreizt sich eine Politikergarnitur, deren ahnungslose Selbstgefälligkeit die jüngere Generation in Massen in einen hoffnungslosen nationalistischen Desperatismus getrieben hat. Die Dinge haben sich inzwischen neu kostümiert, aber sie sind noch immer da. Was gestern Hitler hieß, kann morgen Schulze heißen. Was heute braune Hemden trägt, läuft morgen vielleicht in blauen oder violetten herum. Über den Fortwurstlern, den Deserteuren und Etappenhengsten der Demokratie leuchtet nicht das

Zeichen des neuen Bundes. Denn sie selbst wollen ja nichts Neues, sondern nach beendeter Fahrt nur ihren alten Trödel fortsetzen. Sie haben sich unter Brünings Fittichen versteckt, hinter dem Artikel 48, hinter der katholischen Kirche und der Polizei; hinter lauter Gewalten, die stärker sind als sie selbst und die nicht leicht abdanken werden. Brüning hat nicht über Hitler gesiegt, sondern über die Verfassung. Auf ihren Trümmern wird später die Versöhnung gefeiert werden.

(Die Weltbühne, 14. April 1931)

»Kulturbolschewismus«

Jede Phase der gesellschaftlichen Entwicklung hat ihre besondern Schlagworte. Wenn der menschliche Verstand inmitten eines schnell fortschreitenden Prozesses zu fühlen beginnt, dass die anonymen sozialen Kräfte sich nicht bremsen lassen, dann flüchtet der empfindlich Organisierte in Mystik, während der Grobknochige sich nach Zeitgenossen umsieht, die er als greifbare Anstifter abscheulicher dunkler Vorgänge haftbar machen kann. So entstand im Mittelalter, das unter schrecklichen Epidemien von weiblicher Hysterie litt, der Hexenwahn. Weil man an die Ursache nicht herankonnte, hielt man sich wenigstens an den Opfern der Krankheit schadlos. »Meinetwegen, ihr werdet deswegen nicht heller sehen«, ruft in Georg Büchners »Danton« der junge Mann, den man an die Laterne knüpfen will. Hier liegt der Kern der Sache.

Auch in der heutigen krisenhaften Zeit geht die Razzia nach dem Feind, den man für alles belangen kann. Mit einem neuen Schlagwort sucht man den Feind, der das alles angerichtet hat, zu kennzeichnen, zu erfassen; deshalb verfemt man ganze Menschenklassen. Wir kennen diese großmäuligen, kurzbeinigen Schlagworte, deren Lebensdauer so eng an bestimmte Verhältnisse geknüpft ist. Im Krieg war der Feind das perfide Albion, die habgierige Britannia, unter deren Unterröcke sich seitdem unsre Diplomaten und Militärs bei jedem Unwetter verkrochen haben. Die Liberalen der Bismarck-Zeit sahen alle Tücke der Erde bei den Ultramontanen verkörpert, den »Römlingen«, und der große Kanzler hatte sich als Promotor aller Hindernisse den »Reichsfeind« konstruiert, ein Wesen in königlich hannoverschen Junkerstiefeln und mit der Ballonmütze auf dem Kopf, über dem roten Hemd eine schwarze Soutane, in deren Innentasche eine freimaurerische Satzung und ein noch druckfeuchtes Exemplar der »Vossischen Zeitung« stak. Die Jagd nach diesem komischen Phantom hat Tausenden von Deutschen Kerker und Verbannung eingetragen. Das herrschende Schlagwort von heute heißt »Kulturbolschewismus« und wird in ein paar Jahren schon ebenso absurd und unverständlich erscheinen wie das Schnüffeln nach den »Reichsfeinden« und andern willkürlich gewählten Trägern des bösen Prinzips.

Das Komplement zum Kulturbolschewismus ist der »Marxismus«, eine vor etwa sieben Jahren im Dunkel von Miesbach oder München geborne Albernheit. Wer für den Kulturbolschewismus Autorenehren in Anspruch zu nehmen hat, wissen wir nicht, wahrscheinlich kommt auch diese nichtssagende, aber einprägsame Formulierung aus dem Dunstkreis der Journale des Herrn Coßmann. Während der Marxismus sich auf die

prononzierten Rechtsblätter beschränkt, ist der Kulturbolschewismus dagegen zum Gemeinplatz fast der gesamten bürgerlichen Presse geworden, mit Ausnahme
großer liberaler Zeitungen, die ihre geistige Tradition
nicht verleugnen und deshalb selbst der Verdammnis
teilhaftig werden. In puncto Kulturbolschewismus sind
sich auch Wirth und Goebbels einig, die beiden großen
Josephe, von denen der eine die Keuschheit auf sein
Banner geschrieben hat; niemals werden wir verraten,
welcher von beiden. Die sozialdemokratische Presse
vermeidet noch die kompromittierende Vokabel, aber in
der Sache macht sie rüstig mit, und wenn man manchmal liest, was gewisse kommunistische Blätter gegen die
Leute von der »Weltbühne« auf dem Herzen haben,
dann möchte man oft gern nachhelfen und gut zureden:
Kinder, sagt es doch, ihr möchtet uns am liebsten Kulturbolschewisten nennen! Sagt es doch endlich!

Es handelt sich also um ein devastierendes Schlagwort,
leicht zu handhaben von Demagogen und Ordnungsret-
tern, von Kunst- und Strafrichtern. Wollen wir es näher
bestimmen, so tappen wir allerdings im dicksten Fins-
tern. Wenn der Kapellmeister Klemperer die Tempi anders nimmt als der Kollege Furtwängler, wenn ein Maler
in eine Abendröte einen Farbton bringt, den man in Hin-
terpommern selbst am hellen Tage nicht wahrnehmen
kann, wenn man für Geburtenregelung ist, wenn man
ein Haus mit flachem Dach baut, so bedeutet das ebenso
Kulturbolschewismus wie die Darstellung eines Kaiser-
schnitts im Film. Kulturbolschewismus betreibt der
Schauspieler Chaplin, und wenn der Physiker Einstein
behauptet, dass das Prinzip der konstanten Lichtge-

schwindigkeit nur dort geltend gemacht werden kann, wo keine Gravitation vorhanden ist, so ist das Kulturbolschewismus und eine Herrn Stalin persönlich erwiesene Gefälligkeit. Kulturbolschewismus ist der Demokratismus der Brüder Mann, Kulturbolschewismus ein Musikstück von Hindemith oder Weill und genauso einzuschätzen wie das umstürzlerische Verlangen irgendeines Verrückten, der nach einem Gesetz schreit, das gestattet, die eigne Großmutter zu heiraten. All das sind bezahlte oder freiwillige Hilfsdienste für Moskau. Jede bürgerliche Zeitung beinahe hat ihren kulturschützenden Nachtwächter, der die heiligsten Güter der Nation mit der Stalllaterne nach unzüchtigen Fingerabdrücken ableuchtet, wenn auch Gott sei Dank nicht alle ihr Amt so torquemadahaft auffassen wie jener Fighting Paul von der »Deutschen Allgemeinen Zeitung«, dieser alten Heulhure von einer ausgedienten Offiziosin, die heute, fascistisch aufgemöbelt, eine zweite Jugend erlebt. Nur Marlene Dietrichs berühmte Spitzenhosen im »Blauen Engel« sind bisher noch nicht kulturbolschewistisch genannt worden, und das wahrscheinlich nur, weil sie ihr von der Ufa selbst angemessen worden sind. Hätte sich die Konkurrenz solche Extravaganzen herausgenommen, so würde Herr Hussong im »Lokalanzeiger« längst nach der Polizei geschrien und den baldigen Untergang der Welt infolge Sittenlosigkeit prophezeit haben.

Wenn heute von der Rednertribüne und in der Presse moralische Anschauungen verbreitet werden, die in einem schroffen Gegensatz zu denen der letzten hundert Jahre stehen, so hat das nichts mit einem sogenannten

Sittenverfall zu tun; wenn einige Millionen Menschen den § 218 beseitigt wissen wollen, so heißt das nicht, dass Deutschland bis zum Ende seiner Tage in Lasterhaftigkeit verharren will. Das Laster hat sich noch niemals aufs Rednerpult gestellt und für sich Propaganda gemacht, sondern immer das nächtliche Dunkel gesucht. Der heimliche Excedent wird öffentlich immer nur sich selbst verteidigen und niemals sein Privatvergnügen mit der Gloriole der Moral zu umgeben versuchen. Wenn aber in Massenversammlungen eine Parole ausgegeben wird wie »Dein Körper gehört dir!« oder wenn für die Legalisierung der sogenannten Kameradschaftsehe geworben wird oder für die Erleichterung der Ehescheidung, so hat sich die sittliche Anschauung der Volksmassen eben geändert. Neue Maximen suchen nach Anerkennung, ein Wendepunkt ist wieder da. Heute scheint alles auf dem Kopf zu stehen, morgen wird das eben noch Verpönte selbstverständlich sein. Faktisch aber tritt nur das ans Licht, was schon längst besteht, nicht die Menschen sind schlechter geworden, sondern die Gesetze. Sie sind zurückgeblieben und müssen neu geformt, neu gefällt werden. Was hat das mit Bolschewismus, mit kommunistischen Lehren zu tun? Die dezidierten Antibolschewisten leben nicht anders, treiben es nicht anders. Der Bolschewismus ist nur die besondere zeitgebundene Pointierung eines ewigen Prozesses, der auch dann nicht aufhört, wenn die Kultursbirren der Reaktion ihn nicht beachten und einmal eine Epoche lang keine denunziatorischen Namen für ihn zur Verfügung haben.

Heute ist dieser Prozess wieder sehr offensichtlich, es ist Termin anberaumt, und wir alle sind in den verschiedensten Eigenschaften geladen. Die katholische Kirche aber hat sich den scheinbar sichersten, in Wahrheit aber gefährlichsten Platz ausgesucht: den des Staatsanwalts. Denn die Kirche hat im Laufe der letzten hundert Jahre wiederholt in den Prozess eingegriffen, und immer wieder ist sie vom Tribunal der Zeit desavouiert worden. Wie der heutige Papst für die Aufrechterhaltung dessen kämpft, was er die christliche Ehe nennt, so haben seine Vorgänger gegen die Zivilehe und gegen die weltliche Schule protestiert. Sie haben mit ihren feierlichen und oft hassvollen Verwahrungen die Tatsache der fortschreitenden Säkularisierung des bürgerlichen Lebens nicht fortwischen können, sie haben nicht verhindern können, dass sich ein Staat nach dem andern von der Kirche getrennt hat. Die organisierte Religion ist nicht mehr stark genug, um eine Entwicklung von anonymen Triebkräften, die in sehr verschiedenartigen und sehr bunten Einzelheiten sichtbar werden, an ihren äußern Erscheinungen zu packen und aufzuhalten. Wer könnte einem auseinanderwimmelnden Ameisenhaufen Einhalt gebieten? Die Kirche müsste wie so oft Macht durch Geschmeidigkeit ersetzen, um mit vermindertem Prestige, aber doch noch lebend durch die Quarantäne des Jahrhunderts zu kommen. Die, augenblicklich geübte Methode, sich auf die Polizei zu stützen, ändert nichts Wichtiges, vermehrt nur die Zahl und die Entschlossenheit der offenen Gegner.

Nicht immer hat die Kirche sich gegen progressive Strömungen so feindlich, so ablehnend verhalten. Mindestens ihre vornehmsten Träger haben sich zuzeiten offen mit dem neuen Geist verbündet. Wir brauchen nur der gewaltigen Päpste der Renaissance Erwähnung zu tun, die nicht nur als Kunstmäzene einem radikalen Zeitwandel Ausdruck gegeben, sondern auch als Politiker dazu beigetragen haben, die Gestalt einer werdenden Gesellschaft zu formen und das Mittelalter zu erschlagen. Clemens XIV. Ganganelli war es, der als Geistesgenosse Voltaires die Forderung des Jahrhunderts der Aufklärung vollstreckte, den Jesuitenorden aufzuheben, wofür er eines dunklen Todes starb. Der bedeutendste Papst des vorigen Jahrhunderts, der Pio Nono, hat wenigstens in seinen Anfängen mit den Liberalen und den Karbonariten, den Bolschewisten von damals, paktiert. Und Benedikt XV., der große Papst des Weltkrieges, ging mit Demokraten, Pazifisten und Freimaurern zusammen und schuf damit jenes hohe politische Ansehen der päpstlichen Kurie, wovon sie bis jetzt gezehrt hat. Wie viel von dem Kapital verwirtschaftet ist, werden wir bald wissen. Jedenfalls ist die katholische Kirche nicht zu allen Zeiten so zimperlich, so altjüngferlich, so sauer und – Verzeihung! – so protestantisch gewesen wie heute.

Es ist herzlich primitiv, für unsre gegenwärtigen Wirrnisse den »Bolschewismus« verantwortlich zu machen. Die tödlichen Verlegenheiten des Weltkapitalismus auf ein von Moskau und seinen Sektionen ausgehecktes Komplott zurückführen zu wollen zeigt nur, dass bei den Klagenden mit der Not nicht die geistigen Kräfte wachsen. Überall wird heute der Vorrang der Ökonomie diskussionslos zugestanden, das ist die überrumpelnde

Tatsache für alle Köpfe von gestern. Es handelt sich bei solchen Thesen nicht um die ewige Richtigkeit. Unter andern Verhältnissen werden die Menschen auch wieder anders denken. Heute jedoch, wo Millionen, die eben auskömmlich lebten, nicht wissen, wo sie morgen das Brot hernehmen sollen, muss jedes übernommene geistige und sittliche Wertmaß schwanken und das, was gestern als unentbehrliche Kultur betrachtet wurde, dahinschmelzen wie Schnee. Die Zeterbolde, die den Zusammenbruch des Bürgertums mit Geschrei über Fäulnis und Zersetzung verfolgen, sollten nicht außer Acht lassen, dass Unzählige aus dieser wirtschaftlich degradierten Schicht einen wahrhaft heroischen Existenzkampf führen und dass sie in der schrecklichen Guerilla um ein Existenzminimum Kräfte entwickeln, die viel sympathischer sind als das traditionelle Bürgerbewusstsein, das seine Stellung als selbstverständlich nimmt und Privilegien fordert.

Die unberufenen Moralisten und Sittlichkeitsretter sind leider Gottes dort am stärksten vertreten, wo sie am wenigsten hingehören, nämlich an den Stellen, wo der geistige Niederschlag dieser Zeit begutachtet und zensiert wird. Dort tummeln sich vornehmlich Schwachköpfe, die nicht darüber hinwegkommen können, dass die Deutschen unter Hindenburg nicht mehr so züchtig leben – wie damals, als Tacitus sie seinen Landsleuten unter die verwöhnten Nasen rieb. Wo tätige Hilfe am Platze wäre, kommen sie mit Untergangsprophezeiungen und künden das Ende des Vaterlandes an. In der Stunde der Gefahr desertieren sie aus den Bereichen des kämpfenden Geistes in das platte, aber sichere Land einer weinerlichen und verlogenen Moralität. Kein abgestempelter Patriot, der rheinische Franzosenfreund und fatale jüdische Kulturbolschewik Heinrich Heine ist es gewesen, der für den Glauben an Deutschland den stärksten dichterischen Ausdruck gefunden hat:

Deutschland hat ewigen Bestand!
Es ist ein kerngesundes Land!

(Die Weltbühne, 21. April 1931)

Zum Leipziger Parteitag

Der diesjährige Parteitag der Sozialdemokratie in Leipzig ist der ernsteste seit Langem, wenn er auch kaum klare Entscheidungen bringen wird. Aber nach einem Jahre von Fehlschlägen und politischem Trabantentum in der Sphäre Brünings, und nachdem sich gezeigt hat, dass auch die Wählermassen nicht mehr geneigt sind, der Partei Blankowechsel auszustellen, muss die Führerschaft darauf verzichten, diesen Kongress als ein Spektakel mit verteilten Rollen aufzuziehn. Das historische »Schweineglück« der Sozialdemokratie hat inzwischen gründlich die Partei gewechselt.

In frühern Zeiten waren diese Parteitage Stechbahnen des Geistes. Jetzt sind sie schon lange nur noch Kontrollversammlungen, Schaustücke von Funktionären für Funktionäre mit einer sorgsam rationierten Opposition. Das geht diesmal nicht so leicht, und die Hochmögenden müssen schon etwas weiter ausholen und Fragen zulassen und beantworten, die noch vor Kurzem als linkeste Ketzerei verlästert gewesen wären. So wird man vermutlich mit den neun »Disziplinbrechern« glimpflicher verfahren, als dies noch kürzlich der Fall gewesen wäre. Man wird sie nicht gleich an den Galgen schleppen, sondern es nochmals beim Rade bewenden lassen. Das Ergebnis der oldenburgischen Wahlen ermutigt nicht grade zu einem Scherbengericht gegen die neun, die gegen den Panzerkreuzer stimmten. Im Gegenteil, die bessern Taktiker unter der kompakten Majorität werden diesen Oppositionellen innerlich vielleicht dankbar sein, dass sie der Welt das so kompromittierende Schauspiel einer in dieser Frage geschlossenen Sozialdemokratie erspart haben. Es bleibt noch abzuwarten, ob die Klugheit so weit geht, jenen wehrfreudigen Patrioten den Mund zu verbinden, die sich offen zu der Devise »Lieber mit Groener als mit den Kommunisten!« bekannt haben. Allerdings hat auch die Linke ihre Stunde gründlich verpasst. Im vergangenen Herbst, nach dem großen Schrecken der Hitler-Wahlen, war die Masse der Parteigenossen aufgelockerter als je. Damals war die Partei zu haben. Der Seydewitz-Gruppe fehlte die Entschlossenheit zu handeln, deshalb muss sie jetzt, anstatt den Kongress zu beherrschen, sich ihrer Haut wehren, um nicht gemaßregelt zu werden.

Dennoch wird sich die Partei bald zu einer gründlichen Revision entschließen müssen, wenn sie ihre Zukunft nicht an die Kommunisten verlieren will, die zwar noch problemreich genug sind, aber doch die Logik der Situation für sich haben. Grade jetzt, mitten in der Wirtschaftskrise, verkörpert die Kommunistische Partei jene mitreißende Unzufriedenheit, die nicht an kleinen Errungenschaften klebt, sondern neuen Anfang verheißt. Ob die Kommunistische Partei im Endeffekt Besseres bietet als die ältere Schwester, soll hier nicht beantwortet werden. Aber sicher ist, dass sie die jungen Elemente immer mehr gewinnt, weil das, was sie zu bieten hat, nicht abgestanden, nicht satt, nicht pharisäisch wirkt. Das Unglück der Sozialdemokratie ist, dass sie sich gewöhnt hat, alle Dinge von einer mittlern Höhe anzusehen, von der Stelle, wo das Tal winzig klein unten liegt, der Gipfel aber noch in unerreichbarer Ferne ragt, von der Stelle grade, wo man gern sesshaft wird. Nun ist aber in einer Epoche des ungehemmten Gesellschaftszerfalls die Sesshaftigkeit am wenigsten geeignet, als repräsentative Tugend anerkannt zu werden. Die Partei, die von den Gegnern auf der Rechten als die eingefleischte Destruktion und Zersetzung denunziert wird, ist in Wahrheit die einzige, die noch ganz und gar in der Illusion des allerbravsten Ordnungsstaates lebt. Sie behauptet, die Demokratie durch Unterstützung Brünings retten zu wollen, aber sie verkennt dabei, dass die Demokratie unter Brüning zur Fiktion, das Parlament zur Attrappe geworden ist. Dass nicht lebendig erhalten werden kann, was schon nicht mehr lebt und was man nur noch als leeres Abbild besitzt. Wenn die Sozialdemokratie den demokratischen Staat retten will, muss sie ihn neu schaffen, muss sie aber auch ganz andre Trümpfe ausspielen als bisher. Das ist aber nur möglich, wenn sie in die Urgründe sozialer Rebellion zurückgeht, denen sie ihre Existenz, ihren gewaltigen Auftrieb in der Vergangenheit verdankt.

»Republikanisch-legitimistische Haltung«, so hat Walther Pahl in den »Sozialistischen Monatsheften« die Seelenverfassung der Führerschaft in unübertreffbarer

Formulierung genannt. Dieser Legitimismus und Fassadenkult, dieser Radikalismus der Embleme à la Hörsing bedeutet die schwerste innere Hemmung für eine neue Aktivierung. Die Partei sehnt sich nach »dem Staat«, »der Nation« und fühlt nicht, dass sie dabei ihre einzige wirkliche Lebensquelle verliert: die Klasse. In der Besinnung auf ihre klassenmäßige Grundlage liegt ihre größte Chance, aber hier wird auch der schärfste Widerstand der Honoratioren und Parvenüs einsetzen. Wer in der Politik eine Wegmeile Fortschritt durchsetzen will, muss zehnmal soviel fordern. Weil die Sozialdemokratie diese alte Erfahrung vernachlässigt, lebt sie seit Jahr und Tag in einer recht unglücklichen Defensive und sucht den Verlust traditioneller sozialpolitischer Positionen der Arbeiterschaft durch Couloirschacher zu verhindern. Wenn aber die Sozialpolitik auch nur halbwegs in altem Umfange erhalten werden soll, muss mindestens die Nationalisierung von Kohle und Eisen gefordert werden, ebenso wie der agrarische Brotwucher nur gebändigt werden kann durch eine expropriatorische Offensive gegen den Großgrundbesitz. Die Sozialdemokratie verdirbt an der Lumperei der Bescheidenheit. Diese Millionen wohlorganisierter Arbeiter bedeuten keinen Schrecken, kaum ein politisches Druckmittel mehr. Und das ist kein Wunder, denn die Partei mit dem sozialistischen Programm ist die einzige, die in dem wilden sozialen Hin und Her dieser Tage absolut wirtschaftsfriedliche Tendenzen verkörpert und deshalb stets wie eine entbehrliche Größe beiseitegeschoben wird. Es ist ein bizarres Schauspiel, dass jede skandalierende Bäckerinnerung mehr erreicht als eine Gewerkschaft von Hunderttausenden, deren Klagen nicht über die ministeriellen Vorzimmer hinausdringen.

(Die Weltbühne, 2. Juni 1931)

Der Weltbühnen-Prozess

An einem solchen Nachmittag sitzt der Lord-Oberkanzler da mit einer Nebelglorie um das Haupt, eingehüllt und umgeben von Scharlachtuch ...

Charles Dickens, »Bleak House«

Der Vierte Strafsenat des Reichsgerichts hat am 23. November den Schriftsteller Walter Kreiser und mich als verantwortlichen Leiter der »Weltbühne« zu einer Gefängnisstrafe von anderthalb Jahren verurteilt wegen Verbrechens gegen § 1 Absatz 2 des Gesetzes über den Verrat militärischer Geheimnisse. Gegenstand der Anklage war der Artikel Kreisers vom 12. März 1929 »Windiges aus der deutschen Luftfahrt«. Zwischen dem Verbrechen und der Sühne liegt also ein Zeitraum von zweieinhalb Jahren. In dieser Zeit ist das Heft mit dem landesverräterischen Artikel nicht einen Tag beschlagnahmt gewesen. In dieser Zeit hielt sich Kreiser, gelernter Flugzeugtechniker und Konstrukteur, beinahe ein Jahr in Amerika auf, um in Philadelphia für das Pennsylvania Aircraft Syndicate zu arbeiten. In dieser Zeit hat Kreiser unserm Anwalt Alfred Apfel jede Adressenänderung mitgeteilt und ist schließlich in dem heitern, aber unangebrachten Vertrauen zurückgekehrt, dass vor der Sagazität des höchsten Gerichtes die Anklage wie eine Seifenblase zerplatzen würde.

Diese frohe Gewissheit habe ich niemals geteilt, wenn ich auch diesen Ausgang nicht für denkbar halten konnte. Ich weiß, dass jeder Journalist, der sich kritisch mit der Reichswehr beschäftigt, ein Landesverratsverfahren zu gewärtigen hat; das ist ein natürliches Berufsrisiko. Dennoch war diesmal für eine reizvolle Abwechslung gesorgt: Wir verließen den Saal nicht als Landesverräter, sondern als Spione.

Aus begreiflichen Gründen muss ich davon absehen, auf das innere Thema des Prozesses einzugehen. Vor den Lesern der »Weltbühne« ist es gewiss unnötig, Kreiser und mich zu rechtfertigen, aber vor jenem Publikum, das uns nicht kennt und seine Meinungen aus den Reservoiren der nationalistischen Presse empfängt, sind wir diffamiert, ohne uns zur Wehr setzen zu können. Hinter verschlossenen Türen sind wir abgeurteilt worden, militärische Geheimnisse Deutschlands an auswärtige Regierungen weitergeleitet zu haben. Mit Recht schreibt die »Frankfurter Zeitung«, dass ärger als Gefängnis ein solches Odium ist.

Ich weiß mich in bester Übereinstimmung mit Kreiser, wenn ich hier erkläre, dass Anklage und Urteil an unsern Absichten glatt vorbeitreffen, dass wir noch heute zu ihnen stehen und nichts zu widerrufen haben. Der Artikel Kreisers befasste sich mit Bedenklichem aus dem Luftfahrtetat, er behandelte Tariffragen der Piloten und Facharbeiter auf den Flugplätzen, er geißelte die Vergeudung von Steuergeldern in einem schlecht kontrollierten Subventionswesen, er streifte zum Schluss ganz episodisch eine militärische Spielerei, die bereits durch eine Reichstagsdrucksache den politisch Interessierten zugänglich war. Kreiser, damals stellvertretender Abteilungsleiter im Deutschen Verkehrsbund, ist in diesen Fragen sehr sachverständig. Den Spion möchte ich sehen, der seinen Auftraggebern eine Information zu bringen wagt, die bereits seit einem Jahr im Druck vorliegt. Er würde im Gleitflug vor der Tür landen. Außerdem hat die »Weltbühne« im Laufe der Jahre genügend militärpolitische Artikel gebracht und dabei auf Tarnung verzichtet. Die »Frankfurter Zeitung« meint zwar, dass wir uns häufig im Tone zu vergreifen pflegten. Eh bien, aber Hinterhältigkeit ist uns noch niemals vorgeworfen worden.

Nur mit einiger Mühe bin ich von unsern Verteidigern zurückgehalten worden, einen Ablehnungsantrag zu stellen. Ich hatte zu diesem Senat nach seiner bestens bekannten Judikatur gegen Pazifisten und Kommunisten nur ein herabgemindertes Vertrauen. Jahrelang hatte ich geschrieben, dass der Vierte Strafsenat nicht das Recht der deutschen Republik spricht, sondern durchaus die Gepflogenheiten eines Standgerichts angenommen hat. Sollte der Mann von der »Weltbühne« dort Objektivität erwarten? Im Herbst 1930 hatte im gleichen Saal und vor dem gleichen Vorsitzenden, Herrn Reichsgerichtsrat Baumgarten, Adolf Hitler das berühmte Wort von den »rollenden Köpfen« gesprochen, und damals hatte ich geschrieben (»Weltbühne« 1930, Nr. 40): »Man vergleiche die trockene Abfertigung des Staatssekretärs Zweigert, des Mannes der Reichsregierung, mit der entgegenkommenden Geste für Hitler ... Das Reichsgericht ahnt den Herrn von morgen ... Was Hitler mit einem spinnwebdünnen Tuch von Legalität umkleidet, vor dem höchsten Gericht verkündete, hieße bei Politikern, die nicht Koalitionsfreunde des Reichsjustizministers sind: Vorbereitung zum Mord. Max Holz soll neulich im Sportpalast gesagt haben, dass man auch in Deutschland eine GPU brauche, und flugs war der Arm der Gerechtigkeit lang ausgestreckt. Wenn ein Gericht einen hochverräterischen Plan, wie es in Leipzig geschah, mit Achtung anhört, anstatt den Mann in eine Heilanstalt zu stecken oder als Verbrecher in Eisen zu legen, so ist dies ein recht deutliches Zeichen, dass die Vertreter der Staatsautorität entweder arg erschöpft sind oder dass sie schon mit schüchternen Fußspitzen den Boden neuer Tatsachen zu suchen beginnen.«

Ich wollte also einen Ablehnungsantrag stellen. Unsre Anwälte jedoch rieten dringend ab. Nicht nur der formalen Schwierigkeiten halber, nein, wir hätten reiches Material zur Verfügung, um den Tatbestand der Anklage zu erschüttern, genug Rechtsgründe, um ihren Geist niederzuzwingen. Wir wollten argumentieren, nicht demonstrieren. So zogen wir denn aus zur Hermannsschlacht: – zwei Angeklagte, vier Advokaten. Max Aisberg, Alfred Apfel, Rudolf Olden, Kurt Rosenfeld, vier Juristenköpfe, die eine schwer berechenbare Summe von Qualität verkörpern. Als wir am 23. November nachmittags 13.30 Uhr, aus dem Gerichtssaale kamen, da wussten wir's: Der Angriff der Jurisprudenz auf den Vierten Strafsenat war siegreich abgeschlagen. Und als wir etwas verdattert über den scheußlichen steinernen Korridor gingen, da trafen wir im muntern Plaudern mit unserm Ankläger einen leicht ergrauten, frisch aussehenden Herrn von untersetzter Statur, der sich, nach seiner frohen Miene zu schließen, in bestem Einklang mit Gott und der Justiz zu befinden schien. Das war jener Prokurator des Reichs, der das Dezernat für Hochverrat und Spionage innehat. Das war Herr Jorns.

Anderthalb Jahre Freiheitsstrafe? Es ist nicht so schlimm, denn es ist mit der Freiheit in Deutschland nicht weit her. Mählich verblassen die Unterschiede zwischen Eingesperrten und Nichteingesperrten. Jeder Publizist, der in bewegter Zeit seinem Gewissen folgt, weiß, dass er gefährdet lebt. Die beste politische Publizistik wurde stets heimlich in Dunkelkammern geschrieben, nächtlich an Mauern geklebt, während Denunzianten durch die Straßen schlichen und auf den großen Plätzen die Soldaten in Karrees standen. Wer, wie der Schriftsteller, an die immaterielle Kraft des in die Welt hinausgeschleuderten Wortes glaubt, der wird also nicht jammern, wenn dieses, Körper geworden, als Gummiknüppel oder Stahlmantel oder Gefängnishaft wieder auf ihn zurückprallt.

Gewiss, die Zeiten sind bewegt, aber die Justiz ist es gar nicht. Die politische Justiz namentlich trottet hinter der Zeit her, soweit sie nicht mit kühnem Sprung über die Gegenwart sich mit den Machthabern von morgen gut zu stehen sucht. Hoher Senat, Herr Vorsitzender –! Wenn das vor Jahr und Tag in Deutschland ausgegebene Schlagwort von der Justizkrise nicht verstummen will, so liegt die Verantwortung dafür vornehmlich bei Ihnen, meine Herren Reichsgerichtsräte! Justizkrise, damit will niemand das Amtsgericht von Kuhschnappel anprangern, das sich redlich mit seinen Aktenstößen herumquält, auch nicht das Kammergericht zu Berlin, von dem kaum jemand spricht und gegen das keine Broschüren geschrieben werden. Justizkrise, die findet ihre Verkörperung in der Leipziger Reichsanwaltschaft und in dem politischen Gerichtshof, im Vierten Strafsenat. Dort ist jene unselige Staatsraison entstanden, die alle Gefahr ausschließlich links sucht, die jeden roten Funktionär mit Zuchthaus bedroht, die den literarischen Hochverrat erfunden hat und ihn bis auf Kolporteure und Setzerjungen ausdehnt. Dort hat die Reaktion, als Rechtsprechung der Republik maskiert, ihr Hauptquartier aufgetan. Wenn heute die Kommunisten der demokratischen Republik in so erbitterter Feindschaft gegenüberstehen, dass ihnen der offene Fascismus manchmal passabler scheint als der Staat der Weimarer Verfassung, so ist das nicht allein parteipolitische Verwirrung, so ist das zu einem großen und schlimmen Teil Ihr Werk, meine Herren Reichsrichter! Ihr Senat ist der Staatsgerichtshof der Republik, aber Ihre Tätigkeit hat sich im ganzen darauf beschränkt, dem Reichswehrministerium gelegentliche Unannehmlichkeiten zu ersparen; was Sie sonst zur Rettung von Sicherheit und Ordnung unternommen haben, Gott verzeih es Ihnen!

Vor diesem Tribunal hatten wir uns also zu verantworten. Der Reichsanwalt ist kein Torquemada, sondern ein höflicher jüngerer Herr, der angenehmerweise nicht emphatisch wird und seine schwerkalibrigsten Argumente so leger vorträgt wie eine Einladung ins Café Felsche. (Ich hoffe, damit die Schweigepflicht nicht zu verletzen.) Der Ankläger bleibt übrigens durchweg sehr reserviert. Seine Rolle übernimmt, wie so oft bei deutschen Gerichten, der Herr Präsident. Nichts gegen Herrn

Baumgarten! Er besitzt vollendete Manieren, er hat eine sehr cavaliere Art, die unvermeidlichen Zwischenfälle zu behandeln. Aber sehr bald merken wir, dass wir bei diesem so liebenswürdigen Herrn recht arg ins Hintertreffen kommen. Er holt zum Beispiel zu meiner Kennzeichnung das lange durch Amnestie getilgte Urteil des Femeprozesses von 1927 heraus. Ein politischer Tendenzprozess, der in erster Instanz mit einer Gefängnisstrafe endete, die in der Berufung in Geldstrafe umgewandelt wurde. Jetzt erfahren wir aufgrund eines höchstgerichtlichen Entscheides, dass auch Amnestie keinen Strich unter Vergangenes bedeutet. Jetzt werden die Konklusionen eines offensichtlich nationalistisch und militaristisch denkenden Richters verlesen, aus denen sich ergeben muss, dass ich mit der Ehre von Offizieren höchst leichtfertig umgehe. So kehrt ein in einem politischen Prozess ausgesprochenes Urteil in ganz andrer Zeit und unter andern Voraussetzungen wieder. Eigentlich existiert es nicht mehr, weil die Epoche, in der es gefällt wurde, vorüber ist, weil alle politischen Strafen an bestimmte Zeitläufte und Entwicklungsphasen gebunden sind. So dachten wir bisher, aber das gilt nicht beim Reichsgericht.

Mit einigem Schrecken denke ich daran, wie es in der gefährlich höflichen Luft dieses Gerichtshofes wohl einem unbeholfenen Proletarier ergehen mag, der so viel Verbindlichkeit gegenüber doch den Hass, der ihm auf der Zunge brennt, nicht bändigen kann und in dessen Herzen trotzdem eine kleine Hoffnung auf Gerechtigkeit zitternd atmet. Wir haben ihm gegenüber den Vorzug der Illusionslosigkeit. Wir haben Distanz. Wir regen uns ebenso wenig auf wie die Herren jenseits des grünen Tuchs. Hier werden verschiedene Sprachen gesprochen, hier hilft kein Toussaint-Langenscheidt, kein Esperanto. Hier gilt, was Rudyard Kipling von Europa und Asien dichtete: »Osten ist Osten und Westen Westen, und niemals werden sie sich treffen.«

Neben mir sitzt mein Mitangeklagter Kreiser. Ich sehe sein gutes gebräuntes Schwabengesicht; ein prachtvoller Kerl, mit dem man Pferde stehlen kann, aber keine militärischen Geheimnisse. Von dem würde man in jeder andern Umgebung wissen, dass er sein innerstes Wesen in den offen blickenden Augen trägt, während er hier in grotesker Transfiguration ein ertappter Spion, Mitglied einer höchst ehrenrührigen Branche wird. Wie unwirklich ist überhaupt das Ganze! Der große Saal mit zwei Emporen liegt leer da und verdämmert langsam. Die paar Mitspieler sitzen vorn zusammengedrängt, die Stimmen verhallen hohl im Riesenraum. Unheimlich, so ein Theater ohne Publikum. Durch die hohen bunten Glasscheiben, die mit allegorischen Damen mehr als besetzt sind, fällt mit dem sinkenden Tag ein grünliches Licht und liegt wie Patina auf den roten Talaren. Das ist die Grundfarbe von Hoffmanns Erzählungen. Da dringt plötzlich lautes Kinderlachen in den Spuk. Draußen, nur durch etwas Stein und Glas von uns getrennt, spielen Kinder und tanzen juchzend über die breite Auffahrtrampe. Es gibt also doch noch etwas andres. Es hat nur ein Stümper an der Zeitmaschine hantiert und uns in spaßhafter Anwandlung in ein Stück aus der Ära Metternich oder dem Sozialistengesetz hineingeworfen. Gleich wird ein verständiger Mensch kommen und die

Geschichte wieder regulieren. Denn ein paar Schritte weiter lachen Kinder, rasseln Autos vorüber. Dort draußen ist 1931. Kehren wir also in dieses deutsche Jubeljahr zurück, in dem man zwei Schriftsteller wegen Verrates militärischer Geheimnisse verurteilt, weil sie vor zweieinhalb Jahren auf ein paar kostspielige budgetäre Kunststücke hingewiesen haben, die zu Lasten des auch damals schon genug geplagten deutschen Steuerzahlers gefingert worden sind. Ausspionieren kann man nur ein Geheimnis, nur etwas Verborgenes, und hier war höchstens etwas öffentlich Unbekanntes. Hier ruhte die Sensation, die wir verbrecherischerweise an fremde Regierungen gelangen ließen, schon ein Jahr in einer Reichstagsdrucksache. Das große Geheimnis war auf den Flugplätzen Deutschlands – und also auch des Auslands – wohlbekannt. Im Frühjahr 1929 lebten wir noch unter den Nachwehen des Lohmann-Skandals, und bald darauf brach im Reichstag das Unwetter über den Luftfahrtetat des Herrn Ministerialdirigenten Brandenburg herein. Eine ungewöhnliche Etatskürzung war die Folge. In dieser Zeit ist der Artikel Kreisers geschrieben worden. Er wandte sich gegen die düstere Betriebsamkeit kommerziell begabter Offiziere, die Millionen von Reichsmitteln in hoffnungslose Unternehmungen gesteckt hatten. In den Zeiten der verblichenen Schwarzen Reichswehr wurden militärische Institutionen zivil getarnt. Daran zu tippen war Landesverrat, bis schließlich das große Unglück von Küstrin passierte, Herr Gessler seine heimlichen Heerscharen öffentlich als »nationalbolschewistische Haufen« denunzieren musste und seine legalen Bataillone gegen seine illegalen vorschickte. In der Ära

Lohmann lagen die Dinge umgekehrt. Damals wurden höchst zivile, höchst merkantile Unternehmungen militärisch getarnt und als vaterländische Heiligtümer erklärt, weil darin erwerbstüchtige Offiziere ihr Wesen trieben.

Man darf sich von Prozessen dieser Art, so infamierend die Anklage auch sein mag, nicht bluffen lassen. Das Ausland ist, wie jeder Kundige weiß und jeder Unkundige durch Zeitungsstudium erfahren kann, bestens unterrichtet, und zwar nicht aus der deutschen Presse, die sich musterhaft diskret verhält, sondern durchweg aus dem Geschwätz von intim Beteiligten, die das Maul nicht halten können. Auch unsre chauvinistische und militärfromme Presse packt oft in renommistischer Laune die tollsten Dinge aus, ohne dass es der Reichsanwaltschaft einfiele, hier ein Wort der Ordnung zu sprechen. Es ist überhaupt die Frage, welchem Zweck diese Landesverratsprozesse dienen: Sollen sie das Wissen des Auslandes oder das des Inlandes verhindern? In all den Jahren, wo um solche und ähnliche Dinge gestritten worden ist, hat es sich gezeigt, dass bestimmte Stellen in der Reichswehr die Neugier des deutschen Steuerzahlers mindestens in gleichem Maße fürchten wie den Geheimdienst des französischen oder englischen Generalstabs. Der Feind, vor dem etwas versteckt werden soll, sitzt meistens nicht in Paris oder Genf, sondern im Haushaltsausschuss des Deutschen Reichstags.

Es fehlt in Deutschland sehr an jener Budgetredlichkeit, die das englische Regierungssystem auszeichnet. Es fehlt der Sinn für demokratische Kontrolle, für die unbedingte Hochachtung vor dem aus Steuergroschen zusammengeflossenen Staatsgeld. Begreift man nicht heute nach dem Zusammenbruch der deutschen Finanzen, dass es nicht nur politisch richtig war, sondern auch von moralischer Gewissenhaftigkeit zeugte, schon im März 1929 auf fehlgeleitete, schlecht angewandte Subventionen zu verweisen? Wo mit Reichsmitteln heimliche Gründungen stattgefunden haben, die sich der Beaufsichtigung entziehen, da muss eine Sphäre von Korruption entstehen, in die hineinzuleuchten nicht Landesverrat, nicht Spionage bedeutet, sondern Verdienst um die Öffentlichkeit.

Es steht in unserm Falle nicht zur Debatte, ob es im wohlverstandenen Interesse der Allgemeinheit liegt, auch wirklich vorhandene militärische Rüstungen, die den Friedensverträgen widersprechen, offen aufzudecken, weil eine vernünftige Gesamtpolitik durch eine geldfressende und in der Praxis nutzlose Soldatenspielerei immer wieder durchkreuzt wird. Das steht hier, wie gesagt, nicht zur Debatte. Hier handelt es sich nur um die Frage, ob der Ressortpatriotismus des Reichswehrministeriums zum nationalen Schibboleth werden soll. Wir haben nur ein kleines Heer, aber einen großen Militarismus. Wir sind allzu sehr gewohnt, uns vor Generalen zu ducken, die mit der Faust auf den Tisch schlagen. Über die Stellung der Militärs im demokratisch-republikanischen Staat hat Georges Clemenceau, der letzte große Jakobiner Frankreichs, in seiner Verteidigungsrede für Emile Zola Endgültiges gesagt: »Das Prinzip der bürgerlichen Gesellschaft ist das Recht, die Freiheit, die Gerechtigkeit. Das Prinzip der militärischen Gesellschaft ist die Disziplin, der Befehl, der Gehorsam

... Die Soldaten haben nur Daseinsberechtigung, weil sie das Prinzip verteidigen, das die bürgerliche Gesellschaft darstellt.« Diese Grundsätze, die nach Auffassung deutscher Offiziere gewiss an Hochverrat grenzen, hat Clemenceau in Frankreich zur Anwendung gebracht, mit ihnen hat er den Krieg gewonnen.

Immer wieder ist in diesen Tagen von deutschen und ausländischen Blättern gefragt worden, wie es denn möglich gewesen sei, dass die Reichsregierung diesen Prozess überhaupt stattfinden lassen konnte. Nicht der Artikel Kreisers ist dem Wohle des Reichs abträglich gewesen, sondern dieser Leipziger Prozess und sein Ausgang. Wenn im Dritten Reich erst einmal nach der Plattform von Boxheim regiert werden wird, dann werden Verräter wie Kreiser und ich ohne Aufhebens füsiliert. Wir sind noch nicht ins SA-Paradies eingegangen, wir wahren noch das Dekorum des Rechtsverfahrens, wenn auch nicht völlig seinen Geist. Da man in Leipzig gegen uns hinter verschlossenen Türen verhandelt hat, wäre es nur konsequent gewesen, nicht nur die Urteilsbegründung, sondern auch den Urteilsspruch selbst geheim zu halten, damit nichts davon in die Welt dringe. So aber steht die deutsche Außenpolitik jetzt, kurz vor der Eröffnung der Abrüstungskonferenz, vor arger Schädigung und lästigem Verdacht. Und was selbst im Lande verhindert werden sollte, die öffentliche Erörterung, sie ist da. Die sozialdemokratische Reichstagsfraktion hat soeben die folgende Interpellation eingebracht. Sie ist in vielen Blättern abgedruckt worden:

»Am 23. November 1931 hat das Reichsgericht zwei Schriftsteller wegen Verbrechens gegen § 1 Absatz 2 des

Gesetzes über Verrat militärischer Geheimnisse zu je 1 Jahr 6 Monaten Gefängnis verurteilt.

Dem Verfahren, das zu dieser Verurteilung geführt hat, liegt ein Aufsatz mit der Überschrift ›Windiges aus der deutschen Luftfahrt‹ zugrunde, der in Nummer 11 der Zeitschrift ›Die Weltbühne‹ vom 12. März 1929 erschienen war. In diesem Aufsatz sind keine Geheimnisse enthalten, sondern nur Dinge erwähnt worden, die entweder in einer breitern Öffentlichkeit bekannt oder sogar im Protokoll der 312. Sitzung des Ausschusses für den Reichshaushalt vom 3. Februar 1928 gedruckt zu lesen waren. Nicht nur in dem Prozess, der zu der Verurteilung der beiden Angeklagten geführt hat, sondern auch für die Verkündung der Urteilsbegründung war die Öffentlichkeit ausgeschlossen, da angeblich eine Gefährdung der Staatssicherheit zu besorgen war. Darüber hinaus hat der zuständige Senat des Reichsgerichts es für notwendig gehalten, allen Beteiligten unbedingte Schweigepflicht über alle während des Prozesses zu ihrer Kenntnis gelangenden Umstände aufzuerlegen.

Wir fragen die Reichsregierung:

1. Ist sie bereit, über die nähern Umstände, die zur Einleitung des Verfahrens geführt haben, Auskunft zu geben und insbesondere darüber, weshalb der Prozess erst zweieinhalb Jahre nach dem Erscheinen des betreffenden Artikels stattgefunden hat?

2. Ist es wahr, dass die Bearbeitung der Anklage in diesem Prozess in dem Referat des Reichsanwalts Jorns erfolgt ist?

3. Ist die Reichsregierung bereit, die Urteilsbegründung bekannt zu geben?

4. Hält die Reichsregierung ein Geheimverfahren, wie es bei diesem Prozess vom Reichsgericht geübt wurde, für geeignet, das Vertrauen des deutschen Volkes in die deutsche Rechtsprechung zu stärken?

5. Ist die Reichsregierung der Meinung, dass durch die Art, in der der Prozess vor dem Reichsgericht geführt worden ist, im Ausland nicht viel falschere Auffassungen wegen angeblicher deutscher Geheimrüstungen entstehen können, als sie vor der Durchführung des Prozesses bestanden haben? Ist dies vielleicht die Meinung des Auswärtigen Amtes gewesen? War die Verzögerung des Prozesses darauf zurückzuführen, dass das Auswärtige Amt aus außenpolitischen Gründen die Durchführung des Verfahrens für falsch hielt?

6. Ist die Reichsregierung bereit, alle Schritte zu tun, um die Vollstreckung dieses Urteils des Reichsgerichts zu verhindern?«

Die sozialistische Interpellation präzisiert die Fragen durchaus richtig. Findet das Weltbühnen-Urteil Nachfolge, so wird der Rest der Pressefreiheit in Deutschland der schnellen Vernichtung ausgesetzt sein. Wenn die Prüfung eines dunklen Etatpostens als zuchthauswürdiges Verbrechen bewertet werden kann, dann ist die akute Gefahr vorhanden, dass jede kritische Äußerung und dass schließlich auch das gesamte Nachrichtenwesen unter die Tyrannei des Spionageparagrafen gerät. Diese sehr gefährliche Möglichkeit hat unser Prozess deutlich aufgezeigt.

Er bietet aber auch einen hellem Aspekt. Seit Jahren hat sich die Judikatur des Vierten Strafsenats auf die Parteigänger des Linksradikalismus beschränkt, gelegentlich wurden zur Belebung des gleichförmigen Bildes auch ein paar Pazifisten hinzugezogen. Die Protestbewegung arbeitete ausschließlich links von der Sozialdemokratie, von einigen Außenseitern abgesehen. Der Protest ist ebenso Parteisache geworden, wie es die Pflicht jedes Kommunisten ist, mutig in sein Schicksal zu gehen. Der Weltbühnen-Prozess deutet auf eine hoffnungsvolle Erweiterung der Arbeitssphäre des Reichsgerichts hin. Die Öffentlichkeit ist aufgescheucht, die Blicke richten sich wieder nach Leipzig. Es wächst die Erkenntnis für das vom Reichsgericht in langen Jahren angestellte Unglück. Ich spreche den heißen Wunsch aus, dass die Empörung, die unser Prozess verursacht hat, auch den frühern Opfern der Leipziger reichsgerichtlichen Justiz zugutekommen möge, dass sie sich vor allem den proletarischen Opfern zuwenden möge, die unbeachtet in den Gefängnissen verschwunden sind, dass eine Volksbewegung daraus wachse, die dieser politisierten Justiz, die mit Politik noch weniger zu tun hat als mit Justiz, endlich den Abschied gebe. So schön und ehrenvoll die Sympathiekundgebungen für Kreiser und mich sind, sie dürfen nicht in der individuellen Sphäre bleiben. Die Protestaktionen müssen in den Bereich des politischen Kampfes gegen die machtvoll organisierte Konterrevolution getragen werden.

Wir stehen an einem schicksalsvollen Wendepunkt. In absehbarer Zeit schon kann der offene Fascismus ans Ruder kommen. Dabei ist ganz gleichgültig, ob er sich

seinen Weg mit sozusagen legalen Mitteln freimacht o-
der mit solchen, wie sie der Henkerfantasie eines hessi-
schen Gerichtsassessors entstiegen sind. Das Wahr-
scheinliche dürfte eine Zusammenfassung von beiden
Methoden sein: eine Regierung, die beide Augen zu-
drückt, während die Straße der Hooligan- und Halsab-
schneiderarmee der SA-Kommandeure ausgeliefert
bleibt, die jede Opposition als »Kommune« blutig unterdrücken. Noch ist die Möglichkeit der Zusammenfassung aller antifascistischen Kräfte vorhanden. Noch! Republikaner, Sozialisten und Kommunisten, in den großen Parteien Organisierte und Versprengte – lange werdet ihr nicht mehr die Chance haben, eure Entschlüsse in
Freiheit zu fassen und nicht vor der Spitze der Bajonette!
Die Zeit der isolierten Aktionen geht zu Ende, der Bürgerkrieg der Sozialisten wird seinen eifrigsten Kombattanten plötzlich fragwürdig. In diesen ganz großen Dingen spielt der Weltbühnen-Prozess nur eine bescheidene
Rolle, aber die Bewegung, die er im Gefolge hat, gibt
doch wieder eine ferne Vision von der Macht kamerad-
schaftlichen Abwehrwillens, der sich nicht nur schützend vor einzelne Personen stellt, sondern eine Sache
groß auf die Fahne schreibt. Wir wollen mit dem starken
Wort von der Roten Einheitsfront keinen vorschnellen,
die natürliche Entwicklung schädigenden Unfug treiben.
Es ist noch lange nicht soweit, noch sind die Hemmnisse
zu groß. Noch kämpft die deutsche Arbeiterschaft gegen
Wind und Sonne. Aber es ist heute die beglückende Tatsache zu verzeichnen, dass der Sinn für das wieder
wächst, was der größte deutsche Freiheitsdichter etwas
zu pathetisch, aber doch mit einem Feuer ausgedrückt

hat, das auch in unsrer härter und sachlicher gewordenen Zeit noch brennt: »Es ist ein Feind, vor dem wir alle zittern, und eine Freiheit macht uns alle frei!«

(Die Weltbühne, 1. Dezember 1931)

Kommt Hitler doch?

Das waren vier Tage, die die Nerven der Welt erschütterten. Hitler erlässt Botschaften an alle, apostrophiert die ausländische Presse; sein Herold Rosenberg aus Riga unternimmt vordatierte außenpolitische Schritte. Die Reichsregierung wird nicht sichtbar, sie scheint schweigend und hastig die Koffer zu packen. Endlich am vierten Tag abends erscheint der schlichte Star des Kabinetts am Mikrophon, teils um ein paar beschwichtigende Worte zu sprechen, teils um seine vierte Notverordnung dem Volke menschlich näherzubringen.

Und jetzt geschieht ein wirkliches Wunder. Die allgemeine Panik weicht kritikloser Vertrauensseligkeit. Jetzt nimmt der staatsparteiliche Deputierte wieder aufatmend sein Reisebesteck heraus, Kommerzienrats Rasierpinsel steht wieder auf dem gewohnten Platz. Was hat sich denn ereignet? Sind die Nazis zersprengt? Wächst der Regierung ein Kornfeld auf der flachen Hand oder, wichtiger noch, hat sie einen Abnehmer dafür gefunden? Nichts von alledem. Der Herr Reichskanzler hat nur eine wenig sagende, farblose Rede gehalten, und alles erklärt sich beruhigt. Der von oben verordnete Weihnachtsfriede kann ausbrechen, und im Übrigen gab es in Berlin allein in der ersten Nacht unter dem Gesetz zum Schutze des innern Friedens einen Toten, vier Blessierte.

Diese neue Notverordnung hat eine viel bessere Aufnahme gefunden als die vorangegangenen, weil sie dem allgemeinen Wunsch nach »etwas Durchgreifendem« entgegenkommt. Die vierte Notverordnung, von den vielen, die nach der befreienden Tat rufen, enthusiastisch begrüßt, ist, in größerem Zusammenhange gesehen, nur ein besonderes Stück der heutigen deutschen Zerstörungspsychose. Sie ist ein grobes und dilettantisches Opus, das demolierend durch die noch intakt gebliebenen Teile der kapitalistischen Apparatur fegt, ohne ein sozialistisches oder auch nur soziales Äquivalent zu bieten. Sie verteilt nicht das Brot, sondern reglementiert den Hunger; nicht Planwirtschaft wird geschaffen, sondern Zwangswirtschaft. Was nützt der Zwang, wo es nicht ein Überquellen zu bändigen heißt, sondern die Schrumpfung? Hält man die fressende Energie der Auszehrung auf, indem man den Patienten in eine eiserne Corsage steckt? Nicht ordnend und befruchtend werden diese Dekrete wirken, sondern keimtötend und lähmend, und ihre einzelnen Paragrafen werden bald als Grabkreuze auf dem nächsten Massenfriedhof der Wirtschaft ragen.

Zinssenkung, Mietsenkung, Preissenkung, Fluchtsteuer – das hört sich alles kraftvoll und wohlbedacht an und bleibt doch höchst problematisch. Und auch der Herr Preisdiktator ist da – Pfüat di Gott! – und erklärt sofort mit der Anmut der Bescheidenheit, dass er kein Wunderdoktor sei. Wie viele Diktatoren solcher Art hat es nicht seit Batocki sel. schon gegeben? Sie brüten Beglückungspläne aus, und wenn sie aus dem Amtszimmer kommen, sind sie nirgendwo zuständig und kehren traurig zu ihrer Sekretärin zurück. Doch da ist noch die Lohnsenkung, und jetzt verstärkt sich allerdings der Eindruck, dass dies das einzig Reale an dem ausgedehnten Kunstbau der dekretierten Wirtschaft ist. Das ist der feste Kern, der kleine, aber betonierte Keller inmitten von haushohen Fortifikationen aus Pappe, die schnell zusammenfallen. Doch halt, nicht nur die Arbeiterschaft wird berührt, so einseitig, so klasseneng geht die Regierung nicht vor. Durch die Umsatzsteuer wird auch der noch mobile Teil der Produktion angezapft, auch hier wird das Leben tropfenweis versickern. Von hier droht neuer Bankrott, neue Deroute. Was für ein System regiert bei uns? Kein Liberalismus, kein Sozialismus, aber ein Fiskalismus, der ohne Plan, ohne Idee blindwütig drauflosverfügt. Der Reichskanzler verwahrt sich ausdrücklich dagegen, »Staatskapitalismus« zu treiben. Wenn er's nur täte! Stattdessen wird eine Fiktion von freier Wirtschaft aufrechterhalten, die unter dem nächsten Druck zerplatzen muss. Was dann? Fascismus, Kommunismus? Für beides muss Masse vorhanden sein, ein Streitobjekt, etwas, das es zu erobern gilt. Es ist zu fürchten, dass grade dies unter den Händen der regulierenden und registrierenden Bürokratie hinschwinden wird, und dann bleibt nur noch Vegetieren, langsames Hinsterben. Vielleicht sind wir darin schon weiter, als wir selbst wissen, und die Begeisterung, mit der diese Verordnungen begrüßt werden, bezeichnet schon die Euphorie.

So fährt Deutschland weiter, gebannt an den Magnetberg der Weltkrise. Ein Haufen armer desperater Seelen auf morschen Planken gefangen; morgen ein Totenschiff.

Die gleiche Not, die alle schwächt, ist Hitlers Stärke. Der Nationalsozialismus bringt wenigstens die letzte Hoffnung von Verhungernden: den Kannibalismus. Man kann sich schließlich noch gegenseitig fressen. Das ist die fürchterliche Anziehungskraft dieser Heilslehre. Sie entspricht nicht nur den wachsenden barbarischen Instinkten einer Verelendungszeit, sie entspricht vor allem der Geistessturheit und politischen Ahnungslosigkeit jener versackenden Kleinbürgerklasse, die hinter Hitler marschiert. Diese Menschen haben auch in bessern Zeitläuften nie gefragt, immer nur gegafft. Für das Schauspiel ist gesorgt, ebenso für ihr Muschkotenbedürfnis, die Knochen zusammenzureißen, vor irgendeinem Obermotzen zu »melden«.

Vor einer Woche schien es für Hitler keine Hindernisse mehr zu geben. »An der Schwelle der Macht«, schrieben »Times«. Rosenberg fuhrwerkte in England als Diplomat herum; eine Straßenaufnahme zeigt den Botschafter des Dritten Reichs, freundlich lächelnd, im Gespräch mit einem Londoner Bobby, der im Zweifel scheint, ob sein Hebräisch für die Unterhaltung auslangt. Auf die Tories hat Rosenberg aber ohne Zweifel mehr Eindruck gemacht. England sucht schon lange nach einer Formel, sich mit einem nationalsozialistischen Deutschland abzufinden. Es ist schwer zu glauben, dass das alles erledigt sein soll, nur weil Herr Brüning wieder einmal gesprochen hat, nur weil ein Bündel frischer Verordnungen herausgekommen ist.

Der neue Reichsminister Schlange-Schöningen hat kürzlich in einem Rundfunkvortrag ein paar beachtliche Gedanken geäußert: »Wer hat heute noch das Recht, die absolute Unantastbarkeit, die Heiligkeit des Privateigentums zu predigen? Wer unternimmt es, diesen Begriff heute auch nur klar zu definieren? Wird nicht auf allen Gebieten der Wirtschaft Tag für Tag am Privateigentum gerüttelt?« Das ist sehr richtig gesehen. Enteignet wird auf alle Fälle, es fragt sich nur: zu wessen Gunsten?

Es gibt in dieser Epoche eines beinahe mechanisch berstenden Privatbesitzes zwei Lösungen: eine sozialistische, die das Privateigentum überhaupt aufhebt, auf neuer Grundlage neu beginnt, ohne zu warten, bis die letzten Stücke, gleichfalls angekränkelt, auseinanderfallen. Und es gibt eine zweite Lösung, indem das ganze Volk einem alles aufsaugenden Industriekapitalismus tribut- und arbeitspflichtig wird. Für die Lebenshaltung des Einzelnen mag das zuzeiten durchaus dasselbe sein, aber für das Bewusstsein ist es nicht gleichgültig, wer das Opfer fordert. Man vergleiche die heroische Haltung, die Russland in seinen Entbehrungsjahren gezeigt hat, mit dem deutschen Marasmus, mit diesem verzweifelten Lazzaronitum, das sich, grotesk genug, nach außen hin noch zu nationalistischen Gebärden aufreckt.

Diese zwei Lösungen gibt es nur. Die der Regierung Brüning ist keine. Sie nimmt die verwegensten Operationen vor, sie stutzt die Wirtschaft wie eine Taxushecke, aber sie hält noch immer die Illusion hoch, als handle es sich hier um etwas Vorübergehendes, um einen unangenehmen Rückweg in »normale Zustände«, worunter die frühern vollkapitalistischen zu verstehen sind. Um die Folgen des unerhörten Drucks einer ex cathedra diktierten Wirtschaft zu überwinden, dazu ist diese Regierung zu schwach. Und der Staat ist auch nicht kräftig, nicht geschlossen genug, um die Gegenstöße eines allgemeinen Auflösungsprozesses, der sehr rebellische Formen annehmen kann, zu ertragen. Dann aber kommt die Stunde des Fascismus, dann wird die Hitler-Armee endlich etwas zu tun haben. Dann wird auch der Sieg des monopolisierten Kapitalismus vollkommen sein. Dann wird der SA-Landsknecht die Manneszucht in den Betrieben schon übernehmen. Dann werden die Gewerkschaften zertrümmert werden, und der deutsche Mann wird, befreit von dem unwürdigen Pariageist der gewerkschaftlichen Koalition und ihrem judäisch-marxistischen Tarifrecht, rank und schlank, hei, vor seinen Industrieherzog treten und ihm hochgemut seine Dienste als Kaufmann, Techniker oder Lampenputzer anbieten. Unter einer alten knorrigen westfälischen Eiche wird er seinem Lehnsherrn den Eid leisten, ihm allzeit treu, hold und gewärtig zu sein, und wer dann noch Geld sehen will, der wird erschossen.

Kommt Hitler also doch? Vor acht Tagen war der Schreckensruf »Fascismus ante portas!«. Brünings Rede hat ihn nicht verscheucht, er ist nur einstweilen stehen geblieben. Gewiss will Brüning vor Hitler weder ruhmlos abtreten noch als minderberechtigter Partner vor ihm kuschen. Der Reichskanzler mag sich seine eigne Methode ausgedacht haben, mit dem Fascismus fertig zu werden. Aber um eine Methode, die man nicht kennt, zu tolerieren, dazu gehört Vertrauen, und dieses Vertrauen haben wir zu Herrn Brüning nicht, wie wir das hier vom ersten Tage seiner Kanzlerschaft an betont haben. Brüning will nur die Anmaßung des Fascismus, seinen Anspruch auf Alleinherrschaft, brechen, nicht ihn selbst.

Neben den wirtschaftlichen Bestimmungen der Notverordnung sind die politischen in der öffentlichen Diskussion vernachlässigt worden. Und doch verdienen sie nicht mindere Beachtung. Sie geben einen wertvollen Einblick, wie sich die Regierenden die Abwehr des umstürzlerischen Nationalsozialismus vorstellen. Zunächst: Die Herren wollen die Republik retten, indem sie sich Unterstützung durch republikanische Kräfte verbitten und diese unerwünschte Unterstützung unter Strafe stellen. Das undifferenzierte Versammlungsverbot, das Verbot, Uniformen und Abzeichen zu tragen, trifft ja nicht nur die Nazis, sondern viel ärger die von links. Ist es der Regierung ernst damit, den Verfassungsstaat zu verteidigen, so kann sie auf die Mobilisation aller demokratisch-republikanischen Kräfte nicht verzichten. Die res publica ist die öffentliche Sache. Der Staat, den Brüning und die andern verteidigen, ein Homunculus, ein Retortengeschöpf. Die vorgebliche Parität wird in der Praxis zum schreiendsten Unrecht. Denn die Organisation des Staates selbst, Militär, Exekutive, Beamtentum, steckt voll von unzuverlässigen Elementen. So wie die Justiz durchweg jeden Rotfrontmann bisher härter anfasste als einen Nationalsozialisten, so wird der Mann aus dem republikanischen Verband in Zukunft schlechter dran sein als der vom Stahlhelm oder von Hitler. Aber es ist schon grotesk genug, dass Loyalität ebenso bestraft werden soll wie Auflehnung.

»Es ist schlimm um einen Staat bestellt, der seinen Bürgern verbietet, Abzeichen in seinen Farben zu tragen«, ruft der Bundesvorstand des Reichsbanners. Richtig, richtig, richtig. Doch dann heißt es: »Über ein kurzes, dann wird auch diese Regierung einsehen müssen ...« Nein, meine Herren, diese Regierung wird gar nicht einsehen. Diese Hoffnung ist ebenso töricht wie die Parole »Staat, greif zu!«. Wenn dieser Staat zugreift, so nimmt er, wie er es immer getan hat, die Republikaner zuerst. Wäre die Regierung wirklich gewillt, gegenüber dem Nationalsozialismus Autorität zu zeigen, so hätte sie Hitler an dem Tage, wo er wie der Chef einer Nebenregierung im Kaiserhof Parade abhielt, als Hochverräter verhaften lassen müssen, ebenso wie Rosenberg bei seiner Rückkehr aus London. Dann dürfte auch Herr Gregor Strasser nicht mehr frei herumlaufen, der soeben wieder in Stuttgart gedonnert hat: »Und wenn wir bis an die Knöchel in Blut stehen müssen um Deutschlands willen, so haben wir es haben wollen.« Dann dürfte dieser Oberreichsanwalt sich nicht mehr auf seinem Posten befinden, der – nach den Worten des »Berliner Tageblatts« – für die Verfasser der Boxheimer Mordpläne eine Entlastungsaktion vorgenommen hat. Und dieser Herr Werner, der längste Arm des Staates, soll zupacken? Armes Reichsbanner, er wird dich zuerst haben und dich nicht so glimpflich behandeln wie Best und seine Bluthunde.

Eine Konzession an die Linke befindet sich allerdings in der Notverordnung: Herrn Groeners Lieblingskind, von seinem Carlowitz gepäppelt und gewiegt, die »Staatsverleumdung« fehlt. Ich gehe wohl nicht fehl in der Annahme; dass das Kapitel »Verstärkung des Ehrenschutzes« den einstweiligen Ersatz darstellt, um der lästigen Kritik den Mund zu stopfen. In diesen fünf Paragrafen blasen die Herren Geheimräte des Reichsjustizministeriums die Schicksalshörner der deutschen Pressefreiheit:

»§ 1. Steht im Falle der üblen Nachrede (§ 186 des Strafgesetzbuchs) der Verletzte im öffentlichen Leben und ist die ehrenrührige Tatsache öffentlich behauptet oder verbreitet worden und geeignet, den Verletzten des Vertrauens unwürdig erscheinen zu lassen, dessen er für sein öffentliches Wirken bedarf, so ist die Strafe Gefängnis nicht unter drei Monaten, wenn der Täter sich nicht erweislich in entschuldbarem gutem Glauben an die Wahrheit der Äußerung befunden hat.

§ 2. Steht im Falle der Verleumdung (§ 187 des Strafgesetzbuchs) der Verletzte im öffentlichen Leben und ist die ehrenrührige Tatsache öffentlich behauptet oder verbreitet worden und geeignet, den Verletzten des Vertrauens unwürdig erscheinen zu lassen, dessen er für sein öffentliches Wirken bedarf, so ist die Strafe Gefängnis nicht unter sechs Monaten.

§ 3. In den Fällen der §§ 1, 2 kann das Gericht neben der Strafe und unabhängig von einer nach § 188 des Strafgesetzbuchs zu verhängenden Buße auf eine an die Staatskasse zu entrichtende Buße bis zu einhunderttausend Reichsmark erkennen.

§ 4. In Strafverfahren wegen Beleidigung bestimmt das Gericht, auch wenn die Tat auf erhobene öffentliche Klage verfolgt wird, den Umfang der Beweisaufnahme, ohne hierbei durch Anträge, Verzichte oder frühere Beschlüsse gebunden zu sein.

§ 5. In allen Strafverfahren wegen Beleidigung, in denen die Staatsanwaltschaft die Verfolgung übernimmt, ist das Schnellverfahren (§ 212 der Strafprozessordnung) auch dann zulässig, wenn der Beschuldigte sich weder freiwillig stellt noch infolge einer vorläufigen Festnahme dem Gericht zugeführt wird.«

Ist diese grobe, unnuancierte Fassung Unzulänglichkeit oder Absicht? Auch Adolf Hitler »steht im öffentlichen Leben«, auch jene seiner Granden, die zur Nacht der langen Messer die Eisen wetzen lassen und vor fanatisierten Versammlungen zur Belebung der Hanfseilindustrie praktische Vorschläge machen. Gelingt es dem »Verletzten«, einem Richter, der durchaus kein braunschweigischer zu sein braucht, klarzumachen, dass alles legal gemeint sei, natürlich nur zur Abwehr irgendeiner »Kommune«, die die streng verfassungsmäßige Naziregierung bedroht, so ist der staatsloyale, der republikanische Redakteur geklappt. Gefängnis lässt sich ertragen, aber eine hohe Geldbuße ruiniert heute jedes Presseunternehmen. Großer Manitu, was bleibt dem Publizisten übrig, als von der Politik zu lassen und etwa über die Liebe zu schreiben, falls das nicht unter das Schund- und Schmutzgesetz fällt! Nachdem hundert Jahre um die Meinungsfreiheit gekämpft worden ist, genügen ein paar Paragrafen, um sie still zu beseitigen. So treibt Deutschland in Dunkelheit dahin, Verwesungsdünste steigen auf. Die eine Hälfte der Nation bettelt um Almosen, die andre muss es verweigern, weil sie selbst nichts hat. Das ist der deutsche Status Weihnachten 1931. Ein paar Menschen wird es noch geben, die in diesem mephistischen Gestank verfaulender Geister nach besserer Luft verlangen. Schlagt sie tot, das Reichsgericht fragt euch nach den Gründen nicht!

(Die Weltbühne, 15. Dezember 1931)

Gang eins

Byzanz

Du musst es dreimal sagen: Der Generalfeldmarschall von Hindenburg ist kein tragbarer Kandidat für die Linke. Die Parteizentrale der Sozialdemokratie hat gesprochen. Wie viele Wähler werden am 13. März folgen? Das ist das Rätsel des ersten Wahlgangs.

Die Sozialdemokratie formulierte ihre Losung lieber »gegen den Fascismus« als »für Hindenburg«. Niemand weiß, wie sich die organisierten Mitglieder verhalten werden, noch weniger, wie die großen unkontrollierbaren Massen der Mitläufer, der Sympathisierenden. Was in dem unermesslichen Inselmeer der politischen Linken heimatlos treibt, die vom bürgerlichen Republikanertum oder die von der deutschen Verkörperung des Kommunismus Enttäuschten, die meisten von ihnen pflegen wohl für einen Wahltag in der stillen Bai der alten Sozialdemokratie zu landen. Werden sie, wie die sozialdemokratischen Blätter verkünden, »mit Hindenburg gegen den Fascismus kämpfen« –?

Dazu müsste sich der erwählte Kandidat zunächst selbst äußern. Der Herr Reichspräsident betont aber nur seine »Überparteilichkeit«, ein Begriff, der bekanntlich recht verschieden auslegbar ist. Da ist die Begleitmusik der zahlreichen Helden– und Jungfernkränzchen, die die Kandidatur Hindenburg affichieren, schon viel deutlicher. So hat der gute, alte Graf Westarp, der am 9. November 1918 wie ein Gebilde von Braunbier und Spucke durch die Reichstagsgänge irrte und sich damals wohl nicht träumen ließ, er würde dreizehn Jahre später den Primas der deutschen Republik küren helfen, einen Aufruf gestartet, in dem es heißt: »In der Stunde des Entscheidungskampfes um Deutschlands Wehrhoheit und Tributfreiheit hat Generalfeldmarschall von Hindenburg sich entschlossen, noch einmal die schwere Bürde des Reichspräsidenten anzunehmen. Hindenburg verkörpert uns deutsche Gottesfurcht und Treue im Dienst des Vaterlandes, eisernes Pflichtbewusstsein und deutsches Soldatentum.« Unterschrieben ist der Aufruf vornehmlich von einigen Dutzend Herrschaften aus Großgrundbesitz und Schwerindustrie, wozu sich die Damen Gräfin Bassewitz (Dätzingen), Gräfin Günther von der Groeben Exzellenz, Freifrau Hiller von Gaertringen, Gräfin Elisabeth von Pfeil, Oberin von Lindeiner-Wildau, Gräfin von Uexküll-Gyllenband Exzellenz und viele andre noch gesellen, darunter Cimbal (Altona), ein allzu schwacher Cimbalschlag nur neben so viel kurbrandenburgischen Fanfaren.

Nun sind das alles nur Namen, aber keine Wähler. Letztere müssen nämlich von der Sozialdemokratie geliefert werden; that's the humour of it! Unsre armen sozialistischen Freunde, die in den letzten Jahren so oft im Wachstuchzylinder und Radmantel von achtundvierzig paradieren mussten, werden sich nun – o Meiningerei der Politik! – nach einem noch weiter zurückliegenden Kostüm umzusehen haben, um vor Elisabeth von Pfeil oder Elsa von Brabant Gnade zu finden. In der Stunde des Entscheidungskampfes um Deutschlands Wehretat und Tributfreiheit ... Ist dies das Programm der Sozialdemokratie? ... Deutsche Gottesfurcht und Treue ... Sind dies ihre Ideale?

Wenn die Sozialdemokratie sich schon entschlossen hat, für Hindenburg einzutreten, so muss sie diesem Kampf auch das Cachet geben, so muss sie ihr Fahnentuch um die Herme ihres Kandidaten schlagen, anstatt diesen im Kriegervereinsgeschwafel von Leuten verschwinden zu lassen, die sonst den sanftesten Demokraten gleich arretieren lassen möchten. Ein Wahlkampf von heute ist keine Wagner-Oper, und die sozialistischen Wähler sind kein Stimmvieh, das einfach abkommandiert werden kann.

Aber schließlich kann man Westarp und den andern Ritterbürtigen keinen Vorwurf machen, wenn der Reichskanzler vor dem Parlament selbst eine Sprache wählt, die nicht nach Weimar, sondern nach Byzanz leitet. »Wenn ich die Hoffnung in diesen schweren Tagen nie aufgegeben habe, dann aus einer Tatsache: aus der, dass ich einem Manne dienen darf wie dem Reichspräsidenten von Hindenburg. Vergessen Sie eines nicht: Von der Wiederwahl des Reichspräsidenten von Hindenburg hängt es auch ab, ob die Welt glauben soll, dass im deutschen Volke noch Ehrfurcht und Achtung vor der Geschichte und der geschichtlichen Person besteht.« Ehrfurcht vor der Geschichte ist bei einem Volke eine sehr schätzenswerte Eigenschaft, aber dass es sich hier um einen kardinalen Faktor handelt, von dem die Meinung der Welt über uns abhängt, will mir nicht recht einleuchten. In die Gegenwart eines Volkes mischen sich viele Traditionen, es fragt sich nur, an welche anzuknüpfen ist. Die achtzigjährigen Herren Eduard Bernstein und Georg Ledebour zum Beispiel erinnern uns an die Zeit des Sozialistengesetzes oder an die großen prinzipiellen Auseinandersetzungen zwischen Reformisten und Radikalen. Der Herr Reichspräsident dagegen bedeutet, wie das nicht anders sein kann, eine natürliche Verbindung mit dem Kaiserreich und dem alten preußischen Militarismus, also Anknüpfung an eine Tradition, die dem Geiste der Republik in allem konträr ist. Wenn der Reichskanzler sich glücklich erklärt, dass er Hindenburg »dienen« dürfe, so bedeutet das einen Rückfall in jene Epoche, in der seine Amtsvorgänger sich bemühen mussten, auch vor dem Parlament die Sprache des Hofzeremoniells beizubehalten.

Die Minister sind nicht die »Diener« des Reichspräsidenten. Die Stellung des Reichsoberhauptes ist durch die Verfassung abgegrenzt. Der Reichskanzler jedoch ist laut Verfassung derjenige, der die Anordnungen und Verfügungen des Reichspräsidenten gegenzeichnet und damit die Verantwortung übernimmt. Artikel 54 sagt nichts von »Dienst«, wohl aber: »Der Reichskanzler und die Reichsminister bedürfen zu ihrer Amtsführung des Vertrauens des Reichstags. Jeder von ihnen muss zurücktreten, wenn ihm der Reichstag durch ausdrücklichen Beschluss sein Vertrauen entzieht.« Die Verehrung eines Ministerpräsidenten für das Staatsoberhaupt ist eine angenehme Zugabe, die das Zusammenarbeiten gewiss erleichtert, aber ein konstitutioneller Faktor ist das nicht. Ausschlaggebend bleibt das Vertrauen des Parlaments und die von ihm bestimmte Linie. Gelegentlich hat auch Disharmonie zwischen höchsten Staatsstellen große historische Resultate nicht verhindern können, wie im Falle Clemenceau-Poincaré.

Es ist wieder ein sehr deutsches Unglück, dass als Reichspräsident nicht etwa jemand gesucht wird, der würdig repräsentiert und nicht zu impulsiven Zwischenspielen neigt. Gesucht wird überhaupt kein sterblicher Mensch, sondern ein Retter, ein Baldur, eine Figur aus dem Mythos. Das sitzt so tief, dass selbst ein so spärliches Temperament wie Brüning, der als Redner sich ganz gewiss nicht leicht an die Schwärmerei der Sekunde verliert, seine Beziehung zum Reichsoberhaupt durch ein mittelalterliches Bild, in dem sich Heroismus mit Domestikentum seltsam mischt, zu illustrieren für notwendig findet.

Herr, wo waren Sie im Krieg –?

Herr Brüning macht den Republikanern die Kandidatur Hindenburg überhaupt nicht leicht. Er treibt sie unerbittlich durch das kaudinische Joch seiner konservativen Ideologie. Manchmal hat das fast friderizianischen Stil. »Wollt ihr Racker denn ewig leben?« Das klingt so zwischen den Zeilen der kanzellarischen Kundgebungen. So rief Brüning in seiner Reichstagsrede den Nationalsozialisten erregt zu: »Am 9. November war ich an der Spitze einer Offizierstruppe, die sich zur Niederwerfung der Revolution gebildet hatte.« Der Bericht der »Vossischen Zeitung« bemerkt dazu: »Bei diesen Worten klatschten die Mittelparteien stürmisch Beifall, während man auf der Linken deutlich eine Bewegung bemerken kann.«

Doch schon in der Morgenausgabe darauf betont die »Vossische Zeitung«, der Satz laute nach der amtlichen Wiedergabe: »Am 9. November war ich in der Gruppe Winterfeld, die zur Niederwerfung der bolschewistischen Revolution gebildet worden war.«

Nun haben einige Millionen Deutsche durch den Rundfunk die erste Fassung gehört. Der Reichskanzler rektifiziert sich, indem er hervorhebt, er habe bei einer Truppe gestanden, die nur gegen Spartakus kämpfen wollte, nicht aber für die gestürzte Monarchie. Das ist der Sinn seiner Korrektur des amtlichen Stenogramms. Wer die damalige Zeit miterlebt hat, weiß, dass der Unterschied nicht erheblich war. Wenigstens konnte man das den damals in den Straßen herumpfeifenden Kugeln nicht anhören, ob sie gegen den Bolschewismus oder für Wilhelm abgefeuert wurden.

Es ist begreiflich, dass die Sozialisten bei diesem autobiografischen Bekenntnis Brünings klamme Finger bekamen. Tags zuvor noch hatten sie ihre nationale Stubenreinheit stürmisch genug beteuert, als sie von dem kleinen Goebbels »Partei der Deserteure« genannt wurden. Natürlich hatte der kleine Goebbels, der seine Unterleibsbeschwerden mit Vorliebe auf der Rednertribüne exhibitioniert – ein Zug, den Tacitus bei den alten Germanen nicht wahrgenommen hat –, eine harte Abfuhr verdient. Aber wie die Gekränkten reagierten, das ist wieder bezeichnend für die Niveaulosigkeit dieses Parlaments. Im Nu hatte sich der Reichstag in einen provinzialen Verein verwandelt, dessen verzankte Mitglieder sich gegenseitig die Schicksalsfrage zuschreien: »Herr, wo waren Sie im Krieg –?« Die Sozialdemokraten pochten auf ihre Eisernen Kreuze und ihre intakten Soldbücher und führten ihre Narben vor wie Coriolan. Die Sozialdemokraten wären viel patriotischer als die Nationalisten. Hand aufs Herz, wer verlangt das von der internationalen, der völkerbefreienden Sozialdemokratie? Die Arbeiter, die Republikaner, die antimilitaristischen Bürger, die diese Partei wählen? Kaum, aber die Kandidatur Hindenburg verlangt es. Damit die Bassewitze und Itzenplitze, damit der ganze von Westarp und Treviranus auf die Zitterbeine getrommelte Adelskalender nicht doch noch zu Hitler oder Duesterberg humpelt, deshalb muss die Partei mit blankgeputzter Montur antreten.

Das ist das Erschütternde an dem gegenwärtigen Zustand: Nicht der Fascismus siegt, die andern passen sich ihm an. Brüning sucht sich Hitler anzugleichen, die Sozialdemokraten bilden sich an Brüning. Der Fascismus jedenfalls bestimmt das Thema, das Niveau. Eine hingeworfene Schnoddrigkeit des Berliner Sportpalast-Tribunen jagt zehn Dutzend sozialistische Deputierte von den Plätzen, zwingt sie dazu, sich als gut vaterländisch zu legitimieren. Ein blamabeler Zwischenfall, der nur zeigt, dass die Initiative rechts liegt.

Es mag Zeiten geben, wo auch in der Politik die Anpassung notwendig ist und Wunder bewirken kann. Aber in so entscheidenden Phasen wie heute kommt es nicht auf Angleichung und Schutzfärbung an, sondern auf die Herausarbeitung des konsequenten Gegentyps der herrschenden Mächte.

Ein lehrreiches Exempel, wie diese Debatte zu behandeln war, gab merkwürdigerweise der Staatsparteiler

Doktor Weber, ein maßlos Gemäßigter sonst. Er verteidigte nämlich nicht die angezweifelte nationale Haltung seiner Leute, sondern hielt den Fascisten einfach ihre Mordliste vor. Und die ganze braune Fraktion stob auseinander wie eine Belialsschar, die plötzlich vor ein Pentagramm geraten ist. Der kleine Goebbels schlich beklommen hinterher wie der Kater beim Gewitter.

Thälmann

Der erste Wahlgang kann keine Entscheidung bringen. Die radikale Rechte tritt gespalten auf. Wahrscheinlich ist die Stahlhelm-Kandidatur nur ein Kind der Angst, schon jetzt eine Entscheidung fällen zu müssen. Hindenburg oder Hitler? Der Stahlhelm wird am Ende bei dem sein, der am 13. März am besten abschneidet und am meisten bietet.

Im Übrigen muss noch immer mit einer Resignation Hindenburgs nach dem ersten Wahlgang gerechnet werden. Entspricht das Resultat nicht seinen Erwartungen, setzen wieder neue Intrigen von fascistischer Seite ein, stellt das Braune Haus etwa an Hitlers Stelle einen Hohenzollernprinzen auf, so wird sich der Reichspräsident kaum den Fährlichkeiten des zweiten Wahlgangs aussetzen. Hugenberg und Hitler sind völlig skrupellose Gegner, die sich mit dem Hinweis auf die Verantwortung nicht bluffen lassen. Sie werden nicht davor zurückschrecken, mit Petarden zu schießen.

Immer wieder werde ich in Zuschriften von Lesern gefragt, wer denn am 13. März zu wählen sei. Bleibt denn nichts andres übrig, so heißt es immer wieder, als diese fatale, diese entmutigende Politik des »kleinern Übels«?

Ich bin kein Ratgeber auf dem Kandidatenmarkt, und wer einer Partei angehört, wird im Endkampf zwischen Disziplin und besserer Überzeugung durchweg der Disziplin den Vorrang geben. Gern hätte ich als parteiloser Mann der Linken für einen akzeptablen Sozialdemokraten wie Paul Löbe oder Otto Braun gestimmt. Da kein sozialdemokratischer Kandidat vorhanden ist, muss ich schon für den kommunistischen stimmen. Wahrscheinlich werden viele, die ähnlich denken, ebenso handeln.

Man muss festhalten: Die Stimme für Thälmann bedeutet kein Vertrauensvotum für die Kommunistische Partei und kein Höchstmaß von Erwartungen. Linkspolitik heißt, die Kraft dort einsetzen, wo ein Mann der Linken im Kampfe steht. Thälmann ist der einzige, alles andre ist mehr oder weniger nuancierte Reaktion. Das erleichtert die Wahl.

Die Sozialdemokraten sagen: Hindenburg bedeutet Kampf gegen den Fascismus. Von wannen kommt den Herren diese Wissenschaft? Der Kandidat betont nur seine Überparteilichkeit, in Sturmzeiten eine lebensgefährliche Formel. Da Propaganda und Farbengebung der Kandidatur Hindenburg ganz und gar in den Händen von Rechtsleuten liegt, so ist es auch völlig unmöglich, über Garantien zu disputieren, die man sonst von einem Kandidaten, einerlei ob Parteimann oder nicht, verlangt. Politik ist ein Frage-und-Antwort-Spiel. Wo man das Recht zu fragen als grobe Ungebühr ablehnt, da mag ein Reich beginnen, das schöner und edler ist als das der Politik, aber, wie gesagt, die Politik hat dort aufgehört.

Es ist ein Unsinn, die Kandidatur Thälmann als eine bloße Zählkandidatur hinzustellen. Wahrscheinlich wird

Thälmann eine überraschend hohe Stimmenzahl erzielen können. Das wird übrigens heute schon von bürgerlichen Politikern in privaten Unterhaltungen geäußert. Je besser Thälmann abschneidet, desto deutlicher wird demonstriert, welch einen Erfolg eine sozialistische Einheitskandidatur hätte haben können, was für Möglichkeiten noch immer bestehen. Auf diese Lektion kommt es an. Die Hindenburg-Koalition zwischen ausgedienten Hofdamen der Monarchie und kommenden Höflingen der diktatorialen Republik ist ein Produkt von Parteibureaus, die das Tastgefühl für die Schwankungen der Wählerschaft verloren haben. Deutschland hat in diesen Jahren zu viel gelitten, zu viel gehungert, um sich in seinen Entscheidungen von Pietät bestimmen zu lassen. Die meisten haben nichts zu gewinnen, wohl aber eine verlorene Existenz zu rächen.

(Die Weltbühne, 1. März 1932)

Ein runder Tisch wartet

Die preußischen Wahlen haben der NSDAP keine absolute Mehrheit gebracht, wohl aber ist der Abstand, der sie davon trennt, so gering, dass er nur als Anreiz wirken kann, den Sturm so bald wie möglich wieder aufzunehmen. Die Regierung der Weimarer Koalition hat eine ehrenvolle Niederlage erlitten, aber die Niederlage ist unleugbar. Unter den vielen Ratschlägen, mit denen Otto Braun in diesen Tagen bedacht wurde, ist der schlimmste, sich mit dem bisherigen Kabinett wenigstens geschäftsführend zu behaupten, bis der liebe Gott es wieder anders beschlossen hat. Auch in der Politik bevorzugt der liebe Gott die stärkern Bataillone.

Mit Recht betont die »Frankfurter Zeitung«, dass eine von Parlament oder Verfassung sanktionierte Geschäftsführung Treuhänderschaft bedeutet. »Eine geschlagene Partei muss, wenn ihre Führer im Amt bleiben, nach diesem Grundsatz verfahren. Wird dagegen verstoßen, so wird sich das bei der nächsten Wahl bitter rächen.« Eine Regierung, deren Autorität soeben durch einen erheblichen Misserfolg beeinträchtigt wurde, kann nicht gegen eine Partei regieren, die siebenunddreißig Prozent der Wählerschaft umfasst. Da die kommenden Monate wahrscheinlich wieder starke politische und wirtschaftliche Eingriffe erforderlich machen müssen, die Krise aber weiter wachsen und Regieren manchmal nur in diktatorischer Form möglich sein wird, so können die siebenunddreißig Prozent bei einer Neuwahl im Herbst sehr wohl auf zweiundfünfzig Prozent anschwellen.

Welche parlamentarischen Möglichkeiten gibt es heute noch in Preußen?

a) Das Kabinett Braun bleibt mit geschäftsführendem Auftrag;

b) Zentrum und Nazis bilden eine Koalition;

c) die Regierung Braun–Severing stützt sich auf die parlamentarische Hilfe der Kommunisten;

d) die Sozialdemokratie lässt die Bürgerparteien unter sich und bildet mit den Kommunisten einen oppositionellen Arbeiterblock.

Wir halten nur c) und d) für diskutabel, b) geht ausschließlich die zwei beteiligten Parteien an, a) bürdet der Sozialdemokratie eine Last auf, die sie nicht mehr tragen kann und die sie auch nicht mehr tragen sollte.

Die Nazis, die früher über das Reich in Preußen einbrechen wollten, rüsten jetzt, das Reich von Preußen her zu nehmen. Ob die Verständigung mit dem Zentrum gelingen wird, lässt sich nicht voraussagen. Indessen fehlt es bei beiden weder am besten Willen zur Zusammenarbeit noch zum gegenseitigen Betrug. In der Nachbarschaft der Reichsregierung gibt es auch einige unternehmungslustige Köpfe, die der Meinung sind, das Reich täte am besten, nach dem Fehlschlagen der parlamentarischen Lösungen, Preußen durch einen dazu bestellten Kommissar, etwa Stegerwald, in Zwangsverwaltung zu nehmen. Unter dem Stichwort »Reichsreform« könnten Finanzen und Polizei dem Reich einverleibt werden, in der leeren Hülse, die dann noch bleibt, mag Gregor Strasser, den Drachenkamm des National-Fascismus auf dem Haupte, ruhig als »preußischer Ministerpräsident« Platz nehmen.

Es ist nur fraglich, ob sich die siegreichen Nationalsozialisten ihren Braten so leicht vor der Nase wegschnappen lassen. Und es ist nicht minder fraglich, ob das Zentrum, so verlockend es ihm auch scheinen mag, wenigstens vorübergehend Preußen unter eigne Regie zu bringen, schließlich nicht doch vor einem Wagnis zurückschreckt, dessen Misslingen nicht auf die Partei, sondern auch auf den ganzen deutschen Katholizismus zurückwirken müsste. So ist es viel wahrscheinlicher, dass das Zentrum sich eher dazu verstehen wird, die in Preußen zu schaffende Konstruktion auf das Reich zu übertragen, dessen gegenwärtige Regierung ja nicht nur im Innen- und Außenressort Provisorien aufweist, sondern auch einige Minister mit sich schleppt, deren Parteigrundlage durch die Preußenwahlen völlig fiktiv geworden ist. Wen vertritt zum Beispiel der Treviranissimus der Volkskonservativen? Was Herr Dietrich aus Baden außer seinem Defizit? Wen oder was Herr Martin Schiele, exmittiert bei Hugenberg, verzankt mit seinen Grünen?

Die alte Weimarer Koalition besteht nicht mehr. Das Zentrum ist im Abmarsch begriffen, die bürgerlichen Zwischenstufen sind dahin. Die Sozialdemokratie ist außen abgeschabt, jedoch im Kern intakt. Sie hat verloren, aber sich noch immer mit Bravour geschlagen. Auch die Kommunisten brüten über einer Verlustliste. Auch sie sind im Kern unversehrt, aber ihre Außenposten kleinbürgerlich randalierender Mitläufer sind zu Hitler übergelaufen.

Trotzdem sind die Kommunisten das geworden, wovon der alte Liberalismus und seine durch eine erfolglose Nacht mit dem Jungdo kompromittierte Witwe, die Staatspartei, lebelang geträumt haben: der dritte, auf den es ankommt. Die parlamentarische Zukunft Preußens hängt von den Kommunisten ab. Unter diesen Umständen haben einige Blätter plötzlich ihr Herz für die KPD entdeckt und ihr ebenso freundlich wie naiv zugeredet. Das heißt, eine richtige Sache verkehrt anpacken. Es geht nicht an, die Kommunisten jetzt plötzlich als ein vorübergehend abhandengekommenes Anhängsel der Koalition von Weimar behandeln zu wollen, nachdem man jahrelang in ihnen nicht mehr gesehen hat als eine Kolonie für Galgen und Rad, gut genug, vom Vierten Strafsenat ihrer natürlichen Bestimmung zugeführt zu werden. Selbst wenn die Kommunisten vorübergehend zu einer parlamentarischen Nothelferschaft gewonnen werden sollten, so müsste auch das von tiefgreifendster Wirkung auf die gesamte Arbeiterbewegung werden. So tragisch die heutige Situation ist, so birgt sie doch ein Glücksgeschenk: Wieder stehen die beiden großen sozialistischen Parteien allein da. Die Kommunisten haben ebenso wie die Sozialdemokraten in drei enttäuschungsreichen Wahlnächten viele Illusionen entschwinden sehen.

Am Tage nach der Wahl erließ die KPD gemeinsam mit der RGO einen Aufruf, in dem es heißt:

»Wir sind bereit, mit jeder Organisation, in der Arbeiter vereinigt sind, und die wirklich den Kampf gegen Lohn- und Unterstützungsabbau führen will, gemeinsam zu kämpfen! Wir Kommunisten schlagen Euch vor: Sofort in jedem Betrieb und in jedem Schacht, auf allen Stempelstellen und Arbeitsnachweisen, in allen Gewerkschaften Massenversammlungen der Arbeiter einzuberufen, die drohende Lage zu überprüfen, die gemeinsamen Forderungen aufzustellen, Kampfausschüsse und Streikleitungen der kommunistischen, sozialdemokratischen, christlichen und parteilosen Arbeiter zu wählen und entschlossen den Massenkampf und den Streik gegen jeden Lohn- und Unterstützungsabbau vorzubereiten und durchzuführen.«

Zugleich versicherten die kommunistischen Blätter feierlich, die Partei denke nicht daran, Preußen an das Hakenkreuz auszuliefern. Und der »Vorwärts« antwortete darauf gedämpfter als sonst und verlangte nur Garantien gegen kommunistische Parteigeschäfte unter der Etikette »Einheitsfront«. Niemals war die Gelegenheit zu einer Annäherung der beiden großen sozialistischen Parteien günstiger, niemals aber auch sprach die Notwendigkeit diktatorischer.

Die erforderliche Aussprache darf nicht durch allzu weitgesteckte Ziele verwirrt werden. Die rote Einheitsfront ist ein pathetisches Sehnsuchtswort, das auf beiden Seiten schon viel Parteiegoismus verdeckt hat, viel Versuche, in den Hürden des andern zu wildern. Wo zwei Arbeiter sich treffen, mag es seine Wirkung haben, zwei Funktionäre jedoch macht es noch argwöhnischer, als sie schon sind. Lassen wir es heute beiseite, denn nicht um die Verschmelzung beider Parteien handelt es sich, sondern um ein operatives Zusammengehen zur Verteidigung der Arbeiterklasse.

Eines allerdings muss vorweg von beiden anerkannt werden: Reformismus und Radikalismus sind zwei natürliche, legale Zweige der Arbeiterbewegung. Der eine ragt in die Zukunft, der andere bedeutet die Gegenwart. Beider Funktionen sind lebenswichtig. Und beide laufen heute unmittelbar Gefahr, Gegenwart und Zukunft zu verlieren und historische Kategorien zu werden. Denn in dieser Epoche, das muss mit aller Schärfe gesagt werden, liegt die Initiative nicht mehr bei der Arbeiterbewegung, weder bei ihrem reformistischen noch bei ihrem revolutionären Flügel. Die Sozialdemokratie ist mit ihren opportunistischen Kniffen ebenso mit ihrem Latein zu Ende wie die KPD mit ihrem Treiben in die Weltrevolution. Primgeiger ist der Fascismus. Die revolutionäre Gärung in Deutschland rührt nicht von einer um Aufstieg kämpfenden Arbeiterschaft her, sondern von einem Bürgertum, das sich gegen sein Versinken krampfhaft zur Wehr setzt. Mitten im fallenden Kapitalismus befindet sich die Arbeiterschaft in der Defensive. Das ist die größte Überraschung dieser Phase, und das allein muss die Haltung und die Wahl der Mittel bestimmen.

Es wird nicht leicht sein, die Sozialisten aller Richtungen auch nur diskutierend zusammenzubringen. Sie haben sich viel angetan, und ein Generalpardon ist notwendig. Bei allen Beteiligten ist die Feindschaft traditionell geworden, gleichsam Ehrensache. Alles ist in umfangreichen, archivartig verschachtelten Gedächtnissen mit schrecklicher Genauigkeit aufbewahrt. Alle Auseinandersetzungen im Sozialismus leiden unter diesen fürchterlich geschulten Gedächtnissen. Jede Irrung des andern, mag sie jahrealt sein, ist mit glühender Nadel in Hunderttausenden von Hirnrinden eingeritzt und brennt dort weiter. Mauern von Papier türmen sich zwischen Gutgewillten.

Es kommt nicht mehr darauf an, recht zu behalten, sondern sämtliche Teile der sozialistisch organisierten Arbeiterschaft vor der Vernichtung zu retten. Wollen wir antiquierte Schlachten weiterführen, wo der Raum, in dem wir leben, immer enger wird? Wo wir immer mehr zusammengepresst atmen müssen, wo riesenhohe Wände, von unsichtbarem Mechanismus bewegt, immer näher rücken? Es geht nicht mehr um Programme und Doktrine, nicht mehr um »Endziele« und »Etappen«, sondern um den technischen Fundus der Arbeiterschaft, ihre Presse und Gewerkschaftshäuser, und schließlich um ihr lebendes Fleisch und Blut, das hoffen und vertrauen und kämpfen will.

Ich frage euch, Sozialdemokraten und Kommunisten: – werdet ihr morgen überhaupt noch Gelegenheit zur Aussprache haben? Wird man euch das morgen noch erlauben?

Was sich zwischen euch aufgebaut hat, ich ignoriere es nicht. Ich kenne es besser als irgendein andrer. Denn ich habe in diesen Jahren von beiden Seiten Schläge erhalten.

Wenn eure Parteien sich nicht zu dem allein dem Augenblick entsprechenden rettenden Schritt entschließen können, wenn Vergangenheit noch einmal die dürren Hände reckt, um die Gegenwart zu würgen, dann muss es gute Mittler geben, Parteilose, über jeden Zweifel erhaben, im trüben fischen zu wollen, nichts für sich wünschend, für den Sozialismus alles. Sie müssen das erste Zusammentreffen in die Wege leiten.

In diesen Tagen steht das Schicksal aller deutschen Sozialisten und Kommunisten zur Entscheidung. Wenn man ihre Zeitungen sieht, spürt man davon nicht viel. Der alte Krieg geht weiter. Und dennoch sind Worte gesagt worden, die nicht leicht verhallen können, und dennoch steht irgendwo ein runder Tisch und wartet.

(Die Weltbühne, 3. Mai 1932)

Rechenschaft

Ich muss sitzen!

In diesen Tagen beziehe ich ein preußisches Gefängnis, um die achtzehn Monate abzusitzen, die mir der Vierte Strafsenat am 23. November vorigen Jahres wegen Landesverrats und Verrats militärischer Geheimnisse zudiktiert hat. Es ist also der Augenblick gekommen, wo ich meine Tätigkeit an der »Weltbühne« unterbrechen muss. Eine so von außen erzwungene Zäsur ist wichtig genug, um Rechenschaft abzulegen über das, was in den letzten Monaten geschehen ist, und zugleich den Hintergrund zu zeichnen, von dem sich der Justizfall »Weltbühne« abhebt.

Der von der Verteidigung am 30. Dezember an den Reichspräsidenten gerichtete Antrag auf Begnadigung ist vor Kurzem abgelehnt worden. »The quality of mercy is not straind«, sagt Portia. Gewiss ist die Qualität der Gnade bei uns nicht geringer als in Venedig, nur mit der Quantität hapert es. »Sie tröpfelt wie der milde Tau vom Himmel«, und sie tröpfelt meistens nach rechts. Dennoch würde ich es völlig verstehen, wenn Herr von Hindenburg, den ich immer eine Fehlbesetzung auf dem Präsidentenstuhl genannt habe und gegen dessen Wiederwahl ich geschrieben habe, einen Huldbeweis verweigerte. Kein Wort also gegen Herrn von Hindenburg, wenn er einen solchen Entschluss wirklich gefasst haben sollte.

Nun sprechen aber einige Gründe dafür, dass das Gesuch meines Freundes Doktor Apfel, das später noch durch eine besondere Eingabe des Rechtsanwalts Professor Aisberg gestützt wurde, niemals von der allerhöchsten Stelle geprüft worden ist. Das Gnadenverfahren dürfte bereits im Reichsjustizministerium gescheitert sein. Herr Reichsjustizminister Joel verweigerte die verfassungsmäßige Gegenzeichnung, womit das Ganze für das Staatssekretariat beim Reichspräsidenten ein gewöhnlicher Bureauakt wurde. Ebenso wurde ein etwas später vom PEN-Club und der Deutschen Liga für Menschenrechte gemeinsam gestelltes Gesuch auf Umwandlung der Strafe in Festungshaft abgelehnt. Das ist nicht verwunderlich, aber die Antragsteller waren doch sehr erstaunt, als sie den Bescheid nicht, wie sie erwarten mussten, von dem Herrn Reichspräsidenten, sondern von dem Herrn Reichsjustizminister erhielten. Nach einer weitverbreiteten Meinung ist am 10. April Herr Generalfeldmarschall von Hindenburg gewählt worden und nicht Herr Dr. jur. Joel.

Kürzlich ist in einer Zeitungsmeldung die Behauptung aufgestellt worden, die Sache hätte zunächst nicht so schlecht gestanden, bis dann Herr Groener sich erhoben und die Kabinettsfrage gestellt habe. Ich bin nicht unterrichtet, ob es wirklich so wild zugegangen ist, aber man braucht kein Spezialist für Daktyloskopie zu sein, um nicht in der Behandlung dieser Angelegenheit und der knappen militärischen Form der Abwimmelung die Bertillonmaße des Reichswehrministeriums deutlich zu erkennen.

In welcher Weise wir vor der Gnadeninstanz argumentierten, wird in der »Weltbühne« noch, durch dokumentarisches Material belegt, dargestellt werden, sodass sich die Leser selbst ein Urteil bilden können. Das eine indessen sei versichert: Wir haben nicht an weiche Gefühle appelliert, sondern Recht gefordert, das durch ein Urteil verletzt wurde, gegen das keine Rechtsmittel geltend gemacht werden können. Das Reichsgericht ist ja erste und letzte Instanz, ein Vorzug, der mindestens dessen politischen Senat nicht zur besonderen Sorgfältigkeit

verleitet. Revision gibt es nicht, nur noch Wiedergutmachung durch die höchste Stelle der deutschen Republik.

Zudem raubte uns der Zwang zur Geheimhaltung die
Chance, mit journalistischen Mitteln zu arbeiten und der
Öffentlichkeit unsre Sache zu unterbreiten. Hier wenigstens hat der Vierte Strafsenat äußerst solide gearbeitet
und die Sorge um die Sicherheit des Reichs mit der um
die eigne großzügig verschmolzen. Man hat uns zum
Stummsein verurteilt. Wie ernst es damit steht, dafür
nur das eine Beispiel: Unsre Verteidiger waren gehalten,
das schriftliche Urteil, das nur in einem Exemplar gegeben wurde, nach Kenntnisnahme wieder zu den Akten
zu reichen. So blieb also nur die Anrufung der Gnadeninstanz übrig, und, wie gesagt, unsre Begründung ver-
hallte im Vorzimmer. Zwischen uns und der Person des
Herrn Reichspräsidenten stand der Herr Reichsjustizminister wie die Wand im »Sommernachtstraum«, und
kaum ein Wispern wurde jenseitig gehört. Wenn sich
früher im Präsidentenpalais schwierige juristische Prob-
leme häuften, dann pflegte der selige Ebert zu sagen:
»Herr Joel wird das schon machen!« Herr Joel hat das
auch diesmal ganz ausgezeichnet gemacht.

Über eines möchte ich keinen Irrtum aufkommen lassen, und das betone ich für alle Freunde und Gegner
und besonders für jene, die in den nächsten achtzehn
Monaten mein juristisches und physisches Wohlbefinden zu betreuen haben: – ich gehe nicht aus Gründen
der Loyalität ins Gefängnis, sondern weil ich als Einge-
sperrter am unbequemsten bin. Ich beuge mich nicht der
in roten Sammet gehüllten Majestät des Reichsgerichts,
sondern bleibe als Insasse einer preußischen Strafanstalt

eine lebendige Demonstration gegen ein höchstinstanzliches Urteil, das in der Sache politisch tendenziös erscheint und als juristische Arbeit reichlich windschief.

Diesen Protest lebendig zu erhalten, das bin ich allen denen schuldig, die für mich eingetreten sind, obgleich die Umstände es verweigerten, ihnen genaue Kenntnis von der Materie zu geben. Das bin ich auch den namenlosen proletarischen Opfern des Vierten Strafsenats schuldig, um die sich niemand außer den Parteifreunden gekümmert hat. Denn der Fall »Weltbühne« ist der Einzige seit Langem, der eklatant geworden ist und die Öffentlichkeit wirklich erregt hat. Die große Spinne von Leipzig soll einen Bissen zu viel geschluckt haben.

Damit beantworte ich zugleich eine Frage, die mich vom Abend des 23. November, wo ich auf dem Anhalter Bahnhof von einer Deputation journalistischer Ehrenjungfrauen empfangen wurde, bis heute in einigen Hundert Briefen und Gesprächen bedrängt hat. Diese Frage heißt ganz simpel: »Mensch, warum türmst du nicht?«

Natürlich bestreite ich das Recht des Publizisten nicht, sich dem Zugriff der herrschenden Gewalten durch die Flucht zu entziehen. Ein Recht, das übrigens jeder unschuldig Verurteilte hat, dem der normale Weg zur Rehabilitation versperrt ist oder der den Glauben an die richterliche Objektivität verloren hat. Es handelt sich aber in jedem Einzelfalle darum, das Wirksamere zu tun. Das allein muss entscheidend bleiben.

Das Reichsgericht hat mich vorsorglich in unangenehmster Weise abgestempelt. Landesverrat und Verrat

militärischer Geheimnisse – das ist eine höchst diffamie-
rende Etikette, mit der sich nicht leicht leben lässt. Geht
man damit ins Ausland, so wird die gesamte Rechts-
presse aufjubeln: Zum Feinde geflohen! Und manche
von den Leichtschwankenden werden die Achseln zucken: Es muss doch etwas an der Sache sein! Der Oppositionelle, der über die Grenze gegangen ist, spricht bald
hohl ins Land herein. Der ausschließlich politische Publizist namentlich kann auf die Dauer nicht den Zusammenhang mit dem Ganzen entbehren, gegen das er
kämpft, für das er kämpft, ohne in Exaltationen und
Schiefheiten zu verfallen. Wenn man den verseuchten
Geist eines Landes wirkungsvoll bekämpfen will, muss
man dessen allgemeines Schicksal teilen.

Ich gehöre keiner Partei an – wohin also? Keine der Internationalen nimmt mich auf, stellt mich an einen neu-
en Platz. Es gibt draußen viele flotte Herren, die gern
den Frieden hochleben lassen, wenn sie ihr neues Mili-
tärprogramm glücklich durchgedrückt haben, und die
den deutschen Militarismus so verabscheuen, als wäre
er der einzige in der Welt. Sollte der geflüchtete antimilitaristische Deutsche in ihrem Schatten gegen seine Generale und Bellizisten schreiben, das hieße seiner Arbeit
einen falschen Akzent geben. Denn dann dient er, gewollt oder ungewollt, einem fremden Interesse, er wird
eines der vielen Mundstücke fremder Propaganda. Er
muss zu dem schweigen, was er sieht, um sich über das
zu entrüsten, was er hinter sich gelassen hat und was
mit der Zeit nicht nur den Augen, sondern auch der Ur-
teilskraft entrückt. Der politische Journalismus ist keine

Lebensversicherung: Das Risiko erst gibt seinen besten Antrieb.

Die »Weltbühne« hat in langen Jahren für deutsche Angelegenheiten oft die schärfsten und schroffsten Formulierungen gefunden. Sie hat dafür von rechts den Vorwurf der Verräterei, von links den des verantwortungslos krittelnden individualistischen Ästhetentums einstecken müssen. Die »Weltbühne« wird auch weiterhin das sagen, was sie für nötig befindet; sie wird so unabhängig bleiben wie bisher, sie wird so höflich oder frech sein, wie der jeweilige Gegenstand es erfordert. Sie wird auch in diesem unter dem Elefantentritt des Fascismus zitternden Lande den Mut zur eignen Meinung behalten. Wer in den moralisch trübsten Stunden seines Volkes zu opponieren wagt, wird immer bezichtigt werden, das Nationalgefühl verletzt zu haben. Die »Weltbühne« hat immer eine ganz bestimmte und deutlich gezeichnete Haltung eingenommen, und daraus ergibt sich für sie eine besonders verpflichtende Bindung an jene, die auf sie hören und die an sie glauben. Ihre Stimme kann nur Klang behalten, wenn ihr verantwortlicher Herausgeber seine ganze Person einsetzt und dann, wenn es ungemütlich wird, nicht die bequemere Lösung wählt, sondern die notwendige.

Etwas Ähnliches muss wohl auch das Reichsgericht empfinden. Denn bis zum Vorabend meines Strafantritts hat niemand meine Bewegungsfreiheit beengt, erst heute hat man mir meinen Pass abgefordert. Meiner Abreise stand nichts im Wege. Schon aus diesem Grunde weiß ich, dass sie ein Fehler gewesen wäre. Es ist nicht meine

Aufgabe, dem Reichsgericht das Leben angenehmer zu machen.

Kreiser

Ich bin in der Lage, die Richtigkeit meines Entschlusses an der Haltung zu kontrollieren, die mein Mitverurteilter Walter Kreiser seitdem eingenommen hat. Dem dringenden Rat aller Unterrichteten entgegen habe ich über dieses Kapitel bisher geschwiegen. Heute muss endlich gesagt werden, was vorgegangen ist.

Kreiser hat sich schon eine Woche nach der Urteilsverkündung nach Paris begeben und dort später, unter Verwendung des in seiner Hand befindlichen, übrigens sehr lückenhaften Prozessmaterials, im »Echo de Paris« eine Kampagne gegen die deutsche Militärpolitik eröffnet. Niemand von uns hat etwas von Kreisers Flucht gewusst, wir sind davon aufs Unangenehmste überrascht worden. In einem Brief aus Paris hat Kreiser sowohl mir als auch Doktor Apfel das Versprechen gegeben, keine Publikation ohne meine Zustimmung zu unternehmen. An dieses Versprechen hat er sich nicht gehalten. Er salviert sich nur, indem er in seinem ersten Pariser Artikel vom 9. April erklärt, die Veröffentlichung geschähe ohne mein Vorwissen. »Enfin, je dois ajouter que j'ai sollicité la publication de cet exposé sans le concours et à l'insu de M. von Ossietzky et de ses avocats, qui, pour des motifs juridiques, auraient pu ne pas l'approuver.«

Nein, es sind nicht nur juristische Motive; hier irrt Kreiser. Sein Vorgehen ist nicht nur politisch schädlich, sondern auch in jedem unpolitischen Sinn einfach wahnwitzig. Er hat den roten Talaren von Leipzig den unerhörten Gefallen getan, ihr Urteil nachträglich zu rechtfertigen.

Ich verstehe durchaus, dass dieses Urteil bei den Betroffenen Ressentiments hervorrufen konnte, aber hier musste eine natürliche Lebensklugheit regulieren und desperate Akte verhindern. Kreiser hat uns die Möglichkeit genommen, nach einem bestimmten Plan zu arbeiten. Er hat nicht für nötig befunden, sich mit unsern Anwälten über die künftige Taktik auszusprechen. Er hat sich still entfernt und unter dem Patronat des Herrn Pironneau, eines erzchauvinistischen französischen Militärschriftstellers, seinen eignen Krieg eröffnet.

Damit hatte Kreiser uns alle lahmgelegt. Ein paar Tage nach dem Prozess konnten wir uns noch nicht über die künftige Strategie klar sein. Wir mussten Pressestimmen, Auslandswirkung abwarten. Nur über eines bestand bei uns nicht der mindeste Zweifel: Wir wollten diese Sache nicht auf uns sitzen lassen, wir wollten unsre juristische Rehabilitation betreiben. Unser fernes, zunächst nur vage durch Zukunftsnebel schimmerndes Ziel hieß: Wiederaufnahme! Das war in dem Augenblick infrage gestellt, wo einer der beiden Verurteilten abhandengekommen war.

Der Fall hieß zunächst Kreiser–Ossietzky. Heute heißt er überhaupt nicht mehr. Es gab eine gemeinsame Sache, das Recht auf Kritik an der Verwendung öffentlicher Mittel zu verteidigen, auch wenn dadurch unberechtigte Sonderinteressen des militärischen Ressorts verletzt werden sollten. Kreisers Artikel »Windiges aus der deutschen Luftfahrt« hatte für alle vernünftigen Men-

schen nur einen Sinn: Er mahnte zur Budgetgerechtig-
keit, zur sparsamen Verwendung von Steuergeldern.
Dem Reichsgericht war es vorbehalten geblieben, durch
seine Auslegung das normalste staatsbürgerliche Recht
zum Verbrechen umzubiegen. Hier war der Hebel anzu-
setzen.

Eine gemeinsame Sache Kreiser–Ossietzky gibt es nicht
mehr. Nach Kreisers privater Kriegserklärung an den
deutschen Militarismus musste ich den Mund halten,
denn was eben noch anständige grade Linie hatte, warf
plötzlich einen fatalen krummen Schatten. Die »Weltbühne« war durch Kreisers Artikel zwar gefährlich, aber
höchst ehrenvoll engagiert. Diese Position galt es zu fes-
tigen, stattdessen hat Kreiser sie zerstört. Von nun an
hatte ich nicht mehr eine Sache, sondern nur noch meine
persönliche Integrität zu verteidigen. Von nun an lebte
ich buchstäblich von dem Vertrauen der Leute, keiner
Schweinerei fähig zu sein. Dieser Kredit ist mir – im
ganzen genommen – gewährt worden. Aber eine politische Kampfbasis ist das grade nicht. Während Kreiser in
Paris auf Teufel komm raus publiziert, sitze ich hier in
Deutschland gleichsam als Geisel für sein weiteres Verhalten. Ich gestehe Kreiser gern zu, dass er mit seinen
Aufsätzen im »Echo de Paris« nur der Wahrheit zu dienen glaubt und sich als Instrument einer höheren sittli-
chen Ordnung betrachtet. Mit der Fühllosigkeit des echten Moralisten, dem es nur darauf ankommt, der Gerechtigkeit zu dienen, hat er jedoch nicht einen Augenblick darauf Rücksicht genommen, dass dadurch andere
zu Schaden, mindestens in höchst dubiose Beleuchtung
kommen könnten. Ich mache ihm keinen Vorwurf dar-

aus, wahrscheinlich ist ihm die bloße Vorstellung davon gänzlich ferngeblieben.

Das »Echo de Paris« ist ein hochkapitalistisches, der Rüstungsindustrie nahestehendes Organ. Sein leitender Mann, Herr Henri de Kérillis, war in dem eben beendeten Wahlkampf der Manager der französischen Rechten. In seiner gesamten innen- und außenpolitischen Haltung entspricht es aufs Haar der »Berliner Börsenzeitung«, die denn auch mit fahrplanmäßiger Pünktlichkeit über Kreisers Aufsätze hergefallen ist. Zwar wagt sie nicht offen, mich der Mitschuld zu verdächtigen, aber sie konstatiert doch die »gleiche Gesinnung« und dehnt das gleich auf den gesamten deutschen Pazifismus aus, um mit einem kraftvollen Appell an Groener zu schließen, jetzt die ganze Gesellschaft endlich hoppzunehmen. Sollte dies Berliner Echo nicht Kreiser über das belehren, was er angerichtet hat?

Erschütternd wirkt die Art, wie er sich mit dem Charakter des Organs auseinandersetzt, das ihm als Tribüne dient:

»Mais si dans la presse française j'ai choisi l'Echo de Paris, c'est que ce journal m'est apparu comme un des plus francs, et qu'il a toujours voulu que l'on définisse exactement les buts de la politique internationale, avant de fixer les bases d'une entente. La position de l'Echo de Paris en matière de politique m'est indifférente.«

Trotzdem lässt dieses »freimütige« Organ seinen neuen Mitarbeiter nicht ohne eine höchst blamable Quarantäne passieren. Kreisers erster Aufsatz erscheint mit einer redaktionellen Präambel aus der Feder des Herrn Pironneau. Zunächst einmal entschuldigt die Redaktion sich, dass einem Deutschen das Wort gewährt werde.

»M. Walter Kreiser nous a demandé de faire paraître l'article qu'on trouvera ci-dessous.

Bien que, jusqu'à présent, nous ayons, pour des raisons sur lesquelles il est inutile d'insister, refuse l'hospitalite de nos colonnes à diverses personalités allemandes – journalistes ou hommes politiques – qui l'avaient sollic-itée, nous avons cru devoir, à titre exceptionnel, satis-faire au désir de M. Kreiser.«

Und dann darf der also bevorzugte Gast am Katzen-tisch Platz nehmen und das Wort an die Leser des »Echo de Paris« richten, die hoffentlich ihr Blatt nicht abbestel-len werden, weil ein Deutscher darin geschrieben hat.

Kreiser wollte den deutschen Militarismus entlarven. Gut. Aber was er verkennt, das ist, dass es heute nichts mehr zu entlarven gibt. Die Welt hat sich still damit ab-gefunden, Deutschland als einen Sonderfall zu betrach-ten und über gelegentlich wieder aufs Tapet gebrachte militärpolitische Eskapaden ruhig zur Tagesordnung überzugehen. Es ist nicht mehr so wie in den Tagen Poincares, wo jedes bei Stargard oder Bentschen aus ei-nem Dunghaufen gebuddelte Maschinengewehr die Gemütssicherheit der ehemaligen Mitglieder der heute aufgelösten Firma Feindbund & Co. erschütterte. Ob das offizielle Deutschland sich in militärischer Hinsicht an den Friedensvertrag hält oder nicht, interessiert im Grunde niemanden mehr. Die größere Anteilnahme der Welt gehört heute dem inoffiziellen Deutschland, dem Fascismus, der schon morgen die einzige Macht im

Reich sein kann. Aber republikanisches oder fascistisches Deutschland, im Hintergrunde wartet etwas, das größer und beunruhigender ist als beide, das die Nerven der kapitalistischen Staaten in viel ärgere Schwankungen versetzt, und das ist Sowjetrussland. Daneben rückt Deutschland, werde es von Brüning oder Hitler beherrscht, auf den dritten Platz. Kreiser beachtet nicht, dass die deutschen Militärfragen viel von ihrer einstigen Sensation verloren haben. Ich möchte ihm diesen Irrtum nicht ankreiden, er teilt ihn mit seinem württembergischen Landsmann Groener.

Aber was ihm jeder deutsche Friedensfreund ankreiden muss, das ist die Wahl seiner Tribüne. Das »Echo de Paris« ist keine Lehrkanzel für Ideen über die Schädlichkeit des deutschen Militarismus. Kreiser glaubte gewiss, von einem wichtigen internationalen Plan zur ganzen Welt zu sprechen, von einem durch seine Person gleichsam neutralisierten Forum. In Wahrheit hat er nur von Le Creusot aus gesprochen und damit entwertet, was an seinen Absichten noch diskutabel war. Er hat geglaubt, der Befreiung Deutschlands vom Geiste des Militarismus zu dienen, und in Wirklichkeit ist seine Hand geführt worden von journalistischen Werkzeugen französischer Kanonenfabrikanten, deren unsichtbarer und unfreiwilliger Auftraggeber doch der deutsche Nationalismus ist. Es ist kein Zufall, dass unter den deutschen Blättern die »Berliner Börsenzeitung« am leidenschaftlichsten reagiert hat. Das entspricht den Bewegungsgesetzen der blutigen Internationale. Was aber mag die französische Linke über einen deutschen Gesinnungsfreund denken, der sich mitten im Wahlkampf dem Blatt zur Verfügung stellt, das am wüstesten für die innenpolitische Reaktion und gegen die Verständigung mit Deutschland kämpfte, die doch das Programm aller linken Gruppen ist?

Die »Frankfurter Zeitung« hat kürzlich die Bemerkung gemacht, ich müsste nun dafür büßen, weil ich mich in dem Charakter Kreisers getäuscht hätte. Ich halte es nicht für die Aufgabe des Redakteurs, Charakterologie zu treiben, und übrigens hat mir Kreiser niemals Anlass zum Misstrauen gegeben. Er gehörte, wenn er auch in der »Weltbühne« selten genug aufgetreten ist, zu dem alten Mitarbeiterstamm aus der Zeit von S. J. Der Redakteur muss von dem Schriftsteller stichfestes Material für die in seinen Aufsätzen aufgestellten Behauptungen fordern. Weitere Ansprüche hat er nicht zu stellen. Der Redakteur ist ein vielbeschäftigter Mensch, der sich nicht noch nebenbei mit Tiefenpsychologie befassen kann. Und die Voraussetzung der substantiellen Echtheit hat Kreisers Arbeit aufs Glanzvollste erfüllt. Weil der Artikel stimmte, deshalb sind wir ja so hart verurteilt worden. Hätte er sich als unwahr herausgestellt – das ist eben die Absurdität der reichsgerichtlichen Judikatur in Landesverratsprozessen –, so wären wir viel billiger davongekommen. Gesetzt aber, die Behauptungen des inkriminierten Artikels hätten nicht gestimmt und der Hohe Senat hätte uns nur wegen Verbreitung falscher Nachrichten einen kleinen Rippenstoß versetzt – wäre Kreiser dann ein besserer Charakter gewesen?

Nein, ich lehne die als mildernden Umstand gedachte Konstruktion ab, ich wäre einem schlechten Menschen aufgesessen. Ich wiederhole auch heute noch, was ich

unmittelbar nach dem Prozess schrieb, dass Kreiser sich
während der Verhandlungen ausgezeichnet gehalten
hat. Das werden auch unsre Anwälte gern bestätigen.
Ich denke nicht, ihn in dem, was zu dem Prozess geführt
und sich während seiner Dauer abgespielt hat, preiszugeben. Was nachher geschehen ist – damit beginnt eine
neue Geschichte, wie der Dichter sagt.

Kreiser hat mich später gewiss aufs Schlimmste enttäuscht. Er hat seine Sache von der gemeinsamen getrennt und sich zu Handlungen hinreißen lassen, die nur
noch als verrückt zu bezeichnen sind. Aber es gibt für all
das nur einen Schuldigen: Das ist der Urteilstenor vom
24. November. Es gibt in dieser ganzen Affäre keinen
Landesverrat, keine enthüllten militärischen Geheimnisse. Es gibt nur diesen Urteilstenor.

Überzeugung – oder was sonst?

> Der Rentenempfänger Otto Liesch
> hat Deutschland an Polen verraten.
> Man hat ihm zwei Jährchen aufgebrummt
> für seine abscheulichen Taten!

> Ich hab es gehört! Und ganz genau!
> Er hat dem Polen verraten:
> Die Zukunft von Deutschland sei nebelgrau
> und es gebe 'ne Masse Soldaten! Pscht!

Walter Mehring

Als ich kurz nach meiner, Verurteilung in der »Weltbühne« und an andrer Stelle das Wort nahm, konnte ich
guten Glaubens schreiben, das Gericht hätte den Verurteilten die sogenannte Überzeugungstäterschaft zugebil-

ligt. Wenigstens war in der mündlichen Urteilsverkündung dieser Punkt überhaupt nicht berücksichtigt. Aus dem einen Monat später zugestellten schriftlichen Urteil ergab sich indessen die Aberkennung der Überzeugungstäterschaft.

Nur eine kleine Minderheit unter den Menschen wird sich durch eine gerichtliche Verurteilung nicht ungerecht behandelt fühlen. Der Schuldigste noch wird für sich so etwas wie ein anständiges Motiv herausfinden und sich rabulistisch daran klammern. Das ist eine Sache der menschlichen Selbstbehauptung, vitale Abwehr gegen die drosselnde Verzweiflung. Es begibt sich jeden Tag, dass Verurteilte in ohnmächtiger Wut gegen ihre Richter die Faust ballen. »Haschierte Hintern!«, brüllt der Kellner bei Ferdinand Brückner einem Hohen Senat ins Gesicht, und ein Hoher Senat hört kaum hin, denn er kennt aus langjähriger Erfahrung derlei Reaktion. Aber als ich zum ersten Mal jenes voluminöse Schriftstück las, in dem mir für eine politische Handlung die Überzeugung abgestritten wurde, da ersuchte ich zunächst meinen Anwalt, gegen die endesunterfertigten Herrn eine Beleidigungsklage anzustrengen.

Ich fürchtete den Vorwurf nicht, aus der Sache zu viel Wesens zu machen. »Was erwarten Sie andres von einem Klassengericht?«, fragt der Marxist. Nein, ich erwarte gar nichts. Der Vierte Strafsenat hat immer wieder bewiesen, dass er nicht daran denkt, Linksoppositionelle objektiv zu würdigen, und darin unterscheidet er sich nicht von den politischen Gerichten in aller Welt. Politische Justiz hat überall den Zweck, missliebige Köpfe entweder rollen zu lassen oder bestimmte Zeit auszuschalten. Das schließt nicht ein Zeichen der Achtung für den Mann auf der Anklagebank aus.

Nun haben einige der Nachkriegsdiktaturen herausgefunden, dass es doch bedenklich sei, jemanden gleichsam mit Ehrenbezeigungen auf den Sandhaufen zu führen. Deshalb koppelt man den politischen Angeklagten mit gewöhnlichen Kriminalverbrechern zusammen. Oder gefällige Hände stellen eine zweifelhafte Situation, und die Polizei setzt den Schlusspunkt. Politisches Martyrium wirkt ansteckend; Diebstahl, Betrug oder gar Sexual vergehen diskreditieren Mann und Programm. Indem das Reichsgericht in unbestreitbaren politischen Fällen die Überzeugung abspricht, wie das neuerdings Übung zu werden scheint, unternimmt es einen ersten verheißungsvollen Schritt nach dieser Richtung. Wann wird man Missliebige mit Bigamisten oder Defraudanten zusammenketten?

Das Reichsgericht hat mir die Überzeugung abgesprochen. Wenn ich aber nicht aus Überzeugung handelte – aus welchem Grunde sonst? Geld –? Das hat das Urteil nicht ausgesprochen. Es hat sich auf die allgemeine Diffamierung beschränkt, ohne sich über die Gründe näher zu äußern. Gäbe es eine Revisionsinstanz, so könnte auf Klarstellung gedrungen werden. Sagte mir ein politischer Gegner das, so würde ich Deutlichkeit verlangen, und wenn er sich drückte, ihn verklagen.

In keiner Phase des Prozesses ist von einem derartigen Motiv die Rede gewesen. Ebenso wenig in der Urteilsverkündung vom 23. November. Erst vier Wochen später in dem definitiven Urteil ist eine dunkle ehrabschneiderische Andeutung enthalten, ohne dass das Gericht sich bemühte, auch nur ein einziges argumentierendes Wort dafür anzuführen. Juristen mögen beantworten, ob es statthaft ist oder auch nur Brauch, in das schriftliche Urteil eine Bewertung der Angeklagten und ihrer Handlungen hineinzubringen, die bis zum Verhandlungsschluss überhaupt keine Rolle spielte oder in der mündlichen Verkündung noch nicht existierte. Hat das Gericht post festum eine Erleuchtung, was schließlich denkbar ist – darf es die als neues und umwertendes Moment in seinem Urteil verwenden, ohne einen völlig neuen Fall zu schaffen? Ich wage als juristischer Laie, keine Meinung darüber zu haben. Aber als Kenner der Presse muss ich sagen, dass das höchste Gericht, Obergericht auch für Pressedelikte, indem es eine düstere infamierende Kennzeichnung auf den Weg gibt, ohne die Beschwerlichkeiten einer Motivierung auch nur zu versuchen, sich damit einer Methode bedient, die, aufs Journalistische übertragen, einer höchst bedenklichen Übung den Weg weisen würde.

Immer wieder bin ich durch den Zwang gehandicapt, über die Prozessmaterie selbst zu schweigen. Ich kann also nur auf Äußerlichkeiten Bezug nehmen, die allerdings sehr geeignet sind, ein Bild zu geben, wie es zu dieser Justifikation kam.

Jeder Kenner der Justiz weiß, dass Gerichte, die nicht völlig im Mittelalter stecken geblieben sind, heute die besondere Art eines Angeklagten, sein Milieu, seine Tätigkeit, die Quellen seiner Willens- und Meinungsbildung mehr als früher berücksichtigen. Obgleich Herr Reichsgerichtsrat Baumgarten, der Vorsitzende des Vierten Strafsenats, die Verhandlungen in ungewöhnlich urbanen Formen führte, hatte er doch eine in langer Übung ausgebildete Methode, über das hinwegzuhören, was die Angeklagten sagten und was sie über sich selbst auszusagen genötigt waren. Herr Baumgarten ging daran mit einer für die Angeklagten höchst unerfreulichen Technik vorbei. Dieser sehr höfliche Herr erweckte von der ersten Minute an den Eindruck, nicht nur seine Linie, sondern auch schon seine abgeschlossene Meinung zu haben.

Wenn ich über mich selbst erzählen soll, so kann ich anführen, dass ich seit zwölf Jahren in der Redaktion großer Blätter gearbeitet und als Tagesschriftsteller eine vielfältige Tätigkeit ausgeübt habe, dass ich in jeder Phase bemüht gewesen bin, mir eigne Augen und eigne Haltung zu wahren. Darüber setzten sich Herr Baumgarten und sein Richterkollegium mit einer staunenswerten Virtuosität hinweg. So habe ich diese Gesichter in Erinnerung: Wenn die Angeklagten sprechen, werden sie kühl, abwehrend, ungläubig und verharren endlich in einer Mischung von Skepsis und Gelangweiltheit, ein Ausdruck, der sich erst löst, wenn der militärische Sachverständige das Wort nimmt. Dann kommt eine neue freundliche Spannung in die Mienen.

Was wir, die Angeklagten, ausführten, war dem Richtertisch völlig belanglos. Es ist charakteristisch, dass nicht eine Frage fiel nach dem Wesen der »Weltbühne«, nach ihrer besondren Art und ihren Lebensbedingungen. Es wurde alles unversucht gelassen, was das Gericht irgendwie hätte zur Objektivität verführen können. So wurde aber auch der Eindruck vermieden, es handle sich um eine Generalabrechnung mit einem missliebigen

Blatte. Das ist die taktische Leistung dieses Prozesses. Sie ist größer als die juristische.

Nur ein Moment fesselte aufs Lebhafteste: dass ich unmittelbar nach dem Kriege etwa ein Jahr lang Sekretär einer pazifistischen Gesellschaft gewesen bin. Daraus wurde eine dauernde »antimilitaristische Einstellung« gefolgert. Ich hätte zur Vervollständigung meiner Biografie hinzufügen können, dass der organisierte Pazifismus in meiner innern und äußern Existenz nicht mehr als eine knappe Episode bedeutete. Dass ich mit den meisten von seinen Führern seitdem verzankt bin, dass ich ihre Politik für verkehrt und selbstzerstörerisch halte. Ich verzichtete darauf, denn es wäre mir ekelhaft erschienen, mir eine Folie zu geben auf Kosten von Menschen, die der gleichen Verfolgung preisgegeben sind wie ich. Ich hätte hinzufügen können, dass ich seit meiner Trennung von den organisierten Pazifisten mich ganz dem großen Umschmelzungsprozess der Zeit anvertraut und mir eine besonders profilierte Stellung errungen habe. Dass mein Verstand sich noch immer zu der heute so verschmähten Demokratie bekennt, während mein Herz unwiderstehlich dem Zuge der proletarischen Massen folgt, nicht dem in Doktrinen eingekapselten Endziel, sondern dem lebendigen Fleisch und Blut der Arbeiterbewegung, ihren Menschen, ihren nach Gerechtigkeit brennenden Seelen. Das hätte ich sagen können – aber wozu? Ein Blick auf diese Gesichter bannte die Zunge.

Abgestempelt war ich ja doch. Was hätte es für Sinn gehabt, einer einseitigen und lächerlich simplifizierenden Charakterisierung entgegenzuhalten, dass ich in den ersten im Zeichen der monarchistischen Konterrevolution stehenden Nachkriegsjahren mich an den Versuchen beteiligt habe, eine republikanische Bewegung auf die Beine zu stellen? Dass ich seit 1920 in der Redaktion der »Berliner Volks-Zeitung« an der Schaffung der ersten republikanischen Abwehrorganisationen mitgewirkt habe, die dann später von der Entwicklung verschlungen wurden oder im Reichsbanner aufgegangen sind. Tempi passati. Warum in der Erinnerung wühlen? Und es wäre ja doch verschwendet gewesen. Ich ließ es bleiben. Und die innere Kontrolle warnte mich auch, davon Gebrauch zu machen. Ich hatte das dumpfe Bewusstsein, vor diesem Gremium höchster republikanischer Richter würde mir das nicht mehr nützen als vor dem Sanhedrin des Dritten Reiches mit Goebbels als Oberpriester. Ich hätte auch schärfer herausarbeiten können, dass zu der Zeit, als der inkriminierte Artikel erschien, im März 1929, das Auswärtige Amt unter Stresemanns Leitung noch nicht naziverseucht war, dass sein damaliger Kurs sich noch von Generalsumtrieben und Eigenmächtigkeiten des militärischen Ressorts gestört fühlte, dass an diese Stelle vornehmlich das in Kreisers Schlusssätzen enthaltene und für das Publikum unverständliche Warnungssignal gerichtet war. Wozu –? Die skeptisch machende Erfahrung sagte, dass unter den Herren Reichsrittern gewiss der eine oder andre auch den Locarno-Pakt für ein landesverräterisches Unternehmen hält, dass Stresemann, wenn er noch lebte, heute vielleicht selbst als Angeklagter vor dem Staatsgerichtshof stünde. Ist der Kellogg-Pakt nicht Wehrverrat? Haben nicht richterliche Beamte in Zeitungen und öffentlichen Reden die deutschen Unterzeichner des Y-oung-Plans für zuchthauswürdig erklärt?

Für das Reichsgericht genügt schon die Kenntnis »antimilitaristischer Einstellung«. Das ist Landesverrat. Ein solches Subjekt muss auch bestechlich sein. Und wenn zufällig nicht – nun, Friedensfreund sein ist an sich schon Kriminalverbrechen, nicht Überzeugung. So wie Kommunist sein gleichbedeutend ist mit Hochverräter, Verschwörer, Bombenwerfer. Das sind die beiden Schemen des Reichsgerichts.

Als ich im August 1929 von dem Untersuchungsrichter Braune vernommen wurde, fragte er mich zu meinen Personalien, ob ich gedient hätte und im Kriege gewesen wäre. Ich lehnte die Frage ab. Es ginge das Reichsgericht der Republik ohne Wehrpflicht nichts an, in welchem Militärverhältnis einer in der Kaiserzeit gestanden hätte. Herr Braune sah mich zuerst fassungslos an, dann antwortete er mit der Stimme eines verbissenen Schulmeisters: »Sie wollen das nicht sagen? Das Reichsgericht wird's schon herausbekommen!« Das ist nur eine kleine Episode, die aber den ganzen Kern der Affäre bloßlegt. Wie der Beschuldigte zum Militär steht, das ist das einzige, was das Reichsgericht wirklich interessiert.

Im Grunde sind diese Herren Reichsrichter unsicher gewordene Menschen, die ihr Schicksal in eine Zeit gestellt hat, wo alles aus den Fugen geht. Besitz, Familie, Namen, alles ist fragwürdig geworden. Was diese Herren Reichsrichter leisten, wenn sie unpolitische Rechtsfälle vor sich haben, kann ich nicht beurteilen. Aber in politischen Fällen sind sie bei aller richterlichen Tenue, die sie der roten Samtrobe schuldig sind, treue Abonnenten der »Leipziger Neuesten Nachrichten«, Träger eines verkniffenen Provinzpatriotismus, der mit dieser Welt, wo Konzerne verkrachen und die Jugend nackt baden geht, nicht mehr fertig wird. Der Globus tanzt nach einem Jazzorchester, alte Familiengrundstücke sinken auf Pfennigwert. Ein Landgerichtsrat erschießt seine ganze Familie. Die Frau will ein neues Abendkleid und quält den Gatten mit bürgerlichen Vorkriegsansprüchen. Die Tochter hat ein Verhältnis mit einem Monteur. Eine Autorität muss es doch geben! Diese Autorität ist wirklich da. In dem Weltbild der Richter gibt es doch einen starken, ruhenden Punkt. Auf diesem Filmband, wo alles durcheinandergeht, ist ein großer gespornter Offiziersstiefel überkopiert. Das ist die letzte Autorität, an die sie glauben. Das ist die Überzeugung, die ich ihnen nicht abzusprechen vermag.

Generalswirtschaft

Keine der großen bewegenden Fragen der Zeit stand in unserm Prozess zur Debatte, nichts von den ungeheuren Gegensätzen zwischen kapitalistischem und sozialistischem Denken, die heute die ganze Welt in zwei Lager teilen. Dieser Prozess fuhr auf einem besondern deutschen Nebengleis, und deshalb wurde er auch im Auslande so wenig verstanden. Unsre Sünde ist, dass wir einen deutschen Lieblingsgedanken nicht teilen: Wir glauben nicht an den Primat des Militärischen in der Politik. Das warf den breiten Graben auf zwischen uns und unsern Richtern.

Überall wird heute mehr gerüstet als vor 1914. Überall tönen mehr Clairons, klirren mehr Tschinellen als vor dem Weltkriege. Die Technik hat die Stahlfabriken in die zweite Reihe, die Chemie in die erste geschoben und die ganze Industrie in ein einziges Arsenal verwandelt. Aber nirgendwo glaubt man so inbrünstig wie in Deutschland an den Krieg als vornehmstes politisches Mittel, nirgendwo ist man eher geneigt, über seine Schrecken hinwegzusehen und seine Folgen zu missachten, nirgendwo feiert man kritikloser das Soldatentum als die gelungene Höchstzüchtung menschlicher Tugenden, und nirgendwo setzt man Friedensliebe so gedankenlos persönlicher Feigheit gleich. Auch Frankreich, das sich mit einem Betonwall gürtet und oft genug bereit ist, europäische Vernunft einem zweifelhaften Sicherheitsbegriff zu opfern, kennt nicht diese populäre Vergötzung der Soldatenjacke, wie sie bei uns gang und gäbe ist. Selbst im fascistischen Italien ist die Trägerin eines Programm-Nationalismus nicht die Armee, sondern die fascistische Miliz, und Mussolini und sein Grandi verstehen sich als Außenpolitiker heute besser auf die europäische Flöte als auf die Tuba des römischen Imperialismus.

So hat sich Deutschland durch seine Überbewertung des Militärischen geistig zunehmend isoliert. Es entbehrt nicht einer gewissen Ironie, dass der deutsche Kult des Soldatentums in eine Epoche fällt, in der Soldatentum in herkömmlichem Sinne immer mehr zum Anachronismus wird. Jedes Mal, wenn die Romantik sich einer Sache bemächtigt und Gloriolen um sie webt, dann ist deren Zeit schon vorüber, und die Sehnsucht nur macht aus der Erinnerung einen wünschenswerten Zukunftstraum. Deutschland, unter den großen Staaten der einzige mit so engen Rüstungsschranken, träumt die wilde romantische Kimbernschlacht, wo Mann gegen Mann steht und das Herz entscheidet und nicht die technische Überlegenheit. So träumt Deutschland mitten in einer Entwicklung, wo die Dreadnoughts altes Eisen, gut genug zur Verschrottung, werden und die Fachmänner den raffiniertesten französischen Fortifikationen nicht viel mehr Verteidigungswert zumessen als den Palisaden nackter Wilder.

Die Republik hat es nicht verstanden, den spontanen Antimilitarismus, den unsre Heere aus dem Kriege mitbrachten, im eignen Interesse zu fundieren. Sie hat ihn, im Gegenteil, unterdrückt, wie sie nur konnte, und den chauvinistischen Gegenströmungen eine Konzession nach der andern gemacht, ohne dass es ihr gelungen wäre, sie mit ihrer Existenz zu versöhnen. Aus alledem aber wuchs als gefährlichste Frucht: die Suprematie der Militärs in der Politik. Alle Schwierigkeiten selbst dieser krisenhaften Zeitläufte wären nicht so arg, wenn nicht fortwährend die Herren Generale dazwischenregierten.

Aus welchem Grunde grade in Deutschland die Militärs ihre Machtansprüche erheben, ist schwer erfindlich. Man kann den Herren eine Unmenge Fähigkeiten und Verdienste zusprechen, die innerhalb ihres gelernten Berufes liegen, aber eines ist ihnen immerhin nicht gelungen: Sie haben nämlich den Krieg nicht gewonnen! Es mutet etwas absurd an, dass ein Stand, der die Angelegenheiten der Nation mit so eklatantem Misserfolge verwaltet hat, der die Millionenheere dezimiert und geschlagen ans Vaterland zurückgeliefert hat, seine Prätentionen auf bürgerliche Gebiete richtet, von denen er nicht das Mindeste versteht. Was würde Herr von

Schleicher wohl sagen, wenn ein ehrgeiziger Zivilist sein Bemühen darauf richtete, das Kommando über eine Division zu erlangen oder sich gar das erste Wort im Reichswehrministerium zu sichern?

Niemals ist in der deutschen Republik die Generalswirtschaft resolut bekämpft worden. Kein ernsthaftes Bürgerbewusstsein zog jemals die Grenzlinien der Befugnisse. Der Kampf, der in der Dritten Französischen Republik mit den Diktaturplänen MacMahons begann und mit der zähneknirschenden Unterwerfung des Marschalls Foch unter den gewaltigen Jakobinerwillen des greisen Clemenceau endete, ist in Deutschland noch gar nicht geträumt worden. Zwar war alle paar Jahre ein unglückliches Intermezzo fällig, aber es schloss immer nur mit einem Personen-, nicht mit einem Systemwechsel. Weder der Kapp-Putsch noch das Debakel der Schwarzen Reichswehr, noch die Verabschiedung Seeckts führte zu einer Revision, die die Autorität des bürgerlichen Staates im militärischen Ressort gesichert hätte. Stattdessen folgten militärische Extratouren ins bürgerlich-geschäftliche Gebiet wie die Lohmann-Spekulationen mit ihren fantastischen Millionenverlusten, es folgte das auch heute noch nicht wirklich aufgehellte Kapitel Canaris, dessen Schatten die »Weltbühne« in frühern Jahren wiederholt aufzufangen versucht hat. Und heute sind wir glücklich soweit, dass der General, der vom Reichswehrministerium aus über die gesamte Exekutive verfügt, sich seiner Haut wehren muss gegen Untergebene, die schon drängen, ihm die Vollmachten aus der Hand zu reißen, die ihm eine bürgerliche Regierung anvertraut hat, um sie fürderhin nicht mehr auf schwächliche konstitutionelle Rechtstitel, sondern auf ein Bündnis mit dem offenen Fascismus gestützt, auszuüben.

Im Laufe dieser letzten Jahre haben die bürgerlichen Gewalten in zunehmendem Maße mit den Militärs teilen müssen, und sie sind dabei zusehends geschrumpft. Das ist auch in andern Ländern schön vorgekommen, aber einzigartig ist die Lethargie, mit der die deutschen Linksparteien das hinnehmen. Wenn sich morgen eine Offiziersjunta alleindiktierend aufmachte, so würden gewiss viele brave Liberale und Sozialisten den Nachweis beginnen, aus welchem Grunde dies das kleinere Übel ist ...

Die gelernten Marxisten zucken die Achseln: Das ist halt der Klassenstaat! Und die parteiamtlich vereidigten Stalinisten fügen noch hinzu, dass auch das revolutionäre Proletariat die Idee der Nation und der Wehrhaftigkeit nicht negiere, dass zum Beispiel in China ... Guten Abend. Der Mann aus der Staatspartei hebt die Hände: Sehr bedauerlich! Aber was soll man denn machen – ?

Als vor ein paar Monaten Herr General von Schleicher die inzwischen umgekippte Frühstückstafel mit Adolf Hitler eröffnete, pries mir einer unsrer klarsten und klügsten bürgerlichen Demokraten in einem Gespräch die Weisheit Schleichers, der alles nur zum Besten der Republik tue. Im Grunde genommen also überall das Gleiche: Kapitulation vor den Militärs, die sich unter diesen Umständen natürlich wie höhere Wesen vorkommen müssen. Die einen resignieren wortlos, die andern ziehen mit klingendem Spiel ab. Aber sie ziehen ab.

Einmal wird der Kampf gegen die Superiorität der Militärs in der Republik wieder einsetzen. Wann –? Heute ist dazu noch nicht einmal der Boden vorbereitet. Aber im Gegensatz zu den Kommunisten glaube ich nicht, dass da erst die proletarische Revolution Remedur schaffen kann, dass erst der Sozialismus die richtige Einordnung der Armee vollführen wird. Wir haben nicht so lange Zeit, zu warten. Allmachtsgefühle politisierender Offiziere zu dämpfen, das ist die aktuelle Aufgabe des Staates, wie er ist, und nicht die des Staates, wie er sein soll und hoffentlich einmal sein wird.

Es dreht sich heute nicht mehr um die verjährte Frage, ob die Reichswehr »zuverlässig ist«. Das ist sie insofern, als sie ihren Führern, wie es auch kommen möge, unbedingt gehorchen wird. Es handelt sich um diese Führer selbst, um ihre Ansprüche auf Einfluss jenseits ihres durch die Verfassung abgesteckten Bereiches.

In den letzten Monaten hat die »Weltbühne« nicht aufgehört, vor den katastrophalen Möglichkeiten militärischer Präponderanz zu warnen, die sich aus der Ernennung Groeners zum Reichsinnenminister ergeben konnten. Wir haben Woche für Woche auf die erhöhten Spannungen verwiesen, die eine natürliche Folge dieser Personalunion waren. Und jetzt ist der Eklat da. Heute wissen wir, dass die kraftvolle Soldatengeste, die das bürgerliche Recht auf Kritik wie die Insubordination eines Rekruten mit Arrest bei Wasser und Brot bedrohte, nur ein ausgedehntes Intrigenspiel verdeckte, das wohl komisch zu nennen wäre, wenn es nicht Hitler nahe an das Ziel seiner machtgierigen Wünsche gebracht hätte.

Jetzt sind sie mit einmal alle verzankt, unsre Herren Diktatoren, Die Dioskuren Schleicher-Hammerstein kreisen getrennt. Groener wäre beinahe von seinem Vertrauensmann durch eine Falltür geworfen worden. Die Besuche des Hauptmanns Röhm im Reichswehrministerium wären nicht so harmlos, wie offiziell dargestellt, die Frühstücksgenüsse der Republik nicht so bekömmlich, wie die Demokraten glaubten. Und auch Meißner hat mitgemacht, der vortreffliche Staatssekretarius, der dem ersten Reichspräsidenten noch bescheiden in die Gummischuhe geholfen hat und unter dem zweiten jetzt selbst in die hohe Politik steigen möchte. Diese ganze fröhliche Wissenschaft verdanken wir nicht irgendeinem ehr- und wehrvergessenen Pazifisten, den man sofort wegen Staatsgefährdung einbuchten kann, sondern einer ganz offiziösen bayrischen Stelle, die sich nicht scheut, von »bolivianischen Methoden« zu reden und einen General, der eben noch als Säule des Regimes Brüning galt, einen »Primo de Rivera« zu heißen und des geplanten Kanzlersturzes zu verdächtigen. Die große Explosion ist da, ihr Umfang und ihre Konsequenzen sind kaum abzusehen, nur ihr Geruch ist unverkennbar.

Jetzt haben die Herren Generale ein paar Monate regiert, und das Resultat ist ein kaum lösbarer Wirrwarr, wenn nicht Ärgeres. Der Fascismus ist dabei groß und fett geworden, und der Verkehr mit zwei von Militärs repräsentierten Ministerien hat ihm das Air einer Nebenregierung gegeben. Wenn es zuerst hieß, die Generale bemühten sich, Hitler die Elemente der Legalität beizubringen, so hat er diesen Kursus nicht umsonst durchschmarutzt, sondern genug gelernt, um die beflissenen

Pädagogen auf durchaus legale Weise auf den Komposthaufen zu werfen.

Es liegt mir fern, Persönlichkeiten, deren martialischer Charakter über allen Zweifel erhaben ist, mit einem unfreundlichen Vergleich kränken zu wollen. Aber im Effekt unterscheidet sich eine Herrschaft von Generalen kaum von dem, was man von alters her Weiberwirtschaft nennt. Wenn die kühlen disziplinierten Herren mit den silbernen Tressen selbsttätig zu politisieren anfangen, so sieht das nicht viel anders aus, als wenn liebenswürdige Wesen, deren Intelligenz im Uterus sitzt, den Staat nach ihrem Gusto ausstaffieren. Kabale, Alkovengetuschel, Machinationen, Begegnungen, von denen niemand nichts weiß; purzelnde Minister, aufsteigende Nobodies, kränkelnder Staat. Und am Ende ein riesengroßer Skandal. Ein Verbindungsoffizier wird in England Liaisonoffizier genannt. Der Titel sollte auch in der Bendlerstraße eingeführt werden.

Nun kann man den Herren Generalen kaum einen Vorwurf daraus machen, dass sie ihre Vormachtstellung befestigen und selbst noch weiter vorstoßen. Denn sie ist ihnen ja eingeräumt worden von einer bürgerlichen Regierung, die sich gewiss sehr schlau vorkam, als sie Groener und Schleicher im Vordergrund platzierte. Vielleicht hat man auch gedacht, dass in diesen von Bürgerkriegswahn durchseuchten Zuständen schließlich einer von den Herren Lust haben könnte, den Primo de Rivera zu spielen, und da heißt es vielleicht manche Schererei ersparen, wenn die Regierung ihren Primo selber ernennt. Diese Kalkulation ist mit Getöse zusammengebrochen. Die Ära Groener endet mit einer solennen Generalsrauferei.

Der eigentliche Besiegte aber ist der Herr Reichskanzler. Wir wissen, dass Brüning vom ersten Tage seiner Kanzlerschaft an die Konzeption einer autoritären Demokratie im Kopfe trug, bei der ein katholisch-konservativer Block den Ausschlag geben sollte. Kein Kanzler hat bisher dem Liberalismus und der sogenannten formalen Demokratie ablehnender und skeptischer gegenübergestanden. Immer wieder wurde Brüning mit dem Monsignore Ignaz Seipel verglichen, ohne dass sich Besonderes dagegen einwenden ließ. In dieser Konzeption Brünings spielte die Reichswehr wohl die vornehmste Rolle. Ihr fiel dabei die Verkörperung von Staatsmacht zu. Sie war die Symbolisierung von Rute und Beil. Ein von christkatholischer Ethik überglänzter straffer Militärstaat, kategorischer preußischer Imperativ mit Weihrauch und Orgelklang, das war Brünings Idee, als er vor zwei Jahren die Erbschaft der Großen Koalition antrat.

Selten hat ein Staatsmann, der bei aller komplizierten Gedankenverkräuselung doch kein dilettantischer Doktrinär ist, sondern ein mit Realitäten rechnender Mensch, solche Enttäuschungen erfahren. Seine Versuche, die Hugenbergpartei zu zerschlagen, haben nicht zur Bildung einer neuen parlamentarischen Rechten geführt. Statt einer deutschen Torypartei, die zwar reaktionär ist, aber auf gute Formen hält, ist der Fascismus gekommen, der nicht nur seinen Anteil, sondern das Ganze fordert und der selbst, wo er als Partner auftritt, in der Tasche den Revolver knacken lässt. Und als Brüning dann in höchster Wassersnot die Reichswehr wie einen *rocher de bronce* stabilisierte, da machten deren Führer sich selbstständig. Es wurden Fäden gesponnen zum Hauptquartier des Fascismus, unsichtbare Hände woben ein Komplott, um den eben wiedererwählten Reichspräsidenten öffentlich gegen den Kanzler auszuspielen. Und dieser gleiche Kanzler, der sich anschickte, aus dem Zusammenbruch der alten schwarzrotgoldenen Demokratie ein neues konservatives und christliches Deutschland hervorzuzaubern, muss sich nun auf jene Kräfte stützen, die er hatte ausmerzen wollen, und muss es sich nun gefallen lassen, von denen, die er für immer hatte aus der Leitung des Staates drängen wollen, als letzter Hort des Liberalismus, als letzte Säule der Republik gefeiert zu werden. Der einzige Kanzler seit 1918, der mit einer wirklichen Idee in sein Amt gegangen war, musste erleben, dass er nicht nur kein Bruchteilchen davon verwirklichen konnte, sondern muss sich schließlich mit einem vagen Okkasionismus begnügen, der ihn von Tag zu Tag weiterbalancieren lässt – so lange, bis der wankende Aufbau endlich unter ihm zusammenbricht und das ganze Wundertheater krachend ins Parkett rollt. »O Pitt, je rends hommage à ton génie!«, rief Camille Desmoulins dem Londoner Manager der europäischen Konterrevolution zu, der sich bei aller Kunstfertigkeit am Ende doch so schrecklich verrechnet hat.

Gute Zeiten für strebsame Offiziere. Die bürgerliche Gewalt ist trotz Artikel 48 und Notverordnung auf ein laisser faire eingeschworen und fürchtet nichts mehr als die Folgen einer eignen Kraftanstrengung. Da tritt das Militär breit in die Mitte. Denn da klappt noch alles, da bewegt noch jener Gehorsam, der allen andren Teilnehmern des Staates fehlt, automatisch die Glieder. Disziplin –? Ja, der Muschkote hat sie. Aber auch die Herren Generale?

Doch dieses Gebilde sieht noch immer verteufelt kompakt aus. Es strömt eine Wolke nationaler Mystik aus. Das Herz des Patrioten ist leicht zu verführen. Wenn er eine stramm marschierende Truppe bewundert, so vergisst er, dass der Soldat heute am wenigsten ein besonderes Werkzeug Gottes ist, das Vaterland wieder in Ruhm und Glanz zu führen, sondern ein Beamter wie andre auch. Kein auserlesenes Wesen, sondern eine Gehaltsklasse. Wie die Post oder Feuerwehr.

Die Generalität hat diesen Nimbus ebenso sicher auszunutzen verstanden wie die Schwäche der bürgerlichen Mächte. Sie verteidigt ihre Forderungen mit der Wucht absolutistischer Herrscher. Kritik wird Anmaßung, ja Verleumdung. Anfechtung ihrer Ansprüche, Verbrechen an der Wehrhaftigkeit des Volkes. Ein Versuch, diese Ansprüche aus dem militärischen Geheimkabinett ins Licht des Tages zu ziehen, Verrat militärischer Geheimnisse, Verrat an der ganzen Nation.

Vor ein paar Monaten, als ich die Bedingungen dieses seltsamen Zustandes untersuchte, schrieb ich an dieser Stelle (Nr. 7 vom 16. Februar): »Es ist das stille Vorrecht der meisten Kriegsminister, gelegentlich den Mund etwas voll zu nehmen und sich und ihre Leute als den Hort des besten und auserwähltesten Patriotismus zu feiern. Das kommt auch in Ländern mit guter demokratischer Tradition vor. Dort ist der Kampf zwischen Militär- und Zivilgewalt schon historisch geworden und zugunsten des bürgerlichen Elements entschieden. Dort ist der Patriotismus im Allgemeinen bereits in eine feste Form gegossen, und selbst seine gelegentlichen Exzesse tun aus diesem Grunde nicht mehr weh. Kein Kriegsminister würde es dort wagen, Leuten, die seine Politik nicht gutheißen, die anständige nationale Gesinnung abzusprechen. Aber Deutschland ist ohne freiheitliche Tradition, ihm fehlt das wirkliche Bürgerbewusstsein, ihm fehlt der Stolz des Zivilisten gegenüber der Uniform. Immer wieder ist den deutschen Untertanen in der Kaiserzeit eingebläut worden, dass es ein Frevel am Volke sei, dem Militarismus irgendetwas zu verweigern. Das ist in der Republik um kein Jota besser geworden, im Gegenteil. Und diese Situationen benutzen nun seit zehn Jahren die Reichswehrchefs, um dem Herrschaftswillen ihres Amts immer neue Gebiete zu unterwerfen und sich in Dinge einzumischen, die sie nicht das Mindeste angehen. Wir haben es zum Beispiel erlebt, dass General von Seeckt gern auf eigne Faust Außenpolitik trieb. Damals erhoben Stresemann und zahlreiche bürgerliche Politiker, denen es durchaus nicht an starkem, deutsch-patriotischem Gefühl im herkömmlichen Sinne fehlte, Einspruch und wiesen den General in seine Schranken zurück. Heute jedoch kommt das nicht mehr vor, und es ist auch gar nicht mehr nötig, weil sich die Außenpolitik in aller Ruhe dem Reichswehrministerium angepasst hat ... Heute sind wir so weit gekommen, dass der sogenannte Wehrgeist ausschließlich im Mittelpunkt der Politik steht; der Staatsbürger wird nicht mehr danach gefragt, wie er es mit der Republik hält, sondern ob er ›wehrfreudig‹ ist.«

Ich habe dem heute nichts mehr hinzuzufügen. Alles das gehört zum Hintergrund unsres Prozesses, den wir juristisch verloren haben, den wir aber einmal vor einer andern Instanz politisch gewinnen werden. Gemessen an den entscheidenden Fragen der heutigen Welt fuhr unser Prozess nur auf einem deutschen Nebengleis. Aber er führte in die zentrale Frage der innern deutschen Politik.

Kleines Testament

> Und item Maistre Bassanier
> und Jean Moutaint, den strengen Richtern,
> wünsch ich ein großes Renommé
> bei Mördern, Räubern, Diebsgelichtern.

Villon

In den nächsten Wochen wird der Panter, mein lieber Kollege, wahrscheinlich einige Nettigkeiten über mich schreiben. Glauben Sie ihm nicht. Leider bin ich nicht in der Lage, von meinem neuen Platz eine pressegesetzliche Berichtigung einzusenden. Wahr ist ...

Es sind in diesen Tagen so ziemlich fünf Jahre vergangen, seit mir die Leitung der »Weltbühne« anvertraut wurde. Da stand das Erbe von S.J. in einer Zeit, die schnell alles von dem verlieren sollte, was die »Weltbühne« hatte wachsen lassen. Niemand weiß besser als ich, wie viel ich dem edlen alten Glanz schuldig bleiben musste. Die »Weltbühne« war, so wie ich sie von S.J. übernommen habe, ein wunderbar getriebenes Metallgefäß, in dem die schönsten Dinge gesammelt waren, und so funkelte es verführerisch im Abendrot der bürgerlichen Zeit – ein letzter Kämpfer, der in edler Linie focht.

Heute ist alles mit Politik und Ökonomie vollgestopft, und aus einem Refugium der Schönheit ist ein Depot aller Sorgen geworden. Aber die »Weltbühne« hat diesen Übergang gut überstanden, und ich verlasse die Redaktion in dem Bewusstsein, »das Blättchen«, wie S.J. so gern sagte, unversehrt durch ein paar Jahre getragen zu haben, die als Kriegsjahre zählen müssen und in denen noch mehr Charaktere als kaufmännische Unternehmungen zusammengebrochen sind.

Die politische Leitung wird Hellmut von Gerlach übernehmen, der uns seine reiche Erfahrung zur Verfügung stellt und durch eine ehrenvolle, niemals durch Konzessionen befleckte Vergangenheit die Garantie gibt, dass an der Haltung der »Weltbühne« nichts geändert wird. Vor mehr als dreißig Jahren begründete S.J. in der »Welt am Montag« unter Hellmut von Gerlach seinen Ruf als Theaterkritiker. Vor mehr als zwanzig Jahren bildete ich als blutjunger Mensch meine ersten Arbeiten an seinem Beispiel.

Jag durch die Welt vom nördlichen bis zum südlichen Kap –: Es spielt sich alles unter zweihundert Menschen ab ...,

So dichtete Theobald Tiger.

Jetzt geb ich meinen Degen also in der Garderobe ab. Was ist noch zu sagen?

Die schöne Schildpattbrille mit den blauen Gläsern, die mir eine meiner zahlreichen Verehrerinnen für die Flucht gewidmet hat, vermache ich Herrn General von

Schleicher. Item den falschen Bart, den mir ein alter Abonnent in Prag gestiftet hat. Er wird das einmal brauchen können.

Item soll Herr Reichsanwalt Jorns ein gut erhaltenes Exemplar der Rede von Paul Levi erben, die sich mit seiner Person befasst.

Ich danke allen guten Menschen, die mich für die Zeit meiner Gefangenschaft mit Schokolade versorgen wollen. Da mir nicht viel an Süßigkeiten liegt, bitte ich, sie gütigst an den Vierten Strafsenat richten zu wollen. Während des Prozesses habe ich die Beobachtung gemacht, dass die Herren Reichsrichter jedes Mal in der Stunde vor der Tischpause Zeichen von Unruhe und hoher Ermüdung bemerkbar werden ließen. Schon Julius Cäsar sprach das Lob der wohlgenährten Männer. Wäre er nicht Diktator gewesen, sondern Angeklagter, so würde er gewiss gesagt haben: Hungrige Richter sind gefährlich ...

Item sind mir zugedachte ausländische Zeitungen an Herrn Joel zu senden, der gern hervorhebt, ein sachlicher, unpolitischer Beamter zu sein und nicht viel auf Pressestimmen, und namentlich ausländische, zu geben. Die deutsche Justiz könnte davon profitieren.

Alle Autoren, die ich zu lange auf den Abdruck ihrer Manuskripte warten ließ, bitte ich hiermit inständigst um Vergebung. Item alle, zu denen ich am Telefon sagte: Nächste Woche ... Item bitte ich Herrn Walter Mehring, mir zu verzeihen, dass ich sein Buch noch nicht besprochen habe. Er soll bald über Paris schreiben.

Item bitte ich das deutsche Volk, einig in allen seinen Stämmen, sich nicht gegenseitig ausrotten zu wollen, damit es der »Weltbühne« nicht an Stoff fehlt. Ich glaube, es wird in den nächsten achtzehn Monaten nicht langweilig sein in Deutschland.

Es haben mir in diesen Monaten viele Kollegen, mit denen ich früher die Klinge kreuzen musste, Sympathie gezeigt und Freundlichkeiten erwiesen. Es sind viele Damen und Herren tatkräftig für mich eingetreten, die sich oft über die »Weltbühne« geärgert haben. Ich danke ihnen allen, dass ihr Solidaritätsgefühl sich stärker erwies als ihr Gedächtnis.

Von allen aber, die meine Arbeit in dem roten Heft freundlich oder feindlich verfolgt haben, verabschiede ich mich wie der brave Soldat Schwejk von dem alten Sappeur Woditschka: »Also nach'n Krieg, um sechs Uhr Abend im ›Kelch‹!«

(Die Weltbühne, 10. Mai 1932)

Antisemiten

Zu den Dingen, von denen die republikanische Linke kaum mehr zu sprechen pflegt, gehört auch der Antisemitismus. Die Presse begnügt sich damit, seine Existenz zuzugestehen, ohne sich über seine Erscheinungsformen näher auszulassen; gelegentlich nur werden einige allzu knotige Exzesse niedriger gehängt. Im Ganzen ist man bereit, wie so vieles andre auch Israel still zu opfern. Die Menschen- und Bürgerrechte des Juden sind, wenn nicht angefochten, so doch wieder Gegenstand lebhafter Diskussion. Wieder ist es der Konterrevolution gelungen, das Thema aufzunötigen; sie hatte die Initiative, und die Demokratie sucht nur dadurch, dass sie nicht mitmacht, den Eindruck zu erwecken, als gäbe es die ganze Diskussion nicht.

Der Antisemitismus ist dem Nationalismus blutsverwandt und dessen bester Alliierter. Die beiden gehören zusammen. Denn ein Volk, das sich ohne Territorium und ohne materielle Autorität zweitausend Jahre in der Weltgeschichte herumtreibt, ist eine lebendige Widerlegung aller nationalistischen Ideologie, die den Begriff der Nation ausschließlich von machtpolitischen Voraussetzungen abhängig macht. Niemals hat der Antisemitismus in der Arbeiterschaft Wurzel gefasst, er war von je Sache des Mittelstandes und des kleinen Bauerntums; heute, wo sich diese Schichten in ihrer größten Krise befinden, ist er ihnen zu einer Art von Religion geworden, mindestens zu einem Religionsersatz. Nationalismus und Antisemitismus bestimmen das innere politische Bild Deutschlands. Sie sind die großen revolutionär kreischenden Jahrmarktsorgeln des Fascismus, welche das viel leisere Tremolo der sozialen Reaktion übertönen.

Vor etwa fünfundzwanzig Jahren war die antisemitische Welle der Stoeckerzeit schon abgeebbt. Im Reichstag saß eine antisemitische Fraktion, die an Stärke und parlamentarischer Haltung etwa der heutigen Wirtschaftspartei entsprach. Der Radauantisemitismus lag bei dem berüchtigten Grafen Pückler-Tschirne, dem sogenannten Dreschgrafen, der indessen keine Bewegung repräsentierte, sondern nur den eignen wirren Kopf und in allgemeinem Gelächter unterging, als er in einer Ho-

telhalle mit einem jüdischen Geschäftsreisenden in Tät-
lichkeiten geriet und dabei fürchterlich verhauen wurde.
Der intellektuelle Antisemitismus lag dagegen bei Houston Stewart Chamberlain, der in den »Grundlagen des
XIX. Jahrhunderts« die nach Bayreuth gedrungenen Fan-
tasien Gobineaus aktualisierte und aus der Sprache eines
harmlosen Snobismus in die eines modernen zugkräftigen Mystagogentums übersetzte. Ein Ausläufer dieses
Kreises war der Kunstschriftsteller Arthur Moeller van
den Brück, der mit einem noch heute lesenswerten Werke »Die Deutschen« eine Typologie des deutschen Wesens versuchte und dessen Buch »Das Dritte Reich« einer Bewegung das Schlagwort gegeben hat, obgleich es
sich hier um keine dröhnende Agitationsschrift handelt,
sondern um ein politikfremdes Lamento von monotoner
Melancholie.

Der literarische Antisemitismus von heute hat sich insofern besser gedeckt, als er nicht mehr mit längst als
brüchig erkannten Rassetheorien aufwartet und auch
mit dem »Ariertum« und dem »nordischen Menschen«
nicht mehr viel hermacht. Gobineau wollte von Hakon
Jarl abstammen, und das Bayreuther Parvenütum der
Jahrhundertwende suchte seinen Stammbaum möglichst
bis in die Wikingerzeit zu verfolgen; mit alledem wagen
heute, nur noch subalterne Broschürenschreiber zu
kommen. Die antisemitische Literatur dieser Jahre, soweit sie sich nicht ausschließlich auf die rohe Hetze
stellt, sondern Anspruch auf geistige Wertung erhebt,
begnügt sich im ganzen damit, ein feierliches Deutschtum zu postulieren, das sich jedoch bei kritischer Betrachtung wie einer der schönen Götter Epikurs in

schimmernden Dunst auflöst. In dieser Phraseologie spielt das »Blut« eine große Rolle; das »Blut«, die unveränderliche Substanz, bestimmt das Schicksal der Völker und Menschen. An den Geheimgesetzen des »Blutes« werden sich Germanen und Judäer entgegenstehen bis ans Ende der Tage, werden sie sich niemals mischen können, werden sie sich ewig innerlich fremd bleiben müssen. Das ist mehr balladenhaft als tief, und eine reale Völkerbetrachtung lässt sich nicht so schwach fundamentieren. Denn »deutsch« und »jüdisch« et cetera sind keine in mythischer Vorzeit festgemauerten Kategorien, sondern durchaus fließende Begriffe, die mit den der allgemeinen historischen Dynamik unterliegenden geistigen und ökonomischen Voraussetzungen auch die Inhalte wechseln. Was hat der Dürerdeutsche etwa mit dem Rokokodeutschen zu tun? Was der amerikanisierte Stalinrusse der Pjatiletka mit dem trägen Oblomowrussen der sechziger Jahre? Alles, was der literarische Antisemitismus aufbietet, bleibt wolkig und flockig. Er unterscheidet sich in dieser Unbestimmtheit nicht von dem Neokonservativismus oder der heute beliebten nationalen Romantik. Wir wollen uns im Folgenden mit einigen Dokumenten eines literarisch aufgemachten Antisemitismus beschäftigen, nicht weil wir diese für besondere Leistungen halten, wohl, aber weil sie wie das berühmte Lazarettpferd alle Krankheiten der Gattung vereinen und weil einzelne der dort versuchten Formulierungen rapide umlaufen und Unfug anrichten.

Wenn ich meinem Krawattenmacher an den wucherischen Hals will, so genügt, wenn die eigne Empörung nicht auslangt; ein Flugzettel aus irgendeinem Braunen

Haus. Wenn ich dagegen nach einem Grunde zur Abrechnung mit meinem Nachbarn, dem alten jüdischen Augenarzt, suche, der ein Wohltäter der Menschen ist, so muss ich, um zu erfahren, warum er trotzdem mein und aller Feind ist, schon zu einem Buche von Hans Blüher greifen.

Was ist aus dem Propheten des »Wandervogels« geworden? Was aus dem Entdecker der geschichtsbildenden Kraft der Männerbünde, einem Schriftsteller von wirklich produktiven Einfällen also –? Es erfordert Mühe, mit der »Erhebung Israels gegen die christlichen Güter« (Hanseatische Verlagsanstalt, Hamburg) zu Ende zu kommen. Wiederholt ist gesagt worden, dass in Herrn Charles Maurras, dem eisenklirrenden Bayard der Action Française, ein heimlicher Spaßvogel steckt. Auch bei Blüher fragt man sich immer wieder, ob hier nicht die satirische Laune eines Mystifikators der klugen Welt eine Nase gedreht hat. Wenn Blüher wie ein royalistischer Ultra, wie ein intellektueller Janusschauer herumfuchtelt, wenn er wie ein schottischer Jakobit, wie ein evangelischer Ulstermann, wie ein Kavalier aus der Vendée für den sakralen Charakter des Königtums die Klinge hebt, dann ist wirklich ein kleiner Zweifel an der Ernsthaftigkeit der Attitüde berechtigt. Da liest man es so: »Die einzige für einen Christen wirklich annehmbare Verfassung ist das Gottesgnadentum des Königs.« – »... so wie die deutsche Seele nicht ohne Kaiser und Reich zu leben vermag.« – »... es gibt keine republikanische Geschichtsauffassung. Diese führt nur, gestützt durch die korruptiven Gedankengänge des Judentums, ein vorübergehendes Dasein in den amtlichen Publikationen und der hörigen Presse.«

Gut gebrüllt, Herr Elard von Blüher!

»Jeder Jude, ganz gleichgültig, welchen Willens er ist oder zu sein glaubt, untersteht diesem Sendungsauftrag des messianischen Reiches, vertreten durch den jeweilig regierenden Fürsten der Verbannung.« – »Dieser Fall liegt auch vor bei den sogenannten Protokollen der Weisen von Zion‹. Auch hier besagt die Echtheit oder Unechtheit gar nichts, sondern nur ihr intelligibler Inhalt. Dieser aber ist wie bei jenem Erlass des Fürsten der Verbannung unbedingt wahr. Denn das Judentum hat danach gehandelt.« – »Henry Fords hochwichtiges Buch über den ›Internationalen Juden‹ ist überwiegend richtig, aber es steht kein wahres Wort drin ...«

Das ist wirklich ungewollte Travestie. Wir werden durch Astrologie, Magie und Mantik und die ganzen furchtbaren Geheimnisse des Freimaurertums geschleift, das alles wirkt etwas komisch und auch etwas blamabel – einen Kopf, der vielen etwas bedeutet hat und noch bedeutet, auf der Tour von Mathilde Ludendorff zu sehen. Doch dann zeigt sich plötzlich ein zergrübeltes und zerquältes Intellektuellengesicht, an der innern Ehrlichkeit ist kein Zweifel erlaubt. Blüher hält auf Abstand gegen den politischen Antisemitismus, es fallen ein paar klatschende Hiebe auf Hitler, aber sosehr er sich auch bemüht, die Würde des geistigen Menschen zu wahren, er rettet sie nur in der schriftstellerischen Form, nicht in den Mitteln der Argumentation. So geht es oft ebenso platt und wüst zu wie in einer beliebigen Sechserbroschüre: »Soll man hier sagen: Eine deutsche Frau, der es möglich ist, ihr Geheimnis den Blicken eines jüdischen Arztes preiszugeben und seine Eingriffe willenlos zu dulden, hat so viel an Instinkt verloren, dass man auf sie verzichten muss? Oder soll man lieber hier doch noch warnen ...? Die Unerträglichkeit dieser Vorstellung: Der Jude am Lebenstor der deutschen Rasse ist kaum zu überbieten.«

Was hat Blüher nun dem Judentum vorzuwerfen? Versuchen wir zusammenzufassen: Das Judentum zehrt die germanische Substanz auf. Das Judentum kann die Figur eines andern Volkes annehmen. Es gibt eine »organisch-plastische Begabung der jüdischen Substanz zur Mimikry. Das Judentum hat etwas Entscheidendes zu verbergen.« Blüher will weder mit politischem noch mit wirtschaftlichem Antisemitismus etwas zu tun haben. Der »jüdische Sendungsauftrag«, von dem er fabelt und wobei er sich auf mittelalterliche Pergamente stützt, ist ausschließlich religiös. Deshalb gibt es auch keine wirkliche Verständigung:

»Wie das Dasein der primären Rasse im Judentum auf die Spitze nach oben getrieben worden ist, so das der sekundären nach unten. Der wissende Jude gibt es ohne Weiteres zu, dass die Tiefengrade, die sein Volk erreichen kann, erheblich unter denen der andern Völker liegen und dass gewissermaßen der Mittelstand fehlt. Zehn verfluchte Stämme und zwei heilige! Mit den verfluchten haben wir es im täglichen Leben zu tun, und die zwei heiligen leiten die Politik des Reiches Jehuda gegen uns. Nur mit diesen also kann man sich ernsthaft auseinandersetzen, nur sie sind unser eigentlicher Feind. Wie töricht der Antisemitismus ist, wenn er etwa meint: Es

gäbe auch anständige Juden, und die seien selbstverständlich ausgenommen – erhellt wohl zur Genüge aus
diesem Sachverhalt.«

Damit wären wir also wieder bei der Weisheit des
Großinquisitors angelangt: »Tötet sie alle, Gott kennt die
Seinen!« Damit holt sich der Gläubige das gute Gewissen, selbst gegen den besten Juden die Hand zu erheben.
Deshalb wirkt es nicht konsequent und nicht einmal mutig, wenn Blüher selbst, nachdem er jeglichen Gedanken
der Versöhnung unbarmherzig in die Wüste getrieben
hat, etwas verlegen stehen bleibt und keine Antwort darauf gibt, was nun in der Praxis geschehen soll. Wir erfahren es auch nicht bei dem Schriftsteller, den Blüher
einen der »wenigen echten Antisemiten« nennt, die es in
Deutschland gebe, bei Herrn Dr. Wilhelm Stapel, der einige frühere Artikel aus seiner Zeitschrift in einer Broschüre »Antisemitismus und Antigermanismus« (Hanseatische Verlagsanstalt, Hamburg) gesammelt hat.
Bleibt Blüher bei aller seiner Verranntheit doch immer
ein seltsames und oft ergreifendes Bild des in Zeitstür-
men verwehten geistigen Menschen, ein Diener der Finsternis zwar, aber doch mit einem paracelsischen Kern, so
ist der Herr Dr. Stapel einfach der wild gewordene Pau-
ker, der Oberlehrer, der sich als Prophet aufgetan hat.
Herr Stapel wird von Bewunderern für die beste Feder
der Rechten gehalten, und ich gebe zu, Herr Dr. Stapel
verfügt über reiche Ausdrucksformen, er wäre indessen
ein viel besserer Schriftsteller, wenn er nicht so rheto-
risch bewegt schriebe und seine Bildung nicht so präten-
tiös auftischte. Er legt wie ein von seinem Publikum
verwöhnter Redner Pausen ein, wo er auf Beifall wartet.

Ein seltenes Zitat trägt er so zeremoniös auf wie der Ober eine besonders teure Platte mit zwei neuen blütenweißen Servietten, und vor seinen eignen Pointen tanzt er mit wehenden Rockschößen her wie David vor der Bundeslade. Der Schriftsteller soll sich ernst nehmen, jawohl – aber nicht so furchtbar wichtig.

Auch Stapel lehnt einen Antisemitismus aus wirtschaftlichen Gründen ab. Er will auch die Juden nicht ausbürgern. Nur soll auf Distanz gehalten werden, zum Beispiel sollen sich die Juden nicht um Politik kümmern, und im Übrigen regelt auf beiden Seiten guter Takt die Grenzverhältnisse. Nur ist manchmal der Kampf unausweichlich: »Den Kampf der ›rohen Gewalt‹ nennt der Jude das handfeste ›Rittertum‹ der Antisemiten. Wir werten den Geist höher als den Leib. Aber nicht immer ist der Geist bei den ›Geistigen‹, sondern oft auch bei dem wackern und ehrlichen Mann, der die gottgesegnete Kraft seiner Arme für sein braves Gefühl, über dessen Berechtigung er nicht erst einen Philosophen fragen muss, gebraucht. Ich bin nicht unter allen Umständen geneigt, einem begabten Tintenspritzer, bloß weil er vom sichern Ort aus mit ›Geist‹ arbeitet, den moralischen Vorzug zu geben vor einem wackern Kämpfer, der immerhin sein Leib und Leben der Gefahr aussetzt.«

Es hat sich bisher noch nirgends gezeigt, dass bei Pogromen – so nennt man nämlich gewisse mit jüdischen Mitbürgern gesuchte Auseinandersetzungen – die Angreifer ihr Leib und Leben der Gefahr ausgesetzt hätten. Diese wackern und ehrlichen Hansen haben die gottgesegnete Kraft ihrer Arme gewöhnlich nur in Gesellschaft angewandt, wenn sie fünfzig gegen fünf standen. Herr

Dr. Stapel predigt die Distanz, aber er selbst hat eine merkwürdige Neigung, immer wieder Tuchfühlung mit dem Reiche Jehuda zu suchen. Sein Takt hindert ihn nicht an einem so bizarren Versuch: »Ich machte einmal in einer überwiegend von Juden besuchten Versammlung das Experiment, am Schluss meiner Debatterede in einem zugespitzt formulierten, aber nichts als die bloße Tatsache enthaltenden Satze auf die Tötung Jesu durch die Juden hinzuweisen. Der Satz wirkte explosiv. Es gab einen plötzlichen und heftigen Aufruhr der Gefühle durch den ganzen Saal hin, eine heiße, kochende, unbeschreibliche Empörung, die völlig verschieden war von den Empörungen, die man etwa in deutschen Arbeiterversammlungen erleben kann. Während ich dann beobachtend durch den Saal auf meinen Platz ging, umwehte mich diese heiße, brennende, hassvolle Empörung auf das heftigste. Aus Gesprächen, die ich nachher mit einzelnen mir auf die Straße folgenden Juden führte, wurde es mir ganz deutlich, dass durch das Anschlagen dieses Komplexes Angst- und Wutgefühle sowie schreckhafte Vorstellungen aus der Zeit der mittelalterlichen Judenverfolgungen wach geworden waren.«

Was sollte mit diesem Experiment bewiesen werden? Gar nichts wird damit gegen die jüdischen Versammlungsbesucher bewiesen, die mit Recht empört waren. Wohl aber wird sehr viel gegen Herrn Stapel selbst bewiesen, nämlich, dass er, der in einer modernen großstädtischen Versammlung, in einem Saal mit Dampfheizung und elektrischer Beleuchtung, ein Argument aus der Begriffs- und Empfindungswelt der mittelalterlichen Hexen- und Juden- und Ketzerrichter gebraucht, damit selbst in diese Kategorie gehört. Er ist zu selbstgefällig, um den entstandenen Krach anders als in einem für ihn triumphalen Sinne zu deuten. Er bildet sich ein, ein paar Hundert Judäer demaskiert zu haben, und hat sich doch nur dadurch kompromittiert, indem er öffentlich zeigte, was bei ihm unter der Schwelle des Bewusstseins ruht. Wer hat es nicht schon erlebt, dass einmal ein Ahnungsloser in einem psychologisch geschulten Kreise seine Träume erzählte, aus denen der Erfahrene schnell seine Schlüsse ziehen konnte? Herr Stapel glaubt, auf einige Hundert jüdische Gesichter mitten im nüchternen Alltag den Flackerschein lange verglommener Scheiterhaufen gezaubert zu haben. Aber er hat nur den Scheiterhaufen im eignen Hirn peinlich offenbart.

Diese um des Vaterlandes Wohl besorgten Antisemiten erinnern alle an die Prinzessin auf der Erbse. Warum machen ihnen die paar Juden so viel Unruhe? Auf hundert Deutsche kommt ein Jude, das betont auch Stapel; dennoch: »Ein Stückchen Saccharin von der Größe eines Stecknadelkopfes genügt, um ein Glas Wasser zu versüßen. Es kommt nicht nur auf die Masse, sondern auf die chemischen Eigenschaften an. Ist auf unsern Hochschulen auch nur ein Jude unter hundert oder bei unsern Theatern, im Kunsthandel, in den Zeitungen?« Ich habe von Deutschland keine so geringe Vorstellung wie der heiße Patriot. So dünn und farblos ist Deutschland nicht, um durch eine fremde chemische Eigenschaft gleich in seiner Natur bedroht zu werden. Wenn Juden in akademischen Berufen prozentual stark vertreten sind und auch einige kulturelle Schlüsselstellungen innehaben, so frage ich den, der sich darüber beschwert: Was hat

Deutschland denn in der Zeit seiner höchsten Prosperität, in der Kaiserzeit nämlich, für eine Auslese seiner begabten armen Jungen getan? Das Judentum hat auch in schlechten Zeiten für seine fördernswerten Kinder immer Mittel übrig gehabt. Aber die deutschen Jungen aus dem Proletariat, die mussten früh aufs Feld oder in die Fabrik; Kraft, die nicht hochkam. Das einzige Sprungbrett, das der Klassenstaat bot, war die Unteroffiziersschule. Übrigens wird in vielen Ländern der kulturelle Wettbewerb mit Menschen andern Stammes als anfeuernd, mindestens nicht als lästig empfunden. In der englischen Presse und Literatur dominieren zum Beispiel die beweglichen Keltenköpfe. Und in der Schule haben wir die Weisheit des Großen Kurfürsten bewundern gelernt, weil er die französischen Refugiés in Preußen aufnahm. Dieser energische Hohenzollern hat gewiss nicht unter dem Minderwertigkeitskomplex des heutigen deutschen Nationalismus gelitten.

Immer wieder kehren bei Stapel die Worte »Volkstum« und »Volk« wieder. Sie ersparen ihm, mit etwas Mystik verbrämt, viele Beweise. Wie Blüher verzichtet Stapel darauf, mit dem Begriff »Rasse« zu operieren. Er weiß, dass es damit keine Lorbeeren zu holen gibt. Aber es ist nicht weniger nebelhaft, wenn er ständig jüdisches gegen deutsches »Volkstum« stellt. Auch hier spielt die leidige Ökonomie eine Rolle. Das »Volkstum« eines kleinen jüdischen Angestellten ist nicht das gleiche wie das seines jüdischen Chefs, der drei Autos hat. Das »Volkstum« des jüdischen Proleten wird sicher erwachen, wenn ein paar Hakenkreuzlümmel die gottgesegnete Kraft ihrer Arme an ihm erproben wollen. Ob dies gleiche Bewusstsein jedoch in ihm rege wird, wenn man seinen Chef so mitnimmt – wir können es nicht untersuchen. Es ist auch ein Irrtum der nationalistischen Theorie, dass wir den ganzen Tag »als Deutscher«, »als Jude« et cetera herumlaufen. Der heutige Berufsmensch ist ganz anders fixiert. Überhaupt ist »Volkstum« kein Begriff, mit dem sich viel anfangen lässt. Staat und Wirtschaft bestimmen das Schicksal des Einzelnen im weitesten Sinne und geben die Stichworte für die Trennung in Parteien, während der soziale Alltag die allgemeingültigen Denk- und Lebensformen prägt. »Volkstum« lässt sich nicht auf eine Nation von mehreren Dutzend Millionen anwenden, »Volkstum« ist ein vorwiegend landschaftlich begrenzter Begriff, durchsetzt von bäuerlichen Erinnerungen. Es gibt kein »deutsches Volkstum«, wohl aber eines der deutschen Stämme, wohl ein thüringisches, rheinisches oder bayrisches. Es gibt kein britisches, französisches oder spanisches »Volkstum«, wohl aber eines von Schottland, von der Normandie oder von Biscaya. Es gibt nicht einmal einen genormten deutschen Judentyp.

Der schwäbische Jude ist anders als der aus Hamburg oder Lübeck, und das nicht, weil das Judentum so besonders anpassungsfähig ist, sondern weil der Prägestock der engern Umwelt sich immer noch stärker erweist als eine mitgebrachte Tradition.

»Die Menschheit ist nicht die Summe der Menschen, sondern der Völker ... Das eigentümliche Gebilde ›Volk‹ ist nicht ein wesenloser Begriff, ist auch nicht wie Verein oder Staat nur ein Werk des menschlichen Willens; sondern es ist eine naturhafte, gewachsene oder zusammengewachsene Einheit, wie der Baum, das Korallenriff, der Bienenschwarm.«

Falsch, falsch und nochmals falsch. Nur der Einzelne ist naturgewachsen, nicht das Volk. Das Volk ist ein menschlicher Organisationsbegriff. Die Natur hat die Bäume wachsen lassen, aber nicht die Grenzpfähle. Die Natur hat die Tiere in ihrem Plan, aber nicht den Käfig, in den der Mensch sie einsperrt. Es macht der Natur nichts aus, ob der Mensch au pair auf dem Kokosbaum haust oder in einer von Professor Taut entworfenen Siedlung. Die Natur ist indifferent.

Selbstverständlich wäre Stapels scharfsinnige Untersuchung nicht vollständig ohne ein kräftig Wörtlein zur Verjudung der Literatur.

»Wie Lessing sich einst gegen das Franzosentum wehrte, so wehren wir uns heute mit Recht gegen das Judentum.«

Halt. Selbst wenn die Gleichstellung Franzosentum – Judentum widerspruchslos hinzunehmen wäre: Lessing hatte das historische Recht auf seiner Seite, denn er verhalf der jungen deutschen Literatur zum Durchbruch. Lessing hat aber nicht nur gegen Voltaire gekämpft, sondern außerdem noch für einen andern Ausländer, nämlich Shakespeare. Seit hundert Jahren observieren misstrauische Literaten die angebliche jüdische Überfremdung unserer Literatur. Seit hundert Jahren muss sich jeder Autor von Belang die physische Kontrolle durch dummdreiste Präputial-Inspizienten gefallen lassen. Und was ist nun dabei herausgekommen? Da ist der alte Judenriecher Adolf Bartels, der sich jetzt schon zwei

Menschenalter das Plastron vollsabbert – was hat er denn mit seinen Denunziationen bewirkt? Seit Jahrzehnten sind alle anerkannten Dichter als Juden oder Halbjuden verstänkert worden, aber hat denn dieser ganze Aufwand auch nur einem einzigen wertvollen, unverfälscht deutschblütigen Dichter den Weg geebnet? Haben die Herren auch nur einen einzigen entdeckt? Wen denn –? Artur Dinter lässt schön grüßen.

»Sehr deutlich« spürt Stapel jüdischen Tonfall in den Schriften von Karl Marx. Es ist mir noch nie aufgefallen, dass das Kommunistische Manifest gemauschelt wäre. Aber auch der Ökonomist Ferdinand Fried wittert ähnliches. Nach Fried ist der eigentliche Begründer des wissenschaftlichen Sozialismus der »Wuppertaler Patriziersohn« Friedrich Engels, der sich dann leider von dem Juden Marx »überschatten« ließ. Was Stapel mit Heinrich Heine aufstellt, ist ein Zirkus für sich. Um an Heines Lyrik die jüdischen Bestandteile zu demonstrieren, wendet er ein Verfahren an, das nichts Philologisches mehr an sich hat, sondern ganz der wissenschaftlichen Kriminalistik entnommen scheint. Stapel knöpft sich die arme »Loreley« vor, indem er sie einer höchst detektivischen Sprachanalyse unterwirft, die natürlich seine These erhärtet. Zwar lässt er bestehen, dass Heine ein großer Wortkünstler war, aber als Intellektueller doch unfähig, ein deutsches Volkslied zu dichten. Diese Resultate präsentiert er mit der moralischen Genugtuung eines übel gelaunten Polizeiarztes, der bei einer missliebigen Frauensperson, nachdem man ihr keinen Taschendiebstahl nachweisen konnte, wenigstens Gonokokken gefunden hat. Stapel konfrontiert die raffinierte jüdische Loreley

Heines mit einer viel keuschern Loreley-Edition Eichendorffs. Dann beginnt er zu vergleichen und zu messen und fährt in der Hitze des Gefechtes den beiden Mädchen dabei unter die Kleider, dass es eine Freude ist, das zu sehen.

»Während die Reime Eichendorffs etwas Verhaltenes, Geheimnisvolles, Weites haben, haben die Reime Heines etwas Spitzes, Scharfes, ja fast etwas Heiseres. Bezeichnend ist für den Juden die Häufung von K- und G-Lauten, also von Gutturalen an dieser Stelle –«

Ein Gedicht, mag man es sympathisch finden oder nicht, ist jedenfalls kein Kriminalvergehen, das vergisst dieser beflissene Forscher. Es kann deshalb auch nicht analysiert werden wie ein am Tatort zurückgelassenes blutiges Taschentuch. Übrigens will ich mich verpflichten, nach diesem Rezept mühelos festzustellen, dass ein frommer Choralsänger, nach der für ihn charakteristischen Häufung von Ä- und Ü-Lauten zu schließen, von Hühneraugen geplagt war, dass ein feuriger Liebesdichter sich mit Hämorrhoiden quälen musste und dass Stapel, bei dem die offenen Laute überwiegen, sich danach Gott sei Dank einer heitern und unbeschwerten Verdauung erfreut.

Und nun kommt ein Humoristikum ganz großen Ranges: »Man gebe sich der Innervation des Satzes: ›Ich weiß nicht, was soll es bedeuten‹ hin, sofort fahren uns die Worte in die Arme und zwingen uns zu einem Zucken der Achseln, während die Handflächen auseinandergehen: eine typisch jüdische Geste. Und der Schluss mit dem ›Ich glaube ...‹ und dem ›und das hat mit ihrem Singen die Loreley getan‹ ist ein Musterbeispiel der jüdi-

schen Sentimentalität, der Sentimentalität des schräg gehaltenen (ein wenig nach hinten geneigten) Kopfes mit
dem verlorenen Blick, aus welcher Stellung der Jude sofort mit einem Sprung, mit einem Witzwort heraushup-
fen kann; denn diese Sentimentalität ist der Ironie benachbart, sie hat nicht das Schwerblütige der deutschen
Sentimentalität.«

Ein lebhafter Leser, in der Tat, so wie ihn sich der Dich-
ter wünschen mag. Jeder Eindruck setzt sich sofort in
Gestik um, und man wagt gar nicht an die körperlichen
Verrenkungen zu denken, zu denen ihn die Lektüre des
»Götz von Berlichingen« verleiten könnte.

Es ist viel Finsternis, viel Wirrwarr und noch mehr un-
freiwillige Komik bei dieser Art von geistigem Antisemitismus. Ich versichere dem hochgelahrten Herrn Doktor:
so unheimlich ich auch über die ihm geglückte kühne
Synthese von Literaturkritik und Kriminalistik habe lachen müssen, so reicht doch das Vergnügen dieser
Stunden bei Weitem nicht an das Bedauern heran, dass
es heute notwendig geworden ist, sich mit solchem
Mumpitz abgeben zu müssen. Herr Stapel ist gewiss nur
ein larmoyanter Schönredner, das, was man im Kir-
chenwesen einen Damenprediger nennt. Aber auch einem härteren Intellekt würde es nicht gelingen, einen
geistigen Antisemitismus zu statuieren. Denn der Geist
ist gewiss kein sanftes Lämmerschwänzchen und kann
sich sehr wohl mit der Gewalt vertragen. Aber niemals
ist der Geist mit der Vergewaltigung einer Minderheit,
der sich nichts andres vorwerfen lässt als ein mit mehr
oder weniger Recht vermutetes Anderssein. Niemals

wird der Antisemitismus ein andres Symbol finden als den Knüppel.

Hans Blüher und Wilhelm Stapel beschwören beide emphatisch, weder die physische noch geistige Misshandlung der Juden zu versuchen, auch nicht deren bürgerliche Entrechtung. Die Herren vergessen den Zeithintergrund und welche Resonanz sie finden können. Heute braucht sich kein schwachnerviger Skribler selbst zu bemühen. Ein gutgezieltes Wort genügt, um Hände in Bewegung zu bringen. In dieser Zeit liegt viel Blutgeruch in der Luft. Der literarische Antisemitismus liefert nur die immateriellen Waffen zum Totschlag. Das Weitere mögen dann die wackern und ehrlichen Hansen mit ihrer gottgesegneten Kraft besorgen. Kommt es aber einmal wirklich zum Pogrom, so hat sich Blüher die folgende etwas primitive Sicherung geschaffen: »Und es ist überhaupt einer der größten politischen Aktivposten, die das Reich Jehuda mit seiner Blutsverfluchung für sich buchen kann, dass es fast jederzeit in der Lage ist, die Gastvölker in das Fluchbereich zu verstricken.

Und das geschieht dadurch, dass sie sie zum Pogrom reizen und damit schuldig machen.«

Totgeschlagenwerden ein Aktivposten? Jedenfalls ist der Jude schuldig, auch wenn er mit zerbrochenem Schädel auf dem Pflaster liegt, von zehnfacher Übermacht zur Strecke gebracht. Nun behauptet Stapel zwar: »Taktvolle Juden und taktvolle Deutsche stören einander nicht.« Das hört sich ganz annehmbar an, aber wie es mit Stapels Takt beschaffen ist, davon hat uns seine Erzählung, was er in einer Versammlung an Provokation der jüdischen Besucher geleistet hat, eine immerhin bedenkliche Probe gegeben. Sollte es also wirklich einmal zu Peinlichkeiten kommen, so hat Hans Blüher für diesen Fall ja schlüssig dargelegt, dass der Jude sowieso verdammt ist. Ihm ein Leid antun bedeutet also nur, einen von Gott vorgesehenen Tatbestand erfüllen.

Diese literarischen Antisemiten müssen in einem argen Dilemma herumlaufen. Sie bewegen sich immer am Rande des Pogroms, sie naschen gleichsam davon, aber sie scheuen sich, so aktiv zu werden wie weniger intellektuell beschwerte Zeitgenossen. Warum so schüchtern, meine Herren? Geben Sie sich doch einen Ruck, entbinden Sie das Stück Pöbel in sich, das in jedem Antisemiten steckt! Nehmen Sie doch den Pferdeapfel auf, werfen Sie ihn dem jüdischen Mitbürger ins Gesicht und rufen Sie »Saujud« hinter ihm her! Sie werden Erleichterung fühlen und, da wir in Deutschland leben, auch ein Gericht finden, das Ihrer bedrängten Seelenlage Verständnis entgegenbringt. Diese kleine Anstrengung befreit Sie von einem hässlichen, kotigen Stück Atavismus und enthebt Sie der unangenehmen Verpflichtung, Bücher zu schreiben, deren subjektive Redlichkeit nicht bezweifelt werden soll, die jedoch durch ihre verquollene Art durchaus geeignet sind, die allgemeine Verlogenheit in diesem Lande noch zu vergrößern. Stattdessen findet Stapel Herzenstöne, die an die berühmte Proklamation des neuhebräischen Klassikers Erich Ludendorff »An die Jiden in Paulen!« erinnern. »Jüdische Mitbürger!«, ruft Stapel mit seiner unleidlichen Prädikantensalbung aus, »vergesset doch nie, wo Gott die Grenze gezogen hat!« Was soll das? Lass doch den Herrgott aus dem Spiel, Pharisäer –!

(Die Weltbühne, 19. Juli 1932)

Otto Strassers »Deutscher Sozialismus«

Im Gegensatz zu seinem Bruder Gregor, dessen füllige volkstümliche Rhetorik durchaus zu seinem Äußern passt, ist Otto Strasser ein sanfter Intellektueller, dessen hauptsächliches Kampfmittel die Überredung bleibt und der einem schroffen Gegner, einer lärmenden Versammlung eine beinahe chinesische Höflichkeit entgegensetzt. Während Gregor ministrabel und ein hohes Tier am Hofstaate des braunen Cäsar geworden ist, genießt Otto das geistigere Vergnügen, schulebildend zu wirken und Apostel um sich zu sammeln, die für ihn mit der Feder fechten, es aber lieber mit einer guten Damaszener Klinge tun würden. Denn Otto Strasser ist ganz gewiss nicht, wie er wohl selbst glaubt, der Gegenkönig Adolf Hitlers, viel eher einer jener tätigen Ideendolmetscher, deren Wirkung nicht im Geschriebenen liegt, nicht einmal in der Sache, sondern vornehmlich in der Intensität der Mitteilung.

Otto Strasser ist aus der nationalsozialistischen Partei nicht als ideologischer Widersacher geschieden. Neben dem Bruder Gregor hält er sich als der Radikale, der Linientreue; die Partei scheint, an ihm gemessen, lasch, liberalistisch, entartet. Es soll uns in diesem Zusammenhang nicht beschäftigen, ob die Trennung der Brüder faktisch ist oder nur taktisch. Wenn man Otto Strassers neue Programmschrift »Aufbau des deutschen Sozialismus« (W. R. Lindner, Leipzig) etwa mit der im »Völkischen Beobachter« erschienenen Rundfunkrede seines Bruders vergleicht, so erkennt man bei beiden die gleiche nationalistische Grundsuppe und fragt zunächst nach den Unterschieden. Der Antagonismus beginnt, wo vom Sozialismus gesprochen wird. Was Sozialismus ist, definiert Gregor so: »Wir verstehen unter Sozialismus die staatlich durchgeführten Maßnahmen zum Schutze des Einzelnen oder einer größern Gemeinschaft vor jeglicher Ausbeutung.«

So etwas nennt man Sozialpolitik oder Sozialreform. Sozialismus bedeutet nicht Schutz vor Ausbeutung, sondern Brechung aller ausbeutenden Mächte. In diesem Punkt ist der Bruder Otto reinster Revolteur:

»Darum ... ist die Aufhebung des Privateigentums an Grund und Boden, Bodenschätzen und Produktionsmitteln die Hauptforderung des deutschen Sozialismus und die Voraussetzung einer planmäßigen Nationalwirtschaft.«

Infolgedessen verwirft er auch das kapitalistische Wirtschaftsrecht von der Heiligkeit des Privateigentums:

»Sinnfällig erlebte es jeder Einzelne, dass dieses unbeschränkte Verfügungsrecht des Besitztitels verstieß gegen die Lebensinteressen des Volkes, dass es aber auch keine innere Berechtigung habe zu einem Zeitpunkt, da die ganze Nation mit ihrem Blut dieses ›Eigentum‹ verteidigen musste.«

Bravo, das ist ein deutliches Bekenntnis, wenn auch nur gute alte SPD von 1910, als bei jeder Maifeier deklamiert wurde:

Hinter Mauern und Schlöten
liegt euer Vaterland!

Ihr sollt euch dafür schlagen und töten
– ihr habt es niemals gekannt.

Wenn jemand so selbstbewusst wie Otto Strasser sich eine »totale Gestaltung des deutschen Lebens« zumutet und von der »konservativen Revolution« die Durchführung des »deutschen Sozialismus« erwartet, so muss er sich nicht nur die Frage gefallen lassen, wie dieser Sozialismus aussieht, sondern auch, auf welche geschichtlichen Kräfte er ihn zu stützen gedenkt. Denn der Klasse erkennt der Nationalist Strasser keine geschichtliche Formkraft zu, nur der Nation, und selbst Marx behandelt er nur als besonderen Ausläufer des Liberalismus.

Der Strassersche Sozialismus stützt sich nicht auf ökonomische Gegebenheiten, er bedeutet, so radikal die Formulierung manchmal klingen mag, nur die Flucht in vergangene Jahrhunderte. In der Gesellschaft des »deutschen Sozialismus« soll zwar das Privateigentum ebenso aufgehoben sein wie das Monopol an Boden und Produktionsmitteln, aber die Nation soll die Bewirtschaftung den einzelnen Volksgenossen »nach Fähigkeit und Würdigkeit in Erblehen geben«. Was Strasser vorschwebt, ist ein romantisches Feudalsystem, ständisch gegliedert, in dem, wie bei allen konservativen Ideologien, die Landwirtschaft die wichtigste Rolle spielen soll. Ja, Strasser bezeichnet als vornehmstes Ziel die »Reagrarisierung Deutschlands«.

Es ist schwer zu verstehen, warum es nicht nur volkswirtschaftlich, sondern auch ethisch wertvoller ist, Kartoffeln zu buddeln, statt sich über einer schwierigen technischen Konstruktionszeichnung anzustrengen.

Gewiss erlebt die Großstadt gegenwärtig unter dem ungeheuren Krisendruck einen Rückschlag, überall entstehen kleine periphere Siedlungen. Aber darf man auf einem vorübergehenden Notstand, auf einem Akt von Selbsthilfe, der morgen schon von bessern Mitteln abgelöst sein kann, ein sozialistisches System aufbauen? Und ist es wirklich so leicht, Menschen, denen die Großstadt in Blut und Nerven steckt, in Landleute zurückzuverwandeln? Ganz Deutschland soll also von kleinen Bauerntümern überzogen werden, von denen keins größer sein darf, als sein Besitzer in eigner Arbeit verwalten kann. Auf die Industrie ist Strasser nicht gut zu sprechen, wie er denn überhaupt die »technische Götzendämmerung« erwartet. Man sollte mit solchen Prophezeiungen etwas vorsichtig sein. Ich wünsche Herrn Doktor Strasser nicht, dass die technische Götzendämmerung auf der Lokomotive ausbricht, wenn er grade Eisenbahn fährt. In der Industrie fällt die Verwaltung des Betriebs einer Dreiheit von Staat, Belegschaft und Führer zu, wovon der letztere einen höhern Anteil an Besitz und Gewinn erhält. Überall also strenge Bindung, jeder Einzelne lebt in fest gesteckten Grenzen, der Schützengraben wird aus der Kriegswissenschaft in die Soziologie eingeführt. Es ist eine neue Art Kastenstaat, in dem auch die Parias nicht fehlen dürfen, nämlich die Juden, die kein Bürgerrecht genießen und deshalb auch nicht Lehnsträger werden sollen. Nur eine Kategorie gibt es in diesem tristen Einerlei, der erhöhte Selbstständigkeit eingeräumt wird, und das sind die Handwerksmeister. Denn das Gedeihen von Kleinbetrieben beruht »auf der Persönlichkeit des Handwerksmeisters«. Hier beginnt man, sich doch ernsthaft die Nase zu reiben. Auch wenn man nicht geneigt ist, mit dem Begriff der Unternehmerpersönlichkeit heroisierenden Unfug zuzulassen, so muss doch gefragt werden, ob der Budiker oder der Grünkramhändler mehr Persönlichkeit ist als, sagen wir, der Professor Junkers in Dessau!

Damit entlarvt sich der ganze Strasser-Sozialismus als ein Angstprodukt des versinkenden Mittelstandes, als die rettende Theorie einer in Panik geratenen Schicht, die ihr Sonderdasein auf Kosten der Gesamtheit zu fristen wünscht. Ein reges, intelligentes Volk, seit Jahrhunderten in manueller Fertigkeit, Wissen, Technik und Kunst aufs Beste erfahren und immer vorwärtstreibend, soll in ein mürrisches Agrar- und Industriehelotentum verwandelt werden, während Herr Klamuffke, Fleisch- und Wurstwaren, Aufschnitt täglich frisch, selbstherrlich bleibt, nur einer Zunft Gleichartiger verbunden, auf seinem Boden ein Herzog, ein Than, begnadet mit dem Vorrecht, ein Individuum zu sein. Man fragt sich, wie in einem geistigen Menschen, der Otto Strasser doch ist, das Bild eines sozialen Systems entstehen kann, das die Rückständigsten, die schon heute von der Zeit fast Ausradierten zu Herren macht, während es die Beweglichen, die Leichtschreitenden, die Unternehmenden auf die Galeere bannen möchte. Was für ein Albdruck von einer Utopie! Nicht nur Otto Strasser, der ganze Neokonservativismus nährt sich von ständischen Vorstellungen. Bei Heinrich von Gleichen und dem »Herrenclub« sieht es damit auch nicht anders aus als bei Ferdinand Fried in der »Tat«. Es ist keine Entschuldigung für die Herren, dass sie sich ihre Theorie nicht selbst ausgedacht, sondern von Othmar Spann übernommen haben, der seinerseits das Entscheidende von Adam Müller bezieht, dem Ökonomisten der Romantik. Bei allen Anhängern der ständisch aufgebauten Gesellschaft, auch bei Otto Strasser, kehren die Worte »organisch«, »gewachsen«, »geworden« beängstigend oft wieder. »Organisch« kann aber heute nur sein, das Zeitalter des Industrialismus weiterzuführen, wie es die Russen tun, auf neuer sozialer Grundlage weiterzuentwickeln. Was aber wäre an der Wiedereinführung des Zunftwesens heute organisch? Adam Müller war ein Metternichreptil und publizistischer Verfechter der heiligen Allianz; seine sozialen Visionen entsprachen durchaus den Vorstellungen des damaligen Absolutismus, alle Reaktionäre haben seitdem auf den Ständestaat geschworen. Kein Wunder, denn er hält die aktiven Elemente nieder. Auch Bismarck sehnte sich vom freien Wahlrecht immer wieder zur ständischen Verfassung zurück. Otto Strasser mag sich als ein großer Revolutionär vorkommen, wenn er seine Heilswahrheiten von dem vergilbten Pergament Adam Müllers abliest. Aber ein reaktionäres Skriptum, das hundert Jahre in der Rumpelkammer der Weltgeschichte gemodert hat, ist in der Zeit nicht revolutionär geworden. In der Blüte der Romantik hat Novalis, dessen hektischer Überschwang alles mit Kunst penetrieren musste, die Forderung erhoben, auch »die Finanzwissenschaft müsse poetisiert werden«. Das ist mindestens einigen der heutigen Nachfahren der Ideen Adam Müllers, den Anbetern der Autarkie und der ständischen Gliederung, aufs Beste gelungen. Nur Otto Strassers »deutscher Sozialismus« kann wirklich nicht zu den schönen Künsten gerechnet werden. Diese Utopie ist eng und spärlich, die Fantasie haftet an den winzigsten Dimensionen und an den primitivsten Bedürfnissen. »Fremde Sprachen haben in der Volksschule keinen Platz.« Oder: »Eine weitere notwendige Folge ist die, dass das Eingehen einer Ehe eines deutschen Staatsbürgers mit Angehörigen eines andern Volkes den Verlust der Staatsbürgerschaft nach sich zieht.« Diese Sätze charakterisieren den Barbarismus dieser Vision eines völkischen Idealstaates. Alles soll in Anlage und Funktion sehr klein, sehr simpel werden, alles ist von der Theke eines verärgerten Ladenbesitzers her gesehen. Darin unterscheidet sich Otto Strasser, der Häretiker, in keiner Weise von Gottfried Feder und den andern volkswirtschaftlichen Dreierlichtern des offiziellen Nazitums.

Wahrscheinlich kann man das Dumpfe, Trübe und Unfreudige dieser Utopie nicht einmal Strasser persönlich zur Last legen. Man findet das in allen von rechts kommenden Konzeptionen eines deutschen Staates auf ständischer Grundlage. Ein öffentliches Leben soll es nicht mehr geben, die Frauen werden wieder in die Küche gesteckt; es gibt überhaupt keine Politik mehr, sondern nur noch Berufsangelegenheiten. Strasser hofft auf kulturelle Wundertaten eines völkischen Idealismus. Aber in Wahrheit würde eine also aufgebaute Gesellschaft in Wort und Schrift nicht über das platteste fachmännische Kannegießern hinauskommen. Fantasie, Initiative, Weltoffenheit, und nun gar in Verein mit künstlerischer Begabung, müssten als Ketzerei verpönt und verfolgt werden. Der proletarische Sozialismus hat ganz gewiss Paradiese weder versprochen noch geschaffen, aber für ihn handelte es sich um die Menschheit, er strebt zum Universalismus. Der völkische Pseudo-Sozialismus in allen seinen radikalen oder gemäßigten Spielarten dagegen kennt als sein Ideal nur die Abkapselung; sein Staat ist eine Feudalburg, von Mauern und Festungsgräben umgeben, während jeder echte Sozialismus sich bemühen muss, die Grenze zu sprengen. Der Sozialismus braucht gewiss nicht nur auf marxistischen Doktrinen aufgebaut zu werden, es gibt noch andre Möglichkeiten, aber aus dem Nationalismus kann zuallerletzt ein Sozialismus entwickelt werden. Denn der Nationalismus ist selbst ein Kind der kapitalistischen Ära, er muss mit dieser vergehen. Diese Zusammenkoppelung von Nationalismus und Sozialismus ist der Grundirrtum deutscher Nationalisten, für die eine sozialistisch organisierte Gesellschaft nicht mehr bedeutet als eine bessere Grundlage für den Revanchekrieg.

Der Nationalismus wird kaum jemals die Überzeugung eines ganzen Volkes werden können. Die Geschichte hat ihn uns nur gezeigt als die in Krämpfen und Krisen explodierende Selbstsucht einer herrschenden Klasse. Nationalisten wie Strasser haben immer den 4. August 1914 im Kopfe, wo ganz Deutschland, das sich unfähig gezeigt hatte, sein inneres Schicksal zu gestalten, aus unfreien, als unleidlich empfundenen politischen Zuständen in den Kriegsfuror flüchtete. Was für ein verbrecherischer Esel ist Wilhelm II. gewesen, solch Kapital zu verwirtschaften! Diese Stimmung ist für immer dahin, kein rebellierendes Kleinbürgertum kann sie jemals wiedererwecken.

Dennoch wird man grade Otto Strasser, auch wenn man seine Lehren aufs Heftigste ablehnt, eine Reihe von sympathischen Zügen nicht absprechen mögen. Denn dieser unbestreitbare Reaktionär und Obskurant tritt in öffentlichen Kämpfen mit der Haltung und den Ansprüchen eines neuen Hutten auf. Es hat etwas Rührendes zu sehen, wie dieser Klopffechter einer für ewig versunkenen sozialen Ordnung mit der Gebärde eines Lichtbringers, eines Sankt Georg, für seine Gedanken einsteht. Seltsames Paradox: dieser Kämpfer gegen alle Freizügigkeit, für den Liberalismus dasselbe bedeutet wie Zuchtlosigkeit, ist ausgesprochener Individualist und wäre erledigt ohne eine Gesellschaft, die liberal genug ist, das Recht des Individuums anzuerkennen. Durch seine besondere Art ist dieser Künder des »deutschen Sozialismus« der prägnanteste Liberale, der sich denken lässt. Das ist eine Zwiespältigkeit, die ihn reizvoller macht, als es seine Thesen sind. Eine Ahnung sagt, dass hier ein Ringender am Werke ist, der sein letztes Wort noch nicht gesprochen hat.

(Die Weltbühne, 16. August 1932)

Kamerad Lampel

Der vielgewanderte Peter Martin Lampel, den wir im Laufe weniger Jahre als Rebellen und als Loyalisten, als Fememörder und als Philanthropen staunend kennengelernt haben, zieht jetzt mit dem Johanniterkreuz des Jungdeutschen Ordens durch die Lande und begeistert sich am freiwilligen Arbeitsdienst. Er hat im vergangenen Frühjahr in Hannover, Sachsen und Schlesien die Arbeitslager des Jungdo und andrer Organisationen besucht und gibt jetzt eine umfangreiche Reportage heraus (»Packt an, Kameraden! Erkundungsfahrten in die Arbeitslager«, Rowohlt). Die Arbeit musste wohl schnell fertig werden, und sie ist in der Tat unglaublich geschludert. Die Diktion hält glücklich die Mitte zwischen Arnolt Bronnen und Max Jungnickel. Das Deutsch ist vielfach nicht nur schlecht, sondern auch falsch. Haben Rowohlts Lektoren das nicht gemerkt? »Zu mindestens« gibt es nicht. »Das Handmitanlegen« ist eine abscheuliche Wortbildung und sei hier nur als symptomatisch für den Stil des Ganzen vermerkt. Hat man das seufzend festgestellt, hat man sich verärgert durch dichtes Satzgestrüpp gearbeitet, hat man umfangreiche Partien als unlesbar aufgegeben, so gesteht man doch gern zu, dass vieles in unmittelbarer Frische gesehen ist, dass Lampel auch hier seine angeborene Begabung beweist, mit ein paar Strichen Menschen in ihrer sozialen Bedingtheit zu zeichnen. Aber das Talent verwildert, ohne dabei reicher zu werden. Zunächst einmal: Zwanzig Wochen freiwilligen Hilfsdienst über einem Lehrbuch der deutschen Sprache. Pack an, Kamerad Lampel!

Nun mag man sich zu Lampels Stil stellen, wie man will, wenn man sich durch sein Buch geschaufelt hat, weiß man über den freiwilligen Arbeitsdienst mehr als bisher. Der Verfasser möchte um alles in der Welt überzeugen, deshalb setzt er Detail auf Detail ein. Aber je mehr er gibt, desto weniger gelingt es ihm, alle Sträubenden zu sich herüberzuziehen. Wer den freiwilligen Arbeitsdienst ohnehin ablehnt, wird bei Lampel nur neue und recht konkrete Argumente finden. Zunächst erfasst man sehr deutlich die Unterschiede zwischen den

Beweggründen der Propagandisten und denen der Jugend, die sich um sie drängt. Die jungen Leute möchten nur der verrottenden Misere der Untätigkeit entrinnen. Da ihnen sonst niemand hilft, greifen sie zu, ohne zu fragen. Das ist ganz einfach. Aber es ist ein Unfug, ein Handeln aus zwingendem Notstande glorifizieren und zu einer spontanen Volksbewegung machen zu wollen. Lampels eilfertiger Überschwang sieht in dem Arbeitsdienst ein neues Instrument der Nationalerziehung und zur Selektion einer führenden Schicht. Dafür eifert er mit dem flotten Temperament des Schnellgewonnenen, darüber vergisst er die auch noch vorhandene Frage, ob der freiwillige Arbeitsdienst überhaupt als volkswirtschaftlich nützlich zu vertreten ist.

Wie steht es aber mit dem pädagogischen Wert? Bedeutet dieser freiwillige Arbeitsdienst wirklich eine Vorbereitung fürs Leben? Ich halte die Spekulation Lampels für grundfalsch. Denn dieses Lagerleben mit Baracken und Zelten und bunten Fähnchen ist in seiner reizvollen Naturnähe und Primitivität keine wirkliche Vorbereitung auf die Arbeit, wie sie nun einmal ist und sein wird. Die wirkliche Arbeit ist ja ganz anders, trocken, eintönig, unromantisch. Da gibt es kein unterhaltsames Camping mehr, wo sich so nett über »Führertum« diskutieren lässt. Niemals habe ich so gut wie bei Lampel begriffen, warum sich die Reaktion schon so lange für den freiwilligen Arbeitsdienst interessiert. Es fing schon gleich nach der Abschaffung der Wehrpflicht an. Lampel schildert einige Lager und das Leben darin mit minutiöser Treue, und es ergibt sich immer der gleiche Eindruck: Wallensteinerei der Arbeit; hinter nicht ganz klarer Phraseologie fascistischer Drill; das Ganze: die erste Orchesterprobe für eine spätere Militarisierung der Arbeit. Den jungen Leuten wird eine Ideologie eingeimpft, die antidemokratisch ist und antisolidaristisch, die das alte Klassengefühl der Arbeiterschaft durch Subordination unter den Willen von »Führern« ersetzt. So werden Betriebsbullen für die fascistische Fabrik gezüchtet. Zugleich aber lässt man den Glauben bestehen, es handle sich bei alledem um ein »antikapitalistisches« Werk, weil in Einzelfällen Zwischengewinne eines Unternehmers ausgeschaltet werden. Überall wimmeln frühere Offiziere herum, Angehörige eines Standes also, der noch niemals und nirgends ein sympathisch betontes Interesse an schwerer körperlicher Arbeit genommen hat, und wenn man erfährt, dass der ganze freiwillige Arbeitsdienst in Sachsen zum Beispiel einem alten Freikorpsmann und Verschwörer wie Heinz Hauenstein untersteht, so müsste Lampel schon mit einer die deutsche Grammatik virtuos beherrschenden Engelszunge reden, um zu überzeugen, dass es hier mit rechten Dingen zugeht. Natürlich bedeutet der freiwillige Arbeitsdienst für seine Organisatoren nicht eine praktische Frage, über die man verschiedner Meinung sein kann, sondern eine neue Heilslehre wie Mazdaznan oder Gesundbeten. In Deutschland wird alles augenblicklich Weltanschauung, und während junge Leute in Heide und Moor schippen und schwer scharwerken, um endlich wieder abends einen Topf Essen zu haben, hat der Vereinsvorstand in seinem Bureau bereits das Ritual einer nicht sehr klaren, aber trotzdem oder ebendeshalb sehr zugkräftigen Ideologie entwickelt. Die kleinbürgerliche Betätigungsmanie hat hier ein neues unbegrenztes Feld gefunden; es gibt sogar schon eine Volkshochschule für freiwilligen Arbeitsdienst, wie lange noch, und die Universitäten verleihen den Doktor frw. Arb. Es gibt ohne Zweifel einen Wandervogel-, einen Rucksacktyp, Menschen, denen es Spaß macht, unter freiem Himmel am Lagerfeuer ein paar Suppenwürfel in Wasser aufzulösen, dann nach eingenommener Mahlzeit befriedigt unter die Zeltbahn zu kriechen und sich dem Ursinne des Lebens näher zu fühlen.

Wir wollen ihnen nicht das Vergnügen stören, sie mögen in Gottes Namen ihre Weltanschauung pflegen, so viel und oft sie wollen, aber sie sollen uns in Ruhe lassen. So erzählt Lampel manche Episoden, von deren Komik er keine Ahnung hat. Da ist dieser Dialog mit einer Helferin in einem hannoverschen Lager:

»Sie ist schlank, dunkelblond, etwa an vierzig. Mit einem klaren Gesicht und entschiedenem, männlichem Einschlag. ›Wie kommen Sie sich derart mutterseelenallein vor in dieser moorigen Öde und unter den vierzig handfesten Gesellen, gnädige Frau?‹

Sie antwortet zurückhaltend und kühl: ›Ein Privatleben wollte ich auch nicht, mich interessiert der Durchschnitt durch den deutschen Menschen!‹«

Kamerad Lampel gibt das wieder, ohne mit der Wimper zu zucken. Warum sollte er auch lächeln? Das ist ja doch sein eigner Stil.

Packt an, Kameraden! Eine wunderschöne Parole, die leider nicht hilft, weil es für sechs Millionen eben nichts anzupacken gibt. So ein Freiwilligensystem wäre wohl denkbar in Pionierzeiten, wo ohne augenblicklichen Nutzwert für eine kommende Prosperity gedarbt, gespart, geschuftet wird. Einstweilen räumt die Wirtschaft noch eine Position nach der andern. Infolgedessen kann also der heutige Arbeitsdienst auch nur Pläne realisieren, die volkswirtschaftlich noch recht dubios sind. (In diesem Zusammenhang sei an Werner Hegemanns scharfe Fehde gegen Kanalbauten erinnert.) So bleibt bis auf Weiteres alles ein Experiment, bei dem ein Aufwand, dessen Zweckmäßigkeit noch unbewiesen ist, aus Mitteln bezahlt wird, die wir nicht haben. Alles an diesen Fragen ist herzlich vieldeutig, und eindeutig ist nur die grimmige Not der Jugend, die sich selbst gegen Hunger und Verkommenheit schützen will. Deshalb ist es notwendig, dass überall die Gewerkschaften mitbestimmend hinzugezogen werden, nicht nur um der heute schon arg grassierenden Ausbeutung Grenzen zu ziehen, sondern auch um zu verhindern, dass diese Arbeitslager zu Zuchtanstalten von gelben Fabrikfeldwebeln werden. Bekanntlich ist das System der Betriebsräte in unsrer Verfassung »verankert«. Das System des freiwilligen Arbeitsdienstes bedeutet die beste Möglichkeit, den Anker in aller Ruhe wieder hochzuziehen. Kamerad Lampel – gestern noch Genosse Lampel –, den Kopf vollgestopft mit bündischen Faxen, sieht das nicht und weiß wahrscheinlich auch gar nicht, was er tut, für welche Interessen er sich begeistert und andern den Sinn verwirrt.

(Die Weltbühne, 20. September 1932)

Zehrer und Fried

Das Chaos ist des Deutschen Himmelreich. Das lateinische Genie mag in heller Mittagshöhe blühen, der deutsche Geist entfaltet sich am reichsten, wenn durch graue Nebelschwaden schon rot die Katastrophe leuchtet. Der wankende soziale Boden unter ihm ist gleichsam der ideale Exerzierplatz seiner Spekulationen. Neben Otto Strasser und Ernst Jünger repräsentiert der Mitarbeiterkreis der »Tat« heute am deutlichsten die Verwirrung liberalistischer Bürger, die sich vor dem drohenden ökonomischen Weltuntergang laut schreiend und mit ekstatischen Gebärden dem Rechtsradikalismus in die Arme werfen.

Jahrelang haben die Ullsteinredakteure Hans Zehrer und Friedrich Zimmermann in der Kochstraße gewirkt, ohne eine seherische Begabung merkbar werden zu lassen. Aber als die große Krise hereinbrach, als die Kurse stürzten, die Märkte verkrachten und das ganze Bankiergewerbe suspekt zu werden begann, da wurde den beiden apokalyptisch zumute. Sie hatten Gesichte und redeten in Zungen, spitze, blaue Sankt-Elms-Flämmchen über der Stirn. So zogen sie in das bekömmliche Seelenklima der Diederichsschen »Tat« ein, wo Zehrer eine aus reaktionären und sozialistischen Elementen gemischte romantische Staatslehre entwickelte, während Zimmermann, der sich nunmehr Ferdinand Fried nannte, die Autarkie proklamierte und sich in tiefgreifenden Wirtschaftsanalysen sachkundig über das Alter der Aufsichtsräte äußerte. Hier wurde also mit vereinten Kräften das Chaos angesagt, hier wurde Hitler überhitlert und der Nationalsozialismus in eine moderne Bildungssprache übertragen, ohne aber in dieser Verkleidung etwas von seinem natürlichen Charme einzubüßen.

In der letzten Zeit kann man nun bei den Aposteln des Chaos, das, wohlgemerkt, immer höchst gesittet ist und so, dass der deutsche Bürger sich darin am Sonntag wohl fühlt, einen offensichtlichen Umschwung wahrnehmen. Das prophetische Feuerwerk prasselt nicht mehr so dicht, eine gewisse Orientierung an politischen Fakten wird angestrebt. Die Herrschaften verfügen jetzt in der »Täglichen Rundschau« auch über ein in Berlin erscheinendes Journal. Vielleicht nicht ohne Rücksicht auf dessen hohe Gönnerschaften, über die sich die »Weltbühne« schon wiederholt geäußert hat, ist die »totale Revolution« einstweilen zurückgestellt worden. Dagegen wurde der enge Anschluss an das autoritäre Regime oder wenigstens an dessen militärische Teilhaber perfekt; nur Herr von Papen wird, als der Gemeinde der Erleuchteten nicht würdig, abgelehnt. Zehrer propagiert jetzt den präsidialen Absolutismus: »Solange sich der Volkswille noch nicht formiert hat und solange er noch keine Einheit, Geschlossenheit und Zielsetzung besitzt, hat die Koalition zwischen auctoritas und potestas die Möglichkeit, den Volkswillen zu repräsentieren.« Nicht in die Geheimlehre der »Tat« Eingeweihte werden damit nicht mehr anfangen können, als wenn dort statt »auctoritas« und »potestas« »Wilmersdorf« und »Friedenau« stünde. Aber Zehrer belehrt uns, dass Hindenburg die »auctoritas« verkörpert und die Reichswehr die »potestas« und dass er diese Einsichten dem namhaften Staatsrechtler Carl Schmitt verdankt, der vor etwa zehn

Jahren, als er sich noch Schmitt-Dorotic nannte, ein interessantes Buch über »Politische Romantik« geschrieben hat. Adolf Hitler, gestern noch der Hausgott der »Tat«, wird von Zehrer kühl in die Reserve verwiesen. »Es würde eine Verkennung seiner Aufgabe sein, wollte er sich und seinen Mythos heute durch die Übernahme eines Amtes gefährden.« Ordnung muss sein: Der Mythos gehört in den Glasschrank.

Die »neutrale Staatsgewalt« der »Tat« soll aus Reichspräsident, Armee und Bürokratie bestehen. Denn der Volkswille hat sich noch nicht kristallisiert und kann deshalb nicht berücksichtigt werden. Sollte er sich aber doch mausig machen, so gibt Zehrer für alle Fälle wertvolle Winke zu seiner Eskamotierung. Muss erst lange bewiesen werden, dass diese »Neutralität« des Staates eine Fiktion ist? Noch jede Staatsgewalt, die der Volksvertretung Rechte abringen wollte, hat sich bisher überparteilich getarnt, hat sich neutral genannt. Es ist ganz unmöglich, dass in revolutionären Phasen, wo alle sozialen Schichten zu rotieren beginnen, der Staat allein von der allgemeinen Dynamik nicht ergriffen werden sollte. Der absolute und fest in sich ruhende Staat, der einen erhabenen Bogen über das kleine Menschengewimmel wölbt, ist eine Philosophenfabel aus der Metternichzeit. Die Herren von der »Tat« aber packen ihrer »neutralen Staatsgewalt« die Zentnergewichte eines antikapitalistischen Reformprogramms auf: Sie soll Kohle und Eisen nationalisieren, ganze Industrien in Monopole des Reichs verwandeln und überhaupt die Ablösung der Erwerbswirtschaft durch Gemeinwirtschaft vorbereiten. Nun haben die großen Sozialisten des vorigen Jahrhunderts der Arbeiterklasse den Sozialismus als historische Aufgabe gestellt, ihn damit also unabhängig gemacht von dem guten Willen der jeweils Regierenden. Ob das eine befriedigende Antwort ist oder nicht, der Sozialismus ist damit aus der Utopie in die Wissenschaft gerückt, niemand hat bisher eine bessere Antwort gegeben. Wenn Zehrer und Fried die neue Gesellschaft lieber von Hindenburg und Schleicher dekretiert wissen möchten, so braucht man nicht erst Karl Marx zu beschwören: Es ist eine durchaus vormarxistische Erfahrung, dass die Weltgeschichte keine Göttergeschenke macht. Auch der Sozialismus fällt nicht wie eine goldene Herbstfrucht vom Baum, er muss mühsam erkämpft werden.

Es ist doch eine etwas naive Vorstellung, eine aus kapitalistischen, militaristischen und agrarfeudalistischen Elementen zusammengewürfelte Staatsmacht könnte jemals bereit sein, ihre eignen gesellschaftlichen Fundamente zu zerstören. Glaubt Herr Zehrer wirklich, Hindenburgs Unterschrift genügte, um den Sozialismus durch das legale Hauptportal einzulassen? Gewiss, was dem Reichspräsidenten heute von einem byzantinischen Tellerleckertum an Machtfülle zugesprochen wird, dafür gibt es überhaupt keine profane Analogie. Das erinnert an die katholische Lehre vom Gnadenschatz der Kirche, über den nur der Papst die Schlüsselgewalt besitzt, oder gleich an den Dalai Lama. Wenn aber Herr von Hindenburg wirklich den Schlüssel gebrauchen wollte, um das staatssozialistische Himmelreich zu öffnen, so würde das höchst dramatische Folgen nach sich ziehen. Dieselbe Korona serviler Juristen, die sich in Leipzig eben noch um die Statuierung präsidialer Allmacht bemühte, würde mit der gleichen Beredsamkeit das Recht der Auflehnung gegen eine schlechte Obrigkeit begründen. »Professoren und Huren kann man immer haben«, sagte der selige König von Hannover. Er hatte gewiss nicht viel Geist, aber er sprach aus der Erfahrung der Macht.

Es tut nichts zur Sache, dass Herr von Schleicher mit den Vorstellungen des »Tat«-Kreises lebhaft sympathisiert und zu den führenden Herren die angenehmsten Beziehungen unterhält. Zehrer und Fried mögen sich nicht wenig geschmeichelt fühlen, dass der Reichswehrminister sich von ihnen theoretisch versorgen lässt wie Cesare Borgia von Machiavelli, aber es spricht gegen ihre praktische Lebenserfahrung, dass sie sich dadurch zu Illusionen verleiten lassen. Es ist das Kennzeichen von Salonpolitikern und Amateuren aller Grade, der Menschheit dadurch auf die Strümpfe helfen zu wollen, dass sie für ihre Originalidee einen Millionär oder Minister zu gewinnen trachten. Jeder von uns ist schon einmal dem freundlichen Dilettanten begegnet, der nur noch die hunderttausend Mark von Rothschild braucht, um die Armut für immer aus der Welt zu schaffen. Mögen sich Staatsmänner noch so autoritär und absolut gebärden, sie vertreten niemals nur einen Einzelwillen, sondern den Geist einer Klasse, der ihr Vollbringen und Gewähren abmisst und bindet. Bertha von Suttner wollte den Weltfrieden auf den Zaren von Russland gründen. Adolf Stoecker, der doch auch antikapitalistische Reformpläne wälzte, glaubte, auf Wilhelm II. bauen zu können, der sich damals grade als »Arbeiterkaiser« aufmachte. Coudenhove-Kalergi wirbt für sein Paneuropa jene rosigen Exzellenzen Genfer Provenienz, die vor allem schuld sind, dass Europa so aussieht. Und Hans Zehrer hat sich da so etwas wie Sozialismus zurechtkonstruiert und appelliert nun an Hindenburg und Schleicher, die Machtträger, als die Berufenen. Die brauchen nur ja zu sagen, und dann klappt die größte Veränderung seit tausend Jahren. Darwin hat einmal gesagt: »Wenn jemand zu mir kommt und behauptet, die Bohnen wachsen schneller, wenn er Violine spiele, so antworte ich nur: Well, machen Sie das vor!« Diese Chance hat auch Herr Zehrer noch für sich. Well, machen Sie das vor!

Was Herr Zehrer an Gründen für seinen Optimismus anführt, ist herzlich dünn: »Die deutsche Staatsgewalt hat heute diese große Chance. Sie ist einmal neutral, das heißt, den Gegensätzen der Organisationen nicht verhaftet, und insofern keinem Interesse verpflichtet, und sie ist am Zuge, während die Organisationen unfähig sind, eine handlungsfähige Gewalt zustande zu bringen.« Herr Zehrer spricht, mit Verlaub, aus einem hohlen Fass. Wo wäre die gegenwärtige Regierungsgewalt einheitlich und »den Gegensätzen der Organisationen nicht verhaftet«? Falls Herr Zehrer es inzwischen nicht aus der Zeitung erfahren hat, dürfte die potestas es ihm wohl persönlich zugeflüstert haben, dass in dieser Regierung sich agrarische und industrielle Interessen scharf wie Sensenklingen kreuzen und dass diese autoritäre Regierung so sehr wie keine andre unter dem Diktat mächtiger Wirtschaftsgruppen steht. Übrigens ist es noch ein wahrer Segen, dass die Einflusssphäre der »Tat« sich auf die Bendlerstraße beschränkt und sich nicht auf das Finanzministerium oder gar auf die Reichsbank erstreckt.

Ferdinand Fried, der Ökonomist, rührt an gefährliche Bezirke, wenn er die Behauptung aufstellt, dass es in Deutschland nicht an Kapital fehlt, wohl aber an Geldumlaufsmitteln, und daraus unerbittlich folgert: »Es muss Geld geschaffen werden!« Damit wären wir wieder bei der Inflation angekommen, die ja zum eisernen Bestand aller von rechts stammenden sozialen Umbauprojekte gehört. Fried trommelt zwar in gewohnter Weise sehr heftig für die Verstaatlichung des Kredits, aber der vernünftige Gedanke wird durch Vermengung mit inflationistischen Tendenzen nur diskreditiert. Die Auffassung, wonach »die Währung unangetastet« bleiben soll, bezeichnet Fried wegwerfend als »liberalkapitalistisch«. In dem ausführlichen Sozialisierungsprogramm, das er im gleichen Zusammenhange veröffentlicht, vermissen wir den Großgrundbesitz. Der ist wohl allein nicht bresthaft, sondern blühend und gesund. Oder will man das der auctoritas nicht zumuten?

Nach dem Fanfarengeschmetter, mit dem der »Tat«-Sozialismus vor ein paar Jahren ins Leben trat, ist das Ergebnis kümmerlich. Die Autarkie, an die Fried zunächst sein beträchtliches publizistisches Temperament setzte, ist beileibe nicht seine Erfindung, sondern ein schon recht bemooster agrarischer Herzenswunsch. So bleiben also nur Zehrers Apologie der absoluten Präsidialgewalt und Frieds Begeisterung für ein bisschen Inflation. Das nennt man ein Fazit. Dennoch sei gern zugestanden, dass sich der »Tat«-Kreis seine Sache nicht leicht gemacht hat, dass er zu diesen Resultaten, die andern am hellen Tag zugeflogen sind, nur durch viele Ekstasen und Visionen gelangen konnte. Jetzt aber sind die Seher aus dem Hochschlaf erwacht, sie reiben sich die Augen und sind ganz zufrieden. Zehrer konstatiert, dass die 1918 begonnene Bewegung endlich zum Stillstand kommt. Wahrscheinlich hat die »Tat« schon genug der Taten getan. Wir machen jetzt grade »die Wende« durch: »Heute ist die Revolution des Stimmzettels beendet, die Fronten der Parteien sind abgesteckt, eine Verschiebung ist nicht mehr zu erwarten. Die Fronten erstarren jetzt langsam, Wahlen vermögen sie nicht mehr zu erschüttern.« Das ist für so wortreiche Revolteure, für so heiße Agitatorenköpfe, die sich nicht beruhigen wollten, ohne die »Totalität« durchzusetzen, ein allzu bequemer Rückzug ins Privatleben. Die Herren wollen grade jetzt nach Hause gehen, wo es anfängt, interessant zu werden. Mögen die politischen Fronten auch in den letzten Monaten geronnen sein, wir wissen nicht, wie lange sie es bleiben werden. Und, was viel wichtiger ist, die sozialen Fronten sind es nicht. Die sind, im Gegenteil, wieder höchst flüssig geworden. Es ist nicht ohne Humor, dass Zehrer, der den großen Kladderadatsch unermüdlich an die Wand gemalt hat, heute, wo ein eigner Wille der Arbeiterschaft wieder manifest wird, wo diese sich zum ersten Mal seit der unseligen Tolerierungsperiode wieder in sicher durchgeführten Streiks der Sozialreaktion erwehrt, die Kräfteverschiebung in Deutschland für beendet erklärt und hinter Präsidialgewalt und Reichswehr Deckung bezieht.

Das ist zwar ein wenig komisch, aber es ist nicht absonderlich. Mit dem Nachlassen der Depression im Klassenkampf verschwinden auch die eilfertig etablierten Zwischengruppen; die besonders aufgeregt tuenden intellektuellen Schrittmacher der Hitlerei erklären ihren Helden zum Mythos und suchen wieder solide Positionen im Schatten der reaktionären Staatsmacht. Das bedeutet durchaus nicht Verzicht auf radikalistische Phraseologie; dadurch entwickelt sich eine Phase voll ideologischen Durcheinanders, und davon profitieren auch Zehrer und Fried. Ihr Programm hat mit Sozialismus nicht das Mindeste zu tun. Die Quintessenz ihrer Staatsidee ist eine Art nationalistischer Kollektivismus; die Armee dominiert, ihr Interesse steht obenan, und zu ihrer besseren Versorgung gehen ein paar Industrien in die öffentliche Hand über. Ein Militärstaat, ein Mameluckenstaat; der ganze Staat ein einziges Kriegsarsenal. Handel und Wandel reglementiert, nur die Herren Agrarier erfreuen sich einer unangetasteten peitschenknallenden Individualität. Eine sehr preußische Vision, also keine schöne. Seit Clausewitz gibt es so etwas wie eine borussische Kasinophilosophie, die dem Militarismus eine besondere volksbeglückende Mission zuspricht. Und dennoch sind die Sorgen der »Deutschen Allgemeinen Zeitung« vor einem »feldgrauen Sozialismus«, wie sie die Richtung Zehrer– Fried nennt, nicht am Platze. Wenn wirklich ein General daran denken sollte, Banken und Schwerindustrie zu nationalisieren, so wird sich schon ein zweiter finden, dem seine Theoretiker nachweisen, dass es sich auch hier um köstliche Erbgüter der deutschen Seele handele, die nicht von dem rohen Materialismus des Staates verschluckt werden dürfen. Und ein General kann immer von einem andern geschlagen werden, das ist das einzige wirkliche militärische Geheimnis auf der Welt. Damit eröffnen sich für die deutsche Zukunft zwar nicht die heitersten Aspekte, aber solche bolivianischen Konsequenzen sind überall da unvermeidlich, wo die natürlichen sozialen Tendenzen unter militärisches Patronat geraten.

(Die Weltbühne, 22. November 1932)

Der Flaschenteufel

Kanzler a.D.

Der verstorbene Wilhelm Cuno war nicht nur der erste von rechts kommende Kanzler, sondern auch so etwas wie ein Vorläufer der »grundsätzlich neuen Staatsführung«. Er kam nicht aus dem Kreis von Parlamentspolitikern und Parteiführern; ein Reichspräsident betraute ihn nach dem Ratschlag unverantwortlicher Gutachter. Cuno brauchte die präsidiale Autorität noch nicht zu bemühen, auch der Professor Carl Schmitt war damals noch nicht erfunden. Die nationale Parole des Ruhrkriegs verschaffte ihm bombensichere Majorität. Mit der notwendigen Liquidation fiel auch Cuno; zurück blieb Inflation, Separatismus, drohender Marsch auf Berlin. Neun Jahre später durften dunkle Kräfte abermals eine repräsentative Nullität auf den Kanzlerstuhl lancieren. 1923 grassierte noch der Aberglaube von der Überlegenheit der Wirtschaftsführer, seitdem hat diese Kategorie so ziemlich ausgelitten. Im vergangenen Frühjahr holte man sich einen der Industrie verschwägerten Amateur mit guten Sprachkenntnissen, dessen Kapazität über die eines brauchbaren Dolmetschers nicht hinausging. Franz von Papen regierte ein halbes Jahr, und seine Tätigkeit wird am besten zusammengefasst unter der Stichmarke:

Der Herr im Sommer. Die Schlussbilanz ist nicht heiterer als die Cunos. Wir haben allmählich genug von den gutgeschnittenen Gentlemen mit Widderprofil, deren dünne kosmopolitische Politur den mäßig begabten Ministerialbeamten nicht vergessen machen kann.

Noch in den letzten Jahren hat Cuno eine rege Kulissentätigkeit entfaltet. Durch das Medium der von ihm ausgehaltenen »DAZ« brachte er sich wiederholt als Reichskanzler in Empfehlung; ebenso gehörte er zu jenen Wirtschaftsgebietern, die dem angeblich antikapitalistischen Hitler die zärtlichste Fürsorge zuteilwerden ließen.

Auch der Romantiker Papen revoltiert gegen den aufgezwungenen Ruhestand und versucht sich einstweilen in bescheidenen Kabalen. So ist seine heimliche Zusammenkunft mit Hitler postwendend – und wohl nicht ganz ohne Mithilfe des Herrn von Schleicher – in die Presse gelangt. Oder ist wieder einmal irgendwo eine Mappe liegengeblieben? Der elegante Herr von Papen schlürft immer auf Holzsohlen durch die Politik. Selbst wo er auf Zehenspitzen auftritt, krachen die Bohlen, wo er flüstert, steht immer unglücklicherweise ein Lautverstärker. So bleibt er der ewige Attaché, der seinem Chef immer feuchte Finger bereitet, und er wird es bleiben, bis zu der Zeit, wo er sich endlich damit begnügt, in den paar noch erhaltenen Salons der großen Welt zu erzählen, dass auch er einmal Prinz in Arkadien war.

Kanzler z. b. V.

Herr von Schleicher ist seinen offenen und geheimen Gegnern im Komplottieren über. Auch diesmal hat er schnell und scharf pariert. Kaum dass Hitler und Papen zusammensitzen, ist die werdende Konspiration schon aller Welt offenbar. Aber Schleicher selbst war auch nicht müßig. Er hat mit Gregor Strasser und selbst mit Röhm Fühlung genommen; er setzt der Nazipartei, um sie bündnisreif zu machen, gleichsam Blutegel an. Das erinnert an den alten »Simplicissimus«-Witz: »Er wird ein guter Ehemann, er ist schon etwas kränklich.«

Wir registrieren die Vorgänge auf der Rechten und um die Regierung herum mit dem Interesse des Beobachters von der andern Seite und ohne Parteinahme für einen der heldenmütigen Gralsritter, die ohne Helm und Lanze nicht anders und nicht vorteilhafter wirken als konkurrierende Teppichjuden. Muss man gewissen Republikanern immer wieder zutuscheln, dass es sich bei alledem um Familienstreit handelt, bei dem uns nicht die Beteiligten angehen, sondern nur die strittigen Objekte? Denn dazu gehören auch wir, dazu gehört Deutschland.

Ob sich Schleicher mit Adolf verträgt oder mit Gregor gegen Adolf, ob er mit Hugenberg regiert oder ihn an die Wand quetscht – das Prinzip ist immer das gleiche. Es heißt immer Autorität und Militarismus gegen Demokratie, Sozialismus, Republik, es heißt immer Herrenschicht gegen Volk, einerlei ob diese offen durch Agrar- und Industriefeudalismus repräsentiert oder von Hitler- und Seldte-Kohorten maskiert wird. Alle diese Männer, die durch persönlichen Ehrgeiz oder reale Gruppeninteressen getrennt sind, bilden doch Stücke einer ideologischen Front. Sie kämpfen für reaktionäre Mächte, und nur die ungeheure Unsicherheit dieser Zeit hat sie in die absonderlichsten Verkleidungen getrieben.

Inmitten dieser schnell wechselnden Verbrüderungen und Verfeindungen bedeutet der Reichskanzler von Schleicher die stabile Figur. Wir sind nicht wie seine eifrigen Lobredner von seiner staatsmännischen Begabung überzeugt, ebenso wenig von seiner Fähigkeit, schöpferische Gedanken zu produzieren. Aber er ist zugleich der Chef der Wehrmacht, deren zentrale Stellung im Staate nicht mehr anzuzweifeln ist, und er verfügt über jenen Mangel weiter Aspekte, der in Deutschland Vertrauen erweckt, weil man das für gesunden Menschenverstand hält. Herr von Schleicher hat sich im innern Ministerialbetrieb gebildet, diesem schwierigen Terrain gehört seine Passion, und dessen Gesichtskreis und taktische Gepflogenheiten trägt er in die große Politik. Aber was er bisher öffentlich verlautbart hat, zeugt von einer fantasielosen Subalternität, die zur Bedeutung nur gelangen konnte in einer Periode allgemeiner physischer Erschöpfung. Wenn in Deutschland ein Politiker schlecht und langweilig redet, glaubt man an die Tiefe seines Gemüts. Wenn er in allgemeinen Phrasen um die Wirklichkeit herumredet und seine Programmlosigkeit mit der gräulichen Plattheit salviert, er halte weder von Sozialismus noch von Kapitalismus etwas, so gilt er für ein Genie der Synthese.

Herr von Schleicher ist kein Troupier, sondern ein Bureauoffizier, er vertritt die besondere Nuance der Säbelbürokratie, wie sie sich in der Bendlerstraße unter den Augen republikanischer Regierungen entwickeln durfte. Das deroutierte und anarchistische Bürgertum hat eine Position nach der andern geräumt und sucht heute die Reste seiner ökonomischen Substanz zu wahren und neu zu befestigen. Weil man an die beherrschenden und ordnenden Kräfte der Gesellschaft nicht mehr zu glauben vermag, deshalb vergottet man den absoluten Staat, der nicht nur das respektheischende Symbol des Sieges über das eigne Volk sein soll, sondern auch die Verheißung künftiger militärischer Triumphe. Dieser Staat ist ein bewusstes Interimistikum, wirklich eine Art »Zwischenreich«, dessen endgültige Form erst im Feuerofen einer neuen kriegerischen Katastrophe gebildet wird.

Eine solche Zeit unentschiedener Übergänge schafft ihre eignen Diktatoren. Sie müssen nur zäh genug sein, das Endziel nicht aus den Augen zu verlieren, elastisch genug, um sich selbst in liberale Episoden einzulassen, ohne deren Geist zu verfallen, intelligent genug, um halbwegs unkompromittiert durch die Außenpolitik zu steuern. Es ist Schleichers Mission, die Exaltationen des extremen Nationalismus ebenso zu dämpfen wie die Ansprüche einer sich neu sammelnden Linken. Es hieße Schleicher überschätzen, in ihm einen Cäsar zu vermuten. Er bleibt ein bewährter Beamter, dem man für alle kommenden Fälle gute Nerven zutrauen darf. Der Kanzler zur besondern Verwendung.

Der Flaschenteufel

Niemals ist in Deutschland mehr intrigiert worden als heute unter der präsidialen Autorität. In den Jahren der Weimarer Koalition verstimmte der parlamentarische Kuhhandel, das Couloirtreiben der Parteiführer, niemals aber war der Parteiführer so sakral, so ausschlaggebend wie heute, wo der Parlamentarismus ausgeschaltet ist und niemand ohne Verachtung von ihm spricht. Wie unter der Republik das Kaisertum noch gespenstisch fortlebte, so führt auch heute noch die Demokratie ein Scheindasein weiter, so als wäre nichts gewesen.

Deutschland ist äußerlich ruhiger geworden, aber alle Elemente, die im vergangenen Jahr bis an den Rand des Bürgerkriegs trieben, sind noch vorhanden und ebenso die wirtschaftlichen Ursachen. Die neue Regierung hat bisher nicht gezeigt, dass sie auch nur einen produktiven Einfall hat; wie sehr Schleicher selbst bis über die Ohren in der verquasten neukonservativen Ideologie steckt, beweist die Berufung grade Herrn Gerekes auf den augenblicklich wichtigsten Posten als Kommissar für Arbeitsbeschaffung. Hier zeichnen sich die Anfänge der nächsten Pleite gründlich ab; Gereke trägt alle Voraussetzungen in sich, für Schleicher das zu werden, was Treviranus für Brüning geworden ist.

Der Teufel des Bürgerkriegs tobt nicht mehr frei herum, man hat ihn eingefangen und in eine notdürftig versiegelte Flasche gesperrt. Aber wird das Siegel halten, und wird nicht doch einmal eine von einem fanatisierten Hirn geführte Hand die Flasche einfach zu Boden werfen? Dann wird der verschlossene Geist ausströmen und sich groß und schrecklich erheben, und die Gefahr wird nicht geringer, weil sich so viele heute in dem Glauben schaukeln, sie wäre längst vorüber und alles wieder halbwegs normal.

Man beliebt heute, den Nationalsozialismus mit der Boulange zu vergleichen, die kam und schnell verging. Die gegenwärtige Krise der Hitler-Bewegung ermutigt die Herren des Braunen Hauses ganz gewiss nicht zu einem großen Feuerwerk, bei dem mehr brennen kann als ihre geschmackvoll gewählten Stilmöbel. Aber man darf

Hitler eben nicht danach beurteilen, was er erreicht, sondern nur danach, was er angerichtet hat. Als Haupt einer Millionenpartei hat er nicht gewagt, die gierig ersehnte Macht an der Schulter zu packen, hat er sich mindestens in einer fast komischen Weise wieder fortmanövrieren lassen. Aber seine Mission hat er trotzdem erfüllt. Deutschland nimmt die Diktatur als selbstverständlich hin, demokratische Prinzipien zählen nicht mehr, und jede Partei hat sich vom Nationalsozialismus infizieren lassen. Im Grunde könnte die Nazipartei heute mit gutem Gewissen vom Schauplatz abtreten, sie hat in kurzer Zeit mehr getan, als ihre Auftraggeber von ihr erwarten durften. Sie hat keine fascistische Regierungsform geschaffen, wohl aber Deutschland den Fascismus ins Blut geimpft, sie hat, was sie die Befreiung nennt, nicht durchgesetzt, wohl aber die Stimmung bereitet, in der eine neue Katastrophe möglich wird. Niemand wagt mehr, die natürliche Berechtigung der Reichswehr zur Alleinherrschaft öffentlich anzuzweifeln. Soweit es noch eine Linke gibt, ist sie herzlich zufrieden, dass Herr von Schleicher ihr die unangenehme Verpflichtung zu selbstständigem Handeln abgenommen hat. Mit einem nicht unbehaglichen Gruseln stellt sie sich vor, wie der böse Feind in der Flasche rumort, und hält sich für gerettet, weil ein General draufsitzt.

(Die Weltbühne, 10. Januar 1933)

Kamarilla

Schöner Konsum an Rettern. Wieder einer futsch. Wenn das autoritäre Regime so weiter wirtschaftet, dann kann es bald heißen: Jeder Deutsche einmal

Reichskanzler! Eltern kinderreicher Familien, hier winkt noch eine Chance!

Wie lange ist es her, dass der letzte Kanzler, allseitig als staatsmännisches Genie begrüßt, auf die Szene trat? Und heute liegt der General von Schleicher, wundenbedeckt wie Cäsars Leichnam, auf dem verlassenen Capitol. Der »soziale General«, der alle Schwergewichte auf einmal stemmen wollte, stürzt, als Dilettant entlarvt, geschlagen sogar auf seinem höchstpersönlichen Gebiet: der Intrige.

Wichtiger als der leidende Held dieser Haupt- und Staatsaktion ist die Art, wie sie gemacht wurde. Sie demonstriert in schlagendster Weise die Natur jenes präsidialen Regimes, das von servilen Juristen als gottgewollte deutsche Staatsform gefeiert wird. Weil die Junker die Enthüllungen über die Osthilfe mit Recht fürchten, deshalb wird von einem Konventikel unverantwortlicher Interessenpolitiker die monumentale Gestalt des Reichspräsidenten vor die misshandelte Staatskasse geschoben. Das allein spricht Gericht über den präsidialen Absolutismus. Selbst ein so hindenburgfrommes Blatt wie die »Tägliche Rundschau« bemerkt dazu entsetzt: »Die bevorzugte Behandlung einzelner bei der Osthilfeumschuldung hat aber noch einen viel wichtigeren politischen Charakter. Der autoritäre Gedanke ist diskreditiert worden.« Es gibt nichts mehr zu verschleiern, das ganze Land weiß es jetzt: Der Reichspräsident wird von einer Kamarilla dirigiert.

Die Kamarilla ist eine gut altpreußische Erfindung. Sie funktioniert immer dann, wenn es den Junkern schlecht ging und sie auf Kosten der Bürgerkrapüle saniert werden mussten. Eine Kamarilla hat schon den Freiherrn vom Stein weggebissen und sich nicht gescheut, diesen Patrioten sans reproche dem Franzosenkaiser zu denunzieren. Die Kamarilla hat immer mit der gleichen Skrupellosigkeit gearbeitet. So wird jetzt die merkwürdige Geschichte kolportiert, man habe Hitler beim alten Herrn madig gemacht, indem man ein Memorandum über seine angeblichen schlechten Sitten vorlegte. Darüber möchte man gern mehr wissen, nicht wegen Hitlers Sittlichkeit, die uns, so oder so, gestohlen bleiben kann, sondern zur Kennzeichnung der heute beliebten Regierungsmethoden.

In Hugenbergs Umgebung hat man, um einen Staatsstreich zu rechtfertigen, die Konstruktion eines »staatlichen Notstandes« geschaffen. Nun, ein staatlicher Notstand ist auch von einem ganz andern Standpunkt aus kaum zu leugnen. Er wird nicht durch das Versagen der Konstitution charakterisiert oder durch eine ganz besonders rebellische Volksstimmung, sondern durch Personen wie Papen und Schleicher und vor allem durch den Reichspräsidenten selbst.

Sobald der Präsident der Republik Befugnisse verlangt, die über die Verfassung hinausgehen, ist der Notstand da. Er wächst in dem Maße, in dem das Staatsoberhaupt von obskuren Gestalten beeinflusst wird, die als »Gutsnachbarn« oder »alte Regimentskameraden« sein geneigtes Ohr finden. Wenn nicht mehr das Vertrauen des Parlaments Kabinette trägt oder verabschiedet und alles vom Vertrauen oder Misstrauen des Reichspräsidenten abhängt, dann ist ein erheblicher Notstand nicht zu verkennen. Der staatliche Notstand ist vorhanden. Er heißt Hindenburg und nicht anders.

Es ist ein Verdienst der Kamarilla, das endlich deutlich gemacht zu haben. Wenn ein stockreaktionäres Komitee einen politikfremden Offizier im Patriarchenalter aus seinem behaglichen Ruhestand zerrt und auf den ersten Platz des Reiches stellt, so weiß es warum. Wenn aber Republikaner – Sozialisten und Demokraten – in dem gleichen Manne die starke Barriere gegen die Begehrlichkeit und die Diktaturgelüste seiner eignen Kaste sehen, so ist das, milde gesagt, etwas absurd. Den Dank an seine republikanischen Wähler hat Herr von Hindenburg ausgesprochen, als er die preußischen Minister aus ihren Ämtern werfen ließ, als er das harmlose Siedlungsprogramm Brünings für Bolschewismus erklärte. Überall Enttäuschung. Herr von Hindenburg würde heute nicht soviel Stimmen erhalten wie seinerzeit Herr Duesterberg. Herr von Hindenburg verfügt über keine Autorität mehr, denn er hat das Vertrauen des Volkes verloren; er hat keine Massen mehr hinter sich.

Das Junkertum fühlt sich in seinen wirtschaftlichen Wurzeln bedroht, deshalb greift die Kamarilla offen nach der Staatsführung. Dazu gesellen sich Großindustrielle, die eine neue Konjunktur schnuppern und die der öffentlichen Hand wieder entreißen möchten, was sie im Krisenjahr 1931 an sich genommen hat. Schleicher mit seinen diffusen staatssozialistischen Ideen bot nicht die nötige Sicherheit. Das ist der nackte Interessenhintergrund aller Kabalen, der über dem Personellen nicht vergessen werden darf. Daneben spielt eine untergeordnete Rolle, dass die Herren sich nicht recht einig werden können, dass Hitler erst einmal sich selbst will und Herr von Papen natürlich auch zunächst sich selbst, daneben aber noch den Kronprinzen. Das sind nur die kleinen Nuancen der einen Konterrevolution.

Das erste Kabinett Papen endete mit Gelächter, ein zweiter Versuch würde mit Tränen enden. Wird nicht sofort und bedingungslos der Weg zur Verfassung wieder angetreten – und dazu gehört vor allem der Rücktritt des Reichspräsidenten – , so wird die außerparlamentarische Regierungsweise von oben mit außerparlamentarischen Abwehrmethoden von unten beantwortet werden. Denn es gibt auch ein Notrecht des Volkes gegen abenteuerliche experimentierende Obrigkeiten. Die deutsche Geduld trabt oft lange dahin, ohne zu fragen, wer ihre Flanken drückt. Sollte aber eine Clique, die nicht zwei Prozent der Nation hinter sich hat, Sporen und Peitsche fühlen lassen, so wird auch dieses sanfte Reittier endlich bocken. Die Generalstreikparole geht um. Sie wirkt fort, wenn es auch vermessen wäre, über das Tempo aussagen zu wollen. In revolutionären Situationen taktieren die Massen und nicht die Führer. Was denken sich diese Hugenberg, Papen, Schacht, Stülpnagel, diese plötzlich sichtbar werdenden Mitglieder der Kamarilla, die so konfliktsüchtig nach vorn dringen? Welch ein frivoler Mut! Der Acheron schäumt. Die Herren seien zu einer Kahnfahrt freundlichst eingeladen.

(Die Weltbühne, 31. Januar 1933)

Kavaliere und Rundköpfe

Wenn irgendetwas die Meinung über die neue Reichsregierung zu verwirren geeignet ist, so sind das die ersten Äußerungen von Zeitungen, die seit Jahren die Übertragung der Macht an die geeinte Rechte gefordert ha-

ben. In der »DAZ«, die sich doch immer für die Hinzu-
ziehung der Nationalsozialisten eingesetzt hatte,
schreibt Herr Doktor Fritz Klein: »Eine gewagte und
kühne Entscheidung ist es in jedem Fall, und kein ver-
antwortungsbewusster Politiker wird zum Jubeln geneigt sein.« Was ist los? Warum bleibt Herrn Klein der
Triller in der liederreichen Kehle stecken?

Noch viel melancholischer wird Herr Hans Zehrer in
der »Täglichen Rundschau«, der doch wie kein andrer
den Nationalsozialismus salonfähig gemacht hat: »Wie
steht es mit dem nationalen Sozialismus, der das Volk
erfasste und der es in die Reihen der nationalsozialistischen Partei trieb? Wer wird denn in diesem Kabinett
den nationalen Sozialismus in die Wirklichkeit umsetzen? Wird ihn etwa Herr Hugenberg, der jetzt seine Diktatur aufgerichtet und die Herrschaft über die zukünftige Wirtschaftsgestaltung in Deutschland erlangt hat,
durchführen? Derselbe Hugenberg, der seit Jahren einen
erbitterten Kampf gegen den Sozialismus der NSDAP
führte? Oder wird ihn Herr von Papen plötzlich unter-
stützen? Derselbe Herr von Papen, der als Reichskanzler
eine verzweifelte Restauration des Privatkapitalismus
durchzuführen versuchte und nach sechs Monaten an
seiner eignen Erfolglosigkeit und dem geschlossenen
Willen des ganzen Volkes scheiterte? Oder soll er etwa
vom Arbeitsministerium aus verwirklicht werden, das
dem Führer des Stahlhelms zugefallen ist?«

Und Zehrer resümiert mit Bitterkeit: »Ist das alles also
ein Sieg Adolf Hitlers? Sieht so die Frucht aus, die ihm
nach zwölfjährigem Ringen reif in den Schoß fällt? Ist
das die Führung, die er erstrebte?«

Wenn die Leute, die eigentlich begeistert sein müssten, schon so niedergeschlagen gratulieren, wenn sich bei ihnen der Katzenjammer schon vor dem Gelage einstellt, die Ermattung schon vor der Lust, so enthebt das die Gegner des neuen Regimes der unfreundlichen Pflicht, sich um eigne Formulierungen zu bemühen.

Die Stellung des Reichskanzlers innerhalb seines Aufgabenkreises zeichnet Herr Klein mit schonungsloser Offenheit: »Vielleicht werden sich seine Gegner über seine Regierungsverhandlungen wundern und darunter leiden. Seinen Anhängern aber werden die Augen übergehen, und diese Enttäuschung ist wahrscheinlich vom gesamtnationalen Standpunkt aus noch mehr zu fürchten.«

Diese Darlegung ist nicht ohne Zynismus. Sie, Herr Reichskanzler, so muss man das lesen, sind der Führer einer Partei, die durch rücksichtslose antikapitalistische Propaganda in die Höhe gekommen ist. Jetzt, wo Sie oben angelangt sind, gibt es das nicht mehr. Jetzt haben Sie den Restbestand des deutschen Kapitalismus zu konsolidieren, den Großgrundbesitz zu retten, die Ansätze zur Gemeinwirtschaft wieder rückgängig zu machen. Jetzt stehen Sie auf der andern Seite der Barrikade, und das werden auch Ihre braunen Truppen spüren müssen!

Der Vorgang ist interessant, aber nicht neu. Er wiederholt sich immer wieder in der Weltgeschichte, wo Volkstribunen endlich im Triumphmarsch in den Staat einziehen. Nicht viel anders mögen vor vierzehn Jahren Stinnes und Duisberg zu Fritz Ebert und den Sozialdemokraten gesprochen haben, und ihre Argumente sind gehört worden. Es entbehrt nicht der tragischen Ironie, dass die revolutionären Retter des Kapitalismus von 1933 ihren gestürzten Vorgängern in ihrem ersten Regierungsmanifest das völlige Versagen attestieren: »In vierzehn Jahren haben die November-Parteien den deutschen Bauernstand ruiniert. In vierzehn Jahren haben sie eine Armee von Millionen Arbeitslosen geschaffen.«

Starke Worte für eine Regierung, die selbst auf einer labilen Übereinkunft beruht. Die Nationalsozialisten erhalten die politischen Posten, die Exekutive. Finanzen und Äußeres bleiben bei bewährten und durchaus selbstständigen Beamten. Die nahrhaften Ressorts dagegen sind von Herrn Hugenberg okkupiert, dem letzten Manne in Deutschland, der noch so richtig an den massiven Kapitalismus von 1910 glaubt. Die schwersten Aufgaben dieser wirtschaftlichen Nachkriegskrisen liegen bei dem ausgeprägtesten Vorkriegsmenschen, der sich denken lässt. In seinem Gefolge amtiert im Arbeitsministerium der Stahlhelmführer, der in seinen sozialen Anschauungen nirgends über die Enge des kleinen Fabrikanten hinauskommt und eine höchst unzeitgemäße Gewerkschaftsfeindlichkeit verkörpert.

Diese Regierung ist das Produkt eifriger Vermittlungen, überraschender Improvisationen, verborgener Kulissenspiele. Ihre Zusammensetzung verrät deutlich ihren Ursprung. Die »Kavaliere«, wenn wir die Vertreter der »hauchdünnen Schicht« so nennen wollen, haben die wirtschaftlichen Schlüsselstellungen besetzt; die andern, die »Rundköpfe«, die Verfechter eines nationalistischen Rigorismus, die Männer, die aus dem Volke kommen, haben die politischen Instrumente in der Hand, die not-

falls in Bewegung gesetzt werden müssen, um die Maßnahmen der »Kavaliere« durchzuführen und zu verteidigen. Die Deutschnationalen werden zunächst für ihre
Leute ernten, die Nationalsozialisten ernten nichts als
das Odium.

Der erste Regierungsaufruf ist nur aus dieser innern
sozialen Diskrepanz heraus zu verstehen. Er vertuscht
die eignen Widersprüche mit anklägerischem Pathos gegen Republikaner und Kommunisten. Er ist als Plattform dürftig, als agitatorische Leistung dagegen beträchtlich. Die Propaganda war immer die schwache Seite der Weimarer Kabinette. Die NSDAP macht ihre agitatorische Sprache unbedenklich zum amtlichen Stil. So
arbeitet Moskau, so Mussolini, so der sattelfeste Demokrat Daladier. Nur der deutschen Republik bammelte,
wenn sie für sich Stimmung machen wollte, der amtliche
Zopf um die Nase herum. Auch die Verlautbarungen
moderner Regierungen erfordern eine einprägsame, allen verständliche Ausdrucksweise. Die Verheißung
zweier Vierjahrespläne muss dem Kritischen nebelhaft
erscheinen. Wer Sinn für Humor selbst heute noch bewahrt hat, mag darüber lächeln, dass die gleiche Regierung, die den Kommunismus verdonnert, Anleihen bei
Stalin macht. Jedoch die Wirkung auf die Bauern, überhaupt auf alle kleinbürgerlichen Elemente, die noch immer gern hoffen, kann groß sein. Denn die Regierung
sagt damit offen, dass sie nicht hexen kann, sondern Zeit
braucht, aber sie stellt sich zunächst selbst eine Frist.

Der erste große Verlierer des Umschwungs wird der
Herr Reichspräsident sein. Unter ungeklärten Verhältnissen, zwischen absterbendem Parlamentarismus und

aufgehender Diktatur, konnte er eine autoritäre Mittler-
rolle einnehmen. Diese wichtige Stelle schwindet, je
mehr sich der klare Rechtskurs festigt. Die Autorität
wird sich zukünftig im Reichskabinett verkörpern, der
Reichspräsident selbst wieder zu einer ausschließlich repräsentativen Gestalt werden.

Eine Frage wird in diesen Tagen immer wieder gestellt.
Welche Chance hat diese Regierung der geeinten Rechten? Bedeutet sie den Übergang zu einer Dauerherr-
schaft oder nur eine dramatische Episode?

Die gegenwärtige Regierung ist bis zum Zerspringen
mit sozialen Disharmonien geladen. Der ärgste Zünd-
stoff ist in den SA enthalten, die erwarten, jetzt, nach der
Machtergreifung durch ihren Führer, in irgendeiner
Form dem Staate einverleibt zu werden. Gelingt das
nicht, gelingt es auch nicht, Hugenberg zu verhindern,
die gesamte Wirtschaft gegen sich aufzubringen und
überhaupt eine halbwegs volkstümliche mittlere Linie
zu finden, so wird diese Regierung so schnell und schat-
tenhaft vorübergehen wie das Kabinett Schleicher.

Gelingt es ihr dagegen, die deutsche Misere auf einem
eben noch erträglichen Niveau zu stabilisieren, verzichtet sie darauf, den sozialpolitischen Fundus allzu sehr
anzutasten, verzichtet sie überhaupt auf manche der
mitgebrachten Konfliktgelüste, so hat sie jede Möglichkeit für sich, ein System zu schaffen, das für ein gutes
Menschenalter vorhält.

Die Rechtsparteien sind unsern Freunden von links in
manchem unterlegen. Aber den kalten, harten Machtwil-
len, das Fingerspitzengefühl für die wirklich entschei-

dende Position, das haben sie ihnen voraus. Die Republik hat diese Bataille verloren, nicht weil sie sich des »Novemberverrats« und andrer Schandtaten schuldig gemacht haben soll, sondern weil es ihr an dem notwendigen Lebenswillen fehlte, über den die Rechte in hohem Maß verfügt. Das Volk hat eine gute Witterung dafür, und deshalb ging es zu den Extremen rechts und links.

Die Gegenrevolution hat kampflos die Höhen besetzt. Sie beherrscht das Tal, und wir leben im Tal. Minister a.D. laufen mit verdattertem Gesicht herum und schwelgen in Radikalität. Hohe Funktionäre schwärmen plötzlich für die »rote Einheit«, die sie sonst mit Maßregelungen prämiiert haben. Es ist schwer, daran zu glauben, dass sie einmal bessere Kämpfer werden können. Wir werden wohl mit neuen Menschen wieder beginnen müssen.

(Die Weltbühne, 7. Februar 1933)

Deutschland wartet!

In einer Reihe von Rechtsblättern und namentlich in solchen, die den Deutschnationalen nahestehen, stößt man gelegentlich auf eine Art Bedauern, dass die Massen der sozialistischen Arbeiter die Inthronisierung des neuen Regimes mit einer solchen Gelassenheit hingenommen haben. Viel lieber wären ihnen Drohungen und rabiate Kampferklärungen, damit es »Ordnung« zu schaffen gibt und der marxistischen Riesenschlange endlich der Kopf zertreten werden kann.

Es ist das Unglück unsrer Reaktionäre, dass sie den deutschen Arbeiter ebenso wenig kennen wie das deutsche Volk überhaupt. Sie fantasieren zwar ständig von »Blutsverbundenheit«, aber von dem deutschen Durchschnittsmenschen, der seine Bezüge nicht von der Osthilfe erhält, wissen sie so wenig wie von einem Marsbewohner. Sie betrachten die Welt durch die Dachluke ihrer Ideologie, sie sehen nur den Rauch vom nächsten Schornstein. Sonst würden sie wissen, dass der Arbeiterschaft auch heute alles ferner liegt als ein wilder Radikalismus. Sie hat der Machtergreifung der Rechten jahrelang widerstanden und in ihr ein allgemeines Unglück erblickt.

Heute, wo diese endlich vollzogene Tatsache ist, ballt sie nicht etwa die Fäuste in ohnmächtiger Verzweiflung, sie stellt sich einfach hin und wartet. Sie wartet auf die sozialen Taten der Regierung. Sie gibt ihr offensichtlich einen anständigen Vorsprung.

Man darf in der Tat gespannt sein, in welcher Weise die Reichsregierung zu einer Synthese der ihr innewohnenden sozialen Widersprüche kommen will. Die Regierungspresse selbst weist noch keinerlei Uniformierung auf, alles geht bunt durcheinander. Im »Angriff« wird zum Beispiel der frühere Reichsminister Wissell gerüffelt, »dessen unsoziale Schiedssprüche bei Lohnstreitigkeiten ihm die Empörung der gesamten Arbeiterschaft eingetragen haben«. Gemeinhin nennt man solche Argumentation »Klassenkampf«, nicht wahr? Im bayerischen Landtag nimmt die Nazifraktion einen Antrag an, die Banken unter Staatsaufsicht zu stellen, und die Sozis stimmen dafür. Die »Deutsche Allgemeine Zeitung« ist darüber sehr beunruhigt, sie schwingt den Pädagogen-finger so nervös, als ginge es um die Freien Gewerk-schaften: »... es hat sich offenbar noch nicht überall im Lande herumgesprochen, dass der Nationalsozialismus jetzt verantwortungsbewusste Politik im großen Stil zu betreiben hat.« Die schwerkapitalistische »Börsenzei-tung« schlug rückhaltlos Lärm, als davon geredet wur-de, dass Minister Hugenberg eine Zinssenkungsaktion plane, und im »Lokalanzeiger« selbst, der doch jetzt frisch vom Fass geschrieben werden kann, liest man nicht etwa lichtvolle Darlegungen über die angezeigten Vierjahrespläne, sondern Moralpauken über die deut-sche Familie und die Erneuerung der Seele, die über der Wirtschaft nicht vergessen werden darf.

Nur der neue Staatssekretär Bang, der nach den Wor-ten des frühern Reichskanzlers Brüning wie einer der weissagenden Raben Odins auf Hugenbergs Schultern sitzt, hat jetzt in einer Rede sich programmatisch geäu-ßert. Seine Ausführungen müssen auf den sozialisti-schen Flügel der NSDAP wie Vitriol wirken. Wirt-schaftsliberalismus ältesten Datums, Manchestertum, das um 1880 nicht unangefochten durchgegangen wäre. Die Arbeiterschaft hat im Laufe einer langen Tradition gute Haltung gelernt. Sie wartet ohne Vertrauen, aber sie wartet. Sie hat ihr Augenmerk vor allem auf das Reichsarbeitsministerium gerichtet, in dem der Chef des Stahlhelms jetzt regiert, dessen Aufgabe es sein wird; die Brücke zu schlagen vom nationalen Pathos zur wirt-schaftlichen Realität.

Es liegt durchaus im Bereiche der Möglichkeit, dass grade dieses Ministerium zuerst zum Prellbock werden kann. Das Reichsarbeitsministerium ist kein Amt, wo die verschiedenen militanten Ideen der Zeit ihre Fackeltänze aufzuführen pflegen. Hier finden sich die Unterhändler aller sozialen Gruppen ein, Syndizi und Gewerkschaftssekretäre, höchst penetrante und in allen Verhandlungsfinessen geübte Leute, die nicht so leicht abzuwimmeln sind und mit »Weltanschauungen« schon gar nichts zu tun haben wollen. Es ist eine ganz uninteressierte und strohtrockene Materie, aber sie zwingt dazu, ja oder nein zu sagen.

Alle Arbeiter und Angestellten aber blicken heute nach dem Reichsarbeitsministerium, wo es um ihre Tarife geht, also um ihre Existenz. Die christlichen und rechtsgerichteten Gewerkschaften sind nicht minder argwöhnisch als die »roten« Organisationen. Hier sitzen auch intime Kenner der Rechtsparteien, die in den frühern innern Auseinandersetzungen dort eine bedeutende Rolle gespielt haben. Grade in den betont wirtschaftsfriedlichen Verbänden ist die Furcht vor sozialpolitischer Reaktion bis zur Panik gestiegen. Man wird gut tun, die Bewegungen im christlich-nationalen Gewerkschaftslager in der nächsten Zeit sorgfältig zu verfolgen.

Jede deutsche Regierung muss es sich heute gefallen lassen, zunächst nach ihren wirtschaftlichen Leistungen beurteilt zu werden. Die Regierung Schleicher ist unbestreitbar mit einem Enthusiasmus begrüßt worden, der kritischen Köpfen schwer verständlich schien. Aber nach ein paar Wochen schon, da wurde die ungemütliche Frage laut: »Wo bleibt die verheißene Arbeitsbeschaffung?«, und damit war's vorbei, und jetzt ging es so wie

im Märchen: Alles sah, dass der König keine Kleider an-
hatte.

Es kann schwer sein, mit einer Opposition fertig zu
werden, die auf die Straße drängt. Aber eine Opposition,
die auf Leistungen wartet, ist schwieriger. Gewiss sind
bei uns die Parteiduelle zu ungeheurer Intensität entwickelt, aber die Menschen sind auch des Kampfes der
Schlagworte herzlich müde; sie haben sich daran satt
gegessen und wünschen jetzt festere Kost. Gruppen, die
jahrelang agitiert und angeklagt haben, sind endlich
oben. Deutschland wartet. Die Regierung steht jetzt unter einem unerbittlichen Gesetz.

Niemand hat eine solche Situation plastischer geschildert als der Berliner Nationalökonom Professor Ludwig
Bernhard, der Freund Hugenbergs und Chronist seines
Aufstiegs. Bernhard, der als Wissenschaftler immer den
schroffsten Arbeitgeberstandpunkt vertreten hatte,
schrieb in dein vor etwa drei Jahren erschienenen Sam-
melbuch »Der Prozess der Diktatur« diese unheimlich
aktuellen Sätze:

»Man kann nicht mehr verzehren, als vorhanden ist. –
Das ist die Nachtqual jedes Diktators. Solange Bewaffne-
te hinter ihm stehen, kann er spielen mit der Politik,
kann er diplomatisch verhandeln mit der Kirche, und
die Kultur kann er schminken lassen. Alle jauchzen oder
lächeln oder schweigen. Die Wirtschaft aber spricht zu
ihm und seinen Mannen: Ihr könnt nicht mehr verzehren, als vorhanden ist. Er ist der Herr; aber dem Gesetze
des wirtschaftlichen Ausgleichs muss er gehorchen. Die
Bilanz ist stärker als die Diktatur. Deshalb muss der Diktator, wenn die wirtschaftliche Lage bedrohlich wird,

mit der Bilanz paktieren. Dies geschieht, indem er um einen Aufschub bittet: ›Der Fünfjahresplan, die Pjatiletka, ist die Grundlage aller Sowjetpolitik. Bis zum 1. Oktober 1933 ist positiv daran zu arbeiten und nicht zu kritisieren‹ so Stalin. – Und Mussolini: ›In fünf bis zehn Jahren wird Italien wirtschaftlich vom Auslande unabhängig sein. Bis dahin ist die Weizenschlacht zu schlagen, und im Übrigen ist zu schweigen‹. So wird mit der Bilanz paktiert. Die wirtschaftliche Krise der politischen Diktatur wird hinausgeschoben; der Schuldschein prolongiert ...

Vor hundert Jahren musste der Diktator, um seine Mannen gefügig zu halten und dem Volk zu imponieren, Kriege führen. Heute hat er das nicht nötig, denn imposanter als der Krieg erscheint den Völkern die Planwirtschaft des Diktators, die mit Bauten und Bahnen, mit auswärtigen Bankverbindungen und amerikanischen Trustmagnaten operiert und Leben, Bewegung, Arbeit, Verdienst bringt.«

Es entspricht also einer tiefen innern Gesetzmäßigkeit, wenn die Regierung zunächst zwei Vierjahrespläne zur Behebung der ärgsten wirtschaftlichen Not ankündigt; sie braucht Aufschub. Es entspricht aber auch durchaus ihrer uneinheitlichen Zusammensetzung, dass sie sich selbst danach sofort von der wirtschaftlichen auf die nur politische Ebene transponiert. Sie setzt Wahlen an, die ein paar Wochen zunächst ganz mit Propaganda anfüllen. Sie eröffnet einen Kampf gegen jenen armen Schatten, der sich noch preußische »Hoheitsregierung« nennt. Sie stellt Schreibe- und Versammlungsfreiheit unter Ausnahmerecht. Sie gewährt aber – und das ist das einzige sofort Verwertbare – durch eine kräftige Erhöhung der Fleisch- und Schmalzzölle den Agrariern eine erhebliche Gratifikation.

Wir dürfen wohl annehmen, dass hinter alledem vornehmlich der Herr Vizekanzler steht, in dem man bis auf Weiteres überhaupt das eigentliche Haupt der Regierung erblicken muss. Den in dem Kampfe zwischen Industrie und Landwirtschaft schnell zerriebenen Kanzler drängt es heute, wo er als Vizekanzler fröhliche Urständ feiert, sein liegen gelassenes Programm zu vollenden. Sein lebhaftes Temperament sieht in der Entfesselung überflüssiger Konflikte eine Krönung der heiß angebeteten Machtpolitik. Damit zieht er die ganze Regierung auf abschüssiges Gelände.

Wozu eine Wiederaufrollung der Preußenfrage? Die ganze Sozialdemokratie weiß heute, dass ihre Führung am 20. Juli aufs Kümmerlichste versagt hat. Mag der Prozess vor dem Staatsgerichtshof auch ein sechzigprozentiger juristischer Sieg gewesen sein, den Prozess vor dem Forum der Geschichte hat die sozialdemokratische Führung am 20. Juli verloren, und kein Gerichtsspruch kann das wieder wettmachen. Tief im Hintergrunde starb die Regierung Braun ohne Schönheit, wenn auch in Hoheit, dahin; ein grausiges Demonstrationsprojekt für die Ohnmacht der Partei. In dem Augenblick aber, wo die Reichsregierung diesen unseligen Revenant neu angreift, strömt ihm auch neues Blut zu, er gewinnt wieder Leben. Wenn der Staatsgerichtshof ein zweites Verdikt gegen die Reichsregierung fällt, so droht ein ernster konstitutioneller Konflikt, der süddeutsche Partikularismus wird wieder frondieren, und zu alledem ist noch der Präsident des Staatsgerichtshofs – nach einem erst im Dezember angenommenen nationalsozialistischen Antrag – der designierte stellvertretende Reichspräsident. Hier zeichnen sich bereits zukünftige Wirren von fantastischem Ausmaß ab.

Die Pressenotverordnung ist ja nicht die erste dieser Art. Schon manche der republikanischen Regierungen hatte ihre eignen Methoden, mit der verfassungsmäßig gewährleisteten Meinungsfreiheit umzuspringen. Diejenigen Zeitungen, die sich Charakter und Selbstständigkeit bisher bewahrt haben, werden auch in der Zukunft nicht durch den Reifen springen. Der Fall liegt sehr einfach: Bei dem uralten Duell zwischen physischer Gewalt und freiem Gedanken ist die Gewalt im letzten Gang immer unterlegen. Wo eine diktatorische Herrschaft verwehren will, dass Ideen ausgesprochen, geformt, niedergeschrieben, verbreitet werden, da gibt es bald Verwesung, Friedhofsgeruch. Deutschland ist ein Land der differenziertesten öffentlichen Funktionen, man kann es nicht leicht in die Primitivität einer geduldigen Kulistummheit zurückschrauben. Wo regierende Gewalten die Meinungsfreiheit der Mitlebenden mit einem Federstrich kassieren, da liefern sie sich nur den anonymen und gestaltlosen Mächten der Geschichte aus, die viel bösartiger und schonungsloser sind als der galligste Pamphletist. Immerhin geht die deutsche Presse in eine bewegte Epoche hinein. Der wirkliche Presseball beginnt erst jetzt.

Was das Volk erwartet, ist Brot und Arbeit. Die Regierung aber traktiert es mit Politik, sie dekretiert, sie verordnet. Ihr erster wirtschaftlicher Akt von Bedeutung aber ist eine den Agrariern erwiesene Gefälligkeit. Damit enthüllt sie nur die Gegensätze in ihrer Konstruktion. Die hinter ihr stehenden Parteien führen den Wahlkampf so, als wären sie noch immer die »nationale Opposition«; sie schmettern furchtbar gegen die Sozis, die Mordkommune, sie verwechseln Versailles und Weimar, sie säbeln, wie der dürre kastilische Ritter, zu Dutzenden imaginäre schwergepanzerte Feinde nieder. In Wahrheit ist dieser Wahlkampf weniger ein Appell ans ganze Volk als vielmehr eine interne Auseinandersetzung der Harzburger Koalition. Erleiden die Deutschnationalen erhebliche Verluste, so steht die Frage der Regierungsbildung neu zur Diskussion. Das Zentrum hält sich wieder freundlichst bereit. Die Kabinettspolitik, die das ganze letzte Jahr beherrschte, geht nochmals großen Zeiten entgegen. In dem Brief des Reichskanzlers an den Prälaten Kaas vom 1. Februar lautet die einprägsamste Stelle:

»Denn eine Diskussion der angeführten Punkte ohne das von mir erbetene Ergebnis würde im Ausgange zu einer ebenso unfruchtbaren wie mir unerwünschten Verbitterung führen. Denn ich wage auch heute wieder zu hoffen, dass, wenn nicht schon jetzt, dann in einer vielleicht nicht zu fernen Zeit eine Verbreiterung unsrer Front zur Beseitigung der drohenden innerpolitischen Gefahren in unserm Volk stattfinden könnte.«

So sieht es also schon wenige Tage nach der angeblichen Besitzergreifung Deutschlands durch die »einige nationale Front« aus! Deutschland wartet – aber nicht auf neue Intrigen, neue Kulissenspiele! Die Parteien der leidenschaftlichsten Anklagen, der stärksten Versprechungen für die Zukunft sind nach oben gelangt. Das Volk hat ihnen die eine große Chance gegeben: – es hat nicht seiner eindeutigen Abneigung politischen Ausdruck verliehen, es sagte zunächst: Nun arbeitet! Dieser Spruch ist fair, aber auch unerbittlich. Hic Rhodus, hic salta! Das ist ein Votum, das keine Zensur unterdrücken kann. Wenn die Menschen nicht mehr fragen dürfen, dann werden die Dinge fragen.

(Die Weltbühne, 14. Februar 1933)

Richard Wagner

Garstig glatter
Glitschriger Glimmer!
Wie gleit ich aus!

Von Ferdinand Lassalle stammt das bittere Wort von dem Kranichzug der Klassiker über Deutschland. Niemals bewahrheitete es sich ernster als im vergangenen Jahre, das bekanntlich das »Goethejahr« gewesen ist. Durch die schimmernden Schleier der amtlichen Feierseligkeit blickte man auf ein gleichgültig vorüberhastendes Volk, das andre Sorgen hatte, und auf einen vergessenen Sarkophag: Goethe.

Der Musiker hat es leichter als der Dichter, der Hirn und Nerven gleichmäßig beansprucht. Das Ohr ist ein williges Organ, durch das Ohr lässt sich der Kopf am leichtesten betrügen.

Nein, Richard Wagner ist nicht im Kranichflug über Deutschland gezogen. Er nistet noch mitten im Land. Er ist der genialste Verführer, den Deutschland gekannt hat. Kein Künstler hat auf den geistig-seelischen Habitus des Volkes verhängnisvollern Einfluss genommen, niemand hat die Flucht aus der Wirklichkeit, den Kultus des schönen Scheins eindringlicher und verlockender gepredigt. Wohl haben andre mit höherer Intensität künstliche Paradiese geschaffen, wohl haben die Blumen des Bösen leidenschaftlichere Gärtner gefunden – sie sind an den selbstgezogenen Früchten gestorben. Richard Wagner, der alle berauschte, hatte selbst nicht viel Teil am Rausch, er blieb ein kühler, bewusster Herr seiner Mittel. Eine Welt geriet in Wahn durch seine Töne, er selbst blieb ein ruhiger Rechner und sein bester und überlegenster Propagandist. Sein Erfolg war so breit wie kein andrer, denn Richard Wagners Werk hat die glücklichste, weil am meisten Erfolg versprechende Mischung: hinter rauschenden Akkorden, hinter einer üppig quellenden Melodik die grauenhafteste Trivialität. Aber die olympische Miene des Mannes heischt Bewunderung und Unterwerfung – er tritt auf wie das absolute Genie. Wer wagt es, vor einer allgemeinen Suggestion ehrlich zu sein? Wer wagt es zu sagen, dass ihn eine Wagner-Oper seekrank macht?

Dies sind die Stadien von Richard Wagners Ruhm: zuerst die Begeisterung der ästhetisch Geschulten; dazu die Snobs, die Neurastheniker, die stets auf die letzte Mode fliegen. Dann der riesige Opernsieg, die Eroberung des Publikums; die Wagner-Zyklen mit Sänger- und Kapellmeisterkult verknüpft. Und dann die hoffnungslose Verplebsung: die Entdeckung des sentimentalen Schlagers in der Harmonie der Sphären; der holde Abendstern im Biergarten als Pistonsolo zwischen »Stolzenfels am Rhein« und »Gute Nacht, du mein herziges

Kind!«. Wagner vom Militärorchester exekutiert, die glorreiche Auffindung des Ewig-Ordinären in Walhall.

So etwas kann auf die Dauer auch der bestfundierte Ruhm nicht vertragen. Die feinen Ohren wurden abtrünnig, die Kenner guter Musik misstrauisch. Auch das Ende der Parsifal-Sperre tat nicht gut. Das Weihespiel, nicht mehr an das Bayreuther Monopol gekettet, hielt seinen Einzug in die großen Opernbühnen und ernüchterte. Das war es also! Ein altes Rezept: Weihrauch mit Erotik, aber ohne den hinreißenden Glauben von Barockmeistern. Die Unschuld siegt am Ende mit viel Orgelton und Glockenklang, aber um ihren Sieg triumphaler zu gestalten, muss inzwischen viel Weiberfleisch enthüllt werden, muss der keusche tumbe Tor mit Mühe Kundrys Bordellatmosphäre und das tingeltangelhafte Nuttenballett der Blumenmädchen absolvieren. Die Klingsor-Girls!

> Komm! Komm!
> Holder Knabe.
> Lass mich dir blühen!

> Dir zur Wonne und Labe
> gilt mein minniges Mühen.

Parsifals erstes öffentliches Erscheinen tat der Wagner-Begeisterung nicht gut. Der Rückschlag war beträchtlich. Nietzsches Kritik war bisher verlegen genug ignoriert, als unbegreifliche Skurrilität oder als Akt persönlicher Gekränktheit behandelt worden. Der Ruhm sackte ab. Es erschien Emil Ludwigs verdienstvolle Streitschrift »Richard Wagner oder die Entzauberten« und übte ihre

Wirkung. Mozart stand wieder auf, seine ewige Grazie lächelte die geschwollenen Götterfiguren in die Kulissen zurück, Beethoven übte neu seine Macht, und seine reine Gewalt siegte über Bayreuths größenwahnsinnigen Theaterplunder. Bach, Händel, Gluck standen wieder auf. Das natürliche Genie siegte über die genie-ähnliche Virtuosität. Die echte Kathedrale über den sakral aufgezogenen Rummelplatz.

Wagner sank schnell im Kurs. Zu unbegrenzt war der Anspruch gewesen, und jetzt waren überall Unbefriedigte. Es kam eine neue Musik, die frisch und ohne viel Umstände auf ihr Ziel losging. Wenn Strawinskys Soldatenballade vor ein paar bunten Leinwandfetzen mitreißt und erschüttert – wozu dann der Kolossalpomp? Was braucht Musik, die durch die Ewigkeit rauschen will, solche Szenerie? Das Theater machte damals eine kleine Revolution durch. Plötzlich wurde das Bühnenbild wieder einfach – mit dem Verruf der Guckkastenbühne kam auch die Wagner-Oper in Misskredit. Der alte Zauberer schien für immer ausgespielt zu haben. Vor zehn Jahren gehörte eine gewisse Courage dazu, sich als perfekter Wagnerianer zu bekennen. Doch

> ... in lichter Waffen Scheine
> ein Ritter nahte da,
> so tugendlicher Reine
> ich keinen noch ersah ...

Dieser Ritter war der Nationalismus.

Ein Phänomen, in der Tat. Eine neu aufstrebende Bewegung hüllte sich in die Klänge einer bankrotten Kunst. Diese selbst, die sich bisher, wenigstens in der

Klassengebarung, streng kosmopolitisch gezeigt und dem polnischen Juden, wenn er nur zahlungsfähig war, gern einen Logenplatz im Festspielhaus reserviert hatte, klammerte sich an eine Bewegung, die den Rassismus auf ihre Fahne geschrieben hatte. Es darf in diesem Zusammenhang nicht überschätzt werden, dass im Bayreuther Kreise zuerst die Rassentheorien Gobineaus gepflegt wurden, dass Houston Stewart Chamberlain, der Schwiegersohn Richard Wagners, in einer konfusen Theorie die These von der schöpferischen Überlegenheit des reinen Ariertums entwickelte und er, der Sohn eines englischen Admirals, im Kriege der lärmendste Herold der Alldeutschen war. Wichtiger ist, dass Wagners Musik die Blütezeit des Bürgertums und des Imperialismus in Töne bannte und ihr den blendenden szenischen Hintergrund verlieh.

Es ist heute wohl unmöglich, diesem bürgerlichen Zeitalter gerecht zu werden. Denn wir haben für seine falschen Ewigkeitsrechnungen und seine uneingelösten Schuldscheine einzustehen. In Richard Wagners Werk flüchtet die bürgerliche Ära aus ihrer problemhaften Wirklichkeit in musikumbrausten Mythos. Sie flüchtet aus verschwitztem Bratenrock und qualvoller Corsage in den kühlen Harnisch und die weiten fließenden Gewänder der Götter. Sie heroisiert sich, sie reckt sich ins Übermenschliche. Sie harft sich in Hochzeitsmärschen und Feuerzauber aus dem engen Ring der Konvention. Die Frauen schmettern ihre Frigidität mit hohem C allen Männern in die Ohren, und die Männer selbst träumen sich aus dem langweiligen Alltag der Ehe in die siebenjährigen Ferien des Venusbergs, ins schrankenlose Ausleben, mag auch der Kater dahinter lauern. Wie schwül ist das alles, was für ein Kompott zerkochter und zerquetschter Lüste! Wie ist das alles aus dem einen Punkte zu verstehen! Aber diese Götter und Göttinnen sind keine freien Hellenen, sie leiden unter einem schlechten Gewissen. Sie ahnen die Katastrophe, sie fühlen dumpf den Fluch ihres Reichtums. Aus nächtlichem Dunkel flammt rot die Vision des Untergangs: das Versinken des Goldhortes im Rhein.

Rheingold! Rheingold!
Reines Gold!
O leuchtete noch
in der Tiefe dein lauterer Tand!
Traulich und treu
ist's nur in der Tiefe:

falsch und feig
ist, was dort oben sich freut!

Gewiss, diese Symbolkraft ist nicht gering, aber alles ist ganz fern, in eine nebelhafte Opernwelt projiziert, ganz unnaiv-mühsame Konstruktion. Und dann zeigt diese Musik ihre Macht, sie infiziert die Wirklichkeit, sie dringt durch tausend unsichtbare Kanäle: Aus der Theatergarderobe holt sich Wilhelm II. den Lohengrinhelm und verwandelt die Wirklichkeit in eine schlechte Oper.

Wagner wird heute anders kreiert als vor Jahrzehnten. Man muss sich diese großen Wagner-Aufführungen vorstellen, wie sie noch vor zwanzig Jahren waren, diese weiche sinnliche Zerdehnung der Tempi, dieses Waten in Tönen. Und dazu diese Kammersänger, wie sie sich auf fahl gewordenen Rollenbildern präsentieren, diese Tristane und Lohengrine mit Doppelkinn und Bierbauch, und dazu diese Sängerinnen mit flachsgelben Perücken, das Auge verzückt erhoben, Wogebusen und Wackelpopo durch ein rotumbortetes, urtümlich deutsches Nachthemd wirkungsvoll unterstrichen ...

> Hojotoho! Hojotoho!
> Heiaha! Heiaha!
> Hojotoho! Heiaha!

Die heutigen Kapellmeister versuchen die Musik zu entfalten, sie halten den Rhythmus straff – im Grunde ist das ein denaturierter Wagner.

Wir leben jetzt wieder im Traum der bürgerlichen Renaissance, und als klingender Herold dieser Sehnsucht tritt Richard Wagner wieder auf. Nicht mehr so exklusiv wie früher, im Gegenteil, sehr kleinbürgerlich geworden. Der Bürger ist pleite, seine Ideale wehen zerfetzt in allen Winden, nur seine Parvenüansprüche sind geblieben. Bei Wagner ist nicht nur das ganze Inventar des nationalistischen Schwertglaubens enthalten, sondern auch, immer neu variiert, die angenehme Vorstellung, von allen Übeln erlöst zu werden, ohne dass man dafür etwas zu tun braucht. Es erübrigt sich, näher auszuführen, was für eine Rolle in Deutschland der Wunderglaube spielt und das Verlangen nach einem Hexenmeister, der mit einem Hokuspokus Verschwindibus alle Kalamitäten für ewig beseitigt.

Wagner selbst, der in der Erinnerung als der kleine alte Mann mit der Samtmütze fortlebt, hat wohl als der erste erkannt, dass im bürgerlichen Deutschland Kunst nur

dann dauernd wirkt, wenn sie gehörig mit Weltanschauung verbrämt und mit dem schwarzen Siegel des
Geheimnisvollen versehen wird. Er hat der Musik Natur
und Unschuld geraubt, hundertfach treffen Nietzsches
erbitterte Anklagen zu. Er war ein Großmeister der Re-
klame; schon die Freundschaft mit dem verrückten Bay-
ernkönig verlieh ihm das Relief des Auserlesenen. Und
er sicherte sich selbst für seinen Nachruhm die Kultstät-
te Bayreuth; hier ummauerte der Großkophta sein Monopol. Es ist nicht der begreifliche Wunsch des Künstlers
nach Abgeschlossenheit und Sammlung, es ist nicht das
odi profanum des Horaz, die Barriere gegen Banausen.
Es ist eine gut kapitalistische Kalkulation: Er reserviert
sein Werk für die Zahlungsfähigen. Kein wirklicher
Künstler konnte so handeln. Man vergleiche das mit der
noblen geheimrätlichen Abgeschlossenheit des alten
Goethe, man vergleiche überhaupt die Plüsch- und Ma-
kartwelt Bayreuths mit der strengen Sauberkeit des
Hauses am Frauenplan – zwei Zeiten stehen sich schroff
gegenüber!

Wäre dieser Rummel nicht, nicht die Aufmachung,
nicht der unerhörte geistige Anspruch, man könnte
Richard Wagner einfach historisch nehmen, man könnte
sagen: diese süße Melodik wird langsam fade, der Zau-
berspruch verliert seine Kraft, nachdem zwei Generationen seiner Verführung unterlegen sind; man könnte den
lieben altgewordenen Schwan mit gerührtem Dank nach
Hause schicken. Aber Richard Wagner wirkt fort, ein tö-
nendes Gespenst, zu Zwecken beschworen, die mit
Kunst nichts mehr zu tun haben, ein Opiat zur Verneb-
lung der Geister. Zum zweiten Mal soll aus Deutschland

eine Wagner-Oper werden, Siegmund und Sieglinde,
Wotan, Hunding, Alberich und der ganze Walkürenchor
und die Rheintöchter dazu sind –

Heiajaheia!
Wallalaleia heiajahei!

über Nacht hereingebrochen mit der Forderung, über
Leiber und Seelen zu herrschen. Die künstlerische Seite
dieses Programms billigen wir nicht, denn wir glauben
in Wagner nicht die deutsche Musik erschöpft, wir glauben sie bei andern Meistern echter und tiefer zu finden;
wir sehen in Wagners Werk vornehmlich eine künstliche
Fontäne in buntem Scheinwerferlicht und keinen reinen
natürlichen Quell – aber das ist Sache des Kunstge-
schmacks, also Privatsache. Die andre Seite dieses Programms ist es dagegen nicht. Wir werden also etwas unternehmen müssen, da nicht zu erwarten ist, dass eine
reine Jungfrau, um uns zu erlösen, ins Wasser springt.
(Die Weltbühne, 21. Februar 1933)